I0831966

TONY VERO
NEL
REGNO DI TALLIA

Viaggio nella vita oltre la morte, attraverso l'amore karmico e la cronaca di un risveglio. Tratto da una esperienza realmente vissuta di Metempsychosis e Samsara, è un romanzo erotico consigliato a un pubblico adulto

Tony Vero

Tony Vero nel Regno di Tallia

ISBN-13: 9788890668951

DEDICA

Dedico quest'opera, il primo volume della collana "L'Immortalità è la memoria", composta di quattro volumi che concluderanno la storia e l'esperienza di Tony Vero, a tutti i contemporanei, uomini e donne, che nel bene e nel male ho incontrato, condividendo parte di questo viaggio straordinario nello spazio e nel tempo, consapevole che senza il loro contributo non mi sarebbe stato possibile capire, risvegliarmi e guadagnare la consapevolezza dell'eternità dell'essere.

Alla mia compagna di sempre, una dedica particolare:

"Che dopo esserci dispersi come polvere nel vento, ci si possa riunire come fenicotteri in volo, per poi ritrovarci un giorno, davanti ad un tramonto, sulle rive di una laguna dove riconoscerci di nuovo e amarci ancora, come fosse la prima volta ... che il profumo del mare ci sia di richiamo e guida, con la luce dei tuoi occhi tra mille stelle.

Indice

RICONOSCIMENTI E RINGRAZIAMENTI

Un ringraziamento a tutti coloro che hanno collaborato alla stesura di questo libro, soprattutto a quanti l'hanno fatto senza la consapevolezza di ciò a cui partecipavano. Gli auguro di riuscire ad arrivare presto all'apice della loro evoluzione e alla consapevolezza che li risvegli dal sogno, per incontrare l'eternità.
Un riconoscimento anche a quanti hanno operato per il male, a chi ha già pagato e a chi non l'ha ancora fatto. Spero che abbiano occasione di riconoscersi in questo libro, perché abbiano la consapevolezza di ciò che li attende!
Ai contemporanei, anche quelli che non ho incontrato, posso riconoscere che abbiamo condiviso anni terribili e meravigliosi, ma che è valsa la pena vivere!

Capitolo I
Tony Vero

L'aria era quasi irrespirabile.
Quasi, perché c'era chi la respirava benissimo e riusciva persino a fumarci dentro… come potesse essere possibile, non era facile capirlo. Tra i bagliori delle lampade aleggiavano banchi di nebbia, ma non era nebbia, erano vapori d'olio e di fuel, la nafta scura dei mercantili, sospesi nell'atmosfera densa della sala macchine e il rumore di sottofondo era insopportabile. Impediva anche la conversazione, se non urlandosi direttamente nelle orecchie. L'enorme motore, con le scalette di ferro che gli giravano intorno, faceva davvero impressione a guardarlo, ma non ai macchinisti che s'infilavano tra i bilancieri e le valvole della testata a grandezza d'uomo che, ritmicamente, andavano su e giù aggiungendo il loro fragore al rombo del motore. Leggevano le temperature che non dovevano superare i limiti, o si rischiava di fonderle. In base a quelle, regolavano l'acqua di raffreddamento aprendo le grandi valvole di presa mare sui refrigeranti, e lo stesso facevano guardando di continuo i manometri del carter giù, di sotto, al piano terra.
Sì, al piano terra, perché quei motori hanno un quinto piano come i palazzi, con le testate e le valvole, piani intermedi per ispezionare camicie e pistoni e piano terra per il carter, dove l'azione continua delle bielle e dell'albero motore passano il movimento rotatorio, attraverso l'enorme volano, all'asse dell'elica che scorre proprio lì sotto, nel tunnel, fino alla grande elica a poppa.
Tony era questo, un macchinista navale. Veniva dalla Marina Militare, aveva frequentato le migliori scuole per tecnici di macchine, ma a un certo punto non potendone più di uniformi e regolamenti, aveva lasciato la Marina Militare e iniziato a girare per il mondo nella pancia dei mercantili, con il vento tra i capelli e negli occhi il mare …a iniziare la sua avventura.
E l'aveva davvero girato in lungo e in largo questo mondo, potete scommetterci!
Ad appena trent'anni aveva visto tutto ciò che un uomo può desiderare di vedere su questo pianeta: l'estuario dei grandi fiumi orientali e soprattutto il loro delta, con la vita rigogliosa che si affanna tutt'intorno; quello dei grandi fiumi africani e Sudamericani e il grande estuario dell'Amur, il fiume nero Siberiano, nello stretto dei Tartari; i quartieri a luci rosse di Hong Kong, Macao, Singapore, Saigon; i grattacieli di New York e la baia di Sidney; gli arcipelaghi Polinesiani, da Nouméa, in Nuova Caledonia, fino a Honolulu,

alle Hawaii; gli spettacolari tramonti monsonici del canale di Singapore, diretto a Timor e i grandi banchi ghiacciati tra il mare Siberiano di Ochotsk e lo stretto di Bering; il raduno delle Killer Whale, le Orche assassine, nell'effimera estate dello stretto di Johnston, tra l'Alaska e il Canada; la baia di Vancouver e la foresta pluviale nordamericana.

Sì, ne aveva viste di cose Tony, aveva fortissimamente voluto conoscere il mondo per farlo suo e ci era riuscito. Si portava sempre tutto dentro, nella mente e nel cuore, come un capiente zaino da cui attingere per rivivere i momenti sì e anche quelli no. A Tony piaceva tantissimo rivedersi nelle difficoltà, congratularsi con se stesso per come se l'era cavata e sentirsi orgoglioso di se. Amava guardarsi allo specchio al mattino e salutarsi, come vedendo un vecchio amico fidato con cui si era condiviso tutto, gioie, dolori e ... donne.

Uno di cui si può andar fieri di conoscere.

Era decisamente un tipo particolare Tony, ma non poi tanto in quel suo ambiente di uomini soli e silenziosi. Gente di mare, abituata alla solitudine dell'immensità degli oceani, alle grandi distese, agli orizzonti senza limiti, davanti ai quali l'uomo si sente una pulce e dove solo una grande anima può reggere il confronto.

Scese velocemente le scale come solo i marittimi sanno fare, scorrendo con le mani e le braccia lungo i corrimani unti delle scalette di ferro, ripidissime, e usando i piedi, appena poggiati sui gradini, solo per dirigere la caduta. Tanto veloci da trovarsi dal quinto al primo in un attimo. Sembrava precipitare, ma era tutto sapientemente controllato ... Roba da macchinisti!

Il meglio di sé, peraltro, i macchinisti lo davano nella manovra di partenza, all'avviamento del motore principale. In quell'occasione dovevano dare una vera dimostrazione della loro professionalità e dell'affiatamento che dovevano raggiungere per funzionare all'unisono con macchine potenti al punto da riuscire a spostare agilmente navi di quella stazza.

Il Mar de la Plata, su cui si trovava per quel viaggio, aveva una stazza di ben 70.000 tonnellate, una vera città galleggiante. Montava in sala macchine un motore principale di fabbricazione svedese di ben 20.000 cavalli di potenza: una vera mandria di cavalli vapore, domati al punto da rendersi capaci di spostare nave e carico con straordinaria agilità e docilità, ai comandi del Capitano che, dalla plancia di comando, inviava gli ordini in sala macchine con l'interfono e il telegrafo di macchina, muovendo la leva lì collegata, che faceva squillare il campanello e lampeggiare la luce.

Nel momento in cui i marinai sul ponte mollavano gli ormeggi, i macchinisti, all'ordine di "*macchine avanti adagio*!", dovevano riuscire a far partire al primo colpo quel mostro.

Nessuno sa come parte un motore di tale potenza, certamente non con la spinta di un propulsore d'avviamento elettrico come per le auto: non esiste un motore elettrico capace di smuovere per l'avviamento pistoni e bielle di quel peso e dimensioni.
Era qualcosa di spettacolare, soprattutto dal punto di vista del coordinamento tra uomini che dovevano dividersi i compiti e agire all'unisono: mentre il Primo Ufficiale prendeva i comandi della cremagliera per dosare l'invio di carburante agli iniettori, un altro era già corso in alto, sulla testata, ad aprire tutte le valvole del carburante e un terzo si posizionava sotto i bomboloni d'aria compressa, caricati al massimo dal compressore d'aria, già acceso al primo allarme di posto di manovra.
Il terzo macchinista impugnava saldamente tra le mani, sollevate sopra la sua testa, la grossa valvola sul bombolone che liberava l'aria da mandare sulla testata, esattamente dentro la camera di combustione del primo cilindro in linea. Era la pressione di questa, tra paurosi soffi e sbuffi, a spingere lentamente il primo pistone verso il basso, trascinando per effetto dell'albero motore e delle bielle gli altri pistoni verso l'alto, verso la testata, pressando, così facendo, la miscela d'aria e carburante, il fuel, contenuto nelle altre camere di combustione. L'aumento della pressione, come si sa, surriscalda i gas, anche l'aria e, nelle camere di combustione sature di combustibile, una volta raggiunta la temperatura del punto di scoppio, esplodeva e spingeva il secondo e il quarto pistone di nuovo verso il basso promuovendo il moto d'insieme verso l'alto: così anche il primo, questa volta non pieno d'aria compressa, ma della stessa miscela d'aria e fuel che lo faceva esplodere con gli altri...
Tra una serie di scoppi, sbuffi e soffi dapprima scomposti, poi sempre più ritmati e veloci, il motore si avviava in tutta la sua potenza, facendo sentire subito dopo il suo rombo regolare.
Non sempre si riusciva al primo colpo. Quando capitava, anche se raramente, di dover ripetere la manovra era una vera umiliazione per il macchinista che si era posizionato sotto le bombole d'aria: era sua la colpa di non aver saputo aprire, con la dovuta prontezza e velocità, la valvola dell'aria al momento esatto e tutti sapevano, dalla poppa alla prua della nave, che dovevano attendere la ricarica del bombolone alla giusta pressione per poter fare un altro tentativo.
Impossibile reiterare l'errore per la terza volta! Il macchinista che si fosse reso responsabile di una simile vergogna (per tutto il personale di macchina), sarebbe stato sbarcato in navigazione con una scialuppa di salvataggio!

Tony prese a trascrivere sul giornale di macchina tutte le misure, le pressioni, le temperature e i livelli che aveva raccolto in giro per la sala macchine; doveva farlo ogni ora e questa era l'ultima per quella notte.
Era quasi l'ora del cambio del turno di guardia. Lo cambiavano ogni mese perché questo era il più pesante, stordiva, si doveva stare di guardia in sala macchine dalla mezzanotte alle quattro del mattino, quattro ore di guardia e lavoro e otto di riposo.
Era realmente un'impresa difficile tenersi svegli proprio quando la natura reclamava il riposo: richiedeva forza di volontà e qualche macchinetta di caffè, nella preparazione del quale era diventato un campione: lo faceva concentrato al punto giusto.
Per rispetto reciproco, il turno che smontava preparava il caffè a quello che montava.
Gli toccava. Pulì la vecchia moka da due tazzine sotto il lavandino d'acciaio, di fianco alla centralina di controllo, la caricò d'acqua fino alla valvolina, poi mise il filtro, riempiendolo di caffè macinato, quanto bastava a premerlo leggermente e poter avvitare.
La mise sul fornelletto elettrico e volò su in alto, più in alto della testata... il cielo, come lo chiamano i macchinisti, sulle passerelle che attraversavano la sala macchine fino ai portelli d'uscita nei 'carruggetti', i corridoi di bordo. Richiuse subito la paratia stagna dietro le sue spalle per evitare i soliti lamenti dell'equipaggio per l'insopportabile puzza di nafta e di olio bruciato che Tony e gli altri macchinisti non sentivano, ma il personale di coperta fin troppo, e lo trovavano insopportabile.
Raggiunte le porte di alcune cabine, bussava finchè non sentiva rispondere. Era la sveglia.
A volte doveva aprire la porta e accendere la luce, certe altre era necessario scuotere chi doveva essere svegliato. Non tutti avevano il sonno leggero, specie alle quattro del mattino!
Prima di rientrare in sala macchine era solito andare a vedere il mare.
Non poteva immaginare di vivere senza vederlo tutti i giorni, più volte al giorno. Quanto amava sentirlo con tutti i sensi!, il suo profumo, il suo rumore, che a volte riusciva a udire anche tra i rombi del motore... lento, ritmico, sempre uguale. Il battito della vita.
Aprendo la porta stagna esterna a poppa, si sedeva sulla bitta, giusto un attimo per godersi quella pace, quell'immensità. L'alba era lontana, c'era la luna pronta a tramontare per lasciare il turno al sole ... Giusto! ... Il turno, il caffè ... Azz!
Rivolava giù notte dopo notte, giorno dopo giorno, fino all'arrivo...
All'arrivo dove?

A Tony non importava saperlo prima, anzi, amava i cambi di rotta improvvisi, quando dall'armatore arrivava il contrordine per contratti commerciali dell'ultima ora.
Accadeva spesso, per esempio, che invece che a Port Louis nell'Arcipelago delle Mauritius, si dovesse cambiare per andare a Durban, nel Natal, in Sud Africa, sull'Oceano Indiano.
Durban era famosa perché c'era l'ottava meraviglia del mondo: l'acquario marino dove, scendendo sotto il livello del mare, si poteva camminare dentro un tunnel di vetro, in mezzo a enormi mante dalle ali nere che volavano sopra gli umani in visita, e grandi squali dalle fauci spaventose sempre aperte.
Per lui, tuttavia, l'ottava meraviglia del mondo era Ellen, la ragazza che amava ... quando era a Durban! Era dura lasciarla, sapeva farsi desiderare già subito dopo essere salpati, ma questa era la vita e il destino che Tony si era scelto...
Sapeva che un'altra Ellen oltre l'orizzonte aspettava d'essere scoperta.
Essendo costretti a restare svegli fino alle quattro del mattino era difficile riprendere sonno, ma occorreva farlo perché, al massimo sei ore dopo, bisognava riprendere servizio in sala macchine per lavori extra che non mancavano mai; riprendere il turno di guardia a mezzogiorno, fino alle quattro del pomeriggio e poi di nuovo alla mezzanotte.
La routine di navigazione ... alla via così!
-"Ma quale altro lavoro, quale altra vita può offrire questo?" – pensava, a volte a voce alta, guardando l'immensità di un'alba sull'oceano con la lunga linea rosa che cominciava a rischiarare il cielo cacciando le tenebre per mostrare la bellezza del creato; una distesa d'acqua scura brulicante di vita, capace di assumere, man mano che il sole sorgeva, colori diversi fino a raggiungere quello della volta celeste.
Sì, Tony era decisamente felice della vita che si era scelto, non ne avrebbe voluto un'altra, per niente al mondo!
Erano già due anni che non rientrava a casa e non vedeva la madre Tina e il padre Cesare, cui era molto affezionato. I suoi genitori vivevano in un paesino sito su uno scoglio in riva ad un altro mare, dall'altro lato del mondo, ma non avevano il telefono in casa e contattarli attraverso il centralino non era facile. Anche Tony, del resto, non circolava spesso per luoghi ben serviti dalle linee di comunicazione telefonica. Qualche cartolina l'aveva spedita per far sapere che stava bene e, d'altra parte, sua madre era figlia di naviganti dell'isola di Tempesta, sapeva com'era la vita della gente di mare.
Questa volta, però, la nave si avvicinava a loro, traversava l'Atlantico, era diretta verso Gibilterra, la porta del Mediterraneo.

Decise di sbarcare e andare a casa, aveva voglia di riabbracciare i suoi *vecchi*.
Aveva scrutato il futuro, consultando il suo amico Ching, un antico libro Cinese dispensatore di saggezza per chi sapeva capirlo, che teneva sempre con sé da anni. Amava, nelle lunghe serate in mare, interrogarlo nella pace della sua cabina e meditare, poi, sulle risposte di rara poesia che il testo gli dispensava le quali, se al momento parevano incomprensibili, si rivelavano nel divenire sorprendentemente precise, veri oracoli degli accadimenti successivi.
C'è da dire, tuttavia, che quando Tony poneva domande precise, l'oracolo rispondeva con sorprendente precisione o forse era una sua impressione, ma che importava? ... Era da anni una buona compagnia. Glielo aveva regalato una vecchia e mai dimenticata amica, una delle sue 'spose di mare'. Ogni volta che lo consultava ricordava la sera in cui lei glielo aveva donato e la strana storia che c'era dietro. Il testo era scritto nella lingua del Regno, Brigitte non si era accorta che non era in francese nonostante l'avesse comprato a Marsiglia, in una vecchia libreria dalle parti dell'Operà, poco prima di partire per l'Africa dove emigrava con il suo Renè, che poi aveva sposato. Quando Brigitte lo aveva aperto per consultarlo era ormai in Africa e lo tenne, ordinandone un altro in francese.
Quante risate fece Tony quando, nel primo responso, lanciate le monetine, egli venne definito '*il viandante*' e l'oracolo consigliava di attraversare la grande acqua predicendo che avrebbe attraversato la grande acqua per un incontro col suo destino!
-"Che cavolo di oracolo! - pensò sorridendo – Sai che predizione parlare di *attraversamento della grande acqua* a uno che lancia le monete del TAO da una nave in mezzo all'oceano!".
Quel responso e quella frase, tuttavia, relativa all'incontro col suo destino, era stata ripetuta identica quest'ultima volta e l'aveva incuriosito: voleva proprio vedere di quale destino si trattava. Dando retta all'apparentemente illogico impulso decise di sbarcare quando la nave, che andava a Barcellona, sarebbe approdata a Marsiglia.
A Barcellona c'era da divertirsi e a Marsiglia, dove sarebbe sbarcato, pure. Diede, senza titubare oltre, il preavviso all'armatore.
A Barcellona sostarono due giorni appena, troppo poco per conoscere qualche ragazza. Tony non conosceva altro divertimento, passatempo, svago, hobby o impegno che valesse la pena di praticare, se non due begli occhioni e tutti i giocattoli al posto giusto.
Come sempre finì in uno dei bordelli della città.
La prostituzione in Spagna era una professione legale e riconosciuta, pertanto nei bordelli spagnoli si poteva fare amicizia con le professioniste

del mestiere. Non era come nel Regno di Tallia, dove le donne lavoravano in condizioni clandestine e di pesante sfruttamento. Insomma, non ci si sentiva in colpa ad andare con loro, mentre nel Regno di Tallia avere rapporti con una prostituta lasciava la pesante sensazione d'aver sfruttato chi, forse, era stata costretta a vendersi per un po' di denaro che, peraltro, sarebbe finito in mano a sfruttatori e magnacci senza scrupoli. Non era piacevole la consapevolezza che le donne, nel Regno di Tallia, quasi mai esercitavano la professione per libera scelta.

In Spagna si entrava in un locale piacevole, con buona musica, come in un club privato e si faceva conoscenza con le ragazze. Ce n'erano per tutti i gusti: bionde, brune, alte, basse, magre, robuste, europee, africane, asiatiche ... C'era solo l'imbarazzo della scelta.

Solitamente Tony ne aveva più d'una e lasciava sempre un buon ricordo di sé tra le professioniste.

Tra i suoi ricordi più graditi emergevano le visite ai bordelli di Panama di qualche anno prima.

A distanza di anni, non dimenticò mai le donne che lì aveva conosciuto.

Tony era convinto che fare l'amore fosse un'arte nella quale perfezionarsi con impegno e costanza. Con questo spirito metteva tutto sé stesso dimostrando grande abilità di performance.

A lui le donne piacevano tutte e nulla importava che la sua partner fosse una principessa o una puttana: per un'ora o una notte intera era l'altra metà del suo cielo e del suo mare, tutto il suo mondo.

Era stata Anna del resto, una prostituta di Setzia, la città sede della base navale dove aveva frequentato il corso da Macchinista, conosciuta una sera d'inverno intorno ad un copertone acceso sul viale dell'Ospedale, a insegnargli a fare l'amore.

Tony aveva 19 anni, quasi venti, frequentava il corso da tecnico di macchina e stava facendo tirocinio su una nave militare che era di base all'arsenale. Soldi pochini, come per tutti gli studenti ... quindi nemmeno donne, non le professioniste almeno e, quanto alle ragazze, Setzia non era adatta ai militari. Sapevano che i marinai arrivavano e sparivano e nessuna voleva tenere relazioni stabili o iniziarne qualcuna.

Aveva conosciuto molte ragazze. Gli veniva facile: era alto, bello e simpatico, con un fisico atletico e folta chioma sulle spalle; gli piaceva allenarsi e lo faceva anche in navigazione, sul ponte delle navi o in cabina, col Nautilus (il bilanciere coi pesi) o appendendosi ai tubi e combattendo spesso, ogni volta che ne capitava l'occasione, perfino con il Savate, che gli occidentali chiamano kick boxing, la boxe thailandese della quale era diventato esperto grazie al vecchio Jean, un ex Legionario Francese in pensione, che si era

stabilito vicino a loro, al paese, e che gli aveva insegnato tutte le mosse e tutti i trucchi di quell'arte marziale.
Al momento di andare al dunque, però ... si negavano tutte. Spesso, ad esempio, gli chiedevano di andare a casa loro per conoscere i genitori ma, quando vedevano che lui era subito disponibile nell'accogliere tale richiesta e che era fin troppo facile convincerlo, si insospettivano, si defilavano velocemente e non era più possibile incontrarle.
Quanti sassolini lanciati inutilmente alle finestre!
Tony passava tutte le sere dallo stesso viale per rientrare all'arsenale, diretto a bordo del Caccia su cui faceva tirocinio. Almeno le poteva guardare ...erano una più bella dell'altra! Compativa il loro stare con le gambe nude lì fuori, nella fredda sera di Setzia che, a Maestrale o Grecale ghiacciava perfino le persone ben coperte. Era una pena, ma quelle gambe gli facevano venire voglia di scaldarle ... e non con i copertoni accesi.
Una sera d'ottobre, percorrendo il solito viale, sentì delle urla di vero terrore: una di quelle ragazze strillava tenendo stretta la borsetta, mentre due tizi tentavano di strappargliela colpendola a calci e pugni. Tony si ritrovò in un attimo ad allenarsi con quei due e ... non fu divertente. Non ci sapevano fare e presero subito a correre, dopo aver ricevuto due calci secchi e precisi in faccia e al ventre. A correre erano bravi, non li avrebbe raggiunti nessuno!
Fu così che conobbe Anna e divenne il suo eroe.
Anche lei entrò nei ricordi di Tony e ci restò per sempre. Ogni volta che faceva l'amore e faceva godere la sua partner non poteva evitare di ripensare a lei.
Anna, portandolo nel suo letto, gli insegnò pazientemente come far godere una donna. Soprattutto una donna che, da professionista, non era facile da eccitare e da portare all'orgasmo. Gli spiegò come prolungare il piacere, come interrompersi poco prima di godere per poi riprendere più e più volte fino a quando davvero non era più possibile trattenerlo e poteva liberamente esplodere insieme al suo!
Anna impazziva letteralmente prendendosi il premio delle sue lezioni.
Gli aveva insegnato che così il piacere era più intenso, soddisfacente e Tony era uno che imparava presto.
Non durò che qualche mese, la squadra navale partiva e a Setzia, Tony, non ci tornò più.
Nessun indirizzo dove scrivere, nessun telefono da chiamare, ma una marea di bei ricordi da portarsi dietro. A dire la verità, Tony non era mai stato un campione di fedeltà: mentre Anna faceva il suo lavoro, appartandosi in auto con i clienti, Tony l'attendeva in buona compagnia. Cosa che Anna non tollerava e gli faceva delle sfuriate tremende perchè pretendeva la fedeltà.

Per lei era lavoro e non contava, ma:
"Per te non è lavoro, a te piace ... traditore!" - diceva sempre.
A Tony non era facile capire questo genere di sentimenti. Lui era fatto a modo suo, lei gli piaceva questo è certo, ma voleva mettere in pratica gli insegnamenti di Anna ... che male c'era?
Partenza della squadra o no, non poteva durare.
Arrivati a Marsiglia Tony sbarcò. Portò i suoi bagagli alla stazione, il treno per Tallia era a sera e decise di farsi un giro per il vieux port e da lì nei vicoli dell'Operà. Raggiunse con decisione la zona a luci rosse, la ricordava bene e a lui non interessava altro. Ci mancava da qualche anno e vide solo facce nuove ... La serata trascorse piacevolmente.
Arrivare al paese natio faceva sempre un effetto particolare a Tony.
Per quante meraviglie potesse aver visto, ritrovare i luoghi dell'infanzia gli toccava corde profonde, capaci di suonare melodie irriproducibili altrove.
Volle andare a piedi fino a casa. Camminando assaporava avidamente ogni sensazione: la luce azzurra che rivestiva ogni cosa, i suoni armoniosamente amalgamati, i profumi della macchia mediterranea diffusi nell'aria, gli odori delle alghe sulla battigia, persino l'odore di marcio che il mare sa rendere piacevole a chi lo ama, le canne che crescevano lungo la strada polverosa.
Eccola apparire, laggiù in fondo, la casa dei suoi genitori.
Non aveva detto niente del suo arrivo, era una sorpresa.
Riusciva già a vedere il suo vecchio che caricava i lavori artigianali che realizzava su un motocarro per consegnarli ai clienti. Era un bravo artigiano babbo Cesare. Con le mani sapeva fare cose incredibili, persino giocattoli e archi con le frecce da indiani.
Vide Tony e urlò a gran voce richiamando l'attenzione della madre, che accorse.
Lo accolsero grandi urla, feste, abbracci. Non ricordava i suoi genitori così anziani, nella sua visione erano più giovani. Ma era stato via quasi tre anni e il tempo non aveva lasciato certamente neanche lui uguale a com'era partito. Ritrovò il suo letto, la sua cameretta. Era piccola quanto la sua cabina a bordo, ma com'è che la ricordava grande? Non lo era stata mai!
Forse l'affetto per quella camera, dove leggeva le Tigri di Mompracen e Ventimila leghe sotto i mari, sognando avventure sul mare e nelle Jungle equatoriali, la rendeva più grande di quanto fosse in realtà. Certo era che ci si sentiva benissimo e si sdraiò subito sul letto, senza nemmeno spogliarsi.
Aveva passato la notte in treno, seduto sulla valigia per mancanza di posti e, ora, voleva solo dormire.
Si svegliò a sera, ormai sazio di sonno, e decise di uscire a rivedere qualche amico.

Era giugno e a Tretorri il lungomare era affollatissimo di gente che praticava lo struscio, come quando era ragazzino e si andava sul corso, la via principale che dalla piazza della chiesa, di fronte al Comune, arrivava fino al lungomare e proseguiva fiancheggiando la spiaggia, oltre il muretto che conteneva la sabbia, dove i ragazzi si nascondevano alla vista per scambiarsi i primi baci con le ragazze ... le prime pomiciate.
Incontrò alcuni amici al bar dello sport. Sempre uguali, giocavano la schedina in gruppo per fare un sistema infallibile e, a volte, avevano anche vinto dei bei soldi, ma mai quanti ne spendevano.
Con Franco Santi, il suo amico d'infanzia, una vita assieme fino alla sua partenza, si rivedeva dopo almeno cinque anni, forse qualcuno in più.
Il primo a lasciare il paese era stato lui andando in una grande città del nord industriale. Aveva fatto il corso da disegnatore meccanico per una grossa casa automobilistica. Poi, però, la nostalgia era troppa e non tollerando più quelle lunghe giornate nebbiose e piovose era rientrato al paese, adattandosi a lavorare come disk jockey in una discoteca che apriva d'estate, in riva al mare. D'inverno apriva solo per le feste comandate, quindi Franco arrotondava facendo il rappresentante di cosmetici. Come disk jockey era bravo, il migliore sulla piazza. Se fosse nato altrove, sarebbe diventato ricco e famoso, ma non lì, non a Tretorri.
Andarono assieme al locale, dove lavorava. Era bellino, con una bella tavolata sulla spiaggia.
Tony chiese una birra al cameriere e si avviò a un tavolo in fondo, più vicino possibile al mare.
Le luci erano soffuse, pochi lampioncini che lasciavano tutto in penombra e la musica non era ad alto volume. Era piacevole, anche perché Franco era davvero bravo a scegliere la musica.
Tony, invece, non ne aveva mai capito niente ... Era pure stonato!
Gli piaceva, però, tutta quella che sceglieva lui. Era davvero nato per fare quel mestiere.
Un saluto lo fermò mentre passava tra i tavoli.
Una voce di donna, una bella voce, calda, sensuale...
-"Ciao Tony" - Si girò a cercarla. La vide seduta al tavolino, con un'amica.
Una bella ragazza con un abito bianco, giacca e pantaloni e una camicetta turchese che mostrava due seni da gran premio. Aveva labbra carnose e rosse, da cui spiccava una fila di candide perle e due occhi che riflettevano le luci ... abbaglianti! Tony restò immobile a cercare di capire chi fosse. Non la ricordava, ma non voleva fare brutta figura e sorrise.
Fu lei a dire, tendendogli la mano:
-"Non ti ricordi di me? Sono Marina..."

Tony davvero non ricordava, ma fece finta di sì, peraltro chiedendosi come poteva aver dimenticato una sventola così!
-"Ciao Marina, come stai?" – rispose stringendole la mano. Provò una bella sensazione toccandola, mentre cercava di ricordare chi fosse. Forse una compagna di scuola? Decise di lasciar dire a lei qualcosa che l'aiutasse perché, in effetti, a tratti sembrava ricordare, ma era tutto molto confuso. Eppoi, quegli occhi e quelle labbra ... avrebbe voluto baciarle, altro che ricordare! Pensava che se l'avesse baciata qualcosa gli sarebbe certo tornata in mente, perché la sensazione d'averla già conosciuta era forte ma ... dove e quando?
Marina parlava e lui non sentiva altro che la musica della sua voce, guardando quelle labbra che si muovevano invitanti.
Quando si avvicinò Franco, col suo bicchiere di whiskey e cola in mano, la salutò come se la conoscesse benissimo, vecchi amici...
-"Bene – pensò, subito rincuorato – Saprò tutto da Franco".
-"Ahhh ... vi siete incontrati? Ti stavo giusto cercando per portarti da lei!" – disse Franco, rivolto a Tony che, intanto le aveva chiesto di ballare.
Il juke-box suonava un bel lento, quale occasione migliore per provarci?
L'abbracciò e cercò di stringerla, ma lei stava assorta.
Lo guardò poi, stranamente, mise le mani davanti al viso, annusandole.
-"Questo odore, di nuovo questo odore...".
-"Che odore? ... Mi sono fatto la doccia prima di uscire" – disse Tony, preoccupato.
A Marina scappò una risata argentina, coinvolgente.
Anche Tony rise, ma non capiva perché. Fu lei a spiegarglielo.
-"Il tuo odore ... lo ricordo Tony e l'ho riconosciuto sentendolo! E' il tuo, la doccia non può mandarlo via, poi usi sempre la stessa acqua di colonia al fiore di narciso che si unisce al tuo odore naturale ... Inconfondibile!".
Tony restò davvero sorpreso, non poté evitare di dire:
-"Ma ... che sei un cane da caccia?" – Per fortuna la fece ridere, perché gli era proprio sfuggito. Non aveva mai sentito nessuna parlare di odori con questa precisione.
Aveva sempre voglia di baciarla, ma il momento non sembrava adatto.
Lei aveva voglia di parlare, di ridere e di ricordare ... cosa? Non capiva, ma decise di attendere, che fretta c'era?
Ora Franco aveva messo la musica shake, quella che si ballava agitandosi ognuno come gli pare.
Tony la trovava ridicola, o almeno lui si sentiva ridicolo a sbattersi in pista. Doveva essere fumato per apprezzare e farlo. Come a Cotonou, un porto del Dahomey sul Golfo di Guinea, in un localino sulla spiaggia dove mettevano quella che per loro era musica Africana. Così la chiamavano, ma era la disco

music che si ballava nelle discoteche di tutto il mondo. Ricordava dei pescatori che tiravano a riva le reti facendo pesca a ombra, cioè con le barche che spingevano i pesci nella rete. Quelli erano neri come il carbone e mezzi nudi sotto il sole. Le barche dei loro compagni, a remi, venivano a riva collegate tra loro da una fune alla quale erano fissati degli stracci. Erano questi a proiettare l' ombra in acqua e i pesci, spaventati, nuotavano verso la direzione voluta, cioè verso la riva, verso la rete che i pescatori, dalla spiaggia, stavano tirando. Una scena che aveva visto centinaia di volte al paese, nello stesso identico modo ... Tutto il mondo è paese!

Gli avevano passato da fumare una pipa che, sulle prime, aveva un puzzo fastidioso, ma poi piaceva e quando cominciava a piacere, la musica cominciava ad avere un suono diverso, un altro ritmo, un altro sound e ballare veniva naturale. Diventava coinvolgente muoversi con la musica, con la risacca del mare oceano nelle orecchie e tutt'intorno.

In quel modo non gli sembrava ridicolo, ma era l'effetto della ganja Africana ...non la musica.

La ragazza che ballava con lui, in quella spiaggia, era talmente scura di pelle che di lei riusciva a vedere solo il bianco degli occhi e quello dei denti. Finirono in spiaggia a fare l'amore ... aveva due seni duri come il marmo. Mai vista una cosa simile!

Tony lasciò quei ricordi e tornò a questi occhi e a questo sorriso ... avrebbe proprio voluto lasciare il locale, per avvicinarsi all'amico mare e vedere se in quel modo si ricordava di lei.

Marina, però, era con un'amica che non rivedeva da qualche tempo e non voleva lasciarla sola. Così chiedendo cosa volessero bere, Tony si allontanò verso Franco, alla consolle.

Gli chiese subito quel che gli premeva di sapere.

-"Franco aiutami ... ma chi è? Non riesco a ricordare, mi sembra e non mi sembra di conoscerla, ma lei mi conosce bene, ricorda persino il mio odore. Che figura ci faccio?"

-"Ma ti possino ... Che figura faresti? Quella del solito cazzone che non ricorda nemmeno la sua prima pischella. L'avevi portata al club un paio di sere, poi sei partito. Vi incontravate in piazzetta ... possibile che davvero non ricordi? Lei ti ricorda, eccome se ti ricorda! Mi ha sempre chiesto di te, dov'eri, che facevi ... qualche volta mi sono inventato che avevi mandato i saluti a tutti, anche a lei ... Stronzo!"

Tony rimase di sasso!

-"Quella è Mary? ... Marinella? Quella cui tiravo le trecce?"

-"Eh sì, quella è Marinella ... diventata un tronco di figa imperiale! Ed io, quasi quasi, le vado a dire che sei uno stronzo che manco si ricorda che è

esistita. Te lo meriteresti proprio. Lei era pazza di te e tu sei sparito senza più mandare nemmeno una cartolina, è stata molto male".
-"Non ci provare Franco. E' vero, non l'ho riconosciuta e non la ricordavo, ma era ragazzina, aveva appena 15 anni quando sono partito. Sono passati dieci anni ... Ora ricordo! Raggiungici al tavolo, è con un'amica e voglio restare solo con lei. Giacché era la mia ragazza, ne avrò diritto o no?"-
Franco rise di questa battuta, ma sapeva che non era affatto una battuta.
Tony era fatto proprio così, specie con le donne. Certo, a Marina avrebbe fatto piacere scoprire il suo attuale interesse, ma rischiava di bruciarsi un'altra volta con quel ... cazzone.
Quando ripassò col vassoio dei drink, diretto al tavolo, Franco lo guardò puntandogli il dito contro: era un avvertimento. Ci teneva a Marina, erano amici da quando era una bambina e l'aveva vista soffrire abbastanza. Se avesse visto Tony comportarsi nello stesso modo l'avrebbe impedito. Non sapeva cosa avrebbe potuto fare, ma qualcosa avrebbe fatto.
Li raggiunse al tavolo, la gente stava andando via e la discoteca chiudeva, restava ancora aperta come bar per i tiratardi, ma senza musica.
Il Comune non la permetteva dopo la mezzanotte.
Sedette vicino a Marika, l'amica di Marina. Era simpatica, emigrata in Francia da anni aveva ormai anche l'accento francese. A Franco piacque e intavolò una piacevole conversazione con lei.
Finiti i drink Tony propose di avvicinarsi alla spiaggia e s'incamminarono. Vicini alla battigia sedettero sulle panchine di legno. Erano dei tronchi d'albero, squadrati e tenuti a breve altezza. Non erano molto comodi, ma in riva al mare le panchine metalliche finivano mangiate dalla salsedine in un paio di stagioni e quelle di marmo o cemento spaccate dai vandali.
Tony e Marina si sedettero a cavalcioni uno di fronte all'altra, si guardavano negli occhi e parlavano, parlavano. Marina ogni tanto si rimetteva le mani davanti al naso e annusava quell'odore che le ricordava il passato.
L'odore di Tony, il quale, col naso bruciato dai vapori di nafta e olio motore, non poteva quasi sentire gli odori recenti, figuriamoci quelli ancestrali. Certamente era molto meno sensibile di lei. Quella conversazione, quel sorriso, quegli occhi, però, lo stavano lentamente riportando nel passato. Ebbe persino una sensazione di vertigine ... come un precipitare improvviso all'indietro. Era molto confuso e non riusciva a staccare i suoi occhi da quelli di lei, se non per posarli su quel che scorgeva del suo seno. Avrebbe voluto non farlo, non stava bene ... ma come evitarlo? ...Loro lo fissavano dritto negli occhi!
Non sapeva nemmeno da quanto tempo erano li. Fu Marina a richiamarlo alla realtà.
-"Si è fatto molto tardi Tony. Dobbiamo rientrare, noi siamo in bicicletta..."

-"OK, ci vediamo domani?" – le chiese.
A Marinella brillarono gli occhi rispondendo si.
I due amici, rimasti soli, s'incamminarono per rientrare a casa, abitavano vicini fin da piccoli.
-"Incredibile! Non l'avevo riconosciuta ... cioè, mi sembrava di conoscerla, ma se non me lo ricordavi tu, non l'avrei mai capito..."
-"Perché sei sempre il solito cazzone! Quella era tutta trepidante appena ti ha visto e tu manco ti ricordavi chi era."
-"Ma come potevo ricordarla? Aveva dieci anni di meno, era poco più di una bambina, ci eravamo scambiati qualche bacio, tutto qui".
-"Vuoi dirmi che non te la sei scopata?" – chiese Franco.
-"No! Che dici, ricordo che aveva 14 anni, aveva preso una cotta per me, ma io ne avevo già 19. Mi piaceva, ma era troppo pischella, non l'avevo presa sul serio. Credevo che mi avesse dimenticato anche lei. Ora però mi piace ...Cazzo, è proprio bona!"
-"Non ti credo, ricordo che mi dicesti così anche per Maria. Invece te la sei scopata dì la verità!"
-"Accidenti Franco, ma perché non mi credi? Di Maria sai tutto, eri presente! Perché avrei dovuto fare una cosa simile a un amico? Maria si era presa la cotta per me, ma io no. Non provavo niente, era solo un'amica e non ne avrei approfittato mai, tantomeno sapendo che un amico ne era innamorato. Devi superare questa cosa ... sono passati anni e ancora la tiri fuori. A proposito, che fine ha fatto poi Maria?".
-"Emigrata al nord anche lei, fa l'infermiera in un grande ospedale".
-"Non hai riprovato a riconquistarla, visto che l'hai ancora nel cuore?".
-"No, l'ho rivista, ma lei quasi mi odia. Non mi ha mai perdonato!"
-"Lo credo bene! Ma ti rendi conto di quello che le hai fatto? Una ragazza resta traumatizzata da una cosa così. Era tutta gelosia la tua. Lo capisco, ma se l'avessi picchiata, le avresti fatto meno male. Madonna ... se mi ricordo! Ci rimasi di merda anch'io. Mi avevi invitato ad andare a casa sua senza dirmi nulla di quello che avevi in mente. Mi facesti sedere nel salotto, in poltrona, dicendo che l'andavi a chiamare di sopra e la portasti giù che era ubriaca. Poverina, si era bevuta mezza bottiglia di Martini per la vergogna di quello che le avevi fatto promettere di fare: dirmi che lei si era presa una cotta per me. Sei stato diabolicamente meschino! Poi, per rendere la cosa ancora più traumatizzante per lei, me la gettasti addosso. Se il tuo scopo era distruggerla ci sei riuscito benissimo. Ma hai anche distrutto il vostro rapporto in tutti i sensi. Quello che era successo mi era già chiaro, ma facevo finta di niente! Ricordi quando stavo pomiciando con Martina in pineta? Chi sbucò da dietro gli alberi, mentre avevo già in mano la tetta di Martina? ... Lei ... e tu dietro! E quando al Summertime mi ero allontanato

verso il giardino con Lella, quella superbona, chi interruppe la mia serata? Maria … seguita da te: voleva prendersi il fresco proprio dove stavo io, piacevolmente indaffarato! Come avrei potuto interpretare tutto questo? Mi pare ovvio: era gelosa. E una ragazza che è gelosa dell'amico del ragazzo, sicuramente non è innamorata del suo ragazzo, cioè di te. Dovevi lasciarla libera, io avrei fatto così!".
-"Per fartela scopare!" – rispose Franco con rabbia.
-"Per farmela scopare? Ma ti senti come ragioni? Sei assurdo. Nemmeno nel secolo scorso congetturavano così. Se una donna non ti ama, non ti vuole, non è con le scenate che puoi cambiare le cose. Avresti dovuto agire diversamente, senza traumatizzare nessuno, sei riuscito a scioccare anche me quel giorno. Io, però, se ricordi, agii da uomo, non da minchione. Le volli più bene di te, perché le dissi che apprezzavo il suo sentimento, ma stavo per ripartire e non sapevo nemmeno quando sarei tornato. Le carezzai i capelli e non mi sono approfittato di nulla. Lasciare una figa innamorata m'è costato … scherzi! Ogni lasciata è persa anche per me, che credi? Lei, però, era giusto perderla. Cosa avrei dovuto fare altrimenti? Scoparla e poi partire? La rividi un annetto dopo questi fatti e siamo rimasti amici. Credo che abbia apprezzato come ho agito, mentre come hai agito tu non te l'ha perdonato e credo che le corna che ti ha messo dopo, stando a quel che mi hai raccontato, te le abbia fatte proprio per punirti, farti soffrire, come tu hai fatto soffrire lei. Se n'è andata al nord, dopo averti reso pan per focaccia! Vuoi sapere l'ultima? Mi è costato agire così, perché Maria aveva un paio di seni da premio nobel! ".
-"Bastardo! E come lo sai se non te la sei mai scopata?" – replicò Franco, che insisteva con questa storia.
-"Come sarebbe come lo so, ma se ogni volta che andavamo in spiaggia assieme si levava il reggiseno per sbattermeli in faccia? Era un invito continuo ed era la tua ragazza da anni. A me sembrava chiaro che non ti amasse. Avresti dovuto lasciarla libera. Invece, tu, possessivo comunque: è mia e guai a chi me la tocca!"
Erano arrivati a casa e si salutarono, Tony con una risata, perché ancora una volta erano finiti a parlare di Maria e Franco lo aveva lasciato con il solito sguardo sospetto.
Franco era un amico, ma aveva i suoi difetti e non erano pochi …

Capitolo II
L'incontro col destino

La mattina dopo si dovevano incontrare in spiaggia e Tony non c'era mai andato così presto.
Il sole era appena sorto e lui era già sul bagnasciuga a scrutare l'orizzonte.
Il mare non gli sembrava mai uguale, ogni giorno gli diceva cose diverse e, ogni giorno, lui gli replicava cose diverse. Quella mattina lo sciabordio delle onde leggere sulla battigia raccontava cose che Tony non aveva mai udito prima in nessun altro luogo al mondo, nemmeno nelle spiagge del Pacifico o dell'Oceano Indiano, sulle sabbie di conchiglie, bianche come il sale e con le palme alle spalle, ad accompagnare il suono del mare col fruscio del vento tra le fronde.
Restò immobile ad ascoltare, liberando la mente da ogni pensiero.
-"Sono io, l'eterno mare ... sempre uguale e sempre diverso ... Son qui dall'eternità ... Sono la vita e la morte ... Sono il destino dell'umanità. Ascoltami marinaio, non dimenticare ... non mi abbandonare ... è sulle mie rive il tuo destino ... seguilo e mi troverai ..." – Tony sentì chiaramente questa voce profonda, come proveniente dall'infinito, avendo il tono della risacca ... sembrava provenire dal suo interno, come se quel mare l'avesse dentro.
-"Ma cos'è questa novità che tutti ce l'avete col mio destino?" – rispose Tony alle voci dei suoi pensieri che facevano eco al responso dell'I Ching che l'aveva convinto a rientrare al paese.
In quella sentì alle sue spalle la voce di Marinella.
-"Ciao Tony ... sei qui da molto?"
Tony si voltò. Era bellissima alla luce del sole ... aveva un costume nero, due pezzi, che metteva il risalto le sue forme e un pareo dipinto colore dell'indaco. Il colore che egli preferiva ... Era un caso, o Mari lo sapeva? Lui, che aveva una memoria formidabile, tanto da ricordare ogni più piccolo dettaglio della vita che aveva vissuto fino a quel momento, ricordava a malapena quella ragazzina con la cotta per lui. Questo gli dava fastidio perché avrebbe voluto ricordare tutto ma, per quanto si sforzasse, non andava oltre alcuni balli al club e qualche passeggiata al corso.
-"Da qualche minuto, non dormivo e son venuto a guardare il mare..."
-"Ti piace ancora venirci all'alba! Anch'io quando uscivo presto, nelle mattine d'inverno, per andare a scuola ed era ancora buio, guardavo sul

lungomare la prima luce sorgere all'orizzonte e mi ricordavo di te. Ricordi quando scavalcai la finestra per vedere l'alba insieme a te?"

-"Sì, ricordo, ti eri aggrappata al tubo della gronda come una matta ed io sotto, pronto a prenderti se cadevi" – rispose Tony, sorpreso di ricordare improvvisamente che, tra loro, c'era stato di più che qualche ballo al club. Marinella rise sedendosi al suo fianco, ma subito dopo gli chiese di incamminarsi verso il *loro* posto. Ancora un ricordo si riaffacciò di colpo, come uno squarcio di luce, nella mente di Tony. Il loro posto era sul lato opposto della spiaggia, dove questa finiva interrotta da un ammasso roccioso che da un lato scendeva fino all'acqua e dall'altro si arrampicava su per la collina boscosa. Andavano lì per stare soli, isolati dal mondo, a parlare e parlare, ma anche a pomiciare alla grande. Niente di più, però, lei era proprio una bambina! Di questo era certo ... O no?

Decise di non anticipare niente, lasciar parlare lei che a quanto pareva aveva ricordi più precisi.

-"Sì, volentieri, qui tra poco sarà pieno di gente e non ne voglio intorno ..."

-"Andiamo! ho l'acqua fresca nella borsa e qualcosa per merenda" - replicò lei alzandosi.

C'era un bel po' da camminare, ma ne valeva la pena. La strada non arrivava fin là, perché saliva sulla collina e la spiaggetta che conoscevano loro era nascosta dalle rocce. A dire la verità, non c'era sempre, dipendeva dalle mareggiate: qualche anno c'era, qualche anno no, e quando c'era le dimensioni erano sempre diverse; la sabbia veniva tolta e rimessa dal maestrale e ogni anno era una sorpresa. Anche per questo non c'era mai nessuno.

Chissà se quest'anno c'è la spiaggetta" – disse Tony.

-"Sì, c'è – replicò lei – ci vado sempre e quando non c'è metto l'asciugamano tra le rocce".

-"Ricordo che la prima volta avevi paura, le rocce nere le evitavano tutti tranne me. C'erano le leggende di non so quanti annegati a causa dei mulinelli e le frane improvvise ..." – disse Tony, meravigliandosi di ricordare così facilmente i dettagli di quei ricordi ritrovati. Adesso ricordava tutto, anche di lei, e si girò a guardarla ... Com'era diversa! Era bella anche da ragazzina, ma non così. Era una donna, adesso, e che donna! Non aveva più le trecce: ora i capelli corvini le scendevano sulle spalle, ondulati, coprendo i bei seni che aveva già grandi anche allora. Li aveva carezzati e baciati tanto! Il suo sguardo si fermò sui suoi fianchi e sui glutei, mentre camminava sulla sabbia. Lei si girò e vide come la fissava. Tony notò che era arrossita e la mise sullo scherzo.

- "Caspita Marinella, lo credo che non ti riconoscevo! Sei diventata una donna bellissima!"

Anche lei rise e rispose visibilmente compiaciuta.
-"Ti piaccio? Io invece ti ho riconosciuto subito, appena sei apparso. La prima cosa che ho riconosciuto sono i capelli uguali alla criniera di un leone. Mi piaceva carezzarli e passarci le mani in mezzo. Non sei cambiato per niente, solo più ... uomo."
-"E' vero, ti piaceva carezzarmi i capelli e pettinarmeli e io mi addormentavo proprio ...." – replicò ridendo e contagiando Marinella che lo colpì con la mano sulla spalla.
-"E già, io lo facevo per farmi desiderare e tu ti addormentavi ...".
-"Mi sentivo beato, calmo ... in paradiso! Non ho mai più provato una cosa così ..." – disse guardandola negli occhi, senza più ridere.
Era vero, con quella ragazzina stava bene. Passavano ore ed ore a parlare di tutto: di loro, ma anche di cose filosofiche, di scoperte scientifiche. Marinella era una studentessa modello sempre prima della classe e quando aveva iniziato le scuole superiori, aveva dato gli esami di due anni in uno, perché voleva prendere presto il diploma per poi andare in Inghilterra a imparare bene la lingua. In realtà, aveva sentito che Tony doveva andare a lavorare per una compagnia Inglese, con base a Londra, e voleva andarci anche lei.
Erano arrivati alle rocce nere, rocce vulcaniche, di basalto più nero della pece, arrotondate e levigate dal mare che d'inverno le colpiva continuamente, senza tregua, da milioni di anni. D'estate le lambiva calmo, spruzzandole ogni tanto allegramente quando qualche nave al largo, incrociandole, lanciava la sua scia fino a riva.
Le diede la mano e lei l'afferrò subito, come se l'avesse vista, anche se non stava guardando ... Esattamente come allora. Erano le cose strane su cui ridevano. Spesso capitava loro di pensare e dire la stessa cosa contemporaneamente e questo li divertiva. Oppure che Tony facesse qualcosa che lei aveva solo pensato, o viceversa.
Tony non era uno studente modello, anzi lo avevano bocciato in seconda media.
Però non disturbava mai a scuola. Si sedeva in fondo all'aula nel suo banco e pensava, fantasticava ... viaggiava. Nelle sue note caratteristiche, fino alla seconda media, c'era scritto: "Individuo svagato e assente". In condotta aveva sempre nove, a volte anche dieci. Poi in seconda media decise di mettersi ai primi banchi, proprio di fronte alla professoressa di lettere, una gran figa con minigonna mozzafiato e due gambe da concorso.
Finchè non scoprirono che si masturbava guardando le cosce della professoressa! Le scenate furono terribili nell'ufficio del preside. Chiamarono il padre di Tony e lo informarono anche che Tony chiedeva spesso di uscire e spariva in bagno, per poi tornare in aula "stralunato".

Tony aveva scoperto il piacere sessuale e se ne stava facendo una scorpacciata in solitario.
A lui non sembrava così grave da essere sospeso facendogli perdere l'anno! Però lo fecero e, così, dovette ripetere la seconda media, interrompendo una carriera scolastica già incerta di suo.
La cosa peggiore di quell'anno, però, fu che lo cambiarono di sezione e la professoressa di lettere era anziana. Peggio ancora: anche l'altra superbona di matematica fu trasferita di sezione e anche la sua sostituta era una professoressa anziana. Simpatica e con delle belle gambe se vogliamo, ma poteva fare da nonna a Tony, non certo da soggetto per i suoi sollazzi manuali.
Finite le medie passò alle scuole professionali ed amando il mare e la meccanica la scelta fu facile: si arruolò nella Marina Militare del Regno e, alla fine del corso, divenne tecnico di macchine navali.
Camminando sulle rocce arrivarono alla loro spiaggetta ch'era al meglio. La bassa marea l'aveva resa più profonda verso il mare e la macchia mediterranea era avanzata verso la spiaggia mettendo in ombra la parte più prossima alla scogliera.
-"Bellissima!" - disse Tony guardandola.
-"Si, quest'anno è davvero bellissima e c'è tanta sabbia anche al largo. Tanto che si può andare fino al cannone camminando con l'acqua alla vita. Il maestrale ha portato tantissima sabbia, come non ne ha portato mai, almeno a memoria d'uomo. Quest'inverno ha fatto tempeste mai viste. Il mare arrivava fin dentro i negozi sul lungomare, sembrava se li volesse portare via" – confermò lei.
Il cannone era uno scoglio al largo, quasi al centro della baia, anch'esso di basalto e dalla forma simile ad uno dei cannoni dei vecchi Galeoni, da ciò il nome. Era oggetto di sfide di nuoto tra i ragazzi e ora, arrivarci camminando nell'acqua, era certamente un effetto straordinario delle mareggiate di quell'anno.
Marinella sistemò l'asciugamano a ridosso della macchia. Questo permetteva di evitare l'ombrellone perché l'ombra di quell'albero, piegato dal vento verso l'arena, almeno a quell'ora, consentiva di stare al riparo dal sole.
Tony non perdeva un movimento di quel corpo di donna, cresciuto intorno agli occhi da bambina che ricordava uguali, stessa luce, stesso colore, stessa capacità di ridere come di piangere.
Lei se ne accorgeva, visto come si voltava a guardarlo sorridendo. Era cresciuta e sapeva capire quando un uomo la desiderava, ma non aveva fretta.

Tony si sdraiò vicino a lei, l'ascoltava raccontare la sua vita fino a quel momento.
Era molto interessato.
-"Quando sei partito ci rimasi molto male. Non sapevo più che fare ... mi hai fatto soffrire".
-"Perché? Io non avevo scelta, che altro potevo fare? L'artigiano con mio padre? Lui è pensionato di guerra, può permettersi di fare un lavoro che arrotondi la pensione, ma io cosa dovevo arrotondare? Siamo meridionali Marinella, la vita ce la dobbiamo conquistare lontano. L'alternativa era andare a pesca con lo zio Peppuccio, sulla lampara. Vita grama ... lavoro, lavoro, lavoro, dalla sera all'alba sulla lampara, in mare, per tornare sfiancati a mattina, capaci solo di arrivare a casa per dormire. Ci andavo a guadagnare qualche soldo quando serviva una mano. Ma mai avrei fatto quella scelta. Andava bene in altri tempi. Il mare era pescoso, si guadagnava meglio. I pescatori del paese si son fatti tutti la casa ed hanno vissuto bene con la famiglia ... ma chiediglielo adesso e vedi cosa ti dicono: miseria e sfruttamento. Quando hai pagato la nafta, le tasse e l'olio del motore cosa resta di nottate e giornate di fatica in mare? Un po' di pesce da mangiare, a volte manco quello. Senza contributi, che non sono mai garantiti, non possono fare manco le manutenzioni alla barca ed andare in mare con quei barconi che cadono a pezzi è anche molto pericoloso. Dovevo andarmene anche io e l'ho fatto".
-"Io volevo solo venire con te ..." – disse con forza Marinella, alzandosi per buttarsi in acqua con un tuffo.
Tony ci restò male. Era vero, ricordava che quella ragazzina l'aveva implorato di portarla con lui, ma come poteva fare? Era partito con due soldi in tasca ed il biglietto fino a Setzia ... tutto il resto del suo futuro era incerto e aleatorio. Come poteva pensare di dividerlo con lei?
Si era alzato e aveva raggiunto l'acqua, ma non si era tuffato. Guardava lei, guardava il mare e pensava che non aveva sbagliato, ma forse lei non lo poteva capire e gli manteneva rancore.
Del resto se lo meritava, in fondo era vero che l'aveva completamente dimenticata, anche se non gliel'aveva detto.
Mentre era assorto in quei pensieri, si sentì prendere per mano e tirare in acqua tra le risate. Cadde pesantemente e, andando sott'acqua, la raggiunse per tirarla di sotto, come faceva tanto tempo prima. Lei rideva, si scalmanava, gridava, ma non poteva sfuggirgli. Questa volta, però, la lasciò. Non era un corpo di ragazzina quello che stava stringendo a sé, era quello di una donna e ... quanto lo desiderava!
Lei se ne accorse e si fermò a guardarlo, seria. Poi si diresse verso l'asciugamano che prese tirandolo un po' più verso il sole in modo che la

testa potesse restare all'ombra. Si levò il reggiseno e si sdraiò. Tony fece lo stesso, non sapeva proprio cosa dire. Osservava, stando steso sul fianco, la sua schiena, i suoi glutei sodi, le gambe ben tornite.
La guardava come un maschio guarda una femmina e come un uomo guarda una donna e continuò a farlo, finché lei non girò la testa verso di lui.
Solo allora egli iniziò a parlare.
-"Lo so che mi volevi bene, anche io te ne volevo ... tanto. Ma la nostra situazione era quella, che potevamo fare? Io ho vissuto molte esperienze, belle e brutte. Sono andato in giro per il mondo, talmente lontano da chiedermi, più di una volta, ma lontano da cosa e da chi? Non sentivo nemmeno la lontananza da qualche dove e ho vissuto come se io fossi tutto il mio mondo. Ho anche pensato di fermarmi quando mi trovavo particolarmente bene in un posto, per esempio a Fort Lauderdale o a Miami, in Florida. Ho avuto qualche bella storia con ragazze latino americane, ma poi la voglia di andare aveva la meglio e ripartivo lasciandomi tutto alle spalle. Sono rientrato per qualche giorno, anni fa, a rivedere i miei vecchi. Ma solo perché la nave dov'ero imbarcato aveva fatto scalo qui vicino. Eppure gli ero e gli sono affezionato, lo sai ... ma vivevo così da anni, senza radici e senza volerne avere. Il futuro era quello che vedevo davanti all'orizzonte ... e tu? Dimmi di te. Stavi facendo le magistrali quando sono partito".
-"Sì, stavo facendo le magistrali quando mi ritrovai sola e disperata" – disse con un sorriso triste. Lo sguardo di Tony la spinse a precisare meglio.
-"No, senza rancore Tony, ho capito ed hai ragione, la vita ci aveva unito e la vita ci aveva diviso. Doveva andare così ed è andata come doveva andare. Ho sofferto molto, soprattutto perché mi ero resa conto che per te non ero una donna innamorata, ma poco più di una bambina e questo mi faceva soffrire. Non mi prendevi sul serio, io ero davvero pazza di te..." – disse fermandosi per la commozione.
-"Mi dispiace Marinella, ma non è vero che non ti prendevo sul serio. L'avevo capito che ti eri presa una cotta e che avresti fatto qualsiasi cosa, anche darti completamente a me. Ma ti avrei rovinata e ti avrei dovuto lasciare lo stesso. Tu lo sai com'è la mentalità in paese e all'epoca lo era ancora di più. In realtà non ho fatto altro che rispettarti. Pensi che non mi sarebbe piaciuto fare l'amore con te? Eri carina anche allora che ti credi? E mi provocavi di continuo ... Ricordi quando ti eri intrufolata in casa e ti eri infilata nuda nella doccia? ... Mamma mia!"
Risero insieme e a quei ricordi si spezzò ogni rancore in lei.
-"Ti volevo convincere che ero una donna e che volevo solo te!"
-"Mi avevi convinto, ma vergine eri e vergine dovevi restare. Io trovo che queste siano cazzate, ma al paese tutti i miei coetanei parlavano delle

ragazze che avevano perso la verginità prima del matrimonio come si parla di puttane e le additavano. Non volevo che a te succedesse la stessa cosa. Lo capisci?"

-"Sì, ma la consideravo una cosa stupida. A me non importava nulla e ancora meno m'importa adesso. So solo che avrei voluto che fossi stato tu il primo ad avermi. Il mio primo amore ... mi è mancato questo, a causa tua!"

-"Ma và, è vero che non ti ho sverginata, ma per il resto ne abbiamo fatto di tutti i colori ... Ah ah ah! ... Ti ricordi quella doccia, la prima di una lunga serie? E qui, su questa spiaggia, abbiamo limonato che manco nei film più spinti se lo sognano ... Dai!"

Risero all'unisono a questi ricordi, tanto che Marinella si voltò per il gran ridere e mostrò i suoi seni nudi. Così Tony poté ammirarli in tutto il loro splendore. Erano davvero un opera d'arte della natura.

-"Caspita Marinella, le tettine ti sono cresciute proprio bene ... sono perfette!". Erano né grandi né piccole, con capezzoli rosa che stavano turgidi a fissarlo negli occhi.

Lei si imbarazzò a quello sguardo di fuoco, anche se il complimento l'aveva compiaciuta.

Si rimise il reggiseno e chiese a Tony di allacciarglielo. Lui fece il fiocco pensando: "Peccato!"

Lei sembrò aver udito i suoi pensieri.

-"Voglio parlare con te, come facevamo una volta ... ti va?"

-"Sì, mi sono mancate le nostre conversazioni. Ho potuto fare di tutto con le donne che ho avuto, ma con nessuna ho potuto parlare come facevo con te"

-"Ne hai avute molte?"- chiese lei con una evidente punta di gelosia.

"Sì, molte ... di tutte le razze e colori, ai quattro angoli del mondo. Ma sono durate sempre poco, tranne con una che, invece ..."

-"Invece?"

-"Invece con lei è durata qualche anno ma, in realtà, ci vedevamo al rientro a Marsiglia e per quattro o cinque mesi l'anno, nel corso di due anni. Capisci che la mia non è una vita che permette di avere una donna fissa, una famiglia. Molti ce l'hanno lo stesso. Ma che vita è? Quando rientri a casa, dopo anni, perfino il tuo cane ti morsica!"

Risero all'idea. Commentarono che, in effetti, la vita dei naviganti non permette di avere una vita familiare vera, a meno che non si tratti di navigazione di piccolo cabotaggio, brevi distanze e frequenti soste nelle vicinanze della famiglia.

-"Per questo finì e nessuno dei due fece nulla per evitarlo. Mi piaceva, le volevo bene, ma che vita era la sua? Io non gli ero fedele ... quando arrivavo in un porto cercavo una donna ... ovvio no? Lei, invece, mi aspettava. Almeno così diceva e perché non avrei dovuto crederle? Soffriva e voleva

che mi fermassi lì, con lei ma, anche se Marsiglia è una bellissima città e mi piace molto, non sentivo il desiderio di mettere radici laggiù. Ci lasciammo di comune accordo e restammo amici.
Ci siamo rivisti da poco, si è sposata ed ha anche un bambino. Scusami se penso che non sia tanto felice ma, incontrandola tempo dopo, mi sono accorto che mi tentava, voleva fare l'amore con me a insaputa del marito. Forse non era stata la passione a unirli ... Boh!? Io, comunque, non volevo riaprire nessuna storia. L'ho rivista volentieri, tornando dai miei, ma tutto qui. Una storia finita è finita, non trovi?"
-"Sì, trovo! Anche io ho avuto delle storie con ragazzi a cui ho anche voluto bene, ma erano storie a metà, che più in là non potevano andare. Duravano poco e quando finivano, non pensavo certo a riaprirle. Tranne una, anch'io, con un ragazzo molto gentile e che mi amava moltissimo. Era di un paese del nord, dove ero andata d'estate a lavorare in una stagione della vendemmia. Ci siamo conosciuti e innamorati, è stato bello, ma è durato poco, un anno circa, e se è andata avanti è solo perché mi seguiva fin qui e non si rassegnava. In fondo ero sola e così riprendevo ... ma doveva finire ed è finita. Ci rivediamo ogni tanto, come amici. E' un artista, dipinge cose belle e riesce a viverci, è simpatico. Quando rientra te lo faccio conoscere. Ho avuto una storia anche a Londra, con un ragazzo australiano, si chiamava Anthony e io lo chiamavo Tony, come te, e ti somigliava moltissimo ... ma non era te! Lo lasciai quando decisi di rientrare. Londra è bellissima e mi trovavo benissimo. Mi sentivo libera, anche il lavoro mi piaceva; facevo la cameriera in un pub, guadagnavo abbastanza da pagarmi l'affitto di una casetta indipendente e avevo quel che mi occorreva per vivere. Studiavo anche la lingua, ma a un certo punto non sopportai più le lunghe e continue giornate di pioggia. Sentii che dovevo tornare a casa, nel nostro sole, al nostro mare. Sono rientrata l'anno scorso. Era stato emesso un bando di concorso per insegnanti di ruolo, due posti. C'erano migliaia di candidati, un posto era riservato agli invalidi e perciò sapevo che dovevo arrivare prima in graduatoria o non avrei potuto entrare in ruolo. Così mi misi sotto a studiare: uscivo solo per prendere aria e sole ogni tanto. Studiavo, studiavo e studiavo, ma ho vinto quel concorso, arrivai prima in graduatoria e, grazie anche al massimo dei voti che avevo preso al diploma, fui assunta. Ho appena completato l'anno di prova, il prossimo anno avrò una sede e so già che dovrò viaggiare, quindi ho comprato la macchinina e sono fresca di patente. Sto cercando anche una casa per essere completamente indipendente, ma ancora non l'ho trovata: o sono squallide e costano moltissimo, o non la danno a donne sole".
-"Beh, sei felice allora. Hai realizzato i tuoi desideri." – replicò Tony.

-"Non proprio - disse tristemente Marinella – mi manca la cosa più importante. Sono sola e non riesco ad avere soddisfazione dai rapporti con i maschi. Ho letto tanto su questo, per capire come rimediare ... pensa che ho perfino avuto il dubbio d'esser lesbica. Così, visto che il problema era avere una vita sessualmente soddisfacente, l'anno scorso mi sono decisa ad andare in vacanza in Grecia con un'amica lesbica che tentava da tempo di avere una relazione con me. Siamo partite con l'intenzione di farci una bella vacanza e siamo state a Santorini, a Itaca, a Mikonos, posti meravigliosi! La relazione sessuale tra noi, sarebbe venuta senza cercarla, imporla ... oppure niente!"

Tony ascoltava attentamente e si stupiva: a lui non sembrava proprio che Marina fosse omosessuale. Ma quando mai, gemeva e ansimava come poche quando lui la baciava e la toccava. Certo era una ragazzina, tutti si cambia con gli anni e ne erano passati dieci!

Decise di ascoltare senza commenti.

-"Una sera, sotto una roccia, in una spiaggia sassosa, ci ritrovammo sole, una di fronte all'altra e ci baciammo. Prima sulle labbra, poi ci spingemmo a baciarci più profondamente. Era piacevole la sua lingua sulla mia ... a lei piaceva sicuramente di più! Per me era una sensazione nuova, da esplorare per capire le mie pulsioni e tendenze. Senza remore, senza inibizioni morali, ne tabù. Avevo bisogno di capire, di trovare una mia via verso la felicità. La carezzavo sulle natiche, come faceva lei mentre mi baciava. Mi calò lo slip e io feci altrettanto... si allontanò col bacino per potermi carezzare... la sua mano era esperta. In quella delle voci ci richiamarono alla realtà. Un gruppo di turisti aveva deciso di invadere quella spiaggetta e ci rivestimmo in fretta, tirando su gli slip e indossando i pareo. Quando i turisti arrivarono in prossimità della roccia stavamo solo prendendo il sole. Ero eccitata, mi era piaciuto. Volevo rifarlo...

Uno di quei ragazzi iniziò a fare la corte a Roberta, la mia compagna di viaggio. Mi scappò da ridere allo sguardo gelido con il quale lo fulminò! Poveretto, mi fece pena. Roberta era lesbica al cento per cento, odiava letteralmente i maschi e li evitava come si evita la peste. Esagerava è vero, ma lei viveva in un mondo saffico fatto di amiche e conoscenti che si cercavano e trovavano in case e locali rigidamente Lesbo, completamente chiuso al mondo maschile. Ci alzammo, ormai quella spiaggetta non poteva più darci l'intimità che desideravamo. Volevamo continuare quell'esperimento per me e quella conquista tanto bramata per lei. Mi prese la mano mentre camminavamo lungo la spiaggia e sentii i brusii di commento che ci seguivano ... ovviamente, per loro eravamo lesbiche. La cosa non mi disturbò, anch'io stavo maturando ostilità per i maschi a cui rimproveravo di non riuscire a farmi godere appieno la mia sessualità.

Speravo di poterne fare a meno, come era riuscita a fare Roberta che, in casa, aveva un vero armamentario di oggetti con i quali procurarsi l'orgasmo con le sue partner femminili. Una cosa tra donne. Una sera che dovevo dormire da lei rientrai tardi da una serata in discoteca. Mi accompagnava un ragazzo che non mi era piaciuto per niente. Insisteva a salire in camera con me, quasi gli fosse dovuto dopo la serata danzante. Avevo bevuto un po', un po' di sesso ci sarebbe anche stato bene, ma quello era il solito tipo che finiva per farmi sentire male. A fare sesso senza averne soddisfazione alla fine ci si sente sporche. Almeno per noi donne è così. Lo lasciai davanti alla porta in malo modo.

Nel raggiungere la mia stanza passai davanti a quella di Roberta, la porta era aperta e lei stava sul letto, sopra la sua amica. La conoscevo, era sposata e viveva lì vicino. Roberta indossava un fallo di plastica e faceva il maschio ... Si accorse di me e si girò sorridendomi. Vederla così mi fece una strana impressione. La salutai ed entrai velocemente in camera mia. Il giorno dopo mi parlò di Iris e di quello che stavano facendo. Lei non conta per me, mi disse, io vorrei fare l'amore con te.

Iris viene a trovarmi perché non ama il marito, ma non ama nemmeno me, vuole solo che la faccia godere. Mi usa e io mi faccio usare perché al momento non ho una compagna fissa e, allora, una vale l'altra.

Erano tutte avances che mi indirizzava di continuo; io la lasciavo fare perché era sempre gentile, simpatica, affettuosa. Ero sicura che l'avesse fatto apposta di lasciarsi sorprendere mentre scopava Iris. Mi aveva fatto intendere più volte che le donne non hanno bisogno dei maschi per godere, possono farlo da sole e me l'aveva voluto mostrare. Io lo sapevo, avevo visto anche dei filmini porno, ma proprio non mi eccitava l'idea di farmi penetrare da un fallo di gomma.

Roberta mi aveva mostrato alcuni dei giocattoli che aveva nel suo cassetto: biglie vibranti, vibratori, falli da indossare con cinghie per simulare di averlo sul pube, altri a mutandina di lattice e doppi ... Rideva nel farlo, non era perversa e aveva fatto ridere anche me, tuttavia non mi convinse a provare. La mia situazione di repressione sessuale, però, era a un punto tale che avrei fatto qualsiasi cosa per risolverla. Così cominciai a convincermi che, forse, avrei dovuto provare prima di dire che non mi piaceva!

Ero lì per togliermi questo dubbio e Roberta lo sapeva.

Andammo in silenzio alla pensione, mano nella mano. Salimmo le scale in fretta e ci chiudemmo la porta alle spalle. Roberta era molto eccitata, emozionata, mi desiderava dalla prima volta che mi aveva vista e l'avevo sempre respinta. Era una buona amica, intelligente, simpatica, colta... ma non la vedevo come possibile amante. Aveva anche seguito alcune delle mie disavventure con maschi insulsi e le mie relative delusioni. Mi consolava

senza spingermi all'omosessualità ... aveva accettato l'idea che io fossi eterosessuale. Semplicemente mi chiedeva: "Ma se sei eterosessuale, non ti sei mai chiesta perché non ti soddisfino i maschi? Possibile che siano tutti, proprio tutti, inadatti a te? Non potresti considerare che, forse, non sono loro il problema ma tu, che non accettando la tua omosessualità ti condanni all'infelicità?"
Ecco perché volevo provare, anche se le mie fantasie sessuali erano con maschi, non con donne.
Però, se per togliermi il dubbio dovevo farlo con qualcuna, allora volevo farlo con Roberta.
Mi abbracciò subito, con forza, infilandomi la lingua in bocca a cercare la mia. L'assecondai, avevo deciso di non sottrarmi a niente di ciò che sarebbe accaduto. Mi tolse il pareo e s'inchinò a baciarmi i seni, a leccarli facendo roteare la lingua intorno ai capezzoli ... Era brava e mi eccitava come nessun uomo era riuscito a fare ... a parte te! Sapeva dove toccare e come farlo. Ero eccitatissima e quando mi diede i suoi seni da baciare volli ricambiarla e feci esattamente come lei. Mugolava di piacere e tornava sulla mia bocca. Poi scese sul mio ventre e iniziò a succhiarmi il clitoride e la vagina ... era bellissimo.
Roberta ci sapeva davvero fare, ma a un certo punto mi si spense tutto.
Come se fosse scattato un interruttore.
Pensai che, giunta a quel punto, volevo essere posseduta da un maschio che sapesse farmi godere. Ma perché era così impossibile? ... Anche come lesbica ero un fallimento?
Roberta si accorse di questo raffreddamento improvviso. Si fermò, mi guardò dritto negli occhi e capì che non era andata. Mi abbracciò, fu carinissima ... mi carezzo i capelli e mi aiutò ad addormentarmi. Per questo siamo rimaste molto amiche, è una persona fantastica. Deve venire a trovarmi per le vacanze, se sarai ancora qui te la farò conoscere".
Tony aveva ascoltato con interesse lo sfogo della sua ex ragazzina. Era un po' stupito, non per i particolari erotici, bensì nel sentire i dubbi di Marinella sulla sua sessualità... ma non lo diede a vedere. Voleva dire qualcosa di sensato a modo suo e ci provò.
-"OK. Però vorrei dirti qualcosa sull'essere omosessuali, lesbiche o finocchi che siano. Anch'io ho avuto rapporti sessuali con uomini, ma non mi sentivo omosessuale per questo e nemmeno mi sono mai posto il dubbio".
-"Davvero? ...Tu!? Non ci credo. Mi prendi in giro?" – replicò lei incredula.
-"Perché dici così?" - chiese lui.
-"Ma perché ricordo che eri il prototipo del maschio latino, forte, deciso, peloso ... - disse, strappandogli un ciuffo di peli dal petto, come faceva da ragazza – avevi il mito delle donne e io ero sempre gelosa di come le

guardavi per strada! I ragazzi poco virili li prendevi in giro, dicevi che sembravano finocchi, quasi con disprezzo".

-"Sì, è vero, ma quelle erano cose da ragazzo del sud. Da noi esistono questi miti ancora adesso, figurati allora. La vita mi ha insegnato molte cose e ne ho fatto tesoro. La prima è che, comunque la natura ci faccia nascere, ognuno ha diritto ad essere rispettato per quello che è. Ho smesso di ridere dei diversi quando ne ho conosciuto alcuni e ci sono stato anche a letto. Non ero diventato omosessuale per questo. Preferivo e preferisco le donne. Tutto delle donne mi piace, perfino l'odore di sudore mi sembra afrodisiaco se è di donna. Ancora di più quello di femmina, quello che si sente quando si fa l'amore. Ma se donne non ce ne sono, allora anche un uomo va bene. Certo, se mi piace. Non tutti vanno bene ... sono un ragazzo serio!" – scherzò, ricevendo il cuscino gonfiabile in faccia, tra le risate di Marinella.

-"E' come hai detto tu: non è come con una donna per me, non è come con un uomo per te ... perché non siamo omosessuali! Semplice no? Se sei omosessuale desideri le donne, ti piacciono le donne, ti piace guardarle, toccarle, farti toccare ... Se l'oggetto dei tuoi desideri sono i maschi, ovvio considerare che non sei lesbica. L'oggetto dei miei desideri sono le femmine ...non divento omosessuale, finocchio, solo perché mi è capitato di scoparmene qualcuno. La sai quella barzelletta che, in una lunga navigazione, senza donne a bordo, il cuoco diventava sempre più ... aggraziato? ... Ah ah ah!".

Risero entrambi immaginando la situazione.

-"Pensa che su un mercantile in navigazione atlantica, il comandante svolazzava in sottoveste trasparente con reggicalze e tacchi a spillo per i corridoi del ponte equipaggio, cercando chi se lo scopasse e il nostromo si incazzava sfogandosi con me, perché doveva andare a svegliare il marinaio del primo turno nella cabina del comandante ... Ah ah ah!"

Marinella rideva di gusto e ancora di più rideva Tony che le ricordava.

-"Ma tu... ti sei scopato il comandante, o qualcuno a bordo di una nave perché eri in navigazione da troppo tempo senza donne?".

-"No, assolutamente, a bordo penso al mio lavoro e nella mia cabina sono entrate solo donne. Quando si arriva in porto o alla fonda in qualche porto Africano, Sudamericano o Asiatico le donne arrivano sottobordo con le canoe, professioniste che salgono a bordo e ognuno sceglie la sua. Scendono quando la nave riparte".

-"Come si fa a fare l'amore con una professionista? Non è squallido?"

-"Perché squallido? E perché ... come si fa? Si fa sempre nello stesso modo. Una donna è una donna, che lo faccia per amore o per denaro o qualsiasi altra ragione e il sesso si fa nello stesso identico modo, ognuno per quello che sa fare o come gli piace".

-"Questo è quello che invidio ai maschi ... voi godete sempre e comunque!" – replicò stizzita Marinella.
-"E tu perché non sei nata maschio? – ribadì ridendo Tony - Pensa che io, invece, ho invidiato le donne, perché possono godere più volte nello stesso rapporto. Un maschio quando gode ha finito. Deve lasciar passare del tempo per poterlo rifare".
-"Ecco lo vedi? Più volte in uno stesso rapporto ... ma quando mai! Magari capitasse una volta senza dover concludere da sola!".
-"Che vuoi dire?" – fece Tony, che non capiva.
-"Voglio dire che per godere, quando ho un rapporto sessuale con un maschio, devo masturbarmi. Ho imparato a farlo senza farlo capire, ma se non faccio così ...resto a bocca asciutta e questo è umiliante, fa stare male".
-"Lo credo bene ...".
-"Tu non puoi capire, perché tu sei maschio, tu comunque hai il tuo orgasmo, il problema è nostro e non è solo mio. Quando ne parlo con amiche hanno quasi tutte lo stesso problema. Pensa che da femminista facevamo le riunioni per emanciparci, ma erano seghe mentali da esaurimento nervoso e ho smesso di andarci. Quando ci penso mi sento disperata Tony, davvero. Ho anche pensato che tutto fosse conseguenza di quando sono stata violentata. Che questo può avermi disturbato la sfera sessuale rendendomi frigida. Pensi che possa essere così?".
-"Accidenti, ti hanno violentata? ... Quando?".
-"Molti anni fa, mi hanno afferrato e sdraiata per terra, poi, in tre, a turno, mi hanno stuprata. E' stato terribile...."
"Ma tu li hai visti? ... Potresti riconoscerli? Li andiamo a cercare!".
A quelle parole Marinella ammutolì e rimase a guardare fisso negli occhi Tony, con quel sorrisetto che lui ben conosceva. Lo stesso di quando era ragazzina e lo fissava proprio così, innamorata.
Era ancora innamorata di lui allora...
Si avvicinò a Tony fino a poggiare il suo seno sul suo petto villoso, poi gli mise le braccia intorno al collo.
-"Nessuno mi ha mai risposto così ... Solo tu, il mio Tony. Sono sempre innamorata di te e non sono più una bambina adesso. Baciami."
Marinella si strinse a Tony porgendogli le labbra che lui aveva conosciuto per primo e che desiderava baciare fin dal primo momento che le aveva riviste. Non si tirò indietro. L'afferrò con forza e la baciò, cercando la sua lingua, il suo sapore e la sua carne, con le mani che la palpavano, frugandola prepotenti, sentendola calda e pronta.
Ma fu lei, dopo lo stordimento reciproco a fermarlo.
-"No, non così Tony ... ho sognato questo momento da troppi anni. Non voglio che sia così, sulla spiaggia, con la paura di essere disturbati. Andremo

a casa dei miei nonni, nel vecchio villaggio, in campagna. Ho le chiavi, saremo soli, finalmente insieme" - e lo baciò di nuovo.
Tony non se lo fece ripetere. Prese a ricordare tutto quello che faceva con la sua ragazzina e a rifarlo, senza possederla, penetrarla, ma possedendola di più, anima e corpo portandola ad ansimare di piacere, palpitante tra le sue braccia. Come poteva essere frigida la sua ragazza? Era bollente di passione ... avrebbe potuto incenerire chiunque, ma non lui.
Dopo, nella vecchia casa che li attendeva al villaggio, sarebbe stato un bell'incontro-scontro!
Le avrebbe spazzato via dalla mente e dal corpo tutte quelle cazzate disumane che aveva appena sentito. Lei ansimava e godette ai suoi baci appassionati e alle esperte carezze. Come in un flash ricordò tutto: era come se un velo si fosse squarciato, mostrando l'orizzonte. Era innamoratissimo di quella ragazzina, era stato doloroso lasciarla, partire, ma non aveva scelta e dimenticarla era stata la legittima difesa del suo io, per non impazzire di dolore. Improvvisamente ebbe la consapevolezza che l'aveva cercata in tutte le donne che incontrava e che lasciava quando si rendeva conto che non erano lei.
-"Hai visto Marinella? Tu hai goduto ... e io no! Ma non me la prendo, me ne devi una ... mi rifarò!"
Lei sorrise stando sdraiata sulle sue gambe, dove si era accucciata dopo il piacere. Aveva lo sguardo soddisfatto che Tony aveva visto nelle donne con cui aveva fatto l'amore. Ci teneva a far provare il vero piacere alla sua ragazza e aveva avuto ragione lei: la spiaggia non era adatta ... meglio la casa dei nonni. Decise di essere sincero fino in fondo con lei.
-"Marinella... voglio dirti la verità, io ho ricordato tutto di te e di noi solo adesso. Sentirti godere come allora ha aperto la mia mente. Soffrii molto nel lasciarti, sono stato male per giorni e giorni. Poi ho dimenticato. È stata la legittima difesa di una mente che non voleva impazzire. Quando ti ho rivista mi sei piaciuta subito tantissimo ma, per quanto sembra incredibile, non avevo capito chi fossi. Poi ho cominciato a ricordare e adesso ti riconosco e sei sempre tu, la mia ragazza: piacere di rivederti!"
Marinella si mise a piangere abbracciandolo, baciandolo e carezzandolo. Erano felici. Tony guardando il mare gli chiese se era davvero possibile sentirsi così appagati e il mare rispose con la stessa musica di sempre: " Sì ... sono la vita ... sono la morte ... sono l'eterno mare...".
E lui prese a cullare la sua ragazza all'unisono con lo sciabordio delle onde sulla battigia.
Marinella tirò fuori una piccola tovaglia e la sistemò sulla sabbia. Aveva portato dei contenitori di plastica con dell'insalata di riso, macedonia di frutta e un thermos di the freddo al limone.

Ogni volta che metteva qualcosa sulla tovaglia si avvicinava a lui e lo baciava dolcemente sulle labbra, sulle guance, sugli occhi. Tony era come imbambolato. Non capiva bene cosa gli stesse succedendo; era una sensazione piacevole, ma che lo faceva sentire confuso, non si era mai sentito così. Durante quel pic-nic avevano ripreso a parlare, a raccontarsi e dirsi di tutto, com'erano soliti fare per ore ed ore, senza mai stancarsi.
Il sole cominciò a calare e le ombre della sera si allungavano inesorabili sulla sabbia. Si avvicinava il momento che attendevano e il loro desiderio saliva col calare del sole. Fecero il bagno giocando tra le ombre e gli ultimi riverberi di luce mentre il disco rosso veniva ingoiato dall'acqua di mercurio. Era bellissimo, soli, nell'infinito mare... Si spruzzarono, si inseguirono, si abbracciarono.
Marinella si avvinghiava a lui pervasa da amore inenarrabile, ma non si nascondeva di aver paura e non voleva nasconderlo a lui.
-"Sai ... ho paura!"
-"Di che?"
-"Di questa prima volta tra noi ... l'ho tanto attesa e desiderata ed ora ne ho paura. Se sarà come tutte le altre volte ... che ne sarà di me?"
-"Che ne sarà di te? Sarà che ne vorrai ancora e ancora fino a sfiancarmi. Golosa come sei!"
Lei rise, sollevata, ma non placata.
-"E' difficile per te capire, lo so, ma io mi sento in preda all'ansia... Reprimere la propria pulsione affettiva e sessuale fa soffrire davvero e spinge a convincersi di avere qualche cosa che non va!".
-"Mamma mia ... non farmi male allora ... Ah ah ah. Vedrai che ti aiuterò a superare ogni timore ... non senti con che cosa? – rispose lui per sdrammatizzare, spingendo col bacino contro il suo ventre, il suo membro turgido e impaziente – Non me l'hai nemmeno sfiorato da quando ci siamo rivisti. Una volta lo carezzavi, gli davi i bacetti ..."
Marinella rise a questi ricordi.
-"Sì, mi faceva persino un po' di paura ... Poi lo volevo dentro di me, ma tu me lo negavi e io pensavo: "Ma come può entrarmi dentro una cosa così grande?" Ero proprio una bambina, avevi ragione. Ma perché la vita ci ha fatto soffrire così? Saremmo stati felici da sempre e per sempre potendo stare assieme fin da allora!".
-"Karma ... A ognuno il suo destino Marinella. Ognuno di noi ha il suo e lo deve dipanare per andare avanti, per procedere sulla via del Karma. Se questo ci doveva portare lontani, per poi ritrovarci una volta pronti, allora stai certa che se non lo capiamo adesso il perché, lo capiremo quando saremo pronti a capirlo. C'è sempre un valido motivo per ogni karma: positivo e, a volte purtroppo, negativo".

-"Che strano sentirti parlare di Karma. Leggevi solo ventimila leghe sotto i mari e i libri di Salgari ... Dove hai imparato queste cose?"

-"Si cresce e si cambia, a volte si migliora e a volte si peggiora, siamo il frutto delle nostre azioni. Intanto leggevo i libri di Salgari perché erano di mia nonna, come Ventimila leghe sotto i mari. Non ne avevo altri, ma nemmeno ne avrei voluto altri. Leggere mi piace poco, preferisco pensare, riflettere sulle mie esperienze e capire, imparare quanto più mi è possibile. Per esempio, posso dirti che non devi avere nessuna preoccupazione per quello che vogliamo fare e non perché te lo garantisco io, ma la storia che ci appartiene. Hai mai letto il Kama Gita?".

-"No ... cos'è?"

-"Un libro Indiano, come il Kamasutra, ma non parla delle posizioni possibili per fare l'amore in maniera soddisfacente. Parla di come riconoscersi e perché riconoscersi, tra maschi e femmine, le due metà del cielo, e descrive quali sono le differenze e quali devono essere le analogie perché una coppia possa tendere alla perfezione divina. Per esempio, a me piace il tuo odore. A te piace il mio ... questo è un primo sintomo di conformità tra la mia sessualità maschile e la tua femminile. Poi c'è l'intelletto. Non devi temere di non essermi conforme, come non lo temo io, perché le nostre menti sono affini. Le ore ed ore passate a parlare senza mai stancarci lo confermano, gli argomenti e gli interessi comuni, vedere le cose dallo stesso punto di vista... tutto lo conferma. Non ci saranno problemi su questo. Restano le dimensioni..."

-"Le dimensioni? Che vuoi dire?" – chiese Marinella, sempre più interessata.

-"Colui che scrisse il Kama gita divise le donne in categorie: per esempio c'era la donna cerbiatta, la donna giumenta e la donna elefante. La donna cerbiatta veniva descritta con caratteristiche fisiche ben precise e il suo yoni, la vagina, era adatta ad ospitare un lingam, il pene in sanscrito, di piccole dimensioni, o meglio adatto alle dimensioni della donna cerbiatto. Infatti anche i lingam venivano assegnati, in base alle dimensioni, alle definizioni di lepre, toro e cavallo. Affinché il rapporto sessuale sia soddisfacente tutte queste differenze devono essere conformi tra loro, altrimenti non funziona o funziona male. Quanto male? In proporzione alle incompatibilità. Probabilmente tu hai voluto unirti a persone che non ti erano affini e quel che hai sofferto ne è la conseguenza. Questo, hai ragione, vale molto di più per la femminilità che per la mascolinità, ma solo apparentemente.

E' vero che il maschio gode sempre perché è lui ad avere la parte attiva, e ottiene l'orgasmo sia che lo yoni sia della sua misura più adatta o differente, ma è l'intensità del piacere che cambia.

Quei saggi Indiani consideravano la sessualità come un'espressione sacra del divino e ricavarne la massima soddisfazione significava onorare gli Dei. Nell'Olimpo Indiano e nella sua filosofia lo Yoni rappresenta simbolicamente la parte femminile della divinità, Shakti o Parvati, che ne è la reincarnazione ed è rappresentato simbolicamente da una pietra di forme differenti ma che, comunque, presenta una fessura, richiamante proprio la natura femminile. In contrapposizione allo yoni vi è il Lingam, raffigurazione della divinità maschile Shiva, che rappresenta la forza creatrice della natura ed è generalmente rappresentato da una pietra cilindrica di forma fallica. Nei templi la rappresentazione divina è un lingam inserito in uno yoni perfettamente adatto: la perfezione! Nella filosofia Indiana la sessualità è la vita e non qualcosa di cui doversi vergognare. Se tu avessi saputo queste cose non avresti sofferto così tanto e per tutto questo tempo, avresti semplicemente considerato che dovevi cercare il membro adatto a te!"
Tony concluse queste parole sorridendo, voleva parlarne tranquillamente, non dare a Marinella ulteriori motivi di paranoia.
-"Che bello! Ma dove si trova questo libro?" – chiese lei estasiata da questa spiegazione chiarificatrice della radice delle sue angosce, e indicante la soluzione possibile.
-"Immagino in libreria ... non l'ho mai cercato. Ce l'aveva una mia amica a Montreal, in Canada. Era scritto in Francese, io ho imparato molte lingue, ma le ho imparate viaggiando, a leggerle mi viene difficoltoso. Sulle prime avevo imparato solo *Voulez vous couchè avec moi ce soir*? Lei rispose *ouì* e così siamo diventati amanti per qualche settimana".
-"Cosa vuol dire? ... Non ho fatto francese!".
-"Vuol dire *Vuoi dormire con me stasera*? Un modo di rimorchiare. Lo so dire anche in Portoghese di Macao"
Marinella gli diede uno schiaffo forte e secco. Tony non se l'aspettava, ma gli scappò da ridere.
-"Ma sei matta? Perché l'hai fatto?".
-"Scusa ... non lo so, mi è scappato, non so perché. Ci sono rimasta male, tutte quelle donne, quelle avventure ...".
-"Sei gelosa?" – chiese Tony e il rossore delle sue guance fu la risposta.
-"Sei gelosa ... ancora? Ma ora sei grande, non devi esserlo più!"
-"Sì sono gelosa ... non posso farci niente, è più forte di me, scusami"
-"Va bene ... starò più attento ..." – concluse egli ridendo.
-"Però ho ben capito quel che ti ho detto sulle filosofie sessuali Indiane e l'ho sperimentato di persona, è proprio così. Io credo che siamo compatibili anche fisicamente, perché quando la mente è conforme, allora anche il corpo è conforme, dal momento che è la mente a costruirsi il corpo che gli occorre, soprattutto la parte sessuale perché è la mente che ne gode

maggiormente i benefici. Tra l'altro, quell'amica di Montreal aveva anche il Kamasutra e quel libro, come tante raffigurazioni sessuali dei templi e dell'arte indiana, è stato considerato persino pornografico da chi ne ignora la religiosità. La sessualità per l'Induismo è sacra e nel kamasutra sono descritte 64 posizioni sessuali ... come i 64 esagrammi del libro dei mutamenti Taoisti, l'I Ching ... Un caso? Boh, ma è sicuramente un'analogia. A Charlotte piaceva praticarlo, ma tra noi era difficoltoso, perché lei era una donna cerbiatta e il mio lingam in certe posizioni colpiva il suo utero ... le faceva male, ed anche a me".

-"Allora sei convinto che andrà bene tra noi? ..." – chiese lei.

-"Ah no, basta chiacchiere! Si passi alla pratica e subito – replicò Tony abbracciandola e premendola sul bacino per farle sentire la sua eccitazione.

Lei lo baciò appassionatamente.

Fu difficile a entrambi staccarsi! Urgeva il desiderio di essere soli, finalmente liberi di unirsi in un amplesso che si preannunciava sconvolgente. Corsero all'auto di lei e, caricato il cestino nel bagagliaio, partirono. Marinella prese a cantare con la sua bellissima voce; avrebbe potuto fare la cantante professionista tanto era brava. Cantava Walking to the Moon e Tony tentava di seguirla, ma per lui, che non azzeccava una nota, l'impresa risultò impossibile. Era proprio stonato! Preferì ascoltarla e guardarla, bella e felice mentre le carezzava le gambe con una carezza leggera che lei apprezzava. Il desiderio avrebbe potuto spingere quell'auto senza bisogno di benzina. Arrivarono in dieci minuti. Marinella parcheggiò davanti ad una casetta contadina. Aprì il portoncino con una vecchia chiave di ferro e furono dentro.

Utilizzò l'accendino per accendere una candela all'ingresso.

-"In questo lato della casa non c'è luce elettrica, solo candele e piccole lanterne. È saltato l'impianto e non è stato ancora riparato. Dall'altro lato, dove c'è bagno e cucina funziona.

-"Non mi serve luce elettrica, mi basti tu".

La prese in braccio e la portò verso la camera da letto che vedeva davanti a se. Dalla porta aperta s'intravedeva un vecchio letto in ferro battuto, come si usava nelle vecchie case contadine.

La adagiò lì e cominciò a spogliarla mentre lei riusciva ad accendere un piccolo lume ad olio sul comodino.

Capitolo III
L'amore Karmico, il vero amore.

Si trovò per le mani il corpo tremante e bollente di Marinella e sapeva che era sua. L'aveva sempre saputo. Ansimava Marinella, mentre lui la spogliava lentamente baciandole ogni parte del meraviglioso corpo che si offriva ai suoi baci, alle sue carezze. Sentiva l'odore delle sue ascelle, gli piaceva anche quello. Gli era sempre piaciuto, lo annusava di gusto, facendo ridere Marinella fin dai primi incontri, e la baciava proprio lì, facendola rabbrividire. Lo rifece, sentendola scattare e subito ridere, afferrandogli la testa per portarla alle sue labbra turgide di desiderio. Si fermò a fissare quegli occhi luminosi, persino la fioca luce di quel moccolo riusciva a farli splendere. Sorrisero prima di baciarsi di nuovo furiosamente, entrambi in preda alla passione. Tony tornò giù, al centro del desiderio e prese a baciarla con la sapienza appresa dalle mille donne che l'avevano amato prima e che gli avevano insegnato come farle godere.

Sapeva capire quando era il momento, quando la sua partner era pronta a prenderlo dentro e i movimenti del bacino di Marinella lo stavano chiamando.

Prese a risalire sul suo ventre leccando e mordendo morbidamente la sua carne tremante, fino a giungere col suo membro eretto e pulsante alla porta del suo piacere. La baciò mentre iniziava la penetrazione, lentamente, interrompendola e ritirandosi per poi penetrare di più, fino ad essere tutto dentro di lei, iniziando l'eterna danza di Shiva.

Le leccava voluttuosamente il collo, le orecchie e, intanto, la portava all'apice del piacere interrompendosi sapientemente per poi ricominciare. Voleva che il piacere esplodesse quando sarebbe stato irrefrenabile per entrambi. Voleva che Marinella ricordasse per sempre questo momento, la loro prima volta. Cambiava spesso il ritmo e aggiungeva movimenti rotatori per cogliere anche quelle sensazioni. Ne faceva il pieno e lo donava anche a lei, che era come perduta in un oceano di percezioni mai provate e di cui non sospettava nemmeno l'esistenza.

Tony stava per fermarsi ancora, voleva cambiare la posizione per raccogliere altro piacere e ricominciare, ma gli fu impossibile. Le pulsazioni della vagina di Marinella, che con un lungo gemito stava provando l'orgasmo, gliel'impedirono. Le sue cosce si strinsero sui suoi fianchi e il bacino si agitava scomposto a cercarlo. Tony poteva sentire la bocca del suo utero

alla distanza giusta: una carezza, non un colpo violento. Godettero di un piacere che veniva dal profondo. Sembrò interminabile, coinvolgeva la mente,lo spirito e il corpo e li lasciò entrambi senza fiato, ansimanti, uno sull'altro, sudati e felici.
Marinella fu la prima ad aprire bocca per parlare.
-"Il nostro respiro... lo senti? ...È uguale!" – notò con sorpresa. Anche lui l'ascoltò...
-"Sì, è vero ...è lo stesso... e sono sicuro che anche i nostri cuori stanno battendo allo stesso ritmo".
Rimasero così, uniti, ad ascoltare il respiro univoco, finché il sangue non fu defluito.
Tony uscì lentamente dal ventre di lei e si alzò in piedi, mostrandosi nudo al suo sguardo.
-"Dov'è il bagno? ... Dai andiamo a lavarci".
Anche Marinella si alzò, portando con sé il lenzuolo del letto distrutto e cingendoselo per pudore intorno al petto. Tony glielo tolse.
-"Voglio vederti nuda quando siamo insieme. Prova a spiegarmi perché in spiaggia puoi togliere il reggiseno e qui ti copri." – Lei rise e lasciò il lenzuolo sul letto sfatto, guidandolo dall'altro lato della casa, verso il bagno. La casa dei nonni aveva servizi igienici all'antica, non aveva bidè ... ci si doveva arrangiare con i lavamani, ma Tony ebbe un'idea migliore e aprì l'acqua della doccia che non aveva cabina. Meglio così ... di solito ci sbatteva mentre si lavava. Il pavimento era inclinato verso il tubo di scarico. S'infilò sotto e quando l'acqua fu tiepida chiamò Marinella che fu ben felice di raggiungerlo. Si insaponarono a vicenda e Tony fu presto pronto a rifarlo. L'abbracciò sotto il getto d'acqua e ripeterono il noto cerimoniale, ma questa volta la penetrò prendendola in diversi modi e facendole provare sensazioni nuove. Lei aderiva con facilità alle diverse posizioni che Tony proponeva con abili movimenti, senza bisogno di chiedere. Lo stringeva con le gambe intorno ai fianchi, avvolgendolo completamente, mentre lui la reggeva con le mani sulle natiche.
Shiva danzava così, lentamente, restando immobile sulle gambe leggermente piegate e avanzando e indietreggiando il bacino, a volte facendolo ruotare, poi appoggiandole la schiena alla parete, mettendole le braccia sotto le ginocchia per reggerla, trafiggendola selvaggiamente con forza fino a farle raggiungere l'orgasmo che fu potente e diverso da quello precedente. In quella posizione, però, Tony aveva sentito di meno le pulsioni della sua vagina ed era riuscito a trattenere il suo. Così la mise giù, ancora pronto e la girò di spalle, facendola appoggiare con le braccia al muro e penetrandola subito da dietro. Riprese a muoversi lentamente, roteando i fianchi e palpeggiandole le natiche, riportandosi all'apice per

trovare il suo orgasmo. Il getto della doccia la colpiva sui glutei e l'acqua colava giù per le sue cosce. A volte la tirava a sé afferrandole i seni, palpandoli e massaggiandoli e prendendola sotto il collo per avere la sua bocca da baciare, cercando la sua lingua. Sentì che la sua vagina ricominciava a pulsare intorno al suo membro e la spinse di nuovo giù, ad appoggiarsi al muro.

Le afferrò i lunghi capelli con la mano sinistra e tenendola così, come attaccato alle briglie, la cavalcò furiosamente, senza sosta, afferrandola con la destra sulle natiche e tirandole a se, muovendole in su e in giù, per aumentare il suo piacere. La sentì godere e lo fecero insieme, mentre lei lo invocava chiamandolo *amore*!

La tenne stretta a sé, restando dentro di lei mentre il suo membro pulsava ancora. Le avvolse la vita con le braccia e poggiò la testa sulle sue spalle, aderendo completamente alla sua schiena. Lei tacque e non si sottrasse a quell'abbraccio. Restò immobile così, appoggiata al muro, avvinghiata al suo amante, sazia e felice. Fu l'acqua, divenendo fredda, a staccarli tra i gridolini di lei. La usarono per lavarsi e asciugarsi per poi tornare a letto. Marinella tirò su il letto dopo aver acceso un altro piccolo lume a olio, in terracotta. Quello precedente si era spento, esaurito.

Si sdraiarono ... lei accese una sigaretta, ma Tony non fumava da anni.

Gliela tolse e la baciò.

-"Se vuoi puoi fumare me ... – disse indicando il suo pene a riposo – così lo rifacciamo!"

Lei rise e si appoggiò con la testa al suo petto, carezzando con affetto il pene, come a ringraziarlo del piacere avuto.

-"Visto perché io, invece, invidio le donne? A me non può mai succedere di godere due o tre volte durante lo stesso amplesso. Quando godo io è finita!" – disse Tony.

Marinella rise guardandolo e non fece alcun commento.

-"Comunque a me non sei sembrata nè lesbica e nè frigida!" – aggiunse ironico, e risero entrambi.

Marinella aveva capito che i suoi problemi erano finiti e che non risiedevano in lei, ma nei partner che aveva avuto. Aveva anche capito, però, che affinché fossero davvero finiti doveva riuscire ad avere Tony al suo fianco per sempre. Doveva riuscirci e si ripromise di mettercela tutta perché ne andava della sua felicità e della sua vita. Ora che sapeva davvero cosa avrebbe perso non sarebbe sopravissuta alla nuova immensa e terribile solitudine.

Non era ancora tempo di dormire. Mentre pensava aveva continuato a carezzare il membro di Tony ch'era di nuovo pronto e la voleva. Sentì di amarlo per il piacere che le aveva dato. Desiderò baciarlo e lo fece. Con

piccoli e rapidi colpi di lingua lo percorse tutto salendo poi verso il petto e i capezzoli che baciò e succhiò con grande sensualità.
Poi lo cavalcò, facendosi penetrare lentamente e iniziando a muoversi su di lui, ora sdraiandosi fino a baciarlo, ora alzandosi per farsi palpare i seni da lui che, intanto, aveva ripreso a muoversi dentro di lei. Tony, sollevandole una gamba la spinse a ruotargli sopra, senza uscire dal suo ventre, a mostrargli le spalle e le natiche mentre la cavalcava da sotto portandola lentamente al piacere. Lei aveva capito e lo assecondava.
Quando lui si fermava anche lei lo faceva, per non provocargli un orgasmo anticipato, indesiderato e meno intenso. Aveva capito che, come diceva Tony, caricare eccitazione e sensazioni, sarebbe confluito in un piacere intenso come non aveva mai provato. Tantomeno con l'autoerotismo a cui si era ridotta. Durante una di queste pause si sollevò da lui per riprendere a dargli colpetti di lingua sul membro, scattanti, rapidi e che sentiva gli piacevano. Vedeva la verga del suo amante saltare nervosa davanti alla sua lingua. Poi riprese a cavalcarlo... voleva goderlo ancora, voleva lasciarsi andare completamente a lui, ma voleva guardarlo godere di lei. Guardarlo negli occhi mentre si scioglieva dentro di lei. E lo fecero entrambi. Lui vide lei e lei vide lui con l'espressione di beatitudine che solo un rapporto sessuale appagante poteva dare.
A ognuno in base alla sua natura e la loro era davvero potente!
Parlarono a lungo dopo, ne avevano di cose da dirsi, da raccontarsi.
Parlarono anche del sesso appena consumato, delle sensazioni nuove provate da lei e dell'intensità sconosciuta provata da lui. Tony chiese perché non glielo baciava, sfiorandolo appena, invece, con la lingua... forse aveva dei tabù?
-"Non so, ho sempre fatto così ...ma è anche vero che nessuno ha mai meritato di più ...tu si. Voglio farlo solo per te, insegnami come si fa" – disse Marinella, perdutamente innamorata di lui.
-"Non c'è una regola, né un solo modo. Un'amica mi disse che da come una donna fa godere il suo uomo con le labbra e con la lingua si può misurare il suo livello di libertà e consapevolezza.
Devi fare come se fosse tuo, proprio tuo e fargli quello che ti piacerebbe che altri gli facessero per farti godere. Quello che ne viene fuori sei tu! A me piacerà vedere e sentire come sei. Tu sentirai da me come e quanto mi piace ciò che farai. Non ci sono corsi ed esami da superare. Sei libera anche di non farlo se non ti va, a me piace, spero piacerà anche a te. Non ti è piaciuto come l'ho fatto io?" – rispose Tony, carezzandole i capelli ancora umidi.
-"Sì, moltissimo e mi rende gelosa, perché chissà a quante l'hai fatto..."

-"A tante, e sempre ricambiato. Ci s'incontra, tra uomini e donne, per darsi piacere. E' uno scambio, altrimenti è schiavitù e tu mi hai raccontato cosa si prova a sentirsi usate, senza ricevere niente in cambio ... No?" – disse lui.
" Sì, è terribile e ti voglio ancora più bene per questo. Mi hai liberata ...come posso ricambiarti?"
-"Essendo libera! E dimostrandomi di esserlo davvero" - rispose Tony, indicandole con un sorriso il suo membro che dimostrava di averne abbastanza di chiacchiere!
Marinella rise divertita ... e si sentii pronta a dimostrargli di essere finalmente libera.
I gemiti di Tony, il suo ansimare mentre lei lo trattava come avrebbe voluto che fosse trattato se fosse suo ... le davano la misura della sua libertà. Lo aveva dentro di se, tra le sue labbra e ne era padrona. Lo sentiva davvero suo adesso e lo fece godere così ... come non aveva mai fatto godere nessuno. Ma Tony era il suo uomo, anima e corpo, e voleva farlo sentire anche a lui.
Lo raggiunse felice per guardarlo negli occhi. Lui le prese la testa tra le mani, affondando le sue dita nei capelli e lei fu felice di sentirgli dire con uno sguardo dolcissimo: "E' stato bellissimo ... grazie! Ma sei sicura di non averlo mai fatto?". Lo disse sorridendo per farle capire che le credeva, ma era incredibile che fosse stata così brava per essere la sua prima volta.
-"Sì, non l'avevo mai fatto con nessuno. Però, nelle mie fantasie erotiche l'immaginavo. Immaginavo come doveva essere e cosa avrei fatto. Ma non ho mai desiderato farlo ai miei partner, solo a te!"
Poggiò la sua testa sul petto di lui e iniziò parlare dolcemente.
-"Io non voglio mentirti Tony. Voglio aprirti il mio cuore, voglio fidarmi di te. Non mi sono mai sentita così felice, appagata ed è tutto merito tuo. Ma non ti ho detto la verità prima ..."
-"Non sei lesbica? ... l'ho capito!" – rispose ridendo.
-"No ... quello che ti ho detto di Roberta è vero. Ma c'era stata anche un'esperienza precedente, per questo mi era venuto quel dubbio. Una sera rimasi a casa di un amica, perché avevamo fatto tardi in discoteca e dormii con lei, nel suo letto. Avevamo bevuto un po' ed anche fumato qualche spinello. Non so come accadde, ma ci ritrovammo abbracciate e ci demmo piacere a vicenda. La cosa ci stupì, nessuna di noi due era lesbica. Lei aveva anche un ragazzo che le piaceva. Evitammo di rivederci per non doverci confrontare con questo fantasma. Per questa ragione ci fu quell'esperienza con Roberta ... che andò esattamente così come te l'ho raccontata".
-"Allora? ... In cosa hai mentito? – chiese Tony.
-"Aiuto ... non riesco a dirlo, ho paura che non mi perdonerai! Una paura matta, ma devo farlo per avere con te un rapporto franco, leale..."

-"Per essere anche amici ... Ti aiuto io, vediamo: hai ucciso qualcuno e l'hai sepolto in giardino? ... OK, ti perdono!"

-"Oddio no – rispose allo scherzo ridendo Marinella - ma è grave, lo so ... abbracciami e avrò la forza di dirtelo..."

Tony l'abbracciò stringendola al suo petto e ascoltò stupito.

-"Non è vero che sono stata violentata ..."

Un silenzio cadde tra loro. Lei aspettava una sua reazione che non ci fu.

- "Ecco, lo sapevo, ho rovinato tutto!" - e prese a piangere.

Tony, invece, replicò: "Tutto qui? ... E allora?"

Marinella sollevò la testa dal suo petto, per guardarlo negli occhi.

-"Come tutto qui? ... Non era vero niente ... ti ho mentito ..."

-"Ehhh! E che sarà mai? – disse per sdrammatizzare – hai fantasia e allora? Se ti eccita l'idea possiamo farlo per gioco. Vuoi che ti violento? ... Posso darti anche qualche cinghiata se ti va ... Piano però ... non voglio rovinare queste belle natiche sode e vellutate..." – disse carezzandogliele, mentre la voce gli diveniva roca ...

Lei si stupì di questa sua reazione, non se l'aspettava.

Replicò asciugandosi gli occhi con le nocche, come una bambina.

-"No, non ho mai avuto fantasie di quel genere!"

-"Allora non capisco, spiegami, perché mi hai raccontato di avere subito uno stupro, oltretutto di gruppo? – le chiese, ma con tono amichevole e curioso – Coraggio, non c'è nessun processo in corso ... si tratta solo di capire, di conoscersi. Vogliamo conoscerci, no?"

-"Sì, sì ... certo! Mi sono inventato quella storia per due motivi. Ogni volta che incontravo un ragazzo, mi accorgevo che aveva il desiderio di essere stato il primo. Indagavano sempre per sapere se c'era stato qualcun altro prima. Dicevo di no, ma non ero vergine e per paura di essere scoperta, prima di andarci a letto raccontavo di non esserlo più perché ero stata violentata. A volte manco ci arrivavo a raccontare dello stupro, perché appena sentivano il racconto delle mie esperienze lesbiche, dei miei dubbi, e Roberta era ancora lontana da venire, mi venivano addosso, a volte persino violentemente e, prima che me ne accorgessi, era già tutto finito. Mi facevano sentire sporca, usata ... Ma era la solitudine che mi spingeva a buttarmi via così. Desideravo solo incontrare il mio lui ... desideravo te. Ma non trovavo altro che stronzi. Qualche volta andava un po' meglio, ma solo un po' ... Così arrivò Roberta e quello che ti ho raccontato. Quello è vero. Volevo mettere alla prova anche te, ma tu sei imprevedibile. Nessuno si era mai offerto di andarli a cercare..."

-"Davvero? E cosa ti dicevano di fronte a una dichiarazione così grave?" – chiese incuriosito Tony.

-"Niente, assolutamente niente! Facevano finta che non avessi detto niente e si facevano avanti per portarmi a letto. Lasciavo fare rassegnata ... Una volta, una delle ultime di quelle esperienze deprimenti, mi feci addirittura schifo. Saltai giù da quel letto e finii di vestirmi sulle scale, stavo per vomitare dalla nausea. Avevo incontrato un ragazzo in un pub, mi piaceva, aveva capelli lunghi come i tuoi. Era alto, bello ... simpatico. Sembrava un tipo libero, con cui poter vivere una bella storia. Ci credetti, ci scambiammo qualche bacio e quando mi invitò a casa sua, accettai. Una volta là ripetei la mia storia anche con lui. Non disse niente, ma continuò a baciarmi e a spogliarmi dopo avermi fatto sedere sul letto. Lo lasciai fare ...
Quando fu sopra di me, nudo anche lui, lo sentivo premere sulla vagina col suo membro. Ma non ero eccitata, nemmeno un po', e i suoi tentativi di penetrarmi andavano a vuoto. A quel punto lo sentii dire nel mio orecchio: "Non trovo il buco!". Fu davvero troppo. Con uno scatto di reni me lo tolsi di dosso e, raccolte le mie cose, fuggii via ancora mezza nuda. Che schifo! Ma come si può essere così?"
-"Mah! Ho sentito molte storie simili. Purtroppo credo che sia ignoranza.
I maschi non conoscono le femmine. Non sanno nulla delle loro esigenze e nessuno gliele spiega. Pensano che a una femmina basti essere corteggiata e posseduta dal maschio per avere piacere. Del resto, poche femmine pretendono di avere la loro parte di piacere e i maschi così si viziano. Ma tu, davvero non eri in grado di capire che avevi di fronte individui involuti? Perché li frequentavi? Cosa avevi da spartire con loro?" – chiese Tony.
-"Chi altri avrei dovuto frequentare? Erano tutti così!"
-"Se pretendi di volare tra le aquile e cerchi il tuo compagno nei pollai... certo che trovi solo polli". Per volare tra le aquile non bisogna temere la solitudine, anzi, bisogna amarla ... perché le aquile volano sempre sole, finchè non trovano il loro compagno o compagna. A quanto mi racconti, tu non eri mai da sola: sempre in mezzo a gruppi in discoteche e pubs ... che altra fauna potevi incontrare?" - chiosò ridendo Tony.
-"Hai ragione ... sfuggivo la solitudine, ma tutti lo fanno ... tu no?" – chiese Marinella.
-"Io? Per me, in tre, siamo già una folla! Amo moltissimo stare da solo, con i miei pensieri, i miei sogni. Tollero solo una compagna ... a volte due, per avere uno scambio di sensazioni, di piacere, di conoscenze..."
-"Come ... a volte due?" – domandò lei.
-" A volte due, è capitato, senza cercarlo. Sono quelle situazioni in cui ci si trova immersi e si può solo cercare di renderle il più positive e piacevoli possibile. Dei buoni ricordi ..." – replicò Tony
-"Ma due donne o ..."

-"Due donne certo ... due amiche che volevano fare un'esperienza particolare. Curiosità, anche per me."

-"E com'è stato? ... Come si fa? ..." – domandò interessata Marinella.

-"Te lo racconterò un'altra volta ... ora mi si chiudono gli occhi ..."

Disponendosi al sonno ristoratore vissero entrambi un'esperienza incredibile e unica.

Tony si girò verso Marinella, alla sua sinistra. Lei si era girata su un fianco e lui la cinse col braccio avvicinandosi, per dormire abbracciati. Tony stava sprofondando nel sonno profondo, dalla finestra si vedeva albeggiare. Marinella gli aveva spostato il braccio e si era allontanata, dicendogli che per dormire doveva stare da sola, o non avrebbe preso sonno.

Tony, nel dormiveglia, c'era rimasto male ma lasciò fare, era troppo stanco. Vide sé stesso in un'immagine onirica, sdraiato sul letto, sul fianco destro, di spalle a Marinella, ch'era sdraiata sul fianco sinistro. Un solo pensiero emerse: lei non vuole attaccarsi! Allora, sempre nell'immagine onirica, si mosse per scendere dal letto e andar via. In quel momento, la Marinella del sogno, si girò di scatto, lo abbracciò e disse: "Voglio attaccarmi!".

Questo lo portò ad aprire gli occhi e fu presto sveglio. Nello stesso momento anche la Marinella in carne ed ossa, quella del mondo reale, si girò di scatto, lo abbracciò e gli disse: "Voglio attaccarmi!".

Tony doveva parlarne con lei. Non gli era mai accaduta una cosa simile e, razionale e lucido com'era, non beveva e non si drogava per non disturbare la sua lucidità, doveva capire come fosse stato possibile. Una sua illusione onirica, casualmente interpretata nella realtà da Marinella?

Improbabile, ma lei era lì e glielo chiese, raccontandole tutto ed ascoltando la sua risposta.

-"Ho avuto la stessa immagine anche io. Ti ho visto che ti alzavi e ti allontanavi da me e la paura di perderti mi ha svegliato. Mi sono girata ed ho visto e sentito che ti stavi allontanando e ti ho abbracciato dicendoti quelle parole, spaventata: "Voglio attaccarmi!" ...Oddio, cosa significa?"

-"Non lo so, ma niente di negativo. Voglio dormire abbracciato a te ... se, però, a te non va, va bene lo stesso" – rispose Tony.

-"E proprio questo il punto, a me non è mai andato, ma ora, invece, voglio stringermi a te e dormire così".

Fece addormentare Tony sotto una miriade di bacini che gli dava dappertutto: sulle labbra, sugli occhi, sulla fronte... e si concluse così quella notte meravigliosa, dopo una giornata straordinaria.

Fu il canto degli uccellini, sui rami degli alberi tutt'intorno, a svegliarli. Era già pomeriggio e il sonno era stato davvero ristoratore. Prima ancora di alzarsi, rifecero l'amore, come per ritrovarsi ancora e accertarsi che era tutto vero, non un sogno.

Poi uscirono per andare a mangiare qualcosa: erano affamati.
Tony volle portarla in ristorante a mangiare del buon pesce in riva al mare e, intanto, parlare e parlare.
Ne avevano di cose da dirsi, non si stancavano mai.
Ogni volta che posava lo sguardo su di lei, rivedeva una parte della sua ragazza, quella che, poco più di una bambina, era disposta a seguirlo ovunque, se solo gliel'avesse permesso.
Cinque anni di differenza non sono tanti, ma nell'adolescenza sì, lo sono.

Capitolo IV
Il terzo occhio e l'Illuminazione

"Raccontami di te... - chiese Tony – voglio sapere tutto, cosa hai fatto, dove sei stata, con chi sei stata. Sii sincera, non sono geloso ..."
"Anche questo ti rende diverso ... Perché non t'importa di non essere stato il primo a possedermi? Agli uomini importa al punto che se non è così, non prendono sul serio una storia. Considerano la donna come fosse una puttana... Era questa sensazione palpabile a spingermi a raccontare quelle storie. Nell'anelito della ricerca d'affetto e comprensione mi rendevo conto che, invece, aggravavo ancora di più la mia reputazione di ragazza facile... Pure stuprata!"
"E' la paura ... paura dei confronti che una donna può fare sulla sua potenza sessuale, sulla virilità. Un uomo vero, consapevole della sua forza, non ha paura che qualcuno più forte sia passato di lì prima di lui!" – rispose secco Tony.
Marinella rimase senza parole. Non sapeva cosa dire, ma si rendeva conto che sì, era l'insicurezza e i complessi dei maschi repressi ad aver creato quella situazione che tante donne aveva fatto soffrire prima e dopo di lei.
Tony ruppe il silenzio.
- "Qualcuno più forte di me è stato dentro di te prima ...?"
La risata divertita di Marinella fece ridere anche lui, che concluse.
-"Capito perché non sono geloso?..."
-"Sì capito!" – replicò lei continuando a ridere.
-"Ma dimmi ... perché questo non l'ho ancora capito. Se io ho bisogno di te per avere orgasmi così, come fanno le altre donne? I maschi inadeguati incontrano comunque delle donne: sono condannate ad essere represse e infelici? E' vero che non ho sentito che lamentele dalle mie amiche! Ma possibile che il genere umano sia figlio della repressione e umiliazione del genere femminile? Qual è la regola per incontrare l'uomo giusto? Hai detto di dimensioni: qual è quella giusta e quanto deve durare un rapporto sessuale perché sia soddisfacente?"
-"Mamma mia, a valanga! Del genere umano non so ... mi chiedi troppo, le mie esperienze non sono state così vaste. Ma a tutte le altre domande posso rispondere. Dimensioni? Non ce n'è una valida per tutte, perché come insegna il Kama Gita, ma qualsiasi medico potrebbe confermarlo, come ci sono Lingam, falli, di tutte le fogge e dimensioni, così è anche per gli Yoni, vagine. Anche le donne hanno organi sessuali differenti, sia esternamente

che internamente. Non sono fatti né in serie, né a macchina, forse quelli finti, di gomma. Anche quelli però, non sono fatti su una misura unica. La natura non sbaglia, per ogni lingam che ha creato, crea anche il suo Yoni. L'immagine sacra è esplicita: uno Yoni di pietra, con incastonato con grande precisione un lingam di pietra, della stessa pietra. Riguardo ai tempi ... Io non ti ho parlato di tempi in senso calcolato: dieci minuti, un quarto d'ora, venti, mezz'ora. Posso dirti quali sono i miei tempi ... e non certo perché sono stato a guardare l'orologio in quei momenti. Questo possono farlo le professioniste, non devono godere quando lo fanno con i clienti. Lo so perché una delle mie partner del passato, un giorno, mentre la scopavo nel mio solito modo ... mi accorsi che guardava ripetutamente l'orologio. La cosa non mi era piaciuta e quando poi conclusi glielo dissi. Credo di averle detto: "Che, siamo a tassametro?". Magari ero stato cattivo, ma certo non era stato simpatico vedere che la donna con cui stai facendo l'amore guarda l'orologio, come se avesse un appuntamento. Fortuna che la mise a ridere e quando mi raccontò risi anch'io. Alcune sue amiche, con le quali si erano fatte delle confidenze sulle loro esperienze erotiche, insistevano a dirle che il rapporto sessuale durava circa dieci minuti, anche meno, e che a lei sembrava di più perché non aveva mai guardato l'orologio. Così decise di fare un controllo e capì che aveva ragione lei. Altro che dieci minuti. Una volta era durato cinquanta minuti e l'altra un'ora. Ma questo perché? Perché per prolungare il piacere respingo l'orgasmo più volte per averne uno più potente e più soddisfacente. Fu una donna, una professionista che si innamorò di me, a insegnarmelo, perché lei, quando non lo faceva per lavoro, voleva godere! Me lo insegnò per il suo piacere, ma io capii che in questo modo, quando poi arrivava l'orgasmo che non era più possibile fermare ... era davvero sconvolgente e io me ne mostrai goloso fin da ragazzo!

Se non facessi così potrebbe durare, magari non proprio dieci minuti, forse venti o trenta.

Dipende anche da quanto tempo non lo faccio. Dopo un mese di mare sono un superflash! ... almeno per le prime due o tre ..."- concluse ridendo.

Anche Marinella rideva, ma ascoltando attentamente. Stava rendendosi conto della radice di tutti i suoi malesseri, le frustrazioni, le umiliazioni. Stava aprendosi un sipario sul mondo virile e la sua sessualità e voleva saperne di più.

-"Ma, allora, per esempio, le donne che vanno con i maschi che durano dieci minuti ... che devono fare per godere?"

-"Quegli antichissimi testi filosofici non dicono niente su questo. Però parlano di dimensioni e forme e considerano che queste siano conformi. Cioè una donna cerbiatto, ha la vagina piccola e ha bisogno di un uomo adeguato. Si presume che anche i tempi siano conformi a queste dimensioni. Io, però, ho visto che ci sono donne che hanno modi molto diversi di godere. Per esempio, alcune godono, hanno cioè l'orgasmo, subito, entro pochi minuti. Se poi il rapporto continua possono averne altri. Sono una serie di orgasmi meno intensi di coloro che ne provano uno, dopo almeno venti minuti di sesso, ma per loro sono soddisfacenti lo stesso. Il problema è nella compatibilità, non nei tempi. Le amiche di quella mia amica, avevano maniere diversissime di godere. Una arrivò ad avere addirittura cinque orgasmi, in uno solo rapporto..."

-"Incredibile, cinque orgasmi in dieci minuti e cos'era una scarica elettrica?" – ribatté Marinella.

-"No, certo che no, cinque orgasmi in circa un'ora di sesso!" – rispose Tony.

-"Ma ... come un ora ... la tua amica ... allora tu..." – cercò di capire lei.

-"Sì, certo, la mia amica, Silvia si chiamava ... aveva raccontato alle sue amiche le nostre prodezze sessuali e fui fatto oggetto di una serie di trappole e trabocchetti che mi fecero finire nel letto di tutt'e tre. Non mi dispiacque ma, per fortuna, dovetti ripartire ... proprio nel bel mezzo di una lite furibonda tra "amiche". Posso dirti che quella dei cinque orgasmi, Antonella, aveva anche l'utero basso e la vagina troppo stretta per certe posizioni che tra noi riuscivano impossibili. Fare sesso tra noi per lei era molto limitativo ... La soluzione era insegnare al suo ragazzo a trattenere il piacere in modo da godere di più. Io credo che questa verifica dimensionale sia alla base del motivo per cui la natura spinge l'uomo e la sua compagna a provarle tutte. Perché sia certo che dal punto di vista delle dimensioni si stia facendo l'amore con la persona che ci è conforme, occorre poter eseguire senza problemi tutte le posizioni del kamasutra che, però, non è necessario aver letto per conoscerle. La natura stessa ci ha dotati di questa conoscenza istintiva. Su quell'antichissimo libro ce ne sono anche alcune, peraltro abbastanza astruse, che la natura ci ha risparmiato, secondo me con saggezza. Poi ci sono i problemi da eiaculazioni precoci che sono una patologia da curare con cure mediche vere e proprie e ne soffrono in tanti, che finiscono per essere repressi come le donne, perché non godono affatto, dal momento che avere un orgasmo dopo un minuto o due non può certo essere soddisfacente. La mentalità maschile si spiega appieno col ricordo dell'amico dei tempi della scuola media, non ne ricordo il nome, andavamo al fiume durante le vele dalla scuola e a volte si facevano delle gare di sega ... figurati, vinceva chi godeva per primo, capisci la mentalità? Lui, infatti, si faceva vanto che, per eiaculare gli bastava un accenno di sega, un paio di minuti ed aveva concluso: Imbattibile! Col senno di poi posso immaginare quanto debba esserne stata felice la moglie ... In ogni caso, su

questo argomento giungono indicazioni dall'esperienza di ognuno, ma nessuna regola valida per tutti.
La cosa su cui insistono di più le filosofie orientali, che non considerano il sesso una cosa sporca o tabù, è sull'importanza di cercare e trovare la propria "altra metà del cielo", l'anima gemella, la persona fatta per noi per giungere insieme al nirvana, l'estasi. E' una cosa rara, non tutte le anime gemelle che si cercano, riescono ad incontrarsi, ma a volte capita.
Uno dei modi per verificare che si sia trovata quella che ci è affine, è la storia del terzo occhio".
-"Terzo occhio? Quello che gli Indù e i Buddisti raffigurano al centro della fronte del Budda e di altre divinità? Ma ... tu sei diventato buddista?" - chiese Marinella, incuriosita e interessata.
-"No, macché buddista ... sono sempre stato interessato alla conoscenza e ho realizzato da tempo che ogni religione dell'umanità, anche quelle primordiali e animiste, contengono una parte della verità su Dio e sul creato. Oltretutto mi sono formato la convinzione che anche il Dio degli occidentali, Gesù di Nazareth, nel periodo in cui sparì dalla storia, nell'età dell'adolescenza e fino a che non iniziò la sua predicazione, fosse andato in viaggio verso oriente e verso l'India.
Molti giovani Ebrei di quel tempo cercavano in una sorta di pellegrinaggio la decima tribù di Israele e molti credevano che fosse andata verso Oriente, verso il Kashmir. E' credibile, secondo me, che la formazione religiosa e filosofica di Gesù si sia sviluppata in Oriente, perfezionandosi con la conoscenza di queste filosofie antiche che poi, con la sua preparazione Giudaica, ha adattato alla sua Religione ebraica. Quando leggo delle sue predicazioni sulla resurrezione della carne, mi pare di leggere una storpiatura letterale di quanto si legge su quei testi a proposito della reincarnazione delle anime ed anche altre cose attribuite a Gesù, possono apparire mutuate dalle filosofie orientali, per esempio la Trimurti dell'Induismo, con la Trinità Cristiana! Certo è che tutto il suo predicato è stato poi riveduto, corretto e interpretato dai suoi discepoli, che erano portati a interpretare secondo la loro mentalità le cose che avevano sentito. Questo è comprensibile ... Io, però, pur con le critiche che faccio, ed altre più sofisticate, sono cristiano. Quando penso a Dio, soprattutto nei momenti di difficoltà, mi rivolgo a Gesù, non a Shiva, Vishnù, Brahma o Budda ... Perché così mi è stato insegnato da bambino. Questo non toglie però che non sono uno stupido ottuso e che posso perciò realizzare che la repressione delle pulsioni sessuali non possono essere dovute al Cristo. Sarebbe un controsenso con tutto il suo messaggio di liberazione e sai bene cosa ha combinato e combina, millantando il suo nome, la chiesa cattolica tra stupri, pedofilia e corruttele di vario genere. L'ha forse detto Gesù che i

sacerdoti debbono fare voto di castità? Questa è una norma approvata dopo il 1200 o giù di lì, ma che già aveva portato alle scomuniche del 1054 e che fu una delle cause principali, sia pure occulte, dello scisma tra la Chiesa Bizantina e quella Romana, ben nascosta dietro le disquisizioni assurde del Filioque che è meglio non toccare ... pure assurdità teologiche.
I sacerdoti Cristiani delle altre confessioni, compresi i protestanti, non hanno alcun obbligo di castità, hanno famiglia e figli e, da poco, anche le donne possono accedere al sacerdozio, come Cristo avrebbe voluto" – concluse Tony fermandosi per bere un po' di vino, allungato con acqua e ghiaccio, come piaceva a lui.
Marinella non gli permise di divagare:
-"E il terzo occhio? Cos'è ... che c'entra?"
-"Non lo so. Davvero non lo so. È una cosa interessantissima dal punto di vista teorico, affascinante, ma dal punto di vista pratico ... Boh?! Ricercatori occidentali hanno cercato di interpretarne il senso in maniera per noi comprensibile, ma secondo me l'hanno reso ancora più ermetico. Senti cosa dicono, naturalmente in sunto perché è troppo complicato: lo collegano al 6° Chakra e alla ghiandola pineale. I Chakra per l'Induismo e il Buddismo che ne deriva sono i punti di forza e le porte di accesso all'energia divina. Ovviamente, come mostrano le immagini sacre, molto belle, del Pantheon Indù, è posizionato al centro della fronte, poco sopra le sopraciglia e sovrapposto al punto del 6° Chakra, che si trova immediatamente dietro, insieme con la ghiandola pineale, e costituiscono la vista dell'anima. In un essere umano mediamente evoluto, la ghiandola pineale è atrofizzata e dormiente. Questo a causa di secoli in cui l'umanità è stata tagliata fuori dalla pratica della meditazione in cui l'energia circola, come il sangue, laddove essa è necessaria. A causa di questo, diverse aree dell'anima umana hanno cessato di funzionare. I filosofi orientali danno questa responsabilità al Cristianesimo. Secondo me, però, non è così, anzi, il messaggio Cristiano richiede la meditazione, anche se la chiama preghiera. Questo semmai è un altro triste risultato dell'interpretazione errata del messaggio di Cristo. Sempre secondo questa spiegazione il terzo occhio contiene l'ultimo di tre nodi. Una volta che un nodo è aperto e l'energia circola attraverso di esso, il Chakra della corona diventerebbe semplice da aprire. Ciò provocherebbe, attraverso il terzo occhio che ne è la sede, la visione astrale. Attraverso il terzo occhio, infatti, le immagini astrali sono trasferite al cervello. Il terzo occhio è anche importante nella telepatia e per influenzare il terzo occhio delle altre persone, anche se questo non è visibile; sarebbe recettivo all'energia che viene diretta ad esso e inoltre, il terzo occhio, insieme al sesto chakra, controlla la vista degli occhi, la pelle, e il naso. E' attraverso esso che possiamo vedere le auree, visualizzare

attraverso uno specchio e visualizzare l'energia. Sul 6° Chakra affermano che sia il punto in cui i serpenti Ida e Pingala dell'Induismo si incontrano. Quando la kundalini (l'energia vitale) attraversa questo Chakra, apre l'ultimo dei tre nodi. Un lampo di luce verrebbe spesso riscontrato nel momento in cui questo avviene. Aprire il terzo occhio è uno dei passi principali del prendere coscienza.

Le indicazioni sul come aprire il terzo Occhio dicono che si deve:

1. Sedere, con la schiena dritta;
2. Mettere le mani nelle posizioni mostrate dai testi sacri. La mano destra dovrebbe fare la *Matrix Divina* ... Non chiedermi cos'è, ma bisogna mettere un pugno, il destro, intorno all'indice sinistro. Se sei mancina, il pugno sinistro sul pollice destro. Il pollice dovrebbe premere sul lato dell'indice, dove termina l'unghia. Quando si percepisce un leggero fremito elettrico, allora si saprà di aver trovato il punto corretto. Non bisogna scoraggiarsi se non lo si trova da subito, ma insistere. Sarebbe evidente da subito, per chi ha un aura più forte. Per tutti gli altri si raccomanda pazienza. Del resto, per indirizzare il flusso di energia verso il terzo occhio, si deve procedere così. Questo mudra può essere utilizzato sempre durante la meditazione sul terzo occhio e raccomandano di mantenere questa posizione durante tutta la meditazione;
3. Inspirare attraverso il naso e, espirando, vibrare Thoth. Un mantra, Thoth, che è il Dio della Luna e ciò che governa il 6° Chakra ed il terzo occhio è la Luna stessa. Bisogna rilasciare lentamente il proprio respiro attraverso la bocca e vibrare Th-th-th-th-oh-oh-oh-th-th-th in un lungo respiro. Occorre vibrarlo una sola volta per esalazione, come la respirazione Yoga.

E' richiesto di mantenere sia la Th che la Oh in modo che suonino insieme, attraverso l'espirazione. La lingua deve vibrare sui denti. Può richiedere qualche istante aggiustare il tono in maniera da sentire la vibrazione anche nel mezzo della vostra fronte. Insistere fino a che non si riesce a ottenere la vibrazione. Consigliano di farlo almeno quindici volte, col tono corretto e poi rilassarsi, poi, finalmente, si può allineare il terzo occhio correttamente visualizzandolo con la punta verso l'interno ecc... Il colore del terzo occhio sarebbe bianco brillante, come un sole in miniatura. Una volta realizzato tutto questo, è importante meditare sul vostro terzo occhio per mantenere l'energia in circolazione".

-"E tu sei riuscito a fare tutto questo?" – chiese lei.

-"Certo e più volte ..." – rispose Tony, sorseggiando la sua bibita al vino rosso.

-"E ... hai visto il terzo occhio? – domandò ancora Marinella.

-"Naaaaa ... ho solo capito che anche le religioni orientali quanto a cazzate non scherzano!" - concluse Tony tra le risate.

-"Non ho trovato alcun terzo occhio, ma ho capito che queste favole sono dovute al fatto che a un certo punto dei tentativi, alcuni per apparire Bodhisattva, illuminati, hanno assunto espressioni estatiche gridando al miracolo e descrivendo il terzo occhio che non li spacca ... Ah ah ah!
A nessuno piace passare per involuto. A me, però, non interessavano i trucchi e se non ho visto nessun terzo occhio, trattandosi di una ricerca personale fatta in mezzo al mare oceano, perché mai avrei dovuto far finta di vederlo? ... Per vantarmene con i gabbiani?
Nessun terzo occhio Marinè. Però, non credo che siano cazzate. Gli antichi filosofi non ne facevano. Se hanno raffigurato le loro divinità con questo terzo occhio sulla fronte un motivo valido deve esserci ... Solo che non l'ho trovato. Ma questo non significa che non possa riuscirci in futuro. Certamente non si può trovarlo seguendo questi rituali ... Se vuoi provarci ti passo un testo che te l'illustra ... Hai visto mai che avremo una Marinella illuminata?" – risero mentre Tony pagava il conto e si alzarono per uscire.
Passeggiarono sul lungo mare, c'era molta gente sotto i lampioni, ma erano soli nell'universo a parlare e raccontarsi di tutto. Fino a che non traversarono il muretto che divideva la spiaggia dal lungomare.
Volevano sedersi vicini alla battigia, lontani dai rumori dei bar e dei villeggianti ... ad ascoltare il mare e se stessi.
Stavano ricevendo sensazioni strane, che venivano dal profondo di se ... persino immagini come ricordi, ma che non potevano appartenere a questa vita. Per Tony, che credeva nella reincarnazione, erano facili da interpretare, per Marinella, invece, che non se n'era mai occupata, tutto era un accavallarsi disordinato di immagini emotive e di emozioni vere e proprie che la stavano scombussolando. Entrambi volevano aiutarsi a capire. Tony non era un emotivo, ma molto razionale, al contrario di Marinella che viveva di emozioni forti. Unendo le forze, le capacità diverse di visione, stavano riuscendo a capire. Ad aiutarli c'era la buona memoria di entrambi. Ricordavano insieme perfettamente tutto della loro vita e conoscenza reciproca.
Marinella aveva ricordato che, due anni dopo la partenza di Tony, era dovuta andare in cura da un medico perché soffriva terribilmente il caldo: sentiva un caldo soffocante anche d'inverno. Quando tutti s'imbacuccavano, lei non poteva indossare niente di più di una maglietta, per non sudare esageratamente. I suoi la portarono dal medico che escluse, dopo una serie di analisi, che potesse trattarsi di un effetto delle tempeste ormonali dell'adolescenza. Il periodo coincideva, nei nitidi ricordi di Tony, con il suo primo viaggio nei mari lontani. Esattamente nel Golfo Persico, il posto più caldo del mondo, una vera fornace e sul lavoro, nella sala macchine, lo era ancora di più. Poco meno di sessanta gradi centigradi di punta. Non aveva

mai più sofferto il caldo in quel modo ... Nello stesso momento Marinella, nel Regno di Tallia, soffocava dal caldo anche se era inverno, ricevendo su di se le sensazioni di lui. Altre sue esperienze che facevano pariglia con quelle di Tony li portarono a identificarsi come anime gemelle. A volte pensavano la stessa cosa contemporaneamente o uno anticipava i desideri dell'altra. Si stupivano di questo, ma ne erano felici. Si era fatto molto tardi e decisero di fermarsi in un albergo lì vicino.

Una bella camera matrimoniale con bagno comodo era esattamente quello che ci voleva per loro in quel momento. Non avevano bagagli, ma bastava lo spazzolino da denti ... il resto l'avrebbero trovato in hotel. L'indomani mattina Marinella sarebbe dovuta tornare a scuola, erano gli ultimi giorni prima delle ferie estive. Presero la camera e vi si chiusero dentro.

Un bellissimo letto, grande e con tavolato sotto il materasso unico. L'ideale per chi intende farne altro uso alternativo al dormire. Tony raggiunse il bagno e si trovò davanti a Marinella nuda, nella vasca, che si godeva l'acqua e i sali dell'hotel.

Restò a guardarla ammirato. Era bellissima.

-"Hai visto Tony, che bella moglie ti sei trovato?" – la sentì esclamare.

Tony non rispose, era stato colpito dalla frase. Non aveva considerato quell'eventualità ... Sposarsi? Non ci aveva mai pensato ... E i suoi viaggi? ... Anche lui tra quelli che al rientro a casa vengono aggrediti dal cane? Non avere cane non avrebbe migliorato il suo dubbio ... Ma lei era così felice che non espresse alcun commento. Si spogliò per raggiungerla nella vasca. Non per fare l'amore, la vasca era troppo angusta per lui, ma per averla di fronte, carezzarla e sentirla in mezzo a quella schiuma profumata. Poco dopo avevano trovato insieme il modo di farlo anche incastonati là dentro e fu bellissimo. Lui era rimasto appoggiato con la schiena alla vasca e lei si era sdraiata su di lui ... di spalle. Era lei a danzare la danza dell'amore ora, la danza di Shakti, la sposa di Shiva, e lo faceva voluttuosamente, lentamente, con sapiente desiderio di raggiungere l'estasi così come aveva appreso. Non appena lui la stringeva sui fianchi lei si fermava, si appoggiava a lui offrendogli la bocca, lasciava scemare il suo sangue pulsante per poi riprendere lentamente ... Era libera adesso, libera di amare e di cercare il suo piacere...

Tony le carezzava il ventre e i seni con le mani, spalmandole sulla pelle la schiuma morbida e sentendola rilassata e felice. Lei si girava a baciarlo, sorridente e non si distaccava da lui: voleva restare così, sua anche quando l'eccitazione era stata soddisfatta. Tony le disse piano, con voce roca, carezzandole il lobo con le labbra: "Non basta aver ricevuto la vita per essere vivi, bisogna anche essere disposti a viverla. Ed è solo vivendo la vita fino in fondo che la si può trascendere.

Con il progredire della sadhana, il rito e la vita si fondono, ma ciò non comporta né una generalizzazione del rito, né una rinuncia alla vita; la vita diventa il rito e il rito la vita.
Shiva è spesso raffigurato unito a Shakti nel maytuna, l'unione sessuale. L'unione del Dio e della natura è permanente e finalizzata al puro scopo dell'estasi... ma quanti hanno davvero capito questo? Quanti fingono di capire o credono di capire, Maharani?"
-"Visto che sei Buddista? Cosa significa quel che hai detto?" – replicò lei girandosi a guardarlo.
-"Buddista? Naaaa ... Questi sono concetti dell'Induismo, la più antica religione dell'umanità, sempre che si voglia definirla così, perché secondo me è più una filosofia. L'amore Tantrico, l'hai mai sentito nominare?".
-"No, cos'è?" – chiese lei, interessata.
-"Un ponte tra sessualità e spirito. Il tantrismo è basato su un gruppo di trattati post vedici ... davvero antichissimi: i Tantra, che in sanscrito significa ordito, secondo il quale la donna è al centro dell'adorazione maschile e l'accoppiamento non è un mezzo per soddisfare i piaceri carnali, non solo almeno, ma è attraverso la sua perfezione e sublimazione che conduce all'illuminazione.
Poi c'è la visione sessuale Taoista, la filosofia che ispira l'I Ching, senti cosa dice e poi dimmi se non è ciò che praticava, o meglio mi faceva praticare Anna, che sicuramente di tutte queste filosofie non sapeva nulla: il sesso detto Ho-ch'i, cioè unione tra yang e yin, maschile e femminile, simula il movimento cosmico e li congiunge per creare la vita nell'universo. Perché l'uomo acquisti la massima vitalità e potenza, è opportuno però che la donna raggiunga l'apice sessuale in modo intenso e veloce e che l'uomo si astenga dall'eiaculare ... Ah ah ah! All'epoca in cui frequentavo Anna non sapevo niente di queste filosofie, ma quando le ho lette mi ricordai di lei e di tutto ciò che mi aveva insegnato in pratica. Povera Anna, avrebbe potuto essere una sacerdotessa e maestra Indù, venerata e rispettata, invece stava intorno ad un fuoco acceso ad attendere clienti tra la paura degli sfruttatori, dei maniaci e delle retate della polizia. Cosa fanno le religioni, eh?
Per raggiungere questa tecnica divina, nell'arco di secoli, sono nate alcune norme racchiuse nel trattato sull'arte della camera da letto: una fitta serie di esercizi che comprendono l'abilità di far erigere e afflosciare il pene con l'aiuto del pensiero; masturbarsi ma non eiaculare; fare nove respiri profondi, uno leggero, e poi penetrare. Norme in grado, dicono, di permettere all'uomo orgasmi multipli. Per dirla in breve sono tutte discipline che aiutano ad avere un piacere più intenso, o forse solo diverso, perché più di così, non saprei immaginare niente Maharani".
-"Maharani ... che bello, perché mi chiami così? ... cosa significa?"

-"Maharani ... Principessa ... la sposa di Shiva, la sua eterna amante, però significa principessa in Sanscrito. Dall'eternità praticano il maytuna, senza averne mai abbastanza, grazie al samsara ... la trasmigrazione dell'anima che gli permette di inseguirsi e ritrovarsi dall'eternità."
-"Affascinante ... – disse lei commossa e si girò per baciarlo – e ... maytuna, che significa?".
-"Maytuna si può tradurre in amplesso, rapporto sessuale, ma perché sia maytuna, deve esserci l'unione completa del corpo e dello spirito ... come stiamo facendo noi ... Questo porta estasi e illuminazione. Potremo fare a meno dei lumi ad olio ..." – concluse ridendo Tony, cercando di alzarsi. L'acqua era ormai fredda e l'aiutò a uscire.
-"Ma ... e tu hai provato quella tecnica per riuscire ad avere orgasmi multipli? Ci sei riuscito? – chiese ancora lei mentre tornavano a letto.
-"Naaaa ... non ho nemmeno letto quegli scritti, quando qualcosa mi suona di cazzata ... non ci perdo tempo dietro!" – concluse lui mentre si sdraiava alla sua destra.
Nel letto restarono a guardarsi, girati sul fianco, uno di fronte all'altra. Avevano lasciato solo un abatjour acceso e l'avevano coperto con un fazzoletto perché la luce fosse simile a quella di un piccolo lume. Univano le loro labbra guardandosi negli occhi e fu allora che accadde...
Tony, all'improvviso, scoprì il terzo occhio... cos'era, il suo significato... e restò abbagliato da quella luce, la luce della conoscenza. Era esattamente identico a come lo aveva visto nelle raffigurazioni sacre ed era proprio li, davanti ai suoi occhi, al centro della fronte di Marinella, poco sopra le sopraciglia e guardava lui, proprio negli occhi... lo fissava, fissava il centro della sua fronte ... Il suo terzo occhio?!
-"Il terzo occhio ... Ecco cos'era ... meraviglioso!" – non poté fare a meno di commentare con enfasi.
-"Davvero?" - chiese Marinella – Dove lo hai visto? ... Com'è?"
-"E' il tuo ... Esattamente come sono i tuoi occhi e per te come sono i miei ... Ho trovato quello che cercavo!"
-"Spiegami! - disse Marinella che cercò di alzarsi per vederlo meglio.
-"No, fermati, non ti muovere, non ti spostare, rimettiti com'eravamo ...non voglio perderlo, sarebbe tragico dopo averlo tanto cercato".
Si avvicinò a lei come prima ma non lo rivide. Cambiò posizione, ma niente da fare: era stata una fugace apparizione, illuminante, ma difficile da ripetere. Cadde nello sconforto.
Marinella avvicinò le sue labbra e le poggiò sulle sue. Per poterlo fare aveva dovuto incrociare il suo naso con quello di lui, o non avrebbe potuto congiungere le labbra alle sue.
-"Eccolo di nuovo... Eccolo! - esclamò lui – L'ho visto di nuovo!".

Anch'io! – esclamò lei – l'ho visto, come hai detto... proprio al centro della tua fronte!"

Riprovarono ad unirsi in quel modo. I loro volti erano complementari. Si divertirono a scoprirlo: non solo naso, zigomi, collo, mento, erano perfettamente a incastro, come se fossero stati ritagliati dallo stesso corpo, anche tutto il resto del loro corpo lo era. Potevano montare uno sull'altro e scoprire che lei aveva le stesse forme della schiena e dei glutei di lui; lei stava a lui, come lui a lei. Considerarono che tutto non poteva limitarsi a questo ... era senz'altro lo stesso per l'anima, lo spirito... Si erano trovati e riconosciuti ... questo era il terzo occhio. Non tutte quelle cazzate che aveva letto, ma questo: la prova del nove, la prova che si era in presenza dell'altro sé. Quell'occhio che stava in quel modo in mezzo alla fronte, con quella sagoma nitida e quella luce, non poteva manifestarsi altrimenti.

Sorrisero rimettendosi uno di fronte all'altro.

Questa volta non sdraiati sul fianco, ma seduti a gambe incrociate lui, e adagiandosi sul suo lingam lei. Immobili a sentire le pulsazioni della loro natura, incrociando anche il loro volto, con tutto il loro essere e guardando il 6° Chakra. Tutto era chiaro adesso.

Niente poteva fare loro più paura. Si amavano dall'eternità e si sarebbero amati per sempre, inseguendosi attraverso i secoli e i millenni per ritrovarsi ogni volta, mai sazi, oltre la morte, oltre l'infinito ... Era il nirvana!

L'orgasmo arrivò da solo, senza che avessero fatto nulla per cercarlo, loro si erano limitati a tenere unite le loro labbra, avvinti i loro corpi, ascoltando i loro spiriti, felici, nell'unione eterna.

Si addormentarono abbracciati, passando dall'estasi al sonno più profondo.

Fu l'alba a svegliarli, la luce del sole filtrava dalla finestra. Lui prese ad accarezzarla dolcemente, mentre sentiva i suoi baci tutt'intorno al viso. Si guardarono mentre si stavano unendo di nuovo.

Il desiderio era prepotente ...voleva ricordare, essere certo che non era stato tutto un sogno.

Lei chiese: "Tony, ma è un sogno?" - ... e lui rispose ... "Sì!".

Capitolo V
Samsara

Tony era solito alzarsi presto, ma non quella mattina.
Aveva sentito Marinella prepararsi in bagno e l'aveva raggiunta.
-"Ci vediamo stasera?" - e si era stupito di sentirsi dire no.
-"Devo vedere un'amica in città, mi dovrò fermare una settimana da lei. Ti cerco io..."
-"OK" – aveva risposto, ma ci era rimasto davvero male. Come poteva stare una settimana lontano da lui? Possibile che si fosse sbagliato? Che era stato davvero tutto un sogno?
Era troppo stanco per pensarci, rinviò tutto a dopo qualche buona ora di sonno.
Lasciò l'albergo nella tarda mattinata e quel che accadde l'avrebbe sconvolto, se non fosse stato sorretto dalla conoscenza delle antiche scritture e dalla consapevolezza che stava vivendo l'illuminazione del "terzo occhio", il punto di contatto tra le diverse realtà, la materia che si unisce allo spirito.
Era in bagno quando una visione gli mostrò Marinella, con una lunga veste bianca e sentì una voce profonda e lontana che gli diceva: "Lei e la pagina bianca su cui scrivi!"
Si voltò, chiese: "Che significa?" – ma non ci fu alcuna risposta.
Si guardò meglio allo specchio. Non era lui quello che lo fissava negli occhi con quella strana espressione, con quel sorriso che sembrava quello del Budda. Gli somigliava, ma non era lui e poi, il colore della pelle ... Quando mai un uomo poteva averne una del colore dell'indaco?
All'improvviso, mentre continuava a fissarlo negli occhi lo vide muoversi ... ma Tony era immobile. Come poteva quella strana immagine riflessa muoversi? Gli sorrise sornione, poi si girò allontanandosi verso la profondità dello specchio, guardandolo un'ultima volta con un sorriso, prima di sparire.
Tony notò che quella strana proiezione ... sì, era lui, ma i capelli erano neri come quelli di Marinella, non biondi come i suoi, e anche le labbra, con i suoi denti candidi, erano quelle di lei.
Si riprese con una bella doccia e uscì ... doveva prendere aria e riflettere.
Per strada le persone che incontrò avevano una strana aria ... un'aria non umana. Alcuni gli sembrarono insetti! L'aspetto era umano, ma gli ricordavano strani esseri: ratti, felini, cani, maiali, molte zanzare e

ranocchie. Era una zona di paludi quella alle spalle del paese. La fauna locale si era tramutata in esseri umani ... o gli esseri umani si erano tramutati in animali? Continuò a incontrare questi strani esseri e la cosa cominciò a preoccuparlo. Che gli stava accadendo? Ebbe paura di avere anche un aspetto sconvolto. Che qualcuno potesse notare qualcosa di strano in lui.
Si diresse verso la spiaggia, quella dove andava solo lui, tra le rocce.
Aveva bisogno di stare da solo, di riordinare le idee. Sentiva la presenza di qualcuno alla sua destra, si voltò a guardare e lo vide. L'essere dello specchio camminava al suo fianco. Anche lui lo guardò e gli sorrise.
Era proprio così, era se stesso, ma con alcuni elementi di Marinella: il fisico era il suo, stessa altezza, stessa muscolatura, stesso passo e modo di camminare. Poi sparì di nuovo. Era arrivato e si sedette all'ombra del vecchio albero. Guardò il mare e cominciò a meditare su quello che stava accadendo. Cercò tra i suoi ricordi esperienze simili, che potessero aiutarlo a capire, ma non ne trovava. Era tornato a quando, davanti allo specchio, nel bagno della sua cabina, su un mercantile in porto nel Delta del Niger, aveva fumato l'erba locale e ne era rimasto allucinato. Anche in quella occasione aveva visto se stesso di spalle, mentre dopo la doccia si stava pettinando. L'altro da sé si voltò a sorridergli ... Ma lui, in realtà, era ancora sotto la doccia. Quello, però, era identico a lui: stesso colore dei capelli, stesso colore di pelle ... Era un effetto allucinogeno di quell'erba potentissima. Non volle farne più uso, proprio perché gli toglieva la lucidità a cui teneva di più.
Ora, però, non aveva fumato ne bevuto nulla.
Ricordò anche una parabola buddista e un monastero in Tibet, dove dopo aver superato una serie di prove, si poteva accedere al monaco a cui chiedere di poter vedere il libro della verità e scoprire che, aprendo la prima pagina di copertina, una copertina di pelle vecchissima ... c'era uno specchio. Uno specchio in cui appariva la propria immagine riflessa!
Anche quella, però, era solo la propria immagine, stesso colore di capelli, pelle, occhi.
Sorrise. "Sì, la verità sei tu!" Questo era il messaggio.
Ma aveva attinenza con questa situazione?
Cos'era avvenuto recentemente che poteva aver mutato a questo punto la sua percezione?
Restò colpito al pensiero. Ma certo! Come poteva non averci pensato prima? Aveva visto il terzo occhio, l'aveva trovato ... Era questo ad aver cambiato la sua percezione dell'essere. Vedeva oltre le apparenze, poteva vedere l'aura dei suoi simili e leggere il loro spirito. Per questo gli antichi dicevano che il samsara, le reincarnazioni, erano determinate dalle proprie azioni e che non sempre gli umani si reincarnavano in umani: poteva accadere che si reincarnassero in animali, superiori o inferiori in base alle

proprie azioni, colpe o meriti. O che animali si reincarnassero in umani, mantenendo per qualche ciclo ancora la forma psichica precedente. Il corpo e lo spirito avevano tempi d'evoluzione diversi.
Umani nel corpo, ma con un essere spirituale, collegato ad esso, ancora involuto, ancora legato alla vita precedente, al precedente stadio evolutivo. Ecco perché molti esseri umani, inspiegabilmente altrimenti, compivano azioni della ferocia di belve o della viltà di esseri involuti. Sì era questo: l'unione con l'altra metà del suo cielo, ormai ritrovata, aveva determinato tutto questo. L'Illuminazione del 6° Chakra ... l'apertura del terzo occhio.
Questo significava che anche a Marinella stava accadendo tutto questo. Lei, però, non era in grado di capire, ne sarebbe stata spaventata, doveva avvertirla, ma come? Era a scuola e lui non sapeva quale, era in città, non al paese. All'uscita aveva detto che doveva raggiungere un'amica e che l'avrebbe cercato lei. Tony non usava cellulari, dunque non aveva nemmeno il suo numero.
Non poteva fare nulla, solo attendere che lei si rifacesse viva.
Tornò in centro e lo divertì vedere a quale specie animale appartenessero amici e conoscenti. Il barbiere dove andò a farsi radere, sempre quello dove si tagliava i capelli fin da bambino, era un coniglietto. Grasso com'era si sarebbe potuto pensare a un maialino, ma non era così e, a vedere adesso la sua aura, era chiaro anche il suo buffo modo di muovere il naso e la rapidità di come si girava a guardare le ragazze che passavano davanti alla sua vetrina. Agitava naso e labbra, quasi leporine... Sorrise immaginando che doveva essere come un coniglietto anche nella sua espressione sessuale.
Ma se aveva incontrato la sua coniglietta era senz'altro felice così. Oltretutto Tony era rimasto a otto figli ... sempre che non ne avessero avuti altri nel frattempo.
Entrò il fattore che si occupava del podere più grande del paese ... un vero bracco. Proprio un bracco: dinoccolato, sornione e simpatico, con le guanciotte scese e le orecchie enormi sotto il cappello. Tony non poteva togliersi il sorriso dalle labbra: un sorriso contagioso perché tutti quelli che incontrava lo ricambiavano, pensando che fosse rivolto a loro.
Il sorriso divenne addirittura riso quando, davanti al solito bar, mentre chiacchierava con uno dei suoi amici d'infanzia, un simpatico micione, vide passare un grosso ratto a due zampe. Era l'assessore al bilancio, sport e turismo del Comune che fu accompagnato dallo sguardo di fuoco di Mino, il quale lo seguì, senza perderne una mossa, sibilando con disprezzo: "Bastardo ladrone!" – e aggiungendo, rivolto a Tony: " Non lo posso vedere manco in fotografia, è uno schifosissimo ladrone. Si è fatto approvare dalla giunta l'autorizzazione a installare un'antenna telefonica su un suo terreno e l'ha affittato alla compagnia che aveva fatto richiesta al comune di un'area

in affitto per poterla installare. Così, quelli, invece di pagare l'affitto al comune, lo pagano a lui. L'hanno anche denunciato per questo, ma è risultato tutto legale. Lo credo che è legale, si fanno le leggi apposta!".
Tony era certo che l'avrebbe azzannato molto volentieri e giocato con lui la danza della morte, in cui i gatti sono maestri ...
Tornò a casa ... era stanco dello zoo di Tretorri.
Gli mancava Marinella e ancora non capiva perché a lei, egli, non mancasse. Come poteva starsene con un'amica anziché con lui? Pensò a quei discorsi sul lesbismo, ma li escluse. Non era lesbica, di questo era certo.
C'era qualche altro motivo e gliel'avrebbe chiesto appena l'avesse rivista.
I suoi genitori non avevano mai fatto installare il telefono, quindi non avrebbe potuto ricevere nessuna telefonata da Marinella.
Doveva aspettare, non c'era altro da fare.
Era solo, in camera sua, pensava e ripensava a tutto. Si sentiva confuso e non sapeva bene cosa volesse fare. In questo stato confusionale di certo non poteva continuare la sua vita. Doveva trovare una soluzione. Decise di chiedere consiglio al suo amico cinese, I Ching.
Lo tirò fuori dalla sua valigia, dov'era ben protetto da un gran fazzoletto nero della Marina. Lo poggiò sul tavolo davanti a lui e prese le monete, un foglio di carta e una penna.
Chiese consiglio su questo stato confusionale e cosa poteva e doveva fare...
Iniziò a lanciarle e trascrivere gli esagrammi. Alla fine andò a vedere il responso e ci restò di sale.
-"Un uomo può vivere solo, dormire solo, mangiare solo, cacciare solo, ma c'è una cosa che non può fare da solo: non può riprodursi da solo!" – rispose I Ching alle sue domande.
Tony aveva messo sul tavolo un foglio di carta. Voleva scrivere una lettera d'addio a Marinella. Spiegarle perché voleva riprendere il suo viaggio e nello stesso tempo non voleva che lei soffrisse troppo. Si era convinto che fosse meglio così per entrambi. Questa risposta dell'I Ching ... sempre così preciso, sintetico e saggio, l'aveva messo ancora di più nella confusione ... Che fare?
In quella sentì chiaramente aprirsi una finestra nella sua mente.
Non sapeva trovare un altro modo per definirla. Attraverso questa finestra quasi nella sua nuca, vide una scena. C'era Marinella ... era lei e lo stava guardando. Era con un'amica che faceva qualcosa con una grossa pentola davanti. La guardava e rideva ... Marinella fissava lui, lo vedeva, non aveva dubbi. Lui sentì che erano effettivamente in contatto, non era un'illusione. Pensò intensamente la sua domanda: "Ci vediamo domani?" – Marinella accennò un sì col capo. Ma lui sentì anche il suo pensiero.
-"Alla spiaggetta di mattina?" – ancora un cenno d'assenso ed un pensiero forte, un pensiero d'amore. Da quella finestra poteva vederla vicina, nitida,

assentire e guardarlo con quel suo solito sorriso. Stavano sperimentando il contatto telepatico e la visione attraverso il terzo occhio. Tutte cose che aveva letto e dimenticato, ma ora gli tornavano prepotenti alla mente e l'aiutavano a capire cosa stava accadendo. Ma lei no, non le aveva lette, non ne sapeva nulla...

Quel contatto si spense lentamente, dolcemente. Si mise a dormire con le ultime immagini di Marinella che pensava a lui ... che lo guardava attraverso quel 6° Chakra che avevano aperto, ormai per sempre indivisibili.

La mattina, di buon'ora, andò a fare colazione dal Pellicano. Non era il nome del bar, ma l'aura animale del barman, che sembrava davvero un pellicano e si muoveva anche come un pellicano.

Il locale era stracolmo di gatti e uccelli di mare. Era un bar frequentato dai pescatori ...Tutti animali che amavano i pesci. Aveva intravisto, poco prima di uscire, in fondo alla sala vicino al biliardo, qualcosa che gli era sembrato un polpo! Uscì velocemente, voleva incontrare subito Marinella ... gli era mancata, ben 24 ore ... Sembrava un'eternità.

Raggiunse la spiaggetta tra le rocce e lei gli corse incontro. Era già lì, si abbracciarono e baciarono. Lui le chiese il perché di quell'assenza, che significato avesse e lei rispose scusandosi.

-"Ero sconvolta da tutti gli avvenimenti, dalle sensazioni, dalle emozioni ... da te! Avevo bisogno di riordinare le idee, di capire cosa mi sta succedendo e per farlo volevo l'aiuto di Dina, la mia amica. Dovevo confidarmi con lei e sentire il suo parere. Poi, quando sono uscita dall'hotel, ieri mattina, ho avuto delle visioni spaventose. La gente si trasformava in mostri e mi guardava in maniera orribile, sembrava volessero divorarmi. Anche dai finestrini delle macchine, mi puntavano, qualcuno mostrava persino la lingua da rettile, biforcuta ... Ero terrorizzata! Arrivata di corsa a scuola mi chiusi in aula, perché persino i bidelli avevano quello sguardo e anche loro sembravano porci e altri animali. All'uscita sono corsa da Dina, a casa sua, e le ho raccontato tutto!".

-"Aspetta, ti interrompo, devo farti una domanda prima che continui ... Ieri sera, verso le dieci, eri a casa della tua amica?"

-"Sì! Ho anche dormito lì, da lei" – rispose.

-"Com'è la tua amica, carina, con lunghi capelli biondi e indossava una cuffia di lana, scura? E cosa stava facendo? Aveva una specie di recipiente davanti ... Ci stava mettendo dentro qualcosa?"

-"Sì ... è bionda e aveva una cuffia di lana blu scuro. Stava pulendo dei piselli per preparare una minestra e metteva le bucce in un catino ..." – confermò lei.

-"E tu ... mi hai visto e sentito?" – chiese Tony.

"Ahh! ... Ma allora era vero ... Sì, ti vedevo, ti ho sentito e ti vedevo. L'ho detto a Dina che si è messa a ridere affermando che ero proprio stracotta di te. Non capivo se ti vedevo fuori di me, o dentro di me. A volte sembravi essere davanti a me e altre invece era come se tu fossi dentro la mia testa ... Ma cosa sta succedendo Tony? ... Ho paura!"

-"No, non c'è da aver paura, sono le conseguenze di quel che abbiamo fatto. Abbiamo aperto il terzo occhio. Siamo entrati in una diversa dimensione dell'essere, della nostra evoluzione. E' un fatto positivo ... molto positivo. Un grande passo sulla via del karma, devi esserne lieta e non spaventata."

-"Lieta? E tutti quei mostri che incontro da ieri, che mi puntano e sembra vogliano sbranarmi?"

-"Ah ah ah ah ...bellissima questa!" – non poté evitare di dire Tony, con una fragorosa risata che non contagiò Marinella. Anzi, lei si girò a guardarlo non capendo cosa ci trovasse da ridere in quegli incubi.

-"Scusami – precisò subito lui – ho riso perché mi hai dato una visione precisa e nitidissima della stessa situazione che ho vissuto io, ma vista dall'altra metà del mio cielo ... Da te!" – concluse dandole un'affettuosa pacca sul sedere per sdrammatizzare la situazione, che voleva spiegarle con le parole giuste.

-"Quei mostri non sono apparsi ieri ... sono sempre stati intorno a te. Solo che ora li vedi. Vedi la loro essenza, la loro aura. Se l'hai notato avevano anche una sfumatura di colore intorno, quasi tutti scura, alcuni rossa o gialla."

-"Sì, è vero, avevano una luce sinistra che li rendeva ancora più spaventosi!" – confermò Marinella

-"Erano i soliti passanti di sempre, vicini di casa, colleghi di lavoro ...Ti puntavano come ti puntano sempre, perché sei bella e gli uomini ti desiderano. Ammirano con desiderio il tuo seno, le tue labbra, il tuo culetto ... scrutano le tue gambe ... E' la natura che vuole così e, del resto, alle donne piace essere ammirate..." – disse Tony, carezzando i suoi glutei perfetti e spingendola a baciarlo.

-"Di nuovo c'è che tu vedi la loro anima, l'immagine spirituale che caratterizza il loro livello evolutivo. Non tutti gli umani nel corpo, lo sono già anche nello spirito.

Certe brutture commesse da esseri umani sarebbero davvero inspiegabili altrimenti. Secondo le antiche filosofie gli esseri viventi, tutti gli esseri viventi, sono nella ruota del karma e le anime, le energie vitali, dopo aver abbandonato un corpo, perché è giunta la sua fine, si reincarnano. Alcuni, seguendo l'evoluzione, dalla forma animale arrivano alla forma umana, ma si portano dietro l'ultima forma che hanno vissuto. Altri, dalla forma umana, regrediscono a quella animale, perché si sono comportati da animali.

Queste sono teorie religiose che si possono credere oppure no. Quel che c'interessa davvero, invece, è che grazie a quegli scritti ... noi non brancoliamo nel buio. Sappiamo come analizzare quel che ci è accaduto e ci accade. Io, almeno, avevo letto qualcosa ... ma tu eri all'oscuro di tutto. Ora sei un po' più tranquilla?" - le chiese Tony carezzandole i capelli.
-"Sì, ma spiegami come posso scacciare quelle visioni quando tornano ..."
-"Ah ah ah ... questo davvero non lo so. Non sono un buon lettore di libri, ho spulciato qua e là registrando nella memoria le parti più interessanti. Può darsi che qualche antico testo Indù lo spieghi, ma sono migliaia ... Preferirei scontrami con una marea di ectoplasmi piuttosto... Possiamo provare a comandarlo alla nostra mente. Penso che col controllo si possa decidere quando attivare o disattivare questa che è solo una possibilità, non un obbligo. Del resto, anche la telepatia l'abbiamo sperimentata, adesso, però, stiamo comunicando con la parola, non col pensiero. Puoi immaginare cosa poteva accadere quando, nei secoli passati, nel mondo cristiano, che non considera questi fenomeni come manifestazioni dell'evoluzione naturale dell'animo umano e della divinità, ma li identifica come espressioni del maligno, i confessori si trovavano davanti a racconti di questo genere?! Povere donne, ma anche uomini. Sia pure in misura minore, non furono solo donne a bruciare nelle piazze d'Europa!" .
-"Hai ragione! Ho letto molto su questo, ma non immaginavo niente di simile. Certo, che le accuse fossero ridicole mi appariva evidente, ma non che potessero risalire a manifestazioni evolutive. Ecco il perché delle rappresentazioni di gnomi, satiri e demoni mostruosi: erano costoro visti nella loro forma psichica da chi all'improvviso poté farlo, pur non potendo capire perché! Dimmi un'altra cosa: anche tu guardi in quel modo le donne che incontri per strada? I seni e il lato B delle ragazze che incontri?" - chiese Marinella.
-"Assolutamente no! Sono loro che mi fissano impudenti e non mi tolgono gli occhi di dosso fino a che sono in vista. Sfacciate!!!" – Tony lo disse ridendo, a mò di battuta, ma lei non rise.
-"Non ti sei mai chiesto quanto può dare fastidio e intimidire una donna?".
-"No, non me lo sono mai chiesto. Intanto perché non ne ho mai importunato una ... apprezzo la bellezza femminile, che c'è di male in questo? Non mi sognerei mai di fare violenza, ma è più forte di me: gli occhi corrono lì e non c'è niente da fare. Sai quante volte sono stato imbarazzato dal seno intravisto attraverso un decolleté di qualcuna che mi stava facendo un biglietto, compilando una distinta ... e io come un pirla con gli occhi, 'tutti e tre', attaccati alle sue tette? Ho provato a esercitare il controllo, ma per riuscirci dovevo voltarmi di spalle e sai che bello parlare con una mentre

guardi dall'altra parte? Sarebbe meglio? Anche tu, quando ti muovi ... lo fai con i miei occhi appiccicati addosso ... non dirmi che non te ne sei accorta."
-"Sì ... ma da te mi piace. Senti Tony, cambiando discorso ... Ho comprato una cosa per te, un regalo... Ti farò una sorpresa, ti piacerà vedrai" – disse queste parole mentre lo baciava con trasporto e non ci fu verso di farle dire di più.
-"Andiamo a dormire in hotel stanotte?" – chiese Tony.
-"No, Dina deve andare al nord per qualche giorno, mi ha lasciato le chiavi di casa, andremo da lei. Questa volta con il necessario da viaggio. Vado a casa a prendere una borsa. Fai lo stesso, ci vediamo sul lungomare tra un'ora".
La casa di Dina era nella vicina città di Ponza. Non aveva una bella vista. Era al terzo piano di una palazzina tra altre palazzine, ma era una bella casa, con un grande letto matrimoniale e un bel bagno. C'era anche una cucina attrezzata e potevano preparasi qualche pasto in casa, anziché uscire.
Il luogo adatto per fare una chiusa e dimenticare fuori il resto del mondo.
Niente Tv, niente radio, niente giornali, solo loro.
Marinella raggiunse Tony in salotto, ma non si sedette con lui. Andò allo stereo e mise un disco, poi cominciò a ballare roteando i fianchi e iniziando una specie di danza del ventre. Riusciva a muoverlo molto bene in maniera estremamente sensuale. Tony fece per alzarsi e raggiungerla, voleva sentirla tra le braccia. Ma lei lo respinse sul divano.
-"Stai lì e non ti muovere!" – ordinò.
Tony, sorpreso, obbedì e scoprì presto qual'era la sorpresa del regalo di Mari.
Gli stava dedicando uno striptease: si sbottonava la camicetta mentre ballava e lentamente fece intravedere il reggiseno, diverso da quelli che usava di solito, pratici e di cotone. Era nero, ricamato, con trasparenze erotiche. Lasciò scivolare giù la camicetta e iniziò a slacciarsi i jeans, piano, mentre i fianchi ondeggiavano e i jeans scendevano rivelando che il reggiseno era un completo con giarrettiere e calze nere, da donna sexy e le sue forme venivano davvero esaltate da questi indumenti. Per non parlare delle mutandine ... e di ciò che si intravedeva sotto. Le fece scivolare giù, voltandosi, anche, per mostrare le natiche perfette. Poi si voltò a mostrare il pube, il cespuglio nero tanto desiderato. Iniziò a sganciare il reggiseno per lasciarlo cadere liberando i seni torniti che Tony poté ammirare in tutta la loro bellezza, anche nell'agitazione della danza. Passò a slacciare i gancetti che tenevano le calze e le sfilò, una alla volta ... respingendo Tony col piede e facendolo sedere di nuovo ... o non avrebbe finito lo strip. Era rimasta solo la giarrettiera, ma quella volle tenerla, avvicinandosi a lui e offrendosi ai suoi baci e alle sue mani. Ansimava, era eccitatissima. Si era liberata di ogni

inibizione. Era una donna libera che reclamava il suo piacere e si offriva completamente al suo uomo, per dargli e ricevere il massimo dell'estasi.
Si possedettero completamente su quel divano e fu sempre più bello, ogni volta diverso ... ogni volta di più!
Non si vestirono mai. Per tutto il tempo che stettero in quella casa restarono nudi, a disposizione l'uno dell'altra senza mai negarsi. Provarono anche a farsi cogliere dal sonno uniti nell'amplesso e ci riuscirono. Lui le insegnava tutti i giochi che aveva imparato in giro per il mondo e qualche posizione del kamasutra, che non era mai riuscito a realizzare con altre, con lei riuscì.
Tutto era facile e naturale con lei.
E parlarono, parlarono, parlarono ... si dissero tutto, si raccontarono tutto.
Impararono anche a identificare le differenze complementari che contraddistinguevano i loro esseri. Tony era legato alle immagini ... lei alle emozioni. Tony aveva soventi flashback ... lei no, sentiva odori, provava sensazioni. Le immagini arrivavano improvvise ed alcune erano ammonimenti di situazioni già vissute e che potevano riaccadere. Parlavano di processi, di inquisizione, di dolore e di morte. Soprattutto Marinella ne era impressionata. Raccontò che aveva avuto spesso quella sensazione, di essere processata, torturata, accusata di stregoneria e messa al rogo.
Si chiedeva com'era possibile avere sensazioni così terribili. Si convinse che erano frutto della lettura di alcuni testi sui processi alle streghe da parte della Santa Inquisizione Spagnola.
In realtà quei libri davano atto che si era trattato di ruberie ai danni di povere donne sole le quali, spesso vedove, venivano accusate di stregoneria attraverso testimoni falsi ed espropriate dei loro beni che venivano acquisiti dagli inquisitori per conto loro, della Chiesa e dei Signorotti locali.
Nel tardo Medioevo esisteva addirittura la figura del cacciatore di streghe. Un essere spregevole che andava per le contrade in cerca proprio di donne sole, vedove o comunque senza nessuno che potesse difenderle, ma possidenti. Molte erano guaritrici con le erbe. Un'arte antica che dava un grande potere in un mondo senza medicine e che la chiesa voleva gestire da sola, con i suoi monasteri. I cacciatori di streghe individuavano i soggetti adatti e soprattutto di quali e quanti beni disponessero, dopodiché cominciava l'opera di calunnia e, poi, arrivava immancabile la denuncia e le testimonianze false. Le poverette non avevano scampo. Il fatto di essere maschi non aiutava: spesso furono messi al rogo migliaia di stregoni e per molti fu la rovina anche familiare.
I figli delle streghe, a volte, erano gettati nello stesso rogo. Mostruosità rimaste impunite e pertanto latenti. Dicevano che anche loro erano stati

votati al diavolo. In realtà si trattava di eliminare ogni possibile erede dei beni che si confiscavano.
-"Se nella tua memoria genetica c'è questo, allora c'è stato e ci potrebbe essere di nuovo. Occorre vigilare e, per cominciare, non fare filtri magici ..." – disse Tony roteando le mani su un calderone come nell'immaginario collettivo delle streghe.
Risero, ma Tony non sottovalutava questi messaggi del super io. Anche per lui c'erano stati avvisi di questo genere, sapeva che non doveva sottovalutarli e non l'avrebbe fatto.
Una sera, andando a cena sul lungomare incontrarono Steno, il fratello di Tony. A Marinella, istintivamente, non piacque per niente. Era uno di quei mostri latenti e si meravigliava che Tony non lo vedesse così. Era agitato, cercava di entrare in confidenza con Marinella che, invece, lo raggelò come sapeva fare lei, con uno sguardo di quegli occhi dolcissimi che sapevano diventare durissimi come il ghiaccio. Li lasciò con strane battute di spirito affatto divertenti. Marinella commentò l'incontro.
-"Dio mio, che tipo ... ma davvero non lo vedi per com'è? E' una specie di serpente..."
-"Esagerata! Addirittura un serpente. Che strano però, anche mia madre lo definisce così! Ricordo che al rientro da uno dei miei viaggi, parecchi anni fa, commentando i motivi che avevano spinto lei e il vecchio a farlo allontanare dalla polizia e diffidarlo dal minacciarli ancora, disse che avere Steno in casa era come avere una vipera velenosa sotto al letto. Non sai mai quando ti morderà! Non si parlano più da anni. Steno l'aveva fatta davvero grossa l'ultima volta. Mi svegliarono le sue urla da pazzo: ero appena rientrato e stavo dormendo della grossa. Mi alzai e uscii sul balcone da dove sentivo provenire le urla. Vidi mio padre afferrato per il bavero da Steno che gli puntava contro anche la lama di un coltello. Era fuori di se, chiedeva le chiavi di casa. Vedendomi si calmò subito. Poche volte era accaduto che alzassimo le mani tra noi, ma quelle volte se le ricordava per sempre. Mi disse che i nostri vecchi gli avevano sottratto le chiavi di casa per non farlo rientrare. Lui stava abitando nel piano terra, l'appartamento che i miei genitori affittavano per arrotondare la pensione e i magri guadagni d'artigiano di mio padre. Era lì, come ospite, in attesa che trovassero una sistemazione con la moglie, Mariangela e in cambio davano rancore, odio e follia. Quella volta i miei furono irremovibili. Si rivolsero alla polizia per farlo allontanare e da allora non si parlano più. Ho sempre pensato che i miei esageravano nel raccontarmi certe cose e, anche se quella volta ne fui testimone attribuii la cosa al caratteraccio di Steno e niente più. Era pur sempre il mio fratello gemello ... difficile per me vederlo mostruoso. Ero

nato pochi minuti prima di lui ... Hai visto come ci somigliamo, ma di carattere siamo agli antipodi!".
-"E vero! Aiuto! Avete persino la voce uguale, i capelli, entrambi con quella strana vertigine sulla fronte e il modo di parlare e gesticolare. Ma lui ha un anima mostruosa ... e tu no!" – fece lei.
-"Indubbiamente non mi è possibile frequentarlo. Conosce tutti i delinquenti della zona. Ruba, imbroglia, traffica assegni rubati, refurtiva varia ... acquista a debito e rivende tutto al miglior offerente non pagando nessuno. E, strano a dirsi, lavora moltissimo, fa carpenteria metallica, ma soprattutto fa tutto quello che gli rende denaro. Non ho mai capivo dove mettesse il denaro, visto che era sempre in bolletta. Poi, una sera, si confidò con me. Era particolarmente euforico, con una strana luce nello sguardo e mi disse che aveva bisogno di cocaina, solo di quella... per stare bene. Non gli importava nulla del resto. Ma non la spacciava, non gli piaceva, il piacere gli veniva da organizzare mezzi per far soldi ... per poterla acquistare. Così sì che se la godeva appieno. Il premio per tutte le sue macchinazioni! Da allora presi ad evitarlo anche io. Se lo incontro lo saluto, due chiacchiere ... è pur sempre sangue del mio sangue, ma come si può frequentare un tipo simile?".
-"Un demonio! Cambiamo discorso te ne prego, sono ancora sconvolta per le sensazioni negative che mi ha trasmesso".
Ripresero il loro viaggio alla scoperta del sé ...
-"Sai che sono davvero in stato confusionale da quando ci siamo messi assieme? Talmente tanto da essermi preoccupato e per avere una spiegazione e un consiglio mi sono rivolto al I Ching, il mio amico Cinese, dispensatore della saggezza millenaria del Tao. Sai cosa mi ha risposto? "Un uomo può vivere solo, dormire solo, mangiare solo, cacciare solo, ma non può riprodursi da solo!" ... Incredibile quel libro. Sulle prime ho pensato che non mi avesse risposto, a volte capita.
Poi, invece, ho compreso che mi aveva risposto eccome. Seguiva la via del Tao e mi informava di cosa mi stava accadendo ... Dobbiamo riprodurci, è tempo!" – affermò Tony.
-"Davvero? Esiste un libro così? Devi farmelo leggere! Siiii? ... Ti ha detto che dobbiamo riprodurci? Ah ah ah, che strano sentirselo dire così! " – replicò Marinella, con dei lampi di felicità negli occhi.
Anche lei aveva sentito lo stesso richiamo, non aveva un amico libro che l'aiutasse a capire, ma era evoluta e sentiva quel che doveva fare per evolvere ancora: riprodursi.
Del resto ... per quale altro motivo aveva lasciato Londra e il compagno che aveva trovato lì, così, sui due piedi? Lei non sapeva il perché, ma doveva farlo e lo fece.

Aveva un buon lavoro, una bella casa, un bravo ragazzo australiano che l'amava, viveva in una città che adorava e tra gente, i londinesi, che le piacevano, eppure dovette lasciare tutto per tornare al paesino del profondo sud da cui era fuggita, come se avesse un appuntamento.
Un appuntamento col suo destino.
-"I Ching non è un libro da leggere Mari ... non si capisce niente se lo si legge dalla prima all'ultima pagina. Si riesce a comprendere il senso delle sue risposte solo quando gli si fanno delle domande precise sulla determinata situazione e, a volte, sul momento, non si capiscono nemmeno quelle. Mi è capitato spesso di comprendere solo dopo qualche tempo che aveva dato la risposta giusta ... ma che non avevo capita. Quando torniamo ti insegno a usarlo e gli chiederai quello che vuoi. Non devi dire a nessuno qual è la tua domanda mentre la stai formulando. Concentrazione massima e devi continuare a farla mentre lanci le monete per formare l'esagramma. Poi mi dirai qual'era la tua domanda, per aiutarti a capire se ha risposto e come..."
-"Non vedo l'ora! Ma dove ce l'hai? Non ho visto tuoi libri a casa di Dina".
-"E' a casa dei miei ... staranno già dormendo a quest'ora. Mi ci accompagni, lo prendo e approfitto per lasciare un biglietto ... che sappiano che sono a casa di amici e che sto bene".
-"Dai allora, andiamo. Ho in mente una domanda da fare al tuo libro e qualcosa da fare a te ..." – disse Mari con voce dal tono sensuale. Da suscitare brividi in Tony, che ne restò piacevolmente sorpreso.
-"Ah si? Ti stai proprio scatenando! Chi l'avrebbe detto, la mia ragazzina ... una femme fatale!"
Uscirono ridendo dal locale. Era proprio così che si sentiva Mari, finalmente una donna libera e realizzata. Insieme al suo uomo, colui che gli era affine: solo lui nell'Universo.
Si strinse al suo forte braccio, abbracciandolo alla vita e regolando il passo sul suo, come fanno tutti gli innamorati, fino all'auto. Poi, prima di metterla in moto, un bacio carico di passione e via a recuperare l'amico I Ching per portarlo con loro, nella tana dell'amore che avevano creato.
La casa risuonava del russare dei suoi vecchi: rumore solito, protettivo e amico. Raggiunse a tentoni la sua camera, non voleva svegliarli. Scrisse il biglietto per loro: "Ciao, sto bene, sono a casa di amici. Non ho voluto svegliarvi. Ci vediamo presto". Prese il fagotto nero che custodiva l'I Ching, la scatolina cinese con le monete e raggiunse Mari, rimasta ad attendere in auto. Una volta a casa Mari volle vederlo e Tony lo liberò dal fiocco nero poggiandolo al centro del tavolo, dopo averlo posato sulla sua fronte in gesto di saluto. Poi, prese la scatolina in lacca cinese che conteneva le monete con i segni del Tao e la pose di fianco.

-"Ecco I Ching. Ora mettici una mano sopra e formula la tua domanda. No, aspetta, vieni qui a farla... – disse Tony, indicandogli le sue ginocchia. Lei sorrise e, fatto il giro del tavolo, lo raggiunse per sedersi su di lui. Seguì attentamente le mosse esplicative di Tony, il quale, finita la spiegazione, mise le tre monete oracolari tra le sue mani.

-" Devi agitarle mentre formuli la tua domanda Mari, poi le lanci sul tavolo e vedremo quali segni mostrano. In base a questi disegniamo l'esagramma e andiamo a leggere il responso. Ricorda: la domanda devi tenerla segreta fino a che non andiamo a leggere. La segretezza aumenta la concentrazione".

-"Ok, va bene! Ma come faccio a concentrarmi sulla domanda se continui a carezzarmi così?"

-"Ah ah ah ... hai ragione, anch'io mi ero distratto! E' che sentirti su di me e carezzarti le cosce è tutt'uno. Dai, ora sto buono, concentrati".

Mari cominciò a lanciare le monete mentre Tony leggeva i segni e li trascriveva su un foglio di carta con i numeri in colonna, partendo dal basso verso l'alto, secondo l'uso cinese.

Lei, concentratissima, lanciava in silenzio le monete dopo averle agitate tra le mani giunte a coppa.

Alla fine, dopo averle lanciate per sei volte, sentito Tony che diceva basta, si sedette di lato per permettergli di aprire il libro dalla copertina di pelle rossa, con le iscrizioni cinesi dorate.

-"31 HIENN ...Tutti 7 e 8 ...Significa che non ci sono mutamenti possibili, la risposta è netta!" – disse Tony, poco prima di andare alla pagina 162 del libro dei Mutamenti e mettersi a ridere.

"Scommetti che indovino cosa gli hai chiesto?"

Mari si allungò sul tavolo per leggere il titolo della sezione seconda ...mentre Tony la leggeva a voce alta:

"31 *Hienn. L'influenzamento, la domanda di matrimonio.* La Sentenza netta, senza mutamenti *era L'influenzamento. Riuscita. Propizia è perseveranza. Prendere una fanciulla reca salute".*

Risero contemporaneamente e Mari commentò:

-"Non vale ... Non è possibile ... hai fatto un trucco ... Dimmelo!"

-"Nessun trucco è possibile Mari! Le monete che lanciavi disegnavano il segno che siamo andati a leggere. E' stata una domanda di matrimonio in piena regola. Trovo che non sia una brutta idea, anzi ..." – rispose Tony, guardandola negli occhi e vedendo cambiare la sua espressione.

-"Quando gli ho chiesto perché mi sentissi così confuso, mi parlò di riproduzione e credetti che non aveva risposto ... poi ho capito. La chiamavo confusione perché non l'avevo mai provata, non sapevo cos'era ..."

-"Io l'avevo già provata invece ... la conoscevo già, fin da bambina, quando mi innamorai di te. Ti sei innamorato di me Tony?" – chiese lei, guardandolo negli occhi così da vicino che, sulla sua fronte, stava per riapparire il terzo occhio.
-"Ehhh ... sì" – fece Tony con un sospiro. Aveva capito, era questo l'amore, questa confusione totale, questa smania di unirsi a lei, vedere la luce in ogni cosa, sentirsi felici e disperati ...
Lei si avvicinò a poggiare le sue labbra su quelle dell'amato ... Ed eccolo di nuovo fissare il suo, là, in mezzo alla sua fronte ... il terzo occhio dell'amore vero. Glielo chiese.
-"Vuoi sposarmi Mari?"
Si amarono sul tavolo e fu su quel tavolo che si unirono in matrimonio, quella sera con l'I Ching a fungere da testimone alle loro nozze, lasciando fuori il resto del mondo.
Vivevano in beatitudine ... ma non era per questo che il destino li aveva riuniti ... non solo per questo almeno.
Presto il destino si riaffacciò alla loro porta, in persona del fratello di Tony, Steno.
-"Si sta liberando l'appartamento vicino alla mansarda che occupo, la padrona di casa è disposta a darla a me, alla condizione che io trovi qualcuno che occupi la mansarda. Non vuole lasciare appartamenti sfitti e per quello ha già delle richieste. Per voi andrebbe benissimo, due camere, cucina e bagno. Vista mare da un lato e sulla pineta dall'altro... Non costa poco, ma nemmeno tanto, considerando i prezzi soliti. Poi, hai provato a cercare casa? Non è mica facile sai ..."
-"Questo è vero. Abbiamo messo in giro la voce anche tra i parenti. Ma abbiamo trovato prezzi assurdi, alcuni addirittura da lasciare liberi d'estate e ammobiliati in maniera indegna".
-"Questa mansarda è senza mobilio, te l'arredi tu, i mobili sono miei e me li trasloco a fianco, venite a vederla, poi decidete".
Marinella guardò Tony, i due si capirono al volo. Era vero: molto meglio sarebbe stato stare alla larga da Steno, ma, in fondo si trattava solo di dare un'occhiata alla mansarda. Era anche vero che, inoltre, tra qualche giorno avrebbero dovuto lasciare la casa di Dina. Dove sarebbero andati? Ognuno a casa sua? Ormai era impensabile separarsi!
Così uscirono assieme a Steno e videro la mansarda.
Era piccola ... vi si arrivava attraverso tre rampe di scale che conducevano a un pianerottolo con terrazzino all'aperto. Il pianerottolo aveva a destra la porta d'ingresso dell'appartamento che Steno voleva prendere per lui. Sul terrazzino un'ampia vetrata costituiva l'ingresso della mansarda in questione.

Sulla destra entrando c'era una camera da letto molto grande, con in fondo un sottotetto che poteva ospitare un armadio a incasso o una specie di cabina armadio, anche se era più bassa dell'altezza d'uomo. Dall'altro lato c'era quella che Steno aveva utilizzato come camera da letto, una cameretta di circa 12 mq e, subito dopo, una cucina più o meno delle stesse dimensioni la cui porta dava accesso al bagno con vasca e gli attacchi per la lavatrice. La cucina era piastrellata e il pavimento era bianco marmorizzato per tutta la casa. Tony aveva notato che nel passaggio dal salone alla cameretta c'era un pilastro in cemento armato del tetto che poteva essere al massimo 180 cm d'altezza: lui era alto 186, con le scarpe 188 e quegli ultimi otto cm li aveva sbattuti violentemente sul calcestruzzo ... da vedere tutte le stelle del firmamento. Un bell'ammonimento che non avrebbe dovuto ignorare.
A Marinella era piaciuta.
-"Provvisoriamente non ci staremo male. Avremmo risolto l'immediato, poi cercheremo qualcosa di meglio con più calma..."
-"Allora – chiese Steno guardando il fratello – cosa dico alla signora Patrizia? Sta aspettando una risposta, domattina sarebbe troppo tardi..."
-"Senti ... Lo sa che non siamo sposati? Molti ci hanno fatto problemi per questo motivo..."
-"A lei non gliene frega nulla ... basta che le paghi l'affitto e potresti essere sposato anche col tuo cane! ..." – commentò ridendo Steno.
-"Allora dille OK ... quando ti traslochi nell'appartamento subentriamo noi".
-"Ti chiederà tre mesi anticipati e in contanti, perché è tutto in nero, niente ricevute, questa è la regola ... lo sai no?"
-"Sì, ho visto che son tutti figli di puttana! Bicocche al prezzo di ville e col trucco dell'ammobiliato per poterti sfrattare subito, anche se i mobili sono rottami. Che schifo di gente!"
-"Ah ah ah ... sei sempre il solito! Cerchi onestà tra queste bande di ladri corrotti. Il mondo è fatto così. Chiunque ne abbia la possibilità si approfitta del suo prossimo. Solo tu e pochi altri continuate a credere che non sia così. Come fate non lo so, ma non v'invidio... siete destinati a restare perennemente delusi" – rispose Steno.
-"No, lo so bene che il mondo è pieno di ladri e di corrotti. Non vivo sulla luna e so anche che le persone oneste spesso sono anche eccessivamente miti, o mansuete, come diceva Gesù Cristo, e tollerano di tutto. Salvo poi ribellarsi di colpo e fare dei veri ripulisti, come accadde per esempio per la rivoluzione francese o per quella russa. Ma a me interessa più che altro non sentirmi complice di questo schifo..." – precisò Tony.
-"Ah, si? ... E non lo stai appena facendo? Se vuoi la casa ti devi adeguare a favorire un evasore fiscale, anzi evasora, visto che è femmina. Come lo

chiami questo? Vuoi fare l'onesto? Allora lascia le chiavi lì e vattene. Vediamo quante ne trovi di case in affitto ... ah ah ah".
Tony non rispose. Sapeva che il fratello aveva ragione. Lui aveva preso atto della corruzione che infiltrava tutto e si era adeguato, trovandosi anzi benissimo, a suo agio, visto che era il suo modo naturale di vivere. Guardò Marinella ... anche lei voleva quella casetta ... l'unica che potevano avere. Così rimasero d'accordo: appena Steno avesse liberato gli ambienti, la mansarda sarebbe stata loro.
Manco a dirsi, per prima cosa, acquistarono un grande letto con testata in noce rivestita di pelle. In pelle era anche il perimetro della rete in compensato, spesso e poggiato su ammortizzatori in gomma a loro volta poggiati su stecche metalliche. Il letto rivelò immediatamente le sue potenzialità dal punto di vista della resistenza. Sarebbe stato fantastico da usare per sessioni intensive di sesso. Lo collaudarono alla grande, deducendo che, superata tale prova, il letto poteva essere ceduto con garanzia a vita! Pochi giorni dopo arrivarono gli addetti del mobilificio che montarono anche una bella cucina: piccola, perché piccola era la stanza, solo con l'essenziale, ma molto pratica.
Presto, come spesso accade, Marinella diede la bella notizia a Tony: era in attesa! Fu una immensa felicità per entrambi che, stranamente, non pensavano a quell'eventualità, nonostante Mari avesse smesso di prendere la pillola da un bel po'. In realtà se l'era dimenticata: quando erano andati a casa di Dina le aveva lasciate nella borsa a casa dei genitori e, una volta interrotto il ciclo, e iniziato a vivere quei giorni di passione assoluta ... chi ci pensava più?

Capitolo VI
La Coop. Tretorri e la lotta per la casa

Ora avevano un gran bel problema. Certo, due amanti così avvinti l'uno all'altra, non possono che salutare l'idea di essere riusciti a riprodursi così rapidamente, ma ... e la casa? Non potevano allevare un bambino in una mansarda come quella. Mancava lo spazio vitale necessario. Non c'era nemmeno la possibilità di ricavare una cameretta in più. I primi tempi poteva stare nella sua culla, in camera con loro ma poi?

Dovevano intensificare gli sforzi per trovare una nuova casa benché sapessero che non era affatto facile in quanto, nel Regno di Tallia, anche una giovane coppia in attesa trovava tutte le porte chiuse.

Venne loro spontaneo ricordare la vicenda della nascita di Gesù: Giuseppe con Maria incinta che non trovava alcun alloggio, a parte la stalla e la mangiatoia. Una storia che i cristiani ripetono di continuo perché, dopo duemila anni, ancora non l'hanno capita.

Mentre Mari, la mattina, andava a scuola, Tony cercava di conoscere la borgata ed i suoi abitanti. Aveva fatto amicizia con alcuni giovani che abitavano in baracche dei pescatori ed aveva ascoltato le loro storie, tutte drammatiche e fatte di sfruttamento e abusi continui ai loro diritti.

Il Comune stava per decidere l'abbattimento di quel patrimonio immobiliare fatiscente: le baracche erano state occupate abusivamente da famiglie disagiate e giovani coppie che non trovavano alloggi disponibili o li trovavano a prezzi impossibili. Tony aveva verificato che anche trovare aree edificabili era impossibile poiché tutto era in mano agli speculatori, canaglie collegate ai politici locali che tenevano il piano regolatore comunale bloccato per lucrare sui prezzi delle aree facendole arrivare a cifre da capogiro. Tony constatò che costava più un'area edificabile, della stessa casa che vi si fosse potuta costruire.

Conobbe anche altre persone, tutte con uno sfratto esecutivo che incombeva su loro e le loro famiglie.

Da ciò gli fu possibile ipotizzare che si sarebbe potuta costituire una cooperativa edilizia, dandogli un buon nome e usandola per ottenere aree edificabili per l'edilizia agevolata, come prevedevano le leggi che aveva letto nel tentativo di trovare una via d'uscita a quella situazione.

Prima di iniziare tutto questo, però, occorreva recuperare almeno nove persone disposte, con lui, a formare la cooperativa e portarla avanti. Tony ce la mise tutta e, sentite anche le indicazioni di un sindacato che si

occupava di cooperative, riuscì a sensibilizzare ben quindici possibili soci. Pochi giorni dopo, alla prima assemblea cui parteciparono tutti, poté guardarli in faccia tutti e quindici. Quelle persone non piacquero né a lui né a Marinella. Videro chiaramente d'aver a che fare con esseri involuti, ignoranti ... se non mostruosi! E nei giorni dappresso quelle prime impressioni furono confermate dai loro comportamenti: bestemmiavano alle spalle l'uno dell'altro, si facevano dispetti e cattive azioni a ripetizione. Per giunta erano invidiosi, di un'invidia davvero spaventosa! Questo, tuttavia, era il materiale umano disponibile all'intrapresa che passava il convento: prendere o lasciare ... O con questi o con nessuno.
Decisero a malincuore di procedere. Non c'erano alternative. Avevano anche insistentemente provato ad acquistare un'area edificabile da privati, a parte i prezzi inaccettabili, però, le aree edificabili erano bloccate dalla mancanza di approvazione del piano urbanistico, quindi non avrebbero risolto nulla lo stesso. Una situazione incredibile, ma vera. L'unica strada possibile era quella che aveva pensato, e ne aveva parlato, con un funzionario del sindacato cooperative, il SindaCoop., cioè di attivarsi per far sbloccare alcuni lotti di Tretorri affinché venissero riservati all'edilizia agevolata. Le leggi c'erano, i fondi regionali agevolati pure ... mancava solo la volontà politica e per quella occorreva organizzare un gruppo di pressione che sollevasse l'opinione pubblica e l'interesse politico. Oltretutto era vergognoso lo stato di abbandono in cui era tenuta la borgata marina di Tretorri e si sarebbe potuto far leva su questa indignazione per ottenere il consenso della popolazione. Tony, col carisma naturale che gli era proprio, riuscì a convincere l'assemblea e si raccolsero i dati e le quote di spesa per l'atto notarile.
Fissarono una data col notaio per la costituzione della società cooperativa edilizia che chiamarono Tretorri, come il nome della località dove dovevano sorgere le villette a schiera.
Subito dopo Tony, in maniera decisa e competente, andò a parlare con i direttori dei due quotidiani più letti in città illustrando loro il suo intendimento e chiedendogli un appoggio mediatico che ottenne.
I direttori, prof. Debono, un vecchio galantuomo d'altri tempi, professore universitario a riposo che commentò le sue dichiarazioni ideali dicendo: "A lei dovrebbero fare un monumento!"; ed una bellissima giornalista, molto colta e avvenente che, certo, in altri tempi non avrebbe lasciato indifferente Tony ... aderirono entusiasticamente alla proposta.
-"Era ora che qualcuno si organizzasse in quella borgata per risolvere il degrado urbanistico, ecologico e umano della nostra marina.
Una vergogna ... una vera vergogna. Ad ogni inizio di stagione riusciamo solo a pubblicare foto e doglianze dei bagnanti per il degrado delle pinete, usate

come discariche abusive e abbandonate ai vandali. Ci sono addirittura quelli che ci vanno armati di motoseghe a farsi legna per il caminetto: indisturbati perché il comune non ha mai organizzato servizi di vigilanza. Per non parlare delle spiagge ridotte uno schifo anche per i rifiuti che le mareggiate risputano sulla battigia: bottiglie di plastica, bidoni, pezzi di reti da pesca e ogni rifiuto scaricato in mare e sul fiume da barbari impuniti. Si Tony, tutto l'appoggio possibile" – disse il Professor Debono.
-"Senz'altro, ci conti Tony! Noi abbiamo un lungo dossier di denunce al nostro attivo sul comportamento dei governi comunali. In maniera assolutamente bipartisan gli esponenti dei partiti presenti in consiglio si sono sempre disinteressati delle condizioni della nostra marina. Era ora che qualcuno, tra i residenti, si svegliasse e si muovesse. Le daremo tutto lo spazio di cui ha bisogno" – confermò la direttrice Alba Dominici.
Certo, il suo cuore era occupatissimo, ma Tony era comunque un maschio e una donna così non poteva lasciarlo indifferente. Bionda, con lunghi capelli tenuti indietro da una coda di cavallo che calava sul lungo collo, con le spalle scoperte che la rendevano ancora più sexy. Il vestitino scollato e stretto sotto i seni, nero con piccolissimi fiorellini bianchi che scendevano a coprirla fino alle caviglie ma che, quasi trasparente, lasciava indovinare fianchi torniti e lunghe gambe nervose che finivano su due piedini affusolati in sandali cinghiati dai tacchi altissimi. No, non aveva lasciato indifferente Tony e la sua sensibilità femminile glielo aveva certamente comunicato. Il sorriso finale, che accompagnava la mano tesa a stringere quella di Tony, sembrava ancora più esplicitamente una dichiarazione di consenso e non per l'appoggio mediatico. Alba era rimasta colpita da quel ragazzo così diverso, anche nell'aspetto, ma non solo, dalla fauna locale. Il modo di vestire di Tony, che indossava una camicia di tela indiana a righe bianche e blu aperta sul petto villoso, su cui spiccava una conchiglia di un incredibile colore indaco e madreperla, incastonata in una catena d'oro che avvolgeva il collo taurino attorniato da lunghi capelli biondi e i jeans attillatissimi, al punto da non lasciare spazio alla fantasia sulla sua virilità prorompente, non potevano non colpire una donna come lei.
Tony alzandosi strinse quella mano tesa e ne sentii il calore e la morbidezza. Ne fu quasi spaventato ... Così fragile era la passione che l'univa a Marinella? No ... certo che no. Fino a pochi mesi fa non avrebbe perso l'occasione di conoscerla meglio e più a fondo. Ora, invece, desiderava solo ritrovarsi con la sua Maharani, ma ricambiò l'amicizia con un sorriso e una stretta di mano altrettanto calorosa. Piacersi non poteva essere una colpa, né una vergogna. Alla fine era un tipo di donna a lui affine e ve ne erano state tante, anche se nessuna come la sua Mari.

Raccontò a Marinella del consenso e l'appoggio promesso dai quotidiani locali e che ora doveva organizzare la protesta con cui costringere il sindaco e la sua giunta a intervenire. Lei non ne fu affatto felice, come Tony si aspettava.

-"Non lo so Tony ... Ci stiamo legando sempre più a entità mostruose. Li ho visti io come li hai visti tu e sento che non ce ne verrà bene. Del resto anche tu eri concorde sulla necessità di dover tenere lontani questi esseri involuti, per poter evolvere in altre direzioni. Invece organizzi, addirittura, una società cooperativa e ti leghi mani e piedi al loro carro, al loro destino. Come puoi essere soddisfatto, invece che spaventato come me?"

-"Hai ragione ... sono preoccupato anch'io, in effetti. Ma abbiamo considerato che l'unico modo per riuscire a costruire la nostra casa qui è questo. Non è nemmeno un problema di denaro per noi: ne ho abbastanza! L'unica cosa che potrei fare, altrimenti, è acquistare uno di questi ruderi fatiscenti a prezzi impossibili e disonesti, per poi buttarlo giù e rifarlo dalle fondamenta. Sarebbe una follia! Acquistare una di queste case e viverla così com'è sarebbe ancora peggio, sono fatte malissimo: in blocchi di cemento, umidissime e gelide d'inverno, bollenti d'estate, senza alcun garbo architettonico, poco più di baracche. Dovrò stare attentissimo lo so e coinvolgermi meno possibile con questi elementi da sbarco. In fondo l'unica cosa che mi occorreva da loro era il loro nome e il loro consenso per portare avanti queste cose ... li ho avuti. Ora agirò da solo. Al massimo faremo qualche assemblea pubblica per giustificare che si tratta di azioni condivise e non solo iniziative mie".

-"Sei consapevole che molti dei nostri soci sono solo dei ladri e truffatori, compreso tuo fratello, vero? ... Che sono habitué della pratica dell'assegno a vuoto e altre delizie..."

-"Sì, sì, lo so! Ma sono affari loro, non della società. Sicuramente non mi lascerò coinvolgere in queste loro beghe. Del resto con mio fratello ci convivo dalla nascita e non mi sono mai coinvolto nelle sue imprese truffaldine" – replicò ancora Tony per tranquillizzare Mari.

-"D'accordo, proviamoci allora e che Dio ce la mandi buona ..." – disse sconsolata Marinella.

Finirono la conversazione a tavola. Tony era un bravo cuoco ed aveva già preparato un sugo allo scoglio, con frutti di mare freschissimi, in cui calò gli spaghetti appena lessati.

Una delizia afrodisiaca che finì nel solito modo, con la passione che cresceva sempre più, senza mai scemare.

I mesi che seguirono furono mesi d'impegno per gli scopi sociali della cooperativa Tretorri: dotare la borgata di urbanizzazioni, aree per l'edilizia residenziale e costruire case da assegnare in proprietà ai soci. Tony dedicava

tutto se stesso ad organizzare le attività di un comitato di borgata. Aveva fatto accordi con diversi armatori per i quali aveva navigato da ufficiale di macchina per effettuare riparazioni navali in navigazione o durante le soste nei porti. Grazie alle scuole della Marina Militare che aveva frequentato era anche un abile tornitore e saldatore ed era in grado di rifare ogni pezzo meccanico al tornio, con misure precise al decimo di millesimo di millimetro, tanto da poter sostituire con quello le parti meccaniche danneggiate. Si offrì di viaggiare ovunque, a spese degli armatori, per raggiungere le navi che avessero bisogno di riparazioni per le quali non fosse necessario il bacino di carenaggio e il cantiere navale e quasi tutte le riparazioni e le manutenzioni delle macchine navali rispondevano a queste caratteristiche. Una proposta che fu bene accetta da tre armatori talliani e un olandese; la paga era buona, maggiorata dall'indennità proposta per i contratti a tempo determinato; pochi giorni, massimo dieci, e con un premio adeguato al tipo di lavoro svolto, in base al fatto che fosse più o meno disagiato. Ovviamente tutte le spese di viaggio erano rimborsate.
Agli armatori conveniva moltissimo: risparmiavano sui costi del fermo nave e del cantiere e sopperivano ad alcune lacune del personale imbarcato. Non tutti erano altamente specializzati come Tony e molti macchinisti non sapevano nemmeno cos'era un tornio o, quantomeno, non lo sapevano usare. Questo permetteva a Tony di assentarsi per brevi periodi e guadagnare lo stesso una buona paga eppoi, così, sentiva meno la nostalgia del mare. Una situazione ottimale, sotto tutti i punti di vista.
La gravidanza di Marinella proseguiva tranquilla e loro erano sempre più uniti, sempre assieme in ogni occasione e sempre alle prese con discussioni dai temi impegnati e profondi. Marinella frequentava anche un corso di preparazione al parto, dove imparò la respirazione ottimale per aiutare le doglie e il bambino a nascere. Cercavano di immaginarlo, mentre scalciava dentro la pancia della madre. Erano certi che fosse maschio, non perché lo preferissero. Per loro era benvenuto e sarebbe stato accolto con amore, sia che fosse stato maschio, sia femmina. Decisero di chiamarlo Marzio. Era il nome ispirato dai calci vigorosi che arrivavano a far sobbalzare la pancia di Marinella ... e Marzio fu!
Un bellissimo parto naturale, molto sereno, avvenuto in poco più di 15 minuti alla presenza di entrambi i genitori. Tony restò molto impressionato dal ritmo accelerato del cuore che sentiva venire dalle macchine collegate a Marinella, in attesa che arrivassero le doglie del parto vero e proprio. Poi, in sala parto, Marinella riuscì a gestire la sua respirazione e le spinte da dare col ventre per aiutare il bambino a venire fuori in maniera perfetta. Soffrì, certo, ma per pochi minuti e, comunque, la gioia di vedere alla luce il loro bambino, poggiato subito sul suo seno, era troppo grande perché tenesse

conto del dolore provato. Era un bel bambino, forte come un torello e ben dotato anche come maschietto. Persino le infermiere risero vedendolo: effettivamente aveva un pisellone che non è solito vedere in un neonato.
Appena possibile tornarono a casa col loro bambino e in breve tempo lo si poté vedere gattonare per casa, aprire gli sportelli di cucina per tirare giù le pentole e curiosare dappertutto. Tony lo portava all'aperto in lunghe passeggiate sul lungomare e si era attrezzato anche di bici col seggiolino sul manubrio per portarlo anche in pineta nei pochi punti ancora non devastati dai vandali e dai rifiuti... Quando era via, sul mare, per le corvée in sala macchine, il bambino stava con i nonni ed era conteso. La nonna paterna era letteralmente impazzita per lui. Veniva spesso a prenderselo con la sua fiat panda per portarselo a casa. Erano talmente in sintonia con Marziolino che spesso si eccitavano al punto, giocando tra loro, che Tony si preoccupava di frenarli, per paura che si sentissero male entrambi. Ridevano a crepapelle e diventavano rossi come pomodori.
Marzio chiamava la nonna paterna Nonnachina e quella materna Nonnaesa. Nonnachina non lasciava passare compleanno senza mettere alla posta reale, in un buono fruttifero a nome di Marziolino, la tredicesima della pensione.
-"Quando compirà 18 anni - diceva a Tony – glieli darai per dare l'acconto per un'auto o per avere un gruzzoletto tutto suo, per farne quello che vuole".
La madre di Tony era ancora giovane, si era sposata col padre Cesare, di ben 14 anni più anziano, che aveva appena sedici anni e Tony si meravigliava che parlava di lei, come se fosse certo che di lì a una dozzina d'anni, non ci sarebbe stata più. Dal punto di vista familiare furono anni sereni e scorrevano sereni anche gli impegni che Tony si era assunto per gli scopi sociali della cooperativa Tretorri.
I giornali mantennero gli impegni assunti e davano puntuali e precise notizie delle iniziative del comitato di borgata, scuotendo l'opinione pubblica sulle inadempienze del Comune nei confronti della loro marina. Quella marina dove, chi non si poteva permettere viaggi e ville nelle rinomate località di villeggiatura, portava i bambini a fare i bagni al mare e, nelle domeniche soleggiate, a passeggiare sul lungomare anche d'inverno. Sorsero spontanee proteste anche tra i cittadini del capoluogo e, nel bel mezzo di tutto questo, fu emanato un bando di gara per il finanziamento delle cooperative edilizie con mutui agevolati per la costruzione di case da dare in proprietà ai soci. Tony vi partecipò subito, raccogliendo anche molta documentazione relativa ai soci, che si dimostrarono incapaci di provvedervi da soli senza commettere errori. Bastava che la documentazione relativa ad un socio fosse errata per perdere il punteggio necessario a ottenere il finanziamento

a favore di altre cooperative concorrenti. Riuscì, così facendo, a ottenerlo per tutti e quindici i suoi soci e, questo, attivò in loro un interesse per ciò che stava facendo che non avevano avuto fino a quel momento. Avevano aderito alle sue iniziative, ma senza crederci troppo, giusto per non restarne fuori se fosse riuscito nel suo intento.

Alcuni, tra cui il fratello, non avevano nemmeno versato le piccole quote di capitale sociale per l'ammissione e vi aveva provveduto Tony perché, se non avesse avuto quel numero di soci in regola, non avrebbe potuto costituire la cooperativa e, quindi, ottenere le aree tra cui la sua.

Ci furono anche elezioni amministrative e, con il comitato della borgata, decisero di parteciparvi con una lista civica, ecologista, apartitica e verde che aveva nel programma, lo stesso della cooperativa, aree per l'edilizia agevolata, urbanizzazioni della borgata, riassetto urbano, recupero ambientale della pineta e delle spiagge, sviluppo turistico.

Presentarono questo programma grazie all'appoggio della stampa e si candidarono tutti, capolista Marinella, ormai molto nota per essere una bravissima insegnante della scuola locale. Tony dal canto suo era sempre più impegnato pubblicamente. In quei tre anni, tanti ne erano passati, era diventato famoso, per l'attivismo frenetico per i problemi della borgata, grazie a qualche centinaio di articoli, ma anche interviste TV effettuate proprio tra i cumuli dei rifiuti nascosti nella pineta, peraltro bellissima, deturpata dalle motoseghe di barbari incivili che abbattevano i tronchi di pini secolari e altissimi per procurarsi legna da ardere. Il tutto avveniva da molti anni nell'indifferenza delle istituzioni cittadine le quali, pur informate, non solo non facevano nulla per impedirlo, al contrario, perfino autorizzavano, di quando in quando, alcune ditte ad abbattere alberi con la scusa ridicola del diradamento. In realtà era evidente che l'assessore patteggiava con quelle ditte un contributo, così come facevano per ogni altra ragione. Lo facevano soprattutto sul piano edilizio urbano che era bloccato proprio perché ognuno voleva che fosse a suo favore, o in quello della sua cricca, cosa matematicamente impossibile.

Le elezioni, considerando la scarsità di mezzi a disposizione andarono benissimo per la lista civica ecologista e verde. La stampa, a sera tardi, con lo spoglio delle schede scrutinate fino a quel momento, diede la notizia.

-"I due capolista della lista civica sono certamente entrati in consiglio e considerata la campagna e i temi che hanno annunciato agli elettori, in consiglio comunale molto potrebbe cambiare".

Andarono tutti a letto soddisfatti del buon risultato ottenuto. La mattina seguente, però, tutto era cambiato e nessuno della lista civica risultò eletto. Era accaduto, caso statisticamente impossibile, che nel seggio adiacente il locale tribunale nessun voto era stato assegnato alla lista civica. Proprio nessuno! E che molti altri risultarono irregolari e perciò annullati e, pertanto, la percentuale raggiunta non consentiva l'elezione di nessun consigliere. I voti presi andarono a far conteggio con i resti del partito di maggioranza in base agli astrusi calcoli elettorali di una legge davvero truffaldina. Che fare? Un ricorso? Sarebbe stato inutile, Tony ne era consapevole e Mari pure. Decisero di rinunciare, in fondo lo scopo era dimostrare che c'era un ampio consenso su quelle tematiche e questo era stato raggiunto. Ora era persino meglio restare fuori dal consiglio e sollecitare maggioranza ed opposizione ad agire giustamente. Poco dopo, infatti, la Giunta Comunale portò in consiglio l'esame della delibera con la quale assegnava le aree edificabili alla Cooperativa Tretorri, accettando anche le proposte avanzate dal presidente, su consiglio del sindacato delle cooperative. Il Consiglio approvò, senza discussione, all'unanimità.

Meglio di così non poteva andare!

La proposta particolare presentata da Tony riguardava la possibilità di avere, per ogni lotto, un fronte strada di otto metri, anziché i sette standard assegnati da sempre alle coop. edilizie. Questo perché il progetto di Tony riguardava la costruzione di case ecologiche, che potessero raccogliere il calore del sole d'inverno, per limitare i costi del riscaldamento e disperderlo d'estate, avendone, come accadeva per le case antiche, una climatizzazione naturale. Non era affatto fantascienza, ma un sistema ben noto agli antichi che costruivano le case con materiali naturali e seguendo particolari tecniche per la ventilazione dei tetti, che rendeva le loro abitazioni fresche d'estate e calde d'inverno. Occorreva costruire le abitazioni in materiali naturali, terra cotta per i muri esterni, usando mattoni di tipo Poroton 800 che garantivano un maggiore isolamento termico, rispetto ad altri materiali. Costavano un po' di più, ma il costo era ammortizzato dal risparmio sui costi di riscaldamento e climatizzazione, oltre che dalla qualità della vita e salubrità delle abitazioni. In questo progetto particolare Tony ebbe la collaborazione maggiore nel suo primo Vice Presidente fondatore, Roberto Peroni, il barista del bar Tretorri, con il quale decisero per primi di fare qualcosa per sbloccare le aree e le urbanizzazioni della borgata. Stranamente, proprio lui, all'improvviso, presentò la domanda di dimissioni a Tony, con la richiesta di rimborso delle quote già versate e l'unica spiegazione fu che non poteva vedere nessuno dei soci e non voleva, d'accordo con la moglie, ritrovarsi ad abitare vicino a gente simile.

La sua decisione fu irrevocabile.

Ora si trattava di dare, a un professionista, l'incarico di redigere un progetto da presentare d'urgenza all'approvazione della commissione edilizia del Comune e dei Beni Ambientali della Regione, perché essendo un intervento edilizio a 300 metri dal mare occorreva la loro approvazione, prima che la commissione edilizia comunale rilasciasse la concessione edilizia per iniziare i lavori. Tutto era a pena di scadenza, 90 giorni. Scaduti i termini, la delibera di assegnazione delle aree poteva essere revocata ed anche il mutuo avrebbe seguito quella revoca. Se ne perdevano i diritti a favore della cooperativa immediatamente successiva in graduatoria.

In assemblea si cercava di avere un'indicazione per la progettazione. Fu il presidente del collegio sindacale, ing. Foretti Giuliano, un insegnante che non esercitava la professione di ingegnere edile anche se era laureato in quella disciplina, a proporre il nome del cugino, arch. Pilade Salvatore. Costui pareva fosse un bravissimo architetto: avrebbe fatto la progettazione per fare un favore al cugino. Foretti avrebbe collaborato con lui alla stesura del progetto perché voleva che la casa dove sarebbe andato ad abitare fosse progettata ed eseguita al meglio. Era d'accordo anche a che la casa fosse costruita secondo i canoni ecologisti proposti da Tony ... Come non apprezzare tale disponibilità e prontezza risolutiva?

Per sopperire al problema della residenza dell'architetto, che risiedeva a Terranova, città settentrionale molto distante da lì, Foretti avrebbe collaborato attivamente con lui e sarebbe stato anche meglio non averlo in cantiere: Giuliano avrebbe curato meglio gli interessi della Cooperativa. Ovviamente furono tutti d'accordo e invitarono l'arch. Pilade a fare una sua proposta alla cooperativa Tretorri. Non tardò ad arrivare una lettera proforma d'incarico, in data 23 settembre, con allegato calcolo del dovuto per progettazione esecutiva e Direzione dei lavori, stralcio della Legge 143/49 del tariffario Nazionale del Regno di Tallia per Architetti e ingegneri, sulla base del quale era stato calcolato il costo dei 15 progetti e che risultava essere di 2.000.000 di Franchi del Regno, 2.400.000 con le tasse dovute al fisco del Regno di Tallia. Il calcolo, com'era stato ben indicato, riguardava villini signorili del costo ipotetico di diecimilioni di franchi cadauno. In caso in finale fossero costati di più, anche questa cifra in percentuale sarebbe salita in proporzione, ma di poco e, comunque, in base al tariffario che impediva abusi.

L'assemblea dei soci approvò questa proposta, di cui fu redatto puntuale verbale in delibera. Diedero la notizia all'Ing. Foretti affinché la comunicasse al cugino dicendogli che avevano la massima urgenza e che avrebbero voluto vedere prima possibile i progetti, almeno per la parte sufficiente a presentarli in Regione e in Comune per iniziare l'iter di approvazione.

Dopo qualche giorno l'Arch. Pilade si presentò in assemblea e consegnò i progetti di massima, quelli che sarebbero stati sufficienti all'approvazione.

I disegni erano completi di arredi esterni: graziosi alberelli, disegnati nei giardinetti, colpirono i soci, inducendoli a ritenere che l'architetto fosse davvero un bravo e accurato professionista. Baraccati com'erano, vedere

disegni di case con camere da letto, spazi seminterrati dove poter fare cucine rustiche, come tutti i soci di cooperativa fanno, e persino giardinetti davanti e dietro, li aveva lasciati a bocca aperta. Credevano, ormai con sempre maggiore convinzione, che ce l'avrebbero fatta a veder realizzate queste belle case e manifestarono tutti, sempre più grati, la loro stima e amicizia a chi li aveva convinti a crederci. Alcuni dissero addirittura che avrebbero fatto mettere una targa all'ingresso dell'intervento completato, per ricordare il presidente Tony Vero, riuscito nell'impresa in cui nessuno credeva. Questa proposta portò Tony a commentare con Marinella che, forse, erano stati troppo severi nei loro giudizi ... erano sicuramente esseri involuti, ma non per questo necessariamente ingrati e disonesti.
Purtroppo in breve divenne evidente che le cose non stavano andando affatto così lisce.
L'arch. Pilade non era esattamente quello che diceva di essere e anche l'ing. Foretti li stava imbrogliando. Infatti, trafficando dietro le spalle della cooperativa, avevano deciso, in realtà, di far fallire la cooperativa Tretorri, facendo perdere il mutuo e l'assegnazione delle aree per poi subentrare loro con la società di indagini biologiche marine, l'IBM, per la quale avevano richiesto al comune aree a Tretorri per edificare gli alloggi del personale e i laboratori. Le aree sbloccate grazie all'intenso lavoro di Tony erano l'ideale per loro: il famoso cacio sui maccheroni. Procedettero in questo modo e non con la progettazione delle case. Di lì a poco, infatti, i due chiesero alla coop. Tretorri un aumento della parcella di ben ottocentomila franchi e senza fornire alcuna giustificazione.
Naturalmente tale richiesta fu respinta. A quel punto fu l'ing. Foretti a insistere perché si riconoscesse quell'aumento, altrimenti avrebbero bloccato il lavoro e la cooperativa non avrebbe potuto andare avanti. Tony non credeva alle sue orecchie, ma era tutto vero: il presidente del collegio sindacale che si batteva contro gli interessi della cooperativa per fare quelli della controparte! Indisse un'assemblea per discutere la cosa e durante quell'assemblea, che fu particolarmente accesa, la maggioranza dei soci intervenuti decise di dimettere l'Ing. Foretti dalla carica di Presidente del Collegio, perché incompatibile col suo atteggiamento e di escluderlo anche da socio, dando anche mandato al presidente di informare l'arch. Pilade che non si accettava alcun aumento di prezzo, del tutto ingiustificato, visto che aveva già avuto seicentomila franchi alla nomina e aveva presentato solo disegnini di nessuna utilità, dal momento che anche i Beni Ambientali stavano attendendo che li completasse e, nel frattempo, ne aveva sospeso l'esame...
Alla fine raggiunsero un accordo con l'architetto. Gli avrebbero dato questo nuovo acconto, ma come saldo di quanto dovuto per la progettazione

completa. Lui, però, si impegnava per iscritto, firmando per approvazione la stessa delibera, che avrebbe presentato i progetti esecutivi entro il 15 Aprile, rinunciando alla Direzione Lavori, in quanto, risiedendo a Terranova, non poteva garantire la presenza costante in cantiere com'era necessario.
Questa storia fu la prima a finire male di quelle vissute da Tony attraverso ed in conseguenza della cooperativa. Il 15 Aprile l'Arch. Pilade non si presentò e i soci deliberarono di presentare una denuncia per truffa contro lui e il cugino Giuliano Foretti, facendolo rintracciare dai gendarmi del Regno.
Era praticamente sparito con i loro soldi e non rispondeva al telefono, né alle raccomandate e fax.
Questa decisione era arrivata fino al cugino che contattò Tony per esortarlo a non farlo.
-"Sono un insegnante Tony, una denuncia così mi porterà a perdere il posto. Lo sai che ho due bambini, come farei?" – gli disse una sera fermandolo vicino alla porta di casa, disperato.
-"Mi fidavo di te, tutti ci siamo fidati di te ... tu ci hai traditi. Stavi tramando contro di noi per farci perdere le case per le quali avevo lavorato così duramente. Come puoi farmi pena? La denuncia l'abbiamo già presentata, ma è a querela di parte e si può anche ritirare ... A noi basta che tuo cugino si presenti o per consegnarci quello che ci deve e rinunciare all'incarico, in modo che possiamo affidarlo ad un altro, oppure restituirci quello che gli abbiamo dato, fino all'ultima lira".
-"Sì, sì va bene Tony. Ho parlato con Salvatore, gli ho detto della denuncia e mi ha detto che sarebbe arrivato domani, 18 Aprile, in mattinata. Rinuncia al mandato per la DD. LL e consegnerà i progetti esecutivi, vedrai si metterà tutto a posto..." – disse Giuliano sollevato.
Anche Tony lo era. Quell'Ingegnere si era comportato come un Giuda con lui che, invece, lo aveva considerato un amico e un collaboratore.
-"Mettersi d'accordo con un truffatore per farci fallire tutti! E' davvero indegno un comportamento simile, ma che coscienza hanno questi?" - si chiedeva Tony mentre lo guardava andare via, preoccupato solo di non perdere il posto, non certo con il rimorso di ciò che avrebbe provocato a tutti loro se non fosse stato scoperto da Tony e sbugiardato in tempo.
Il 18 Aprile l'Arch. Pilade arrivò puntuale e chiese a Tony di potersi incontrare. Si incontrarono mezz'ora dopo a casa di Giuliano Foretti.
Pilade era furioso, ma cercava di nasconderlo. Il suo sorriso era falso come quello di una vipera pronta a mordere, ma Tony gli aveva strappato i denti e una vipera sdentata non può più nuocere, almeno finché non gli ricrescono.
-"Per qualche giorno di ritardo ... non ti sembra di avere esagerato? Io rinuncio alla Direzione Lavori, certo. Eravamo d'accordo che l'avrebbe

seguita Giuliano per me, ma l'avete escluso e così è inevitabile per me rinunciarvi. Ecco qui i progetti esecutivi ..." – disse, mettendo sul tavolo una cartella di documenti che sembravano proprio calcoli e progetti esecutivi.
-"Bene, domattina li consegnerò io stesso alla Regione, assessorato Beni Ambientali. I termini di consegna sono scaduti il 10 Aprile, sono riuscito a farli attendere perché gli ho dimostrato che la cooperativa non era fallita e si trattava di semplice ritardo nella progettazione..."
-"Proprio così ... un semplice ritardo! Ho avuto troppo da fare e mi hai addirittura denunciato, insieme a Giuliano ... ma non eravate amici voi due? Giuliano è un bravo ragazzo, non meritava quello che gli hai fatto!" – replicò Pilade, convinto evidentemente di poter riprovare a prendere per il culo Tony.
-"Senti Architetto, qui l'unico ad aver agito da amico ... é uno solo e sono io! Mi avete pugnalato alla schiena tutti e due. Sapevate quanto mi occorreva questa casa e quanto mi è costata in anni di impegno ed anche di denaro, perché anche io lavoro e il mio lavoro non è quello di fare il presidente di una cooperativa edilizia. Io volevo e voglio solo farmi una casa onestamente, senza trucchi e senza imbrogli, qui dove sono nato. Ti sembra chiedere troppo?"
-"No, certo ma non è quello che stavamo facendo?" – replicò Pilade, subito interrotto da Tony.
-"No! Era quello che stavo e sto facendo io ...Voi due vi stavate solo procurando le aree e i finanziamenti per il vostro cazzo di Centro IBM, alla faccia mia!" – disse con rabbia Tony, sbugiardandoli entrambi. L'Architetto Pilade, vistosi scoperto, arrossì violentemente.
Balbettando, quando riprese la capacità della parola provò a lanciare una proposta secondo lui interessante.
-"Senti Tony, ma cosa t'importa di quei personaggi? Sono uno più stupido dell'altro. Il tuo vice, come si chiama ... Stola Luigi, ha la faccia più stupida che io abbia mai visto su un corpo umano. La maggior parte di loro non sono da meno. Perché non li lasci perdere? Noi possiamo farti avere una di quelle case per te. Una la riserveremo a te, una a Giuliano e non le dovrete pagare! Basta che mi lasci fare. Se ti ritiri tu, quelli non sanno nemmeno dove hanno la testa e la Cooperativa fallirà. Noi rileveremo il contratto delle aree ormai sbloccate col Comune, il sindaco è già d'accordo, ci sarebbe una deliberazione di Giunta rapidissima e per il bene della comunità. Qui sorgerà un centro di ricerche di biologia marina e magari potresti lavorarci anche tu. Che ne dici? Ci vuoi pensare? Ne parliamo domani ... ti va?" – chiese Pilade, con un sibilo da serpente e la lingua biforcuta che vibrava davanti alle sue labbra.

-"No, non mi va, non è il mio modo d'agire, è il vostro. Hai ragione, non abbiamo nessuno scambio intellettuale con i miei soci, sono persone ignoranti e non vedono ad un palmo dai loro occhi. Ma io mi sono associato con loro per lo scopo di farci la casa, quindici in tutto, da assegnare in proprietà ad ognuno di noi, e questo è tutto per me! Il resto sono chiacchiere inutili. Un'altra cosa, non sono io ad aver deciso di denunciarvi, ma l'assemblea dei soci all'unanimità. Io ho solo eseguito il mandato dell'assemblea. Ma posso riferire quel che abbiamo concluso, con la tua decisione di rinunciare all'incarico della Direzione lavori, consegnando i progetti esecutivi che abbiamo già pagato ... giusto?"
-"No, non sarebbe giusto ... per poter considerare saldato il lavoro di progettazione in base alla legge 143/49 mi sono dovuti ancora 152.400 franchi per tasse e contributi..."
-"Bene! Se è così li avrai domattina, ma per far autorizzare l'emissione dell'assegno devi scrivere due righe su tutto questo e darmi copia firmata come liberatoria nella quale dev'essere chiaro che ogni rapporto si è concluso e null'altro ti è dovuto. Così ritireremo anche la querela perché non ha più nessuna ragione d'essere..." – concluse Tony.
-"Sì va bene ... la scrivo io, adesso ..." – disse Giuliano mettendosi davanti alla macchina da scrivere.
Fu velocissimo, una specie di mitragliatrice. S'interruppe solo per chiedere la cifra esatta da inserire con l'importo dell'assegno a saldo di ogni spettanza, la rinuncia all'incarico e la dichiarazione finale che, ricevendo quell'ultimo assegno alla consegna dei progetti esecutivi, null'altro gli era dovuto, del che rilasciava quella liberatoria.
-"Perfetto! – esclamò Tony leggendola – ora non manca che la firma e ... tutto è bene quel che finisce bene! Potrete addirittura usarla, naturalmente controfirmata dagli organi della cooperativa Tretorri, direttamente voi, come una remissione di querela".
-"La firma, però, al momento di ricevere l'assegno ..." – disse Pilade con atteggiamento di dispetto, visto che la sua proposta non era stata presa in nessuna considerazione da Tony.
-"Non ti fidi? – esclamò con sorpresa Tony, non potendo trattenere le risate – ecco qua, inserisci i numeri di questo assegno del conto della coop. e l'importo esatto, poi lo compiliamo, lo firmiamo, lo consegniamo ... e finisce tutto qui".
-"Va bene" – rispose Pilade, mentre come per un assenso implicito Giuliano tornava alla macchina da scrivere per rifare la liberatoria.
Pilade la firmò, mentre Tony compilava l'assegno. Chiese a Giuliano di mandare a chiamare il presidente del collegio sindacale che lo aveva sostituito, Selise Gismondo, perché l'ufficialità della cosa pretendeva che

fosse presente anche il presidente del collegio e firmasse insieme a loro due.
Così fu fatto e se ne andarono con la liberatoria da depositare nel fascicolo della querela, tenendone una copia in cooperativa a futura memoria.
Si erano liberati di una brutta gatta da pelare. Un imbroglione come quello era in grado, facendogli causa civile, con i tempi da quinto mondo della Giustizia del Regno, di far fallire la cooperativa non una ma cento volte.
Aveva davvero avuto paura delle conseguenze della denuncia al cugino, più che altro. Il cugino avrebbe parlato, confessato tutto, anche le collaborazioni su certi appalti "strani", di quelli che i lavori non finiscono mai, mentre i soldi sì ... e più volte!
Altrimenti non avrebbe avuto alcun problema: la Giustizia del Re era allo sfascio totale e tutti i delinquenti lo sapevano. Un bravo avvocato poteva mandare alle calende greche quel procedimento ed esercitare un'altra vergogna della Giustizia del Regno: la prescrizione. Un reato, se l'inchiesta superava un certo limite temporale, veniva prescritto, cioè non si poteva più procedere. Davvero una manna per delinquenti di ogni risma. Per non parlare dei frequenti decreti di amnistia e condono che venivano emanati per alleggerire il carico di lavoro dei magistrati, i quali, pagati moltissimo, rispetto a qualsiasi altro magistrato d'Europa, lavoravano pochissimo, erano incontrollabili e del tutto inaffidabili. Certo, c'erano delle eccezioni, ma erano le eccezioni che confermavano la regola. Oltretutto, i magistrati del Regno che non si prestavano alle corruttele mafiose, spesso organizzate da politici d'alto bordo collusi con la criminalità organizzata, facevano spesso una brutta fine. Erano frequenti le uccisioni di magistrati e gendarmi onesti che indagavano dove non dovevano...
In ogni caso di quell'accordo furono tutti soddisfatti. Si erano liberati di una coppia di serpenti davvero velenosa per tutti loro.
Ma era davvero finita? ... Certo che no!
A maggior tutela, loro incaricarono un avvocato di fargli una raccomandata di revoca dell'incarico per sua colpa: la mancata consegna dei progetti esecutivi entro il 15 Aprile. Se Pilade avesse ideato altre furbizie, comunque, gli avevano revocato il mandato e tutto sarebbe finito così ... per sua colpa.
Infatti, di lì a un mese circa ... i giornali spifferarono che era in dirittura d'arrivo l'iter di una legge di amnistia, l'ennesima, che avrebbe cancellato tutti i reati, fino a una certa gravità, commessi fino al mese di Giugno e quello per truffa era un reato commesso sicuramente prima.
-"Pazienza, questi provvedimenti d'amnistia il Governo del Regno li emana la media di ogni due o tre anni circa. I magistrati del Regno, lamentano sempre di essere oberati di troppi procedimenti da seguire e, invece di lavorare di più, come sarebbe stato logico fare, ogni tanto se ne scopriva

qualcuno che mentre risultava in ufficio a lavorare ... era in realtà in giro a godersi le ferie. Nessuno poteva farci nulla! I partiti politici del Regno avevano interesse che la Giustizia versasse in queste condizioni. Erano tutti impegnati a rubare e sgrassare di tutto e dappertutto, come potevano volere una Giustizia che funzionasse se per prima cosa, funzionando davvero, avrebbero dovuto arrestarli tutti!? Questo spiegava, inoltre, come mai passassero immediatamente tutte le proposte di aumenti del loro stipendio, del tutto ingiustificato a fronte dei risultati del loro lavoro"- Tony commentò con Mari, davanti alla Tv, la sera che il TG ne diede notizia, mentre Marziolino si arrampicava su Tony come un perfetto scalatore.

Mari sospirò sconsolata.

-"... Non posso credere che ce lo meritiamo ... Cosa mai abbiamo da pagare come popolo per meritarci una fine simile? Pensa che ieri, per la quinta volta quest'anno, i ladri sono entrati a scuola e hanno saccheggiato tutto. Ci hanno rubato anche l'apparecchiatura elettronica, macchine fotografiche, cineprese, TV e videoregistratori. Facciamo la denuncia ai Gendarmi del Re, ma hanno reagito come se la cosa sia del tutto trascurabile. Sai cosa mi ha risposto il brigadiere vedendomi furiosa? Mi ha detto che è inutile che ce la prendiamo con loro: "Noi li arrestiamo ... ma dopo pochi giorni li rivediamo di nuovo fuori. Che li arrestiamo a fare?". Io e le mie colleghe ci siamo imbestialite ancora di più: " Ma come, li conoscete e ve ne state li senza far nulla?". Sai cosa hanno risposto? "... Certo che li conosciamo, sappiamo che sono tossicodipendenti, una specie protetta ... sono persino tutti pensionati d'invalidità ... Oggi è lunedì, l'ultimo del mese, se li vogliamo arrestare andiamo all'ufficio postale e facciamo una retata lì, mentre aspettano di incassare la pensione!"- Marinella era indignata.

-"Accidenti, è peggio di come immaginavo! Però Mari, una cosa che ho imparato viaggiando e conoscendo paesi e regimi dei sistemi più diversi è che, alla fine, ogni popolo ha il governo che si merita ... non c'è dubbio!"

-"Sì, è senz'altro così, ma è difficile da accettare, specialmente quando si è parte del popolo!" – ribadì Mari, e Tony reagì prontamente.

-"Un popolo che non ha fatto nulla per impedirlo!"

-"E' vero, ma che fare? Per esempio, un paio d'anni fa ... forse più, perché ero appena rientrata da Londra e stavo facendo l'anno di prova come vincitrice di concorso, rimasi scioccata da una notizia che per gli inglesi sarebbe stata inconcepibile: a raccontargliela non ci avrebbero creduto! Anche le mie colleghe avevano avuto la stessa sensazione sgradevole e avevano commentato duramente la notizia. Stavamo prendendo il caffè, dopo la pausa pranzo nella saletta TV, e sentiamo che erano stati arrestati alcuni agenti di scorta ad un famoso senatore, un certo Piccioni. Lo fecero

vedere: era un uomo anziano, più volte ministro, un notabile del regime dal dopoguerra.
Li avevano arrestati perché trovati in possesso di un quantitativo considerevole di cocaina, credo di ricordare un etto circa. Ora, qualsiasi altro suddito del Regno di Tallia, se trovato in possesso di un simile quantitativo di cocaina, si scorda la libertà per almeno un decennio, se non di più. Ma quelli sono stati liberati quasi subito, semplicemente perché avevano dichiarato che non era per loro, ma per il Senatore per cui lavoravano.
Allora? Che significa? Stavano acquistando un quantitativo di stupefacenti, e non era modica quantità. Forse che trattandosi di un senatore non è più reato? Mentre, se l'avessero acquistata per pinco pallino ... una bella retata e tutti in galera? Com'è possibile? Questo senatore, tra l'altro, non rinnegò gli uomini della sua scorta. Da quel punto di vista fu corretto ed ammise la circostanza. Ovvio considerare che, comunque, la sua carriera politica sarebbe finita lì: chi avrebbe mai votato un senatore con quel vizietto?
Beh, qualche settimana dopo, il Presidente della Repubblica, suo coetaneo, preoccupato che il senatore Piccioni non sarebbe stato rieletto alle imminenti elezioni, lo nominò senatore a vita ... Pazzesco! Una si aspetta che la carica di senatore a vita sia assegnata a persone meritevoli e distintesi per meriti culturali, scientifici, o di qualsiasi altro genere, non un vecchio vizioso sul quale, peraltro, esistevano sospetti di pedofilia. Poniamo che quest'ultima accusa sia stata generata dall'onda del discredito, ma per quella storia di droga no, non era stato un complotto per screditarlo, ma la verità provata per sua stessa ammissione. Pensiamola pure che chi si vuole drogare deve avere la libertà di poterlo fare senza essere discriminato per questo, ma per gli Dei – concluse Marinella – "Se l'autista del mio autobus, quello che pilota il mio aereo, il dottore che mi deve operare ... si drogano, io lo voglio sapere! ... O no? Lo stesso vale per i senatori e per tutti coloro che occupano cariche pubbliche".
Ora, in questo caso, dimmi: "Come avrebbe potuto impedirlo il popolo talliano che facessero questa porcata? Capito cosa voglio dire?"
-"Perfettamente e la spiegazione è semplice: non temono il popolo talliano! E' un popolo che non ha fatto mai una rivoluzione. Si è schierato con questo o con quello, ma una rivoluzione vera, per ottenere il rispetto dei suoi diritti, non l'ha fatta mai. Non è nei suoi geni e chi ci governa lo sa bene e se ne approfitta. Chi si ribella viene distrutto e nessuno ci trova niente da ridire, perché prima viene vestito da delinquente, in modo da finire isolato e disprezzato. Quando il soggetto denigrato finisce, come spesso accade, in galera, talvolta si accontentano di screditarlo pubblicamente in modo da fargli perdere ogni credibilità, così non può più denunciare niente poiché non gli crederebbe nessuno; oppure fanno di peggio: usano un pentito, o

un'accusa pesantissima per farlo uscire dal carcere vecchio e decrepito. Sono le storie, le stesse di sempre, che ho letto in alcuni dei tuoi libri sulla Santa inquisizione. Alcuni di quei processi sono un'antologia dell'orrore. Ma gli autori di quelle mostruosità criminali sono ancora al governo, esattamente dove si trovavano nel Medioevo, quando esercitavano l'assoluto potere che, causa la grande ignoranza del popolo, veniva loro conferito. Oggi l'ignoranza è appena qualche gradino più bassa: quel sistema tentacolare funziona ancora benissimo".

Capitolo VII
Luz Morena de Belem

-"Amore mio, voglio farti un regalo! So che ti piacerà, ma prima che lo accetti devo raccontarti la sua storia in modo che tu sappia dirmi se puoi accettarlo oppure no" – disse nella penombra della camera da letto Tony.
Lo aveva sussurrato mentre si avvicinava a lei, con voce roca e già eccitato pronto a prenderla per portarla in paradiso.
-"Davvero? Che regalo? Perché non dovrei accettarlo da mio marito?" – rispose lei incuriosita, ma senza interrompere le sue carezze e pronta ad aprirsi a lui.
-"Dopo te lo mostrerò. Sono andato a prenderlo oggi proprio per questo ... ma ora ho altro da fare ... Tu?" – risero insieme unendosi con passione. Tony la sollevò dal letto e stando dentro di lei, che si era avvinghiata al suo collo con le braccia e alla vita con le gambe, la condusse in salone senza mai smettere di possederla e di carezzarla. Fu una sensazione particolare che, dopo anni di matrimonio e di sesso, non avevano ancora provato. Giunsero in salone ma, invece di fermarsi lì, Tony decise che era piacevole camminare uniti così e si girò per tornare indietro. Voleva farlo sul terrazzino sotto il cielo stellato: era una incantevole notte di luna piena.
Stare così, nudi, sotto le stelle, carezzati dai raggi della luna, con la brezza del mare che alleviava il sudore della passione ... fu bellissimo. Tony le mise l'incavo dei gomiti sotto quello delle sue ginocchia e tenendola leggermente staccata dal suo pube le provocava mugolii di piacere. Lei si muoveva sapientemente e volle condurre lei la danza d'amore, fino all'apice, che la portò ad abbandonarsi su di lui. Tony continuò a fissare la luna, quella sfera gialla e luminosa che aveva rischiarato la notte dei tanti cieli che aveva conosciuto. Riportò dentro casa l'amante, completamente rilassata tra le sue braccia. In salone, seduta sul tappeto berbero che occupava il centro della stanza, Mari lo vide aprire un portaoggetti in argento, un altro degli oggetti che Tony aveva portato dai suoi viaggi, tutti carichi di ricordi affascinanti. Prese un pacchetto avvolto in un fazzoletto blu scuro, lo aprì sul palmo della sua mano e ... ciò che Marinella vide la lasciò a bocca aperta. Sul fazzoletto campeggiavano sei pietre che, colpite dalla luce della lampadina, riflettevano lampi verdi tanto intensi da ipnotizzarla. Erano bellissime: cinque erano grezze, dalla forma di sassetti di fiume levigati da

milioni di anni; la sesta, la più grande, era sfaccettata come un diamante grande quanto l'unghia del suo pollice. La prese in mano per vederla da vicino ...

-"Ma cosa sono? Che belle!..." – Mari era sbalordita e ammaliata da quella vista.

-"Smeraldi di fiume. Provengono da uno dei siti degli esmeralderos dell'Amazzonia, in Brasile. Ne avevo di più, ma li ho venduti da tanto. Questo volevo regalartelo ..."

Con un grido di gioia Marinella si gettò su di lui per abbracciarlo.

Tony ricambiò, con trasporto, l'abbraccio.

-"Ma perché dovrei decidere se accettare o meno un regalo da te? Te lo posso dire da subito: ... Accetto!" – dichiarò Mari, facendo ridere Tony.

-"Ah ah ah ... mi fa piacere, ma dovrai conoscere la storia di questi smeraldi, prima di decidere, perché sono sporchi di sangue. Io non ne ho mai voluto appendere uno al collo, nemmeno quello più piccolo, quello da dieci carati, magari incastonato in una catena d'oro. Mi ero convinto che portassero iella o che attirassero il karma negativo di coloro che si erano legati a loro. Per questo stavano nascosti a casa di mia madre e non li avevo mai più rivisti, fino a che non m'è venuto in mente di rivenderli, dopo averne fatto scegliere uno a te, se lo avessi accettato. Sono di grande valore, acqua purissima e senza intrusioni. Lo ha certificato colui che li aveva tagliati, dopo avere valutato e acquistato gli altri: quello grande è da ventidue carati e mezzo, cioè 4,40 grammi".

-"Sono tutta orecchie, ma ti avverto, qualsiasi cosa mi dirai, questo me l'hai regalato e nessuno me lo potrà portare via ...".

-"Vorrà dire che l'unica cosa che mi dovrai dire è se lo vuoi incastonato in un giro collo con un pendente in oro, oppure in un anello. Dovrò portarlo da un amico a farlo montare e comunque non lo lascerò da solo nelle mani di nessuno. La tentazione di scambiarlo con qualche pietra sintetica ai gioiellieri viene, non c'è da dubitarne, ma in quelli del Regno le tentazioni di questo genere divengono fatti e poi valli a denunciare ... ah ah ah!"

-"Ci penserò con calma ... intanto raccontami questa storia ..."

-"OK! – Tony si era sdraiato sotto la finestra che dava verso la pineta e ascoltava il richiamo della civetta ... ma non era comodo – "Dai andiamoci a lavare, poi, a letto, ti racconto tutto".

Fecero una bella doccia fresca, quel caldo era l'ideale. Finalmente a letto, comodamente sdraiati, mentre il bambino dormiva nella sua culla, Tony cominciò a raccontare.

-"Ero sbarcato da un mercantile che faceva la spola tra il centro e sud America con gli Stati Uniti.

Mi avevano stufato quei viaggi e volevo cambiare. Ero sbarcato nel porto Brasiliano di Belém, sul Delta del Rio delle Amazzoni. Stavo in una pensione sul porto, in attesa di decidere cosa fare, quando conobbi l'armatore di alcuni battelli fluviali: barconi di legno con tre ponti che, all'epoca della penetrazione amazzonica, quando i portoghesi sfruttavano gli alberi della gomma per ricavare il caucciù, erano l'unica via di comunicazione per passeggeri e merci tra la costa e l'interno dell'Amazzonia. Un vero mare verde che mi affascinava. Scambiando due chiacchiere con lui venni a sapere che le sue navi, come pomposamente le chiamava, erano trascurate perché non poteva fermarle, ma avevano indubbiamente bisogno di riparazioni, soprattutto alle macchine, perché erano quelle che contavano. Alcune di queste avevano una propulsione originata da vecchie macchine a vapore, con forni sotto le caldaie che venivano alimentati dal legname della foresta. Sistema economico, ma poco pratico, perché il legname andava imbarcato spesso e non doveva essere fresco o non bruciava e faceva solo molto fumo. Gli altri, invece, erano motori navali, made in USA, ma i motori funzionano sempre nello stesso modo, di qualunque nazionalità siano. Così mi ritrovai ad avere firmato un contratto sulla Seta da Amazzonia, ossia Freccia dell'Amazzonia, un battello di circa cinquanta metri, tre ponti passeggeri sovrapposti sopra la linea di galleggiamento, a fondo piatto e che aveva bisogno di manutenzione alle macchine. Ci accordammo su una buona paga, anche se certamente non come quella per la navigazione di lungo corso e una percentuale sui lavori che avrei effettivamente fatto sul motore e gli ausiliari di macchina. Il battello arrivò di lì a qualche giorno. Non era mai preciso, dipendeva da troppe cose. Faceva la linea da Belém a Manaus e nell'estremo ovest del Brasile, facendo tutte le fermate, anche nei villaggi più piccoli se il capitano dal ponte avesse avvistato i segnali che c'erano passeggeri o merci da imbarcare. Se c'erano commesse però, si spingeva fino a Iquitos, in Perù, o a Barcelos, sul Rio Negro. Un bel viaggio, si traversava il continente lungo quel fiume, migliaia di chilometri circondati dalla foresta impenetrabile e inesplorata.
Partii su quel vecchio rottame, almeno per ciò che riguardava le macchine.
Il resto del battello era invece bello da vedersi. Legni e ottoni, come usavano nel secolo scorso. Quando mi affacciai in sala macchine a momenti non mi prese un colpo: grasso e olio che colava dappertutto! Mi chiesi come mai non aveva ancora preso fuoco. Avevo due persone in macchina ... il mio personale di macchina ... Ah ah ah. Uno era un mezzo indio convinto che dentro il motore ci fosse uno spirito che urlava e faceva andare la nave lungo il fiume. L'altro era uno spagnolo, finito sul fiume perché ricercato dalla gendarmeria, che voleva far passare qualche anno prima di tornare sulla costa.

Costui mi sussurrò, rivolto all'indio, di lasciarlo in quella convinzione. Era stato lui a convincerlo di tale superstizione: "Così ora si avvicina al motore e controlla almeno i livelli sulle casse ... Prima non c'era verso di farlo avvicinare! Ma da quando sa che c'è uno spirito amico la dentro è più tranquillo".
Era tutta da ridere navigare con un equipaggio così. Ma questo passava il convento su quel fiume e visto che volevo fare quell'esperienza ... ben mi stava.
Su una cosa, però, fui irremovibile. Avrei imbarcato al primo porto, che sarebbe stato a Santarem del Parà, della Chemical sgrassante e biodegradabile, e con quella avrebbero lavato il motore e tutta la sala macchine. La volevo pulita, in quelle condizioni è quasi impossibile metterci mani senza correre il rischio di provocare un incendio e, su un battello di legno stagionatissimo come quello, sarebbe stata la fine.
Nel frattempo pensai a sistemarmi la cabina. Era molto marinara, come sui vecchi battelli. Legno scuro e ottoni. La cuccetta era sul lato destro entrando, appoggiata alla paratia su un lato e con la testata appoggiata all'altra paratia, in fondo alla cabina. Di fronte, entrando, c'era il lavandino con lo specchio e l'armadietto ai lati dove avevo sistemato tutto il necessario per radermi e lavarmi. Sulla paratia a sinistra c'era la scrivania, con poltroncina in legno rivestita di vecchia pelle tenuta da borchie d'ottone. Subito a fianco della porta, anche questa di legno di teak, c'era l'armadio con cassetti. Cassetti anche sotto la cuccetta, tipica delle vecchie navi. Era tutta di legno anche quella che dovrebbe essere la rete. Controllai subito la possibilità di allargarla. Erano sempre ad una piazza, ma le lasciavo sempre ad almeno una piazza e mezza. Questa volta, però, lo feci fare ad un falegname. Avevo troppi altri lavori da eseguire. Poi mi feci fare un materasso su misura da laboratori artigiani che li lavoravano con la schiuma di caucciù. Fece il lavoro un bravo falegname durante la sosta a Santarem. Lo imbarcai e lo sbarcai allo scalo successivo, a lavoro finito, pagandogli anche il viaggio di ritorno. Poi collaudai la cuccetta con ..." – Tony si fermò ...non voleva urtare la sensibilità di Mari che, forse, non voleva sentire parlare di altre donne, ma non fu così.
-"Dai, continua ... con chi lo collaudasti?".
-"Non ti disturba?" – chiese Tony.
-" ... Per niente, ma se dovesse disturbarmi te lo dico, come abbiamo sempre fatto ... no?"
-"Certo! Allora, dicevo ... si ... lo collaudai con una passeggera. Ero salito sull'ultimo ponte a prendere una boccata d'aria ed era lì, sola, una signora portoghese di circa quarant'anni. Gli altri passeggeri si stavano sistemando sulle amache appese ai sostegni lungo i corridoi esterni ai ponti che

fornivano ai passeggeri la possibilità di sdraiarsi per dormire un po'. Si veniva cullati dolcemente dal movimento leggero del battello e là, all'aperto, una leggera brezza consolava i passeggeri.
Attaccai bottone con qualche commento sulle rive della selva, poi l'invitai a bere qualcosa nella mia cabina e provai le dimensioni e la resistenza della cuccetta. Mi resi conto che il caldo era eccessivo, il sudore colava giù come pioggia battente e, stando sotto di lei, notai che la cabina era dotata di un grande ventilatore a pale che, però, non girava nemmeno a spingerlo con le mani. Caldo, caldo e ancora caldo! Quando è così esagerato non è piacevole nemmeno del buon sesso. Per non soffocare conclusi quel rapporto standole dietro, entrambi in piedi, dopo averla fatta appoggiare alla cuccetta. In questo modo mi arrivava un refolo d'aria catturato dalla manica a vento che avevo messo fuori dall'oblò, sopra la cuccetta. Anche lei era accaldata e fradicia di sudore, ma le era piaciuto lo stesso anche se con le pale in movimento sopra di noi sarebbe stato sicuramente meglio. Mi ripromisi di darci un'occhiata l'indomani. Giusto il tempo di darsi una sistemata e dovette correre sulla passerella, il fischio segnalava che stavamo attraccando al pontile, ed erano soste brevi. Non era un villaggio, solo una fazenda con un proprio pontile per far ormeggiare il battello. Carmen era sola laggiù, con un marito molto più anziano di lei che aveva sposato per interesse. Fece ancora qualche viaggio con me per andare in città ... e per tornarci. Fino all'ultimo, quando la vidi salire a bordo accompagnata e facemmo finta di non conoscerci. Il suo vecchio aveva mangiato la foglia ..."
-"Che peccato! – commentò ironica Mari, alzandosi per prendere del succo di frutta fresco dal frigo – cos'è una manica a vento?" - chiese.
-"Sì fa sentire il caldo, eh? Quando penso a quell'afa, qui mi sembra che sia sempre fresco anche quando arriva ai massimi – commentò Tony, bevendo il succo d'ananas che gli aveva versato Marinella – ... Una manica a vento è un bidone di latta, dello stesso diametro degli oblò, che i marinai imbarcati su navi non dotate di aria condizionata, tagliano da un lato e infilano nell'oblò, in modo che catturando il vento esterno, o la semplice brezza, questa venga fatta confluire in cabina dando un po' di sollievo".
-"Ingegnoso. Sì, è una bella storia, ma cosa c'entra questo con gli smeraldi che io dovrei decidere se accettare o meno?"
-"C'entra, c'entra ... Aspetta e vedrai. Voglio farti conoscere tutta la situazione che mi ha portato ad avere quegli smeraldi, così sarai in condizione di decidere in maniera consapevole se accettare o meno. Una pietra preziosa esiste da milioni di anni ... racchiude in se lo spirito della terra che l'ha partorita e se lo porta dietro con tutta la sua storia. Se lo terrai con te e su di te, avrai questo spirito in te e su di te. Devi conoscerlo prima di decidere no? Io, per esempio, decisi di non portarlo addosso, ma io non

sono una femmina ..." – fece Tony dandole una sculacciata sulle natiche, mentre riportava il succo in frigo. Era sazio di lei, almeno per il momento, ma quando i suoi occhi si posavano sui suoi attributi sessuali, non poteva fare a meno di desiderarla...

-"Lungo gli scali a cui il battello attraccava saliva a bordo di tutto, qualcuno si portava dietro anche qualche maiale e bagagli di ogni genere. Poco oltre Manaus, dei meticci, mi proposero l'acquisto di pietre di quarzo. Le conosci? Sono molto belle, di colore giallo brillante e trasparente. Erano belle grosse, roba di qualche decina di carati almeno in media, qualcuna anche venti. Non ne conoscevo il valore, ma me ne piacquero alcune, grezze, cioè non tagliate ovviamente, ma ripulite e levigate dal fiume. Mi dissero che le trovavano ai piedi delle Ande. Con un migliaio di real ne acquistai tre, le più grandi ... Una sembrava un uovo d'uccello. Le nascosi in cabina con l'intenzione di farle valutare sulla costa. Se ci fosse stato l'affare ne avrei acquistate altre. Mi sarebbe piaciuto vedere sorgere il sole insieme a te, sulla selva Amazzonica, brulicante di vita ... è uno spettacolo struggente.

Il chiarore violeto-rosatinho rischiara il cielo alle spalle dello skyline della foresta, mostrando i contorni degli alberi più alti, spesso dei veri monumenti alla vita. Stranamente, dopo il baccano della notte, tra urla di scimmie e grida d'uccelli, in quel momento tutto tace ... come se il creato, lì intorno, sia completamente assorto nella contemplazione solenne. Poi, man mano che il cielo si rischiara e illumina la foresta ed il fiume, si scorge, subito sopra il manto verde, la nebbiolina dell'umidità della leggera brina notturna che si scioglie al calore del primo sole che sale verso l'alto e la vita ed il suo fragore riprendono.

Nelle notti di luna piena e nei tratti più ampi del fiume, il battello, continua la sua corsa anche di notte. Altrimenti attracca lungo le rive e attende il nuovo giorno per salpare.

Quando la notte è buia, sul Rio delle Amazzoni, è davvero buia ... non si vede a un palmo dal naso e navigare in quelle condizioni potrebbe essere estremamente pericoloso. A volte, anziché procedere risalendo il fiume, lo si discendeva, solo perché c'erano merci e passeggeri da imbarcare in direzione contraria e l'armatore non voleva perdere niente".

-"Beh ... tu ti consolavi comunque con le passeggere..." – fu la battuta di Marinella.

-"Magari ... Sei completamente fuori strada Mari. Ero quasi sempre da solo. Non capitava spesso di incontrare qualche bella donna su quel battello e quando capitava erano spesso accompagnate. C'erano delle prostitute che salivano a bordo e si offrivano ma, sai ... come ti ho detto, non mi dispiaceva approfittare dell'offerta di sesso a pagamento ma, sul Rio, la qualità dell'offerta era abbastanza bassa. Fu per questo motivo che quando

conobbi Luce Morena me la portai dietro. Dopo due mesi su e giù per quel fiume ne avevo abbastanza, ma volevo finire l'ingaggio, completare i lavori come pattuito e riprendere il mare. Eravamo rientrati a Belém, costeggiando il tratto di mare Atlantico e, ormeggiati ad un pontile fuori città, attendevamo che si completasse il carico per ripartire. Quella sera, un marinaio fluviale che aspettava l'arrivo della sua nave per imbarcarsi, mi chiese se volevo andare con lui al serraglio".
I serragli sono chiamati così in riferimento agli harem dei sultani. Sono solitamente dei bordelli a cielo aperto. Una versione equatoriale dei quartieri a luci rosse del Nord Europa, come St. Pauli ad Hamburgo. Solo più squallidi ... ma molto, molto più squallidi. Non avevo niente da fare e mi stavo annoiando, dissi di sì e nel tardo pomeriggio l'accompagnai. Prendemmo un taxi che ci portò fuori città e ci lasciò su una strada, davanti ad una rete metallica che circondava delle casupole di legno, poco più che baracche. Avevo visto delle donne in fondo, tra quelle baracche. Stavo seguendo Henrique, il marinaio venezuelano che si dirigeva verso l'ingresso, quando la vidi. Si stava lavando i capelli in un catino davanti alla sua casupola e mi piacque; l'avevo solo intravista, ma se proprio dovevo andare con una professionista, volevo lei ed entrai nel recinto, il serraglio, con l'intenzione di raggiungerla. Non fu affatto facile, perché appena dei maschi, potenziali clienti, oltrepassano quella porta è una folla di seni in mostra e di altri richiami sessuali. Non è facile rifiutarli ... sanno che sei lì per questo e tutte vogliono essere scelte, ma le oltrepassai decisamente lasciando Henrique alle prese con loro. E' l'unico modo per sganciarsi: pensano che hai già un appuntamento con qualcuna e rinunciano..."
-"E tu sei un esperto eh?..." – commentò sarcastica Marinella.
-"Già ... e ne hai goduto i vantaggi anche tu, non è così?" – replicò a tono lui.
-"Sì ... stavo scherzando ... in realtà invidio tutte le esperienze che hai potuto avere. A noi, come donne, ci sono precluse."
-"Chi l'ha detto? Molte donne fanno esperienze di massima libertà sessuale ... a tante piace così" – disse Tony.
-"Sì, certo ... ma capirai ... quando ne fai un paio che ti lasciano l'amaro in bocca, com'è successo tante volte a me, ma anche a tantissime mie amiche, la voglia di farne altre ti passa!"
-"Perché chi fa quella scelta e certe altre ... deve mettere in conto delusioni e rischi di vario genere. Altrimenti sono solo brutte esperienze inanellate una dietro l'altra. Ma t'immagini se io mi fossi comportato con le donne che incontravo, magari per lo spazio di una sola notte, come le donne di cui parli, quelle delle brutte esperienze eccetera? ... Mi vengono i brividi a pensarci".

-"Sarebbe a dire? ... spiegati meglio!" – chiese Marinella, interessata a capire meglio questo punto.

-"Prova a immaginarmi, in tante situazioni di cui abbiamo parlato e analizzato assieme: esco in cerca di compagnia femminile, dopo giornate di lavoro e di stress, per avere un conforto ed uno sfogo sessuale il che non guasta mai ... Incontro una donna che mi piace, sembra tutto ok, io piaccio a lei, ci eccitiamo a vicenda ballando o pomiciando tra i tavoli di qualche locale e decidiamo di andare a letto assieme, magari in albergo o a casa sua. Baci, abbracci il piacere di spogliarla e di essere spogliati ... la penetrazione, qualche affondo ... qualche sospiro ed è tutto finito. Così, all'improvviso, senza preavviso ... lei si tira indietro e si gira a dormire. Oppure non chiede nemmeno se mi è piaciuto e si accende la classica sigaretta. Penso, senza dirlo perché timido e imbarazzato, che è successo! Magari adesso, rifacendolo, si rimedia e quando lei sembra che abbia voglia di rifarlo si ricomincia ... speranzoso di godere anche io, finalmente. La penetro di nuovo e, ancora una volta, dopo appena una decina di movimenti gode e mi lascia un'altra volta così, in bianco, insoddisfatto e umiliato per essere stato usato come una specie di vibratore di carne. No ... dico, ma ti pare possibile?"

-"Ah ah ah ah ... no, francamente no, non ti ci vedo proprio! Ma cosa faresti?" – fece lei divertita.

-"Come cosa farei? Te l'ho detto tante volte cosa dovrebbero fare le donne, le femmine, alle prese con dei maschi inadeguati ... li adeguano! Dicano cosa vogliono, come lo vogliono e quanto ne vogliono. Il sesso è scambio: o denaro, o piacere. Ti assicuro che a me non mi lascerebbero in bianco, a secco. Pazienza se, come capita, una donna gode più rapidamente di me ... purché non interrompa il rapporto perché lei ha goduto. Può riavere un altro orgasmo ... buon per lei. Ma io devo avere il mio. In senso erotico, e non per violenza, magari la sculaccerei per farle tornare la voglia in fretta ... ma certamente non mi farei trattare così. Come ti ho raccontato ho incontrato diverse donne fatte proprio in questo modo: sanno pretendere di avere piacere dal concedersi ad un maschio. Altrimenti perché dovrebbero farlo? Per denaro? Se sono professioniste sì ... ma anche le professioniste, quando si danno per piacere ... lo pretendono, altroché!"

-"Sembra facile a dirsi Tony ... ma una ragazza che si comporta così finisce etichettata da puttana e non è una bella situazione ..."

-"Essere etichettate da puttane da una banda di froci impotenti è, e dev'essere, un privilegio per una femmina! Sono i prezzi da pagare per la libertà. Chi non accetta di pagarlo non si libererà mai, né sessualmente, né di qualsiasi altro genere di libertà si tratti. Anche i patrioti del Regno erano

chiamati briganti da coloro che li privavano della libertà, per non parlare dei rivoluzionari francesi o di quelli americani ... tutti banditi e terroristi".
-"Avresti ragione se non fosse che un maschio ha una parte attiva nel rapporto, mentre una donna ne ha una passiva ... questo rende i ruoli obbligati. Se i miei partner non mi fanno arrivare all'orgasmo perché finiscono prima, io non posso sculacciarli per arrivarci ... anzi sarebbe peggio, perché finirebbe ancora prima. Capito?"
-"Ah ah ah, capito! Però, io mi ricordo sempre di una volta quando, per un'intera notte, ho fatto godere la mia compagna con le dita, perché il gelo mi aveva reso impotente. La desideravo ed era bellissima, ma avevo fatto l'errore di accettare di fare del sesso come lo fanno loro, stando nella sauna e poi uscendo nella neve. Mi si era rattrappito ... non lo trovavo nemmeno più!"
-"Davvero? ... E come hai fatto racconta!"
"...Sì, ma il Brasile e gli smeraldi?" – chiese Tony.
-"Dopo, adesso raccontami questa della neve ... non me l'avevi mai detto!"
-"Nessun uomo racconta volentieri di quando ha fatto cilecca, ma è sicuramente capitato a tutti. Ero in Scandinavia, Svezia esattamente, un luogo boscoso dove gli svedesi andavano a villeggiare d'inverno. Era coperto di neve, mi pare che si chiamasse Lulea, si pronuncia Lulo. Avevo incontrato una bellissima ragazza, bionda come lo standard svedese, con occhi celesti e un bel corpo. L'avevo conosciuta in un pub, abbiamo fatto subito amicizia e siamo passati, nello spazio di minuti, a baciarci con passione fregandocene di essere in pubblico. Da quelle parti avremmo potuto anche scopare in quel pub che nessuno si sarebbe scomposto. Avevamo fatto tardi e m'invitò a questa specie di gioco che fanno loro, sulla neve, per l'indomani mattina. Quella notte aveva promesso al fratello di stare da loro, per guardargli i bambini perché lui doveva andare con la moglie non ricordo dove.
L'indomani mattina, intorno alle undici, ci incontrammo e andai con lei e alcune coppie di suoi amici fuori città, in una specie di rifugio tutto in legno. Avevamo una bella camera con un comodo letto di travi di legno e volevo approfittarne subito, ma lei, ridendo, mi disse di aspettare, sarebbe stato più bello dopo, nella sauna. Io credevo che volesse fare l'amore nella sauna, in presenza d'altri o in gruppo e pensai che fosse una bella porcellina ... così feci quello che voleva. Andammo nella sauna ed effettivamente ci spogliammo tutti nudi mettendo gli abiti negli armadietti, poi entrammo nella cabina. C'era un caldo boia e cominciarono a versare acqua su delle pietre roventi che sfrigolavano evaporando ed aumentando il calore. Cercavo di darmi da fare, anche se non capivo questa perversione del caldo e della sauna per fare sesso su quelle panche di legno, anziché su quel comodo lettone. Lei, però, anche se rispondeva ai miei baci, non sembrava

ben disposta al sesso. Poi, all'improvviso, gridarono nella loro lingua, si alzarono e corsero fuori. Anche lei che, prendendomi per mano, mi trascinò sui campi nevosi. Roba da matti! Dopo qualche passo di corsa avevo i piedi che scottavano e lei mi buttò sulla neve venendomi addosso ... mi è venuta sopra mentre avevo la schiena congelata sul tappeto di soffice neve. Non ebbi nemmeno il tempo di reagire, ma puoi immaginare quanto potevo essere eccitato...!" – Tony s'interruppe alle risate di Mari. A lui non faceva ridere quel ricordo, ne era ancora traumatizzato, però comprendeva che era una situazione ridicola che poteva anche divertire.

-"Dopo qualche minuto Inge capì che non ero affatto eccitato, ma che stavo male. Mi spinse di lato per rovesciarmi ed appoggiarsi alla mia schiena... congelandomi così anche lui ... quello che di alzarsi, in quelle condizioni, non ne aveva alcuna intenzione. Finalmente capì che l'unica cosa da fare era di aiutarmi a raggiungere la camera e mettermi subito a letto per provare a scaldarmi lì, prima che fosse troppo tardi. Così, cercando di mettere i piedi il meno possibile nella neve, riuscimmo a raggiungere la hall dell'albergo. Eravamo completamente nudi, ma nessuno ci fece caso. Raggiungemmo la camera e lì mi sentii meglio: era riscaldata e il corpo di Inge era caldissimo. Ce la mise tutta per farmi ritrovare la virilità, ma non ci fu niente da fare. Era rientrato in dentro, che più dentro non si può e non aveva alcuna intenzione di uscire. Col trattamento che mi stava praticando Inge la desideravo, ti assicuro, ma ero impossibilitato all'erezione. Lei, però, voleva godere e sicuramente se ne fregava di cosa potevo pensare io di lei ... che poi, è vero, le avevo dato della puttana ... ma perché mi aveva gettato sulla neve ... non perché voleva godere! Così la feci godere e tanto, usando le dita. Solo il giorno dopo lui mi diede la prova di non essere morto. Mi stavo già preoccupando, quando si riaffacciò alla vita con piena soddisfazione di tutti." – concluse Tony, ridendo insieme a lei.

-"Divertente! Se non me l'avessi raccontata tu stesso non ci avrei creduto. Tu, tutta la notte con una donna a doverti arrangiare con le dita. Dovrai dimostramelo un giorno che sapresti farmi godere anche così..."

-"Accetto la sfida, ma a condizione che non ci sia lui a mettersi di mezzo. Perché è difficile metterlo da parte, se non è lui a volerlo ...ah ah ah! Ora posso tornare agli smeraldi?"

-"Sì, dai!" – rispose Mari, sedendosi all'indiana sul letto, di fronte a lui e guardando lo smeraldo in controluce. Era davvero affascinante!

-"Dov'ero rimasto? Ah, sì, al serraglio. Pensa, ognuna di quelle donne costava appena un dollaro yankee. Solo un dollaro! Davvero a buon mercato, ancora di più se consideri che erano completamente a disposizione. Potevi anche portarle a casa a fare le mogli per una settimana o un mese: sempre per un dollaro al giorno e non avresti avuto solo sesso,

ma anche le pulizie di casa, la cucina e il bucato. Se non è sfruttamento questo ... cos'altro lo è?
In tutto il Sud America esistono luoghi simili. Il primo che visitai era nelle Antille Olandesi, a Curaçao. Ne restai impressionato, era un posto più ordinato, pulito, le donne erano curate e protette dalla stessa gendarmeria. Era in stile olandese e la prostituzione non era illegale, solo controllata e regolata. Attraversai quel serraglio con un amico di bordo, era il cameriere della mensa ufficiali. Scrutavamo le donne, davanti alle loro cabine ... lì non erano baracche, ma cabine molto pulite e dipinte e alcune, anziché all'aperto, stavano dentro, in mostra attraverso la finestra. Non so come, ma io ero certo di conoscerne parecchie ... restai scosso dal fatto che le donne che incontravo sembravano le sosia di donne che conoscevo. Donne che non potevano essere lì e che facevano tutt'altro che le prostitute. Per citarti un esempio che conosci: la moglie del padrone del bar da Cecco. Così altera, sempre con la puzza sotto al naso ... Beh, la vidi, identica come se si trattasse di due gemelle, discinta e tutta pittata, sbattermi le tette davanti agli occhi mentre passavo davanti alla sua cabina e non sto a dirti che altri gestacci faceva per attirarmi. Dopo alcune di queste stranezze mi girai verso Piero, l'amico entrato con me in quel girone di lussuriosi e gli dissi quello che mi stava accadendo. Lui, invece di tranquillizzarmi facendosi una bella risata, confermò che stava accadendo lo stesso anche a lui e non sapeva spiegarsi come potesse essere, ma aveva riconosciuto la postina del suo paese... la moglie del suo padrone, quando lavorava al bar centrale... l'aveva sempre desiderata e ora la poteva avere per un dollaro. Me la indicò: una bella donna con slippino nero e reggiseno abbassato per mostragli i seni. Mi venne da ridere per fortuna! "Sono nostre allucinazioni Piero! Divertiti! Io vado con la mia professoressa di lettere. Le darò anche una bella mancia se sarà brava!", gli dissi avvicinando quella che sembrava davvero la professoressa che da ragazzino mi fece sospendere perché mi aveva sorpreso mentre mi masturbavo guardandole le cosce che metteva in mostra sotto la scrivania.
- "Anche io, almeno dieci dollari!"- mi rispose, entrando con la sua padrona nella cabina.
Il serraglio del Rio delle Amazzoni, come ho detto, non era così pulito e ordinato. Non guardai altre donne, solo quella che mi aveva colpito da lontano. Avvicinandomi vidi che era una creola, cioè una meticcia nata da un genitore indio ed uno bianco, vengono definiti così nelle Antille e nell'America centromeridionale. Hanno anche una loro lingua, il creolo, e un genere musicale particolare ... mi piacciono molto. Avevo ragione ad esserne attirato da lontano.

Era molto bella, con lunghi, lisci e nerissimi capelli, gli occhi leggermente a mandorla degli indios, come le labbra e, in contrasto, la pelle chiara degli avi spagnoli o portoghesi. Continuava ad asciugarsi i capelli mentre mi guardava avvicinarmi e potei vedere che non si rasava le ascelle, come fanno tante ... e a me piace così!".

-"Già! Ho una vergogna quando si nota che non le depilo ... Non siamo in Sud America qui ..."

-"Non far finta che ti dispiace! Ti lamentavi di continuo della ceretta e non ti è sembrato manco vero quando ti ho chiesto di non farla più ... A chi altri devi piacere oltre a me?"

-"A nessuno amore ... solo a te!" – confermò Mari baciandolo.

-"Anche in Sud America le donne si depilano ... a me non piace! Conterà anche la mia opinione ... o no?" – disse Tony, continuando col racconto.

-"Vedendo che sceglievo lei, si alzò per entrare nella sua baracca e io la seguii dentro. Una lampadina scendeva dal soffitto, sopra un letto sudicio. C'erano alcuni panni stesi su un filo che correva da una parete all'altra e lei fece presto a spogliarsi del tutto sbottonandosi la veste e calandosi gli slip, per sdraiarsi sul letto, pronta ... Non avrei mai umiliato una donna ed il sesso facendolo in quel modo. Invece di raggiungerla su quel giaciglio lercio le dissi: " Holà linda ... você é um esplendor, mas é o quadro que eu não gosto. Eu estou olhando para uma namorada para uma viagem pelo rio. Você gostaria de vir? ... Que Você vai pagar muito bem!". Sorrise, e si appoggiò sui gomiti per squadrarmi meglio. Aveva anche un bel sorriso, così le feci un gesto con la mano verso la porta, molto eloquente. Infatti si alzò, si rimise slip e vestaglia e infilò poche cose in una borsa: pettine, biancheria e un cofanetto di legno, probabilmente la sua cassaforte, e si mise davanti a me, pronta a seguirmi, ma col cofanetto aperto davanti ai miei occhi e attendeva. Mi venne da ridere e tirai fuori il portafoglio per metterci due belle banconote da cento real e una da dieci dollari che le fecero brillare gli occhi. Infilò il cofanetto tra la biancheria della sua borsa e ricambiò il mio abbraccio per sciogliere il ghiaccio. Mi venne dietro verso l'uscita del serraglio. Nemmeno provai a bussare alla porta del mio amico, era sicuramente ben indaffarato, mi diressi verso l'uscita con la mia *namorada* al seguito. Mi si pararono davanti due uomini, entrambi con la barba, che mi chiesero dove stavo portando la donna.

-"A bordo del mio battello per un po'. Abbiamo fatto un accordo!"- risposi. Risero entrambi ... non mi erano simpatici e non risi con loro.

-"L'accordo lo devi fare con noi ... non con lei! Devi pagarci per farla uscire di qui"

-"Bem, não há problemas ... agora peço-vos também ao meu parceiro se estiver de acordo. Quanto dinheiro?" – dissi, tirando fuori dalla mia cintura

la Luger cal.9 Parabellum, che non dimenticavo mai di portarmi dietro, quando andavo a spasso per quelle contrade. Avevo detto che non c'era nessun problema, avrei chiesto anche alla mia socia, la Luger, se era d'accordo e quanto denaro volevano.
Smisero di ridere e si guardarono tra loro prima di replicare.
-"E' la regola, le donne appartengono a noi... chi vuole portarle via deve pagarci. Noi perdiamo denaro. Tu sei una persona generosa, sicuramente la tratterai bene, pensavamo di chiederti cinquecento real, poi lei ci darà la nostra percentuale..."
Infilai la Luger nella cintura e tirai fuori il portafogli, contai mille real brasiliani e aggiunsi una banconota da dieci dollari. Al cambio nero ne valeva almeno altri cinquecento.
-"La mia socia dice millecinquecento real, ma nessuna percentuale e la mia *novia* viene via per sempre. Non tornerà qui ..." – lo dissi offrendo le banconote con la sinistra e con la destra sul calcio della mia socia ...
-"Bem, Luz Morena, você fica livre, com boa sorte..." – dissero, levandosi di torno prima che cambiassi idea e li pagassi con una buona razione di piombo. Non ho mai potuto vedere gli sfruttatori, lerce creature capaci di tutto.
Ora sapevo anche come si chiamava. Mi voltai verso di lei, invitandola ad uscire con un ampio gesto della mano, come nei film di principi e principesse. Mi passò davanti con un sorriso e fu subito fuori di lì. Un coche si avvicinò, ce n'erano diversi in attesa di clienti. Ci portò in città, dove portai Luz Morena ad acquistare abiti di ricambio e biancheria e, soprattutto per la biancheria, era a me stesso che la regalavo. Era certamente roba fuori moda: eravamo sul Rio delle Amazzoni, non a Parigi, ma ne avevano di veramente sexy. Cenammo dai soliti cinesi, che non mancano mai, e poi a bordo. Luz stava davvero bene con il vestito nuovo. Avevo visto giusto! Per risaltare così anche in quel serraglio, era davvero molto bella ... Una Luz brillante nelle tenebre!
Le piacque molto la mia cabina. In effetti rimessa a nuovo faceva la sua bella figura. Legni e ottoni lucidati, con lenzuola pulitissime e copriletto blu marina e la brezza mossa dal ventilatore a pale, era tutta un'altra cosa. Le dissi di sistemarsi la roba. Le feci vedere l'armadietto, i cassetti e il gabinetto con doccia, che avevo in comune con il comandante. Doveva chiudere con il passante la porta della sua cabina quando ci entrava e riaprirla quando ne usciva. La lasciai, dovevo scendere nella sala macchine e ne avrei avuto per un bel po'. Eravamo di posto di manovra per molte ore. Quando il battello arrivava o lasciava Belém doveva prendere il mare oceano per poter rientrare sul Rio delle Amazzoni e per un battello fluviale a fondo piatto

questo era molto pericoloso, le onde lunghe dell'Oceano Atlantico che prendeva sul fianco potevano facilmente rovesciarlo.
Per questo si doveva procedere di bolina, cioè zigzagando, per avere sempre il mare al mascone di prua o al traverso quasi di poppa. Si attendeva la giornata di bonaccia per farlo più tranquillamente. Avevo sistemato anche quel problema ... Una buona compagnia durante la mia penetrazione della foresta Amazzonica. Fin da quando ero bambino volevo vederla, la foresta pluviale più grande del mondo. Quelle piante preistoriche, gli uccelli variopinti, le scimmie ... ero lì per questo alla fine, ma senza una compagnia femminile diventava tutto deprimente...
Entrai in cabina molto tardi, anzi, molto presto, poco prima dell'alba. Lei era lì che dormiva, beata, col ventilatore che muoveva la peluria del suo pube che sembrava chiamarmi. Ma ero troppo accaldato e stanco, volevo solo una doccia e una buona dormita. Mi sdraiai di fianco a Luz e mi addormentai rapidamente. Mi svegliò un buon odore di caffè. Luz si era industriata per sapere dov'era la cucina e aveva pensato di prepararmi la colazione. Col caffè anche delle crocchette di riso, alla brasiliana... Mi fece conoscere molti piatti della cucina di quel paese. Si rivelò una brava cuoca e con molto spirito d'iniziativa. Visto il successo, tra l'equipaggio, delle sue crocchette ed altre cose fritte con polpa di pesci di fiume sistemata con erbe varie, pensò di prepararne qualche cestino da vendere ai passeggeri e fu un altro successo. Il capitano non esitò a organizzare meglio la cucina con tegami ed un nuovo forno e Luz divenne la cuoca di bordo.
Ben felice anche il marinaio che, all'ora del pranzo e della cena, doveva trafficare per preparare qualcosa da mangiare. Non era male Arrigo, soprattutto perché si limitava ad arrostire pesci e carni ... c'era poco da sbagliare. La cucina di Luz, però, era tutta un'altra cosa e sempre varia. Poi, in cabina, si comportava come una moglie, come da accordi. La teneva in ordine, pensava al bucato, anche se si trattava solo di mettere nei sacchi lenzuola e panni sporchi per consegnarli alle lavanderie lungo gli scali, che la riportavano lavata e stirata. Non ci voleva certo molto a farla asciugare con quel calore. Una piacevole routine di navigazione fino a Manaus...

Capitolo VIII
Philippe Duchamp e gli Esmeralderos

-"Avevo voglia di mondanità quel giorno a Manaus e portai Luz in un locale da ballo sul lungo fiume, dove si poteva anche cenare. Dopo cena mi avvicinò uno strano personaggio, un europeo sui sessant'anni, ma non è facile dare un'età in quella parte di mondo. A volte scoprivi che persone che sembravano decrepite, in realtà avevano 35 o 40 anni.
Costui, probabilmente portoghese, era inselvatichito, barbuto e scarmigliato, con un panama che un tempo era stato bianco. Stava sempre a masticare coca e fumare macugna in un villaggio a nord di Manaus, dove arrivavano barconi carichi di foglie di coca dirette alla costa. L'avevo notato da tempo durante i viaggi: ero appoggiato sul ponte a guardare il viavai sul molo, quand'ecco il tipo si mosse in modo inaspettatamente agile per salire a bordo. Commentai col capitano: Accidenti!, guarda quel vecchio ... avrà ottant'anni, è pieno di coca e fumo fino all'orlo e hai visto com'è ancora agile!
Il suo commento mi sorprese: "Quello? Ma quello è Josè Maria ... ha più o meno quarant'anni, forse quarantacinque, la mia età!".
Quel tipo ora era lì, davanti a me, leggermente ripulito appariva un sessantenne con gli anni mal portati, per i capelli completamente grigi. Anche lui aveva la barba incolta, come quella del capitano; era magro e buon bevitore, visto che con quel caldo riusciva a bere la cachassa, l'acqua vite di canna da zucchero amatissima dai brasiliani. Si avvicinò con fare da cospiratore: aveva un affare da propormi e me ne voleva parlare in privato, cioè lontano dalle orecchie di Luz ... Non ne avevo nessuna intenzione, ma la sua insistenza mi convinse ad allontanarmi con lui, solo di qualche passo.
Mi disse che si trattava di un affare di smeraldi, parecchi smeraldi e di prima qualità.
Li aveva trovati lui, lungo i fiumi a occidente, ma ora non voleva farsi fottere dal governo brasiliano. Non voleva cioè venderli in Brasile, ma portarli fuori, verso il Nord America o l'Europa, dove gli avrebbero permesso di sistemarsi e di pensare anche alla figlia, che studiava in Svizzera, dove viveva con la madre.

-"Gli Smeraldi mi hanno distrutto la vita. Per loro ho perso la mia famiglia, sono qui da quasi vent'anni vivendo nella selva e difendendomi dalle serpi striscianti e da quelle a due zampe.
La dentro, nella selva, scopriamo di essere solo cibo e che tutto vuole divorarci ... persino le formiche. Ho visto disossato in pochi minuti un esmeraldero che si era slogato una caviglia inciampando in una buca, si era graffiato e perdeva sangue ... poche gocce, ma bastarono ad attirare milioni di formiche carnivore. Non fu possibile fare nulla, solo allontanarsi per non fare la stessa fine. Hai mai visto le scimmie bere dal fiume usando una cannuccia? ... Io sì, e proprio dove c'erano più possibilità di trovare buone pietre ... Ma nei periodi siccitosi, quando le acque sono più placide, nei piccoli affluenti del Rio Negro, arrivano a branchi i piragna e sono più veloci ancora delle formiche nel disossare animali e uomini. Le scimmie lo sanno e anche io, per aver visto cosa accade a trovarsi in acqua nel momento sbagliato. Due esmeralderos con cui stavo lavorando su un piccolo ramo del Rio Negro, per darci man forte contro i bandidos che danno la caccia ai cercatori per rapinarli, improvvisamente si misero a urlare, prima uno, poi l'altro e l'acqua ribolliva tutt'intorno a loro. Capii subito: piragna! E mi misi a correre verso la riva. Ero vicino per fortuna e mi salvai. Dalla riva potei assistere agli ultimi istanti di vita di Ruitz e Gomez, furono divorati completamente in pochi minuti. Eravamo assieme da anni ... con Ruitz potevo parlare francese, l'unico con cui potevo farlo da quando mia moglie, di Ginevra, mi aveva abbandonato.
Mi misi a urlare di disperazione, ma solo le scimmie potevano rispondere ... e loro se ne fregavano di me. Mi guardavano dagli alberi con l'espressione di stupore di cui sono capaci e che lascia senza parole. Facevano sentire palpabile l'assurdità della nostra vita, delle nostre brame.
È stato allora che compresi che era finita. La febbre che mi divorava l'anima era finita in pasto ai piragna sul Rio Negro. Avevo ereditato anche i frutti del lavoro di Ruitz e Gomez. Sapevo che Ruitz era francese, ma non aveva famiglia ... o almeno non me ne aveva mai parlato. Gomez era spagnolo, ma non sapevo nemmeno di dove. Avevano, come me, il frutto di anni di ricerche in un sacchetto nascosto negli zaini. Mi misi alla paziente ricerca smontando ogni cosa. Non era facile, lo sapevo, anche io avevo cucito i miei tra i risvolti dello zaino di tela militare. Sperai che non se li portassero dietro, perché in quel caso erano tornati al fiume per sempre, ma nessun cercatore lo fa. Alcuni li nascondevano intorno al campo, specie nei punti dove più gruppi di cercatori si radunavano. Una scatola metallica, un barattolo sepolti sotto un albero segnato in qualche modo. Se non li avessi trovati tra le loro cose nel campo, avrei cercato anche tutt'intorno prima di arrendermi. Avevo tempo ... Ma fui fortunato. Trovai quelle di Gomez nella

gavetta militare che usava per mangiare. Nel fondo aveva una specie di coperchio sovrapposto che formava un doppio fondo. La presi per tirarla fuori dal suo sacco con le provviste e un leggero rumore le tradì. Lo aprii con cautela usando la punta del coltello e il tesoro di Gomez fu davanti ai miei occhi. Il fondo della gavetta era completamente verde, ricoperto di smeraldi, interrotto solo da qualche quarzo giallo come l'oro. Mi venne da ridere di gioia, nonostante la situazione disperata in cui invece mi trovavo. Ruitz era stato più abile. Il suo tesoro, esclusivamente smeraldi, lo aveva sistemato svuotando il manico di legno del suo badile corto al quale, in finale, era montato una specie di tappo in legno, avvitato sul bastone. Doveva esserselo fatto sistemare da un falegname, sarebbe stato impossibile da eseguire con gli strumenti da campo. Lo capii dopo aver fatto a pezzi tutta la sua roba e già rassegnato a dover controllare palmo a palmo la foresta intorno perché poteva trovarsi proprio lì. Mi resi conto che il tappo alla fine del manico del badile era strano e ci armeggiai fino a che non compresi che era svitabile: era colmo di smeraldi. Non tutto il manico, era scavato per circa dieci centimetri ... Ingegnoso. Li osservai e li rimisi al loro posto. La stessa cosa feci con quelli di Gomez. Misi badile e gavetta nel mio zaino e preparai due croci da piantare sulla riva del fiume. Volevo dare cristiana sepoltura ai miei amici. Recitai delle preghiere e promisi che il loro tesoro sarebbe arrivato in Europa, a mia figlia, anche da parte loro. Gliene avevo parlato talmente tante volte intorno al fuoco che la conoscevano quanto me... Poi montai sulla canoa e lasciai per sempre quella parte di foresta dove avevo bruciato la mia vita alla ricerca della ricchezza.
Mia moglie stava in una casa a Manaus, ogni due o tre mesi la raggiungevo, vendevo il ricavato delle mie ricerche, ma li pagavano troppo poco e mi facevano pagare troppo care le provviste necessarie. Loro ci guadagnavano, noi potevamo solo sopravvivere. Dopo anni che il frutto delle mie ricerche ci permetteva giusto di campare di stenti, lei ne ebbe abbastanza e mi diede un ultimatum: o tornavo in Europa con loro, o l'avrebbe fatto da sola. Mi lasciò, portando con se anche mia figlia, ancora bambina ... Io non potevo mollare dopo tanti anni e tante ricerche.
Ero certo che stavo arrivando al posto giusto ... certo! Ed avevo ragione. Mi decisi di seguire i bracci del Rio Negro, circa cento kilometri a ovest di Manaus e incominciai a trovare i veri smeraldi, quelli grandi come uova di piccione, dal colore verde scuro e senza crepe sulla superficie.
Alcuni non erano del tutto perfetti, occorreva tagliarli e, comunque, sarebbero restati di tutto rispetto, da almeno una ventina di carati".
-"Venni a sapere così che era francese, non portoghese. Gli chiesi perché lo dicesse proprio a me. Ero in guardia per evitare di cascare in qualche imbroglio e con la coda dell'occhio avevo visto che un paio di uomini

stavano importunando Luz che non riusciva ad allontanarli. Li raggiunsi prima che esagerassero e tentarono di aggredirmi, guadagnandosi dei brutti colpi nello stomaco che li costrinsero in ginocchio senza fiato. A quel punto li invitai ad andarsene e si convinsero che era meglio cambiare preda. Credevano che Luz stesse lavorando per il locale... Un pensiero ovvio, ma non era così e non dovevano insistere.
Feci cenno al cercatore di pietre di raggiungerci al tavolo e si sedette vicino a me per continuare.
Io evitai di dare le spalle ai due ... preferivo tenerli sott'occhio. Certi ubriaconi sono vendicativi e traditori.
-"Continua ... e dimmi anche perché lo racconti proprio a me, non mi conosci neppure!"
-"Quello che vedo mi basta e mi avanza e ti conosco abbastanza. Ho fatto questi ultimi cinque giorni di viaggio con te sul battello e ti ho osservato. Tratti come una principessa una Niña del Rio, tutti ti rispettano e sai farti rispettare e se avevo dubbi me li hai tolti sistemando quei due balordi. Posso proporti quello che ho in mente, so che non sei un brigante come quelli che mi seguono aspettando il momento di cogliermi con gli smeraldi per portarmeli via. Una vita per cercarli, ed un attimo per perderli ... sarebbe troppo anche per un dannato come me..."
-"OK ... ti ringrazio, ma quale sarebbe l'affare? ... non capisco. Se vuoi vendermi smeraldi, sappi che non me ne intendo e perciò non ne compro ... potrei prendere una fregatura".
-"No, non ti vendo niente ... ti regalerò abbastanza per convincerti di aiutarmi a portare fuori da qui le mie pietre. Fuori dal Brasile ... ci guadagnerai almeno cinquanta carati dei pezzi migliori. Una bella cifra ...non credi?"
-"Credo, ma a cosa devo questa generosa offerta ... qual è il trucco?" – risposi diffidente.
-"Nessun trucco, per poter avere il tuo aiuto devo dirti tutto e fidarmi di te. Io non ho scelta, ma tu sì, puoi sempre tirartene fuori. Sono malato, qualcosa ai polmoni ... respiro male e a volte sputo sangue. Una punizione di Dio per aver abbandonato la mia famiglia per gli smeraldi.
Una febbre che mi ha divorato la vita ...Voglio solo riuscire a farli avere a mia figlia, ma non ce la potrei mai fare. Sono braccato da una banda che rapina gli Esmeralderos, li deruba e li uccide. Quando mi sono venuti addosso hanno frugato su di me e in tutto il mio zaino senza trovare niente, per questo sono vivo. Hanno cercato di farmi credere che fosse stato un caso, una semplice rapina, come ne accadono di continuo. Ma io ho capito che cercano loro, le mie pietre color della selva ... per questo mi seguono.

Aspettano che io li vada a prendere, sanno che non posso lasciarli la, dove li ho nascosti, ancora per molto".
-"Chi sono? Quanti sono? Come li dovrei riconoscere?" – domandai.
-"Due li hai appena conosciuti ... sono quelli che hai sistemato poco fa. Ce ne sono altri due in giro per il locale e sicuramente stanno già notando che stiamo parlando. Uno è *gordo*, con barba corta e un cappello con visiera, da militare. Dev'essere un disertore. L'altro sembra quello che è, un tagliagole brasiliano. Se mi aiuti a liberarmi di loro e portare fuori dal Brasile il mio tesoro in pietre, avrai quello che ti ho promesso, anzi sessanta ... sessanta carati in smeraldi purissimi!"- Concluse queste parole visibilmente in ansia, come chi si trova davanti all'unica possibilità che gli resta di avere una vittoria sul destino ingrato. Non me la sentii di dire di no ... ma avrei dovuto farlo, invece... Quella nuova avventura mi solleticava come una stripteasers ammiccante tra musiche e luci colorate. Cercai di dire no, ma fu indubbiamente un si!"
-"Ah ah ah! Non avevo dubbi! Conoscendoti mi sarei meravigliata del contrario" - commentò Marinella, divertita nell'immaginare la scena.
-"Ah ah ah, sì ... anche io ora mi diverto a raccontarla, ma ti assicuro che me la vidi molto brutta e stavo per restare per sempre nell'arcipelago delle Anavilhanas, a fare da concime all'Eden".
-"All'Eden? ... Arcipelago ... che vuoi dire? Non eravate sul Rio delle Amazzoni?" – chiese Mari.
-"Sì ... sì, sul Rio delle Amazzoni ... Ascolta il seguito e capirai.
Ci trovavamo a Manaus, era una grande città per quella parte di mondo. La capitale dei raccoglitori di caucciù, lo estraggono dagli alberi della gomma della foresta amazzonica. L'ultima roccaforte di civiltà prima della jungla inesplorata ... e non che quella tutt'intorno a Manaus lo fosse. In realtà bastava allontanarsi di un paio di kilometri dalla periferia della città e si era già nella jungla pluviale incontaminata.
Dissi al cercatore, tendendogli la mano: "Mi chiamo Tony Vero, affare fatto, sig...?"
-"Philippe ... Philippe Duchamp, sono cittadino svizzero, del cantone francese... Grazie!" – rispose, col sollievo di chi sta per annegare e vede una mano afferrarlo per tirarlo su.
-"Ora, però, dimmi, hai un piano? Dove si trovano le pietre? Devo saperlo se dovrò aiutarti a portarle fuori di qui e dal Brasile... – Ahi, ahi, pensai. Cominciamo male, mi ha dato un nome falso".
-"Sì, certamente ... quando capii di essere braccato da quei bastardi lasciai Manaus. Avevo lasciato il badile e la gavetta col mio zaino nell'ultimo campo, sulla riva del Rio Negro, la riva settentrionale. Per questo, quando mi aggredirono, non trovarono niente. Io avevo raggiunto Manaus per fare

provviste, cibo e benzina per il fuoribordo della mia canoa. Volevo tornare al campo, imbarcare l'attrezzatura e dirigermi verso il delta del fiume. Una volta lì avrei cercato un imbarco per l'Europa o l'America... Ma quello che era successo me l'aveva impedito. Non avevo abbastanza viveri e benzina per lasciare Manaus e quelli mi seguivano. Avevo ancora un paio di bidoncini di benzina al campo e decisi di usarli per nascondere in un luogo più sicuro le pietre e poi farmi portare dalla corrente a valle di Manaus, per tornare indietro con un battello. Pensavo di averli seminati, ma non è stato così, sono professionisti e sanno che non lascerei mai qui il mio tesoro. Aspettano ... Sanno che è un'attesa fruttuosa e non hanno fretta. Io ne ho ... Ho i mesi contati e voglio riuscire a farli avere a mia figlia. Mi aiuterai davvero?" – chiese preoccupato.

-"Vai avanti ... io mantengo fede alla parola data! Ma devo farti una domanda e, se dobbiamo procedere con questo patto, dovrai essere convincente. Perché mi hai dato un nome falso?" – lo interrogai.

-"Che vuoi dire?" – chiese.

-"Il capitano ti conosce da tempo e sa che ti chiami Josè Maria..." – precisai.

-"No, no Tony ... quello è un nome falso. Il nome con cui sono conosciuto sul fiume, Josè Maria Delgado o *Lo smilzo* ... un soprannome che mi hanno affibbiato gli esmeralderos perché sono alto e magro, come puoi vedere. Ma a te ho dato il mio nome vero, perché se non dovessi farcela ... una volta lasciato il Brasile, vorrei che tu portassi a mia figlia la mia parte. Questo mondo è un mondo di dannati, nessuno lo farebbe ... ma tu non ne sei parte, lo vedo nei tuoi occhi. A me basterà la tua parola ... Per questo ti ho dato il mio nome vero, lo stesso di mia figlia, Duchamp ... Josephine Duchamp – confermò con un tono convincente Philippe e continuò.

-"Quando raggiunsi il campo pensai che si aspettassero di vedermi tornare verso Manaus con il mio carico prezioso. Così mi diressi in direzione opposta, verso l'arcipelago delle Anavilhanas, a circa cento kilometri da Manaus. Girovagai tra le isole interne, fino a che non ne vidi una che mi ispirava e soprattutto era individuabile rispetto alle altre, almeno per me che me la impressi nella memoria. Era piccola, con un spiaggetta di sabbia bianca, incorniciata di palmizi alti e fiorita di orchidee su tutta la riva. Sbarcai lì e feci campo. Ci restai due giorni, speravo che vedendo passare il tempo senza ritrovarmi rinunciassero. Ci sono altri cercatori da derubare... Poi rimisi la canoa in acqua e mi lasciai portare dalla corrente placida del Rio Negro. Avevo ancora un po' di benzina, ma l'avrei usata per manovrare l'attracco a qualche pontile, una volta superata Manaus. Restai dieci giorni in mezzo al fiume prima di attraccare a Gaiola Teresina e attendere un battello che mi riportasse a Manaus. Così mi sono ritrovato sulla Seta da Amazônia e il resto lo sai. Ora, per recuperare gli smeraldi, basterebbe

riuscire a saltare sulla mia canoa, legata a poppa del battello, ho pagato regolare *ficha* per questo, con benzina sufficiente per raggiungere la zona di Igapòs, una delle isole dell'arcipelago sul Rio Negro. Conosco bene tutto l'arcipelago, ci ho vagato per anni. La spiaggetta è inconfondibile, l'unica libera dalla vegetazione sulla riva, con palmizi e orchidee. Ma dobbiamo arrivarci sicuri di non essere seguiti e questo mi è risultato impossibile. Ce li ho appiccicati alle calcagna da settimane, come segugi sulla preda".
-"Va bene ... studierò qualcosa, non sarà difficile. Sul battello ci sono anche fucili da caccia, vedrai che non saranno un problema, come non sarà un problema raggiungere l'arcipelago che dici. Non l'ho mai visto, il viaggio scorso sono risalito fino in Perù lungo il Rio Solimões, ma sul Rio Negro non ci sono passato ancora. Abbiamo un carico a Barcelos, proprio sul Rio Negro, è distante da dove dici Igapòs?"
-"Per Dio sì, è distante, ma significa che ci passeremo proprio davanti. Tu, però, non puoi lasciare il battello ... come possiamo fare?" – chiese e l'interruppi precisando:
-"Sì, io non posso lasciare il battello senza macchinista, ma il battello può lasciare noi ... proprio lì, a Igapòs ..."
-"Cosa vuoi dire?"
-"Lasciami pensare meglio ... te lo dirò domani, a bordo. Ora dobbiamo rientrare, è tardi. Salutiamoci e vienimi dietro, ma per conto tuo ... lascia che pensino che abbiamo scambiato due chiacchiere perché ci siamo conosciuti sul Seta da Amazzonia. Non ti importuneranno, non possono pensare che hai recuperato gli smeraldi qui".
Luz Morena aveva seguito la conversazione, ma non aveva capito nulla ... Philippe ne aveva approfittato per parlare francese. Anche se il mio non è perfetto, comunque lo parlo e lo capisco ed è stato più prudente. Come aveva notato lui, nessuno, o quasi, parla francese in Amazzonia.
A bordo pensò a preparare una caipirinha, un cocktail tipicamente brasiliano, a base di cachaça, lime, zucchero di canna e ghiaccio... La conosci? No? Allora domani mi procurerò gli ingredienti e te la farò assaggiare ... è buona. Sai cosa significa il nome? E' derivato dal diminutivo della parola portoghese caipira, che viene usato per indicare gli abitanti delle campagne remote del Brasile, in spagnolo i campesinos.
I brasiliani ne vanno giustamente matti ed anche a me piace, è la loro bevanda caratteristica.
Luz la faceva come nessuno: rompeva il ghiaccio col rompighiaccio, lo sbriciolava, e lo zucchero, già pronto in una bottiglia, già sciolto in acqua e con la giusta dose di lime e un po' di scorza, lo metteva a macerare nella cachaça ... Davvero brava!"

-"Immagino che dopo vi siete fatti una bella dormita ..." – Mari, era stata colta da una punta di gelosia. Tony la dissolse subito, come nebbia al sole, abbracciandola e sussurrandole nell'orecchio.
-"Mia Maharani, tu eri lontana e perduta nella mia mente... Impegnata a inseguire la conoscenza per essere pronta a incontrare il mio destino: tu e nessun'altra! Luz è stata la mia compagna per qualche mese. Una menina del Rio, l'ho amata per il piacere che mi dava e l'affetto che mi dimostrava, ma non c'era, con lei, un rapporto come quello che ho con te ... Sarebbe stato impossibile. Luz era ignorante di tutto. Non sapeva nemmeno con certezza quanti anni avesse, né la sua data di nascita. Aveva conosciuto la baracca sul fiume dov'era nata e non sapeva, tra gli uomini che frequentavano sua madre, quale fosse il padre, né le importava di saperlo. Era stata venduta, appena valutata pronta, dalla madre, la quale considerava una fortuna per la figlia essere richiesta da quelli del serraglio sulla costa e che andava a stare bene da loro. Del resto, lei stessa era stata venduta da ragazzina ... Era il destino della miseria anche morale lungo quel fiume, quando procurarsi il cibo viene prima di ogni altra considerazione possibile.
Ne aveva passate di brutte esperienze Luz. Non ne parlava mai, ma aveva brutte cicatrici e alcune bruciature di sigaretta sulla schiena che la dicevano lunga sul tipo di uomini che aveva incontrato. La nostra era una piccola storia a termine, dalla quale era giusto che ognuno ricavasse più possibile ed è stato così. Niente di cui tu debba essere gelosa. Ma, come ti ho detto, devi conoscere questa storia prima di considerare accettabile tenerti lo smeraldo ... con tutta l'energia negativa che si porta dietro.
Misi Luz al corrente di ciò che mi aveva detto Philippe ...e confermò i miei sospetti: Philippe mentiva. Luz mi disse con non ci sono esmeralderos in quella parte del fiume. Lei sapeva che c'erano ai confini col Venezuela, molto a nord di li, e della Colombia, a ovest, dove nasce il Rio Negro, verso le Ande. Laggiù ci sono le miniere e il fiume trascina a valle le rocce che contengono gli smeraldi e li leviga ... Se aveva mentito su questo, aveva mentito anche su altro...
A meno che non avesse mentito solo sul luogo dove aveva cercato e trovato gli smeraldi e questo poteva essere un riflesso condizionato, da cercatore che non rivela dove trova le pietre. Decisi di stare in guardia, come sempre del resto, ma di dargli corda. Se aveva davvero tutti quei smeraldi, il gioco sarebbe valso la candela.
L'indomani salpammo alla volta di Barcelos. Non c'erano merci da portare fin lì, ma persone e merci da andare a prendere. Prendemmo il braccio settentrionale del fiume, quello che chiamano Rio Negro per il colore delle sue acque, completamente diverso da quelle del Rio Solimões. I due fiumi

hanno temperatura e velocità diversi, si tratta di un fenomeno naturale provocato dalla confluenza delle acque scure del fiume Rio Negro con le acque marrone chiaro del fiume Rio Solimões, che si incontrano per formare, da quel punto in avanti, di fronte a Manaus, il fiume chiamato Rio delle Amazzoni. Per un'estensione di circa sei chilometri a est di Manaus, le acque dei due fiumi non si mescolano, scorrono separatamente, affiancate. Questo fenomeno succede perché c'è una grande differenza tra le temperature delle acque e la velocità delle loro correnti. Il fiume Rio Negro corre a circa due chilometri all'ora e ha una temperatura di 22 gradi, mentre il fiume Rio Solimões corre da quattro a sei chilometri all'ora, ad una temperatura di 28 gradi."

-"Accidenti che precisione ... ma come lo sapevi?" - chiese Mari che non aveva mai saputo di questa stranezza sull'Amazzonia, di cui aveva visto anche parecchi documentari.

-"Il colore delle acque l'ho visto ... è proprio evidentissimo a chi ci naviga dentro. Per le temperature, invece, dimentichi che ero io il macchinista? Ogni ora dovevo rilevare o far rilevare la temperatura dell'acqua di raffreddamento che entra nei refrigeranti del motore, questo in mare, ma anche nel fiume. Chiesi al capitano, e mi disse che il colore differente era dato dal fatto che uno scendeva dalle Ande e trovava fondo roccioso e l'altro, prima di arrivare a Manaus, attraversava terre argillose e se ne riempiva assumendo quel colore della terra che poi, mescolandosi al Rio Negro, amalgamava dando lo stesso colore al Rio Delle Amazzoni, che diventa tale solo dopo essersi mescolato tra i due. Un'allegoria della vita, i due fiumi si uniscono sessualmente di fronte a Manaus, mescolano le loro acque vorticosamente e ... partoriscono il Rio delle Amazzoni ... bello no?"

-"Bellissimo e ... poetico!" – confermò Marinella.

-"Chiesi al capitano Andreas informazioni sull'arcipelago delle Anavilhanas e mi spiegò che sono un arcipelago di isole a cento kilometri da Manaus, sul Rio Negro, vicino a Novo Airao. Il battello avrebbe impiegato circa dieci ore ad arrivare con macchine avanti mezza.

-"Sono il più grande arcipelago di isole fluviali al mondo. Circa 400 isolette coperte di foresta vergine che formano un vero e proprio labirinto naturale. Durante il periodo di acque basse, come questo, si possono vedere molte spiagge di sabbie bianche e interessantissime sculture di radici e tronchi. Ci passeremo all'esterno, perché noi terremo la *mão direita*, le vedrai alla nostra sinistra, ci passerò vicino perché i passeggeri vogliono vederle più da vicino possibile. Sono quello che nell'immaginario collettivo è chiamato Eden ... Il paradiso terrestre" – mi confermò il capitano, fumando la sua pipa in plancia.

-"Quando ci passammo davanti capii cosa voleva dire il capitano con le sue parole. Erano davvero la jungla primordiale incontaminata... l'Eden. Gli alberi lungo la riva mostravano gruppi di scimmie dal pelo fulvo che guardavano il battello, alcune urlando, in risposta al rombo del motore.
Altre, appese per la coda, si dondolavano mangiucchiando germogli e fissandoci attonite.
A tratti un'esplosione di colori di fiori bellissimi e la varietà di piante era tale che anche il verde non era affatto uniforme, ma variopinto anch'esso. Aveva ragione Philippe... nelle isole esterne, quelle che ci scorrevano davanti, c'era qualche spiaggetta dalla sabbia candida, ma nessuna circondata di palmizi. Un buon segno caratteristico per identificare quella del ... tesoro.
Durante la notte avevo caricato due bidoncini di benzina nella canoa di Philippe, ora non restava che completare il piano.
Andai in sala macchine e, qualche minuto dopo essere sceso, il motore cominciò a tossicchiare... qualche zaffata di fumo nero dal fumaiolo e, poi ... si fermò. All'interfono il capitano chiese che stesse succedendo e lo informai che non lo sapevo. Avrei dovuto fare delle verifiche a motore fermo e freddo. Lo rimisi in moto, ma avvertendo che avrei dovuto fermarlo di nuovo entro dieci minuti per poter verificare l'avaria. Il capitano prese l'unica decisione possibile, accostò sulla riva dell'isola che stavamo costeggiando e fece ormeggiare il battello agli alberi, dopo aver poggiato la prua sulla sabbia arenandosi. Feci finta di armeggiare vicino alla pompa del carburante, una vecchia pompa Bosh, ne smontai la cremagliera e la nascosi in tasca. Tra i rottami in officina ce n'era una danneggiata che avevo sostituito con la nuova i primi giorni di lavori e che non avevo buttato perché poteva sicuramente servire, anche solo come metallo. La spezzai in due e salii sul ponte, per mostrarla al capitano.
"Un problema da poco capitano – dissi mostrandogliela – si è rotta questa stecca dentata della cremagliera che regola automaticamente la quantità di nafta da mandare nelle testate dei motori. Senza questa il motore non può funzionare e non posso ripararla, è spezzata e a saldarla non riesce perfetta mentre, invece, deve esserlo, altrimenti non scorre nella sua sede".
-"Va bene, Tony, scrivi il nome del pezzo, mandiamo qualcuno a prenderlo a Manaus..."
-"Meglio che ci vada io capitano. Se non trovo quello di questa marca, posso sceglierne uno simile o farmelo fare da un'officina attrezzata. Non ci vorranno più di due giorni. Ho già chiesto al passeggero Josè Maria che ha quella bella canoa legata a poppa se è disponibile ad accompagnarmi. Naturalmente con la benzina nostra, mi ha detto di sì e gliene ho caricati due bidoncini, basteranno".

-"Ah sì ... Delgado!" disse il capitano, confermando con ciò che Philippe non gli aveva mentito.
-"Prendo anche uno dei fucili ... può servire per qualche capibara, ma anche per difesa, non si sa mai".
Il capitano aprì la rastrelliera con le sue chiavi e mi diede un winchester calibro 16 a pompa. Un'ottima arma e una scatola di cartucce a pallettoni, da caccia grossa. Lo avvolsi in un asciugamani perché non fosse visto mentre lo portavo con me e raggiunsi Philippe già pronto per portarmi a Manaus. Vedendo che montavo sulla canoa con Philippe anche Luz volle venire e non ci fu verso di farle cambiare idea, era già saltata sulla lancia. Guardai il capitano sul ponte di comando. Aveva visto tutta la scena e rideva acconsentendo: "... Boa viagem!"
Anche qualcun altro aveva visto tutto e fremeva a poppa, guardandoci allontanare. I quattro scagnozzi che seguivano Philippe come ombre. Erano stati colti di sorpresa e non potevano far nulla. Viaggiammo lungo la costa dell'isola esterna all'arcipelago per circa un'ora, poi Philippe virò a destra e si infilò in uno stretto canale tra le erbe palustri. Sembrava davvero un labirinto, ma lui pareva saper bene dove stava andando. Si infilava in canali diversi con sicurezza e senza titubanze. Questo mi permise di rilassarmi a guardare il paesaggio incredibile che mi scorreva tutt'intorno. Anche il clima era meno afoso, forse per via dell'acqua più fresca. Chiesi a Luz cosa ne pensasse ... Nemmeno lei era mai stata lì e non conosceva l'arcipelago. Ne aveva solo sentito parlare, ma non condivideva più di tanto il fascino che suscitava in noi europei la visione di quell'ambiente primordiale e incontaminato. Lei ci era nata ed era abituata fin da bambina a guardarsi intorno prima di entrare nel fiume per lavarsi ... poteva finire a fare da colazione a qualche abitante del paradiso. Indicò, infatti, con la mano, tra la vegetazione galleggiante, un grosso anaconda che s'immergeva, disturbato dal rumore del motore. Era davvero enorme, tanto da farmi scoprire il fucile ancora avvolto dall'asciugamano. Meglio averlo pronto, non fosse mai che il paradiso si tramutasse improvvisamente in un inferno. Qualche minuto dopo fu Philippe a indicarmi la riva ... una spiaggetta candida, come quella che aveva scelto lui, ma senza palmizi, con alberi da foresta e un branco di caimani stesi al sole: cayman noir!
-"Belle bestiacce, sono enormi..." – commentai.
-"Sì, ma vanno ghiotti di piranha: dove ci sono loro non ci sono quei bastardi e nel cambio ci guadagniamo credi. I caimani puoi vederli arrivare e ti puoi difendere. I piranha non li vedi e non li senti, fino a che non è troppo tardi".
Viaggiammo ancora qualche ora tra i canali e le isole. Il sole era alto, francamente ero anche un po' stufo di tutto quel verde paradisiaco, quando

Philippe puntò la barca su un isolotto che presentava una lunga fila di sabbia bianchissima che sembrava proprio essere circondata di palmizi.
-"Alor ... ça và Philippe?"
-"Ouì ... ça va Tony".
Era proprio quella e ci sbarcammo con gran piacere. Stare tutte quelle ore rannicchiati nella canoa era stata dura. Saltai giù prima di toccare terra, volevo sentire l'acqua fresca ... ero accaldato per esser stato a lungo sotto il sole e buttai subito l'acqua sulla testa e le spalle, poi, sentendola fresca, m'immersi.
Senza dimenticare la prudenza, però, mi diressi subito a riva, spingendo la canoa davanti a me. Occorreva non dimenticare mai che, in paradiso, si era tutti cibo per qualcuno!
Tirammo ben a secco la canoa, perché non si rischiasse di vederla trascinata via da qualche onda anomala. Sarebbe stata la fine ... come Robinson Crusoè nell'isola deserta con Venerdì ...
Guardai Philippe dirigersi subito verso l'interno a recuperare il suo tesoro e lo lasciai andare, mentre legavo con la cima la canoa al tronco di una palma.
Certo era che se fosse andata male io non stavo in un'isola deserta con un Venerdì, ma con una Domenica ... e che Domenica. Luz si era avvicinata a dei fiori e se ne stava mettendo uno tra i capelli, poi si girò verso di me levandosi la veste e si gettò in acqua. Feci altrettanto, ma per recuperarla. Il caldo va bene, ma sotto quella superficie c'era di tutto! L'abbracciai e la tirai verso riva. Restammo ancora un po' abbracciati sul bagnasciuga, era piacevole, ma salimmo subito verso la canoa. Era davvero un bel posto, pieno di uccelli colorati, di fiori, di verde e non vidi scimmie. Strano, pensai. Che fine hanno fatto? Ce n'erano dappertutto! Poi ricordai che eravamo su un'isoletta e le scimmie non si fidavano dell'acqua!
Philippe tardava, ma non me ne preoccupai, forse stava contando le sue pietre. Ne approfittai per contare qualcos'altro di Luz ... a ognuno quel che piace!
-"Che stronzo! Anche a me sarebbe piaciuto contare qualcos'altro di te ..." – disse Mari.
-"Che aspetti? ... Fallo!".
-"Sono incuriosita da questa storia, ma sei prenotato, non prendere impegni!"
-"Ah ah ah! Nessun impegno potrebbe scavalcare questo, *meu amor*! ...
Quando ritornò Philippe, stavamo facendo le abluzioni nel fiume. Ero nell'acqua fino alla vita ed era Luz a lavarmi. Io avevo il winchester in pugno perché c'era stato del movimento strano sotto il pelo dell'acqua. Non volevo rinunciare a lavarmi, poi, invece, uscendo, vedemmo delle lontre che

azzannavano grossi pesci: stavano pescando proprio davanti a noi ... erano grosse e con denti da giaguaro, ma erano innocue per l'uomo.
Cominciavo appena a rivestirmi, quando sentii arrivare Philippe: lo sentii ancor prima di vederlo. Spuntò tra la vegetazione, aveva lo zaino sulle spalle, la gavetta appesa alla cintura e il badile di traverso sopra lo zaino.
Un cercatore da manuale ... ma stava male: tossiva e si piegava in due. Lasciò cadere lo zaino e si inginocchiò continuando a tossire in maniera frenetica. Mi è capitato un paio di volte nella vita di avere una tosse così, secca, asinina ... Terribile sensazione di soffocamento. Era stata l'ultima di quelle crisi a convincermi a smettere di fumare, anche se nel mio caso si trattava non del fumo, ma di un virus influenzale.
Lui, però, sapeva cos'era. Appena la tosse si fu calmata un po' gli chiesi se si fosse fatto vedere da uno specialista.
-"Sì... ho una bestiaccia che cresce dentro i miei bronchi e nei polmoni, toccando anche la trachea. Non c'è niente da fare. Avrei potuto vivere qualche mese in più, forse un anno, se mi fossi fatto operare. Avrebbero aperto un buco nella trachea lasciandolo coperto con delle garze che dovevo far cambiare spesso. Fine della selva e fine della vita. Ho preferito vivere, finché posso, come ho sempre vissuto. Quando non sarà più possibile, sarà tempo di morire. Non temo la morte ... temo di non riuscire a far avere a mia figlia quel che è mio e dev'essere suo!".
Afferrandomi per il braccio mi avvicinò a se.
-"Giurami su Dio che se non riuscirò a portarli fuori dal Brasile lo farai tu per me e che li farai avere a Josephine Duchamp, mia figlia. Ho scritto il suo indirizzo e l'ho messo nel doppiofondo della gavetta, con gli smeraldi. L'indirizzo di Ginevra, la casa della famiglia di mia moglie, se non è lì, sapranno come rintracciarla. Giuramelo..."
-"Non te lo giuro su Dio, ma ti do la mia parola. Se riuscirò a portarli fuori dal Brasile, tolto il valore di 60 carati di gemme, li consegnerò a tua figlia, a Ginevra, in Svizzera ... Va bene così?"
Mi fissò negli occhi. Voleva capire se ero sincero ed evidentemente si convinse di sì, perché si tranquillizzò e si sdraiò all'ombra, a riprendere fiato.
-"Dobbiamo organizzare un piano di rientro Philippe. Non possiamo tornare prima di domani sera a bordo, meglio dopodomani mattina, considerando che ci siamo fermati qualche ora a Manaus alla ricerca della cremagliera. Ma non possiamo tornare con badile e zaino che non avevi all'andata.
Gli smeraldi bisogna tirarli fuori da gavetta e badile e sistemarli in un altro modo. O li dai a me già da adesso. Oppure pensa a un altro modo per nasconderli. Oltretutto non è che puoi lasciare il Brasile con gavetta e badile in spalla, ti pare?"

Acconsentì. Bisognava allestire il campo, accendere il fuoco, che ci aiutava a tenere lontane le zanzare ed anche altro e prepararci qualcosa da mangiare.
Il sole era ancora alto ed andai a caccia penetrando nell'isola. Un branco di capibara grufolava tra le erbe e ne colpii uno bello grosso. Arrosto era squisito. Io lo avrei fatto volentieri alla brace infilato in uno spiedo di canna. Luz, invece, scavò una fossa nella sabbia della riva, dopo che l'ebbi scuoiato, e una volta sventrato lo riempì di erbe che, ovviamente, non conoscevo, poi lo avvolse in foglie molto larghe, anche queste prese dalla vegetazione lì intorno e ve lo sistemò sopra, coprendolo ben, bene di sabbia. Mi chiese di accendere il fuoco proprio sopra e così feci: un bel fuoco vivace, la legna non mancava di sicuro. Dopodiché dovevamo solo aspettare che il fuoco si spegnesse. Luz sapeva bene come cucinarlo e quanto doveva cuocere. Ogni tanto aggiungeva della legna e, intanto, cercavo di capire di più di Philippe. Compresi che non mentiva, la sua situazione e le sue intenzioni erano proprio quelle che mi aveva dichiarato.
E' proprio vero che, a volte, la realtà supera ogni fantasia!
Il fuoco si stava spegnendo e Luz non aveva aggiunto legna, anzi, lo spegneva soffocandolo con la sabbia. Poi, col badile più prezioso del mondo, levò la brace per adagiarla di lato e tolse la terra, fino a scoprire l'arrosto di capibara che, a quel punto, pensai io a portare su, sempre col badile, perché era bollente. Mancava di sale ovviamente, a parer mio almeno un pizzico l'avrebbe reso perfetto, ma tra la gente del fiume il sale era merce rara e preziosa. Il profumo dell'arrosto era intenso e stimolava l'appetito fin da subito dopo averlo tirato fuori dalle foglie che lo avvolgevano; la carne era divenuta tenerissima e devo dire che era davvero squisito. Sembrava carne di maialetto. La riaccensione del fuoco bello grande, ci permise di dormire con una certa sicurezza, anche se organizzammo dei turni di guardia. Circolavano storie in Amazzonia di caimani neri o anaconda giganti che uscivano dall'acqua, nottetempo, per trascinare in acqua sprovveduti che si accampavano vicino alle rive del fiume. Forse erano solo storie, ma meglio crederci ... hai visto mai? Notai l'assenza dei nugoli di zanzare che ero abituato a tenere lontane con il repellente. Me lo stavo spalmando con l'aiuto di Luz, quando Philippe mi fermò, dicendomi che sul Rio Negro non era necessario. C'erano molte meno zanzare e non erano pericolose. Forse era l'acqua più fredda ... non lo sapeva, ma bastava il fuoco. Sul Rio delle Amazzoni, al contrario, col tramonto si alzavano nugoli soffocanti di zanzare e c'era anche il rischio della malaria. Bisognava usare le zanzariere e i repellenti molto forti, soprattutto perché, malaria a parte, si rischiava di finire massacrati da centinaia di punture dolorosissime.
L'indomani mattina ce la prendemmo comoda ... Avevo pensato anche a come portare a bordo quel bel mucchio di pietre senza dare nell'occhio.

Eravamo partiti senza bagaglio e non potevamo tornare con zaini e attrezzatura da cercatori di pietre. L'avevo già convinto il giorno prima, ma spiegai meglio a Philippe che intendevo andare a caccia. Prendere un paio di capibara, scuoiarli, sventrarli e nascondere nell'interno gli smeraldi, ben avvolti in uno straccio, per evitare che ne cadano. Così feci ... era un posto ricco di cacciagione e i branchi di capibara abbondavano.
Ne presi due e alla fine considerai che era meglio non pulirli. Mi limitai a bucare la pancia ad uno dei due e infilarci dentro il sacchetto di cuoio colmo di smeraldi che mi aveva dato Philippe. In questo modo non avrebbero potuto cadere di fuori mentre li portavo a bordo. Una volta in cucina, poi, sarebbe stato semplice recuperarli, visto che avrei pensato io stesso a scuoiarli e sventrarli.
Partimmo con i capibara sistemati a prua della canoa, bene in vista. Non ci vollero più di tre ore per rivedere il battello. Fummo avvistati e accolti dai passeggeri, tranquillizzati dalla nostra espressione. Mostrai al capitano la cremagliera che avevo trovato in un magazzino di Manaus e aiutai i marinai a scaricare i capibara, verificando che quello imbottito non fosse maneggiato male. Lo portai io stesso in cucina e iniziai a scuoiarlo, mentre i due marinai pensavano all'altro. Appena mi fu possibile tirai fuori il sacchetto e l'avvolsi in uno straccio, lasciando l'animale sventrato, ma da finire di scuoiare. Dissi che forse era meglio se fossi tornato in sala macchine a riparare la pompa carburante o non saremmo potuti ripartire nemmeno l'indomani mattina. Tra quelle isole i battelli non navigavano di notte, ormeggiavano lungo la riva e aspettavano l'alba per ripartire.
Tornato in cabina nascosi il sacchetto nel cassetto della scrivania che tirai fuori completamente e infilai sul fondo il sacchetto con le gemme, rimettendo a posto il cassetto. Era più corto rispetto alla profondità della scrivania e non si sarebbe notato niente. Eppoi, nessuno poteva entrare nella mia cabina, solo Luz Morena. Il capitano mi raggiunse in sala macchine proprio mentre stavo registrando la cremagliera, dopo averla rimontata.
Mi fece sapere che non si andava più a Barcelos. Aveva informato via radio l'armatore dell'avaria e aveva mandato un altro battello, il Rio Mar che li aveva raggiunti il giorno prima per trasbordare i passeggeri diretti a Barcelos. Il Seta doveva tornare a Manaus, si rientrava nel Rio delle Amazzoni.
La notizia mi fece piacere, il mio lavoro di revisione delle macchine era terminato e sulla costa mi sarebbe stato facile passare su qualche mercantile diretto in Nord America o Europa per assolvere l'impegno assunto con Philippe Duchamp. Lui poteva imbarcarsi come passeggero sulla stessa nave: come passeggero avrebbe fatto il controllo doganale, ma io no! Quella fu una notte davvero movimentata. Finito di ripristinare

l'alimentazione del motore salii sul ponte. Non c'era altro da fare che attendere l'alba per ripartire. Volevo raggiungere Philippe nel ponte passeggeri, rassicurarlo che le pietre erano al sicuro e dargli anche la buona notizia della prossima destinazione. Lo trovai, ma non era solo. I passeggeri diretti a Barcelos erano tutti sbarcati. A bordo c'era solo l'equipaggio, alcuni passeggeri che volevano rientrare a Manaus, lui e ...i suoi quattro amici!

Gli stavano intorno mentre lui, appoggiato alla paratia, era chino colpito da uno dei suoi attacchi di tosse. Feci finta di non averli notati e mi avvicinai a lui offrendogli aiuto. Mi offrii di accompagnarlo nella cabina del comandante, solitamente c'è qualche medicina a bordo, magari uno sciroppo per la tosse gli avrebbe fatto bene e lo accompagnai alle scale. Certo bisognava risolvere il problema di quelle iene. Non potevamo far nulla con quelli intorno. Se fossero stati certi che gli smeraldi erano già a bordo, sarebbero stati capacissimi di denunciarci ai gendarmi, dopo essersi accordati per una parte delle pietre. Il capitano non aveva niente per la tosse, solo qualche benda e disinfettante in caso di ferite. Se qualcuno si ferisce lungo il fiume, senza disinfettante immediatamente a disposizione, potrebbe vedere andare in cancrena la ferita prima di arrivare ad un posto medico, assai rari in Amazzonia.

Lo portai nella mia cabina per una caipirinha di Luz, ma anche per riferirgli il piano. Restava il problema della sua scorta di tagliagole e di come ci si poteva liberare di loro. Gli proposi di scendere a terra poco prima dell'alba, insieme a me. Avrebbero sicuramente pensato che mi aveva chiesto aiuto per andare a recuperare le pietre e che si trovavano proprio sull'isola, spiegandosi così anche il perché di quella strana sosta. Ci saremmo fatti seguire per un po', poi ci saremmo nascosti e fatti superare; a quel punto saremmo potuti tornare verso il battello e io avrei messo in moto le macchine, lasciandoli nell'isola.

-"Li raccoglierà come naufraghi qualche altro battello. Quest'isola è sulla rotta commerciale e gli basterà accendere un fuoco per farsi recuperare, ma non ci raggiungerebbero più".

Philippe, rinfrescato da una doppia caipirinha, fu d'accordo. Presi il fucile da caccia e la mia Luger: non potevo lasciare fuori da una vicenda così la mia socia ... e ci avviammo a prua, sicuri che saremmo stati visti e seguiti. Il fucile lo tenevo appoggiato di lungo sotto l'ascella, col buio non sarebbe stato notato. Raggiungemmo la scaletta a prua e saltammo sulla riva. C'era una luna enorme e, con le pupille dilatate all'oscurità, c'era un ottima visione notturna. Ci infilammo subito nel sentiero che ci allontanava dalla spiaggia e non mi sbagliai ... stavano seguendoci tutti e quattro. Arrivammo in una piccola radura, c'erano tracce di campi: resti di fuochi da bivacco, alcuni bidoni d'acqua, spazzatura. Sì, avevo visto giusto, ci sostavano i battelli per

la caccia. Procedemmo su quel sentiero per almeno duecento metri. Era ben tracciato sul terreno. Evidentemente quello era un punto d'attracco. Spinsi in silenzio Philippe sul lato opposto di quella radura, c'era ancora della legna mezza carbonizzata, facile riaccendere quel fuoco. Lo feci accendendo dell'erba secca e dei rametti sistemati sotto il carbone spento e subito si riavviò la fiamma. Al chiarore del fuoco Philippe mi guardò come per chiedermi cosa stessi facendo. Credeva che dovessimo nasconderci e non, invece, come volevo io, attirarli.
-"Sbagliato nasconderci Philippe ... Ora sono immobili nella boscaglia e ci guardano. Interpreteranno questo fuoco come la necessità di avere luce e questo per trovare le pietre, sicuramente nascoste qui. Noi ora passeremo oltre quella vegetazione. Non ci vedranno più e aspetteranno che torniamo al fuoco con le pietre e sarà allora che ci verranno addosso, ma noi li avremo aggirati nella selva, procedendo tra la vegetazione ed evitando il sentiero e ci torneremo solo quando li avremo superati, per tornare a bordo del battello. Non vedendoci rientrare al fuoco ci cercheranno e ci cercheranno qui, non verso il battello... E' tutto chiaro?
-"Sì ... tutto chiaro amico mio" – rispose Philippe, che si stava rendendo conto che aveva fatto la scelta giusta. Senza il mio aiuto non ce l'avrebbe mai fatta a portare le gemme fuori dall'Amazzonia e, ancora meno, fino in Europa o Nord America. Seguì scrupolosamente il piano, mi venne dietro cercando di fare meno rumore possibile. Era pericoloso camminare nell'oscurità e fuori dal sentiero, ma dovevamo farlo e il cielo cominciava già a mostrare i primi chiarori dell'alba, aiutandoci ad evitare brutte sorprese. Riconobbi presto il tipo di vegetazione che circondava il sentiero, i palmizi e il fondo su cui poggiavamo i piedi, non più foglie morte, ma sabbia. Continuai a camminare ancora per qualche minuto in quella direzione, poi deviai alla mia sinistra per tornare sul sentiero. Il cammino sarebbe stato più agevole ed ora non restava che tornare rapidamente a bordo. Avrei acceso il motore subito, mettendolo indietro tutta e svegliando il capitano che si sarebbe lanciato sul timone per evitare incidenti. Poi l'avrei giustificato con un'incomprensione di ordini ... La sera prima avevo capito che dovevo mettere in moto all'alba, senza attendere altri ordini ... o con una sbornia ... Non importava, mi avrebbe creduto lo stesso.
Mi resi conto che eravamo di nuovo sul sentiero sabbioso perché non urtavo più sui cespugli e le radici e la luce che aumentava rapidamente mi indicava il cammino ancora meglio della luna.
Stava procedendo tutto bene ... tutto secondo i piani, quando Philippe iniziò a tossire e ansimare in cerca d'aria. Non era possibile che non l'avessero sentito. Lo sostenni sotto l'ascella e lo trascinai con me ... riusciva a seguirmi, ma sempre tossendo, piegato in due. Stavo giusto pensando che

ora non avrebbero avuto più dubbi che avevamo le gemme con noi. Per questo li avevamo aggirati e stavamo fuggendo a bordo, quando un colpo d'arma da fuoco m'informò che erano anche armati. Un colpo di pistola e poi subito un altro ed un altro ancora ... Philippe si accasciò a terra. Un rivolo di sangue dalla bocca e uno sul petto, un foro d'uscita, visto che erano dietro di noi.

Potevo vederlo bene ormai e le sue labbra mi ricordarono, con un filo di voce, la mia promessa.

-"Sì, Philippe, ricordo la promessa, ma ora devo riuscire a mantenerla e non sarà facile" – dissi alla sua anima, perché l'avevo visto esalare l'ultimo respiro, quello che ogni morente rimette al suo Dio. Imbracciai il fucile e mi addossai al tronco della palma alla mia sinistra. Col ginocchio destro a terra puntai verso la prima ombra che, in quel momento, esplodeva un altro colpo alla cieca. Non poteva avermi visto in quella posizione. Mirai e sparai nello stesso istante facendo scorrere il carrello per ricaricare e l'ombra cadde all'indietro. Poi sparai e ricaricai ripetutamente in quella direzione, senza mirare per impedirgli di fare fuoco ancora, mentre ero pressoché allo scoperto. Vidi un'altra ombra cadere, ma non potevo essere certo di averla colpita. Mi lanciai all'indietro cadendo di schiena sulla sabbia e con le gambe mi spinsi ancora più indietro andando sotto alcuni cespugli. Ecco, ora ero coperto!

Mi girai sulla pancia e avanzai strisciando per togliermi dal sentiero poi mi misi ad osservare la direzione da cui provennero quegli spari. Due ombre tra i cespugli, alla luce sempre più chiara dell'alba in arrivo, poi un lampo, un altro colpo di pistola alla cieca, in direzione del sentiero, ma io non c'ero più, ero di lato, alla loro destra e avanzato di una trentina di metri. Puntai sull'ombra che aveva sparato e iniziai a premere sul grilletto... Una voce rauca e cantilenante, alla brasiliana mi fermò:

-"Como, porque devemos de morrer por isso? ... Ce n'è per tutti ... e todos irão para o seu caminho!" – un invito esplicito a trattare, dividerci il tesoro di Philippe e poi ognuno per la sua strada. Ma era una proposta inaccettabile per due ragioni: la prima era che avevo dato la mia parola a Philippe in cambio della mia percentuale, la seconda era che non l'avrebbero mantenuta. Non trovandomi addosso le gemme mi avrebbero ucciso a tradimento e poi avrebbero massacrato tutto l'equipaggio in cerca delle pietre e nessuno sapeva dove le avevo messe, nemmeno Luz.

C'era un solo modo per uscire vivo da lì ed impedire un massacro, ed era quello di ucciderli tutti e due, visto che gli altri due già mancavano all'appello. Lasciai che il dito proseguisse il suo lavoro, mentre l'ombra col cappello militare attendeva la mia risposta. Esplosi un colpo e sentii un urlo, ma non era di quello colpito che cadeva a terra già morto, ma dell'altro che si era alzato e si era messo a urlare. Sparai di nuovo, ma si stava muovendo e forse lo avevo mancato del tutto. Forse l'avevo solo ferito. Era acquattato tra i cespugli ora, non potevo vederlo ma riprese a parlare.

E potevo capire dov'era dalla sua voce. Continuava a chiedermi una divisione che non era possibile. Questa volta, però, risposi, ma solo dopo essere indietreggiato ancora.

-"Non so di cosa stai parlando ... non ho niente da dividere. Ero uscito a caccia ... e morirai se insisti, come gli altri. Girati e vattene, non t'inseguirò."

-"Tu lo sai di cosa stiamo parlando. Il tuo amico ha fatto lo stesso con altri esmeralderos e sta fuggendo col bottino. Possiamo dividercelo e ognuno per la sua strada in buona salute. Non posso rinunciare, dovrai uccidermi, o io ucciderò te!" – rispose l'ombra.

-"Delgado è morto, se aveva qualcosa ora lo sa solo il diavolo dov'è. Se volevate il suo bottino non lo dovevate uccidere. Io non ho niente e non so niente di lui, so solo che non mi ucciderai, non tu, non adesso ... e che morirai se continui a seguirmi. Vattene per la tua strada. La prossima voce che sentirai da me, sarà quella del mio fucile" – replicai continuando a indietreggiare. Non volevo essere segnalato dalla mia voce. Due colpi di pistola, uno dietro l'altro, molto vicini al punto dove mi trovavo pochi attimi prima, mi fecero capire che non avevo sbagliato, quello non voleva dividere proprio niente:

-"Vuole tutto e mi ucciderà per averlo, o morirà tentando!" - pensai con un moto d'ira. Strisciai sulla pancia ancora più indietro per avere un vantaggio, poi sbattei su un tronco sdraiato. Era un grosso tronco, diverso da quelli intorno. Probabilmente l'aveva portato il fiume. Un ottimo riparo: lo scavalcai veloce e mi sistemai dietro. Avevo un'ottima visione da lì ... l'avrei visto arrivare.

Passarono alcuni minuti e sentii le urla delle scimmie e poi il miagolio rabbioso di un giaguaro, il predatore più pericoloso dell'Amazzonia.

-"Deve aver sentito l'odore del sangue e si sta avvicinando. Deve averlo sentito anche lui, l'esmeraldero, e sicuramente sa che, con quel banchetto tutt'intorno, non mancheranno altri invitati non meno pericolosi!"- riflettei, mentre mi guardavo attorno per studiare come sganciarmi.

Lo vidi ancora molto distante da me. Col fucile a pompa avevo una rosa di pallettoni, ma la precisione a distanza era scarsa, dovevo lasciarlo avvicinare ancora. Camminava male, forse l'avevo ferito ad una gamba. Il giaguaro continuava a ruggire e continuava ad avvicinarsi.

Lo vedevo bene adesso, potevo sparare, ma decisi di non farlo. Ero già in vista della prua del battello; con la luce dell'alba era facile raggiungerlo e decisi di dirigermi la, attraverso la boscaglia non mi avrebbe visto. Mi ero appena girato per procedere più velocemente quando sentii

un'imprecazione: "Mãe de Jesus!!!" ... seguita da una serie di spari tra le sue urla, fino ad un clik metallico, fine dei colpi, ed alcune altre urla disperate, poi ... il silenzio.
Non era difficile capire che il mio inseguitore era diventato il pasto di qualcosa, ma non avevo nessuna intenzione di andare a vedere. Mi lanciai di corsa verso il battello e per farlo ritornai sul sentiero, non c'era più pericolo adesso e fu allora che vidi quelle lunghe code nere che si trascinavano lentamente, senza fretta, verso il banchetto: erano enormi caimani neri in processione!
L'odore del sangue li aveva attirati e ora si sarebbero saziati ... e non solo loro.
Tornavano tutti a far parte di madre natura. Saltai con un brivido sul ponte e corsi verso la mia cabina, Luz era sveglia e mi chiese che era accaduto.
Riposi il fucile sulla scrivania senza rispondere e corsi in sala macchine. Anche se non c'era più alcuna fretta volevo andar via di lì. Misi in moto il motore e lo lasciai in folle per correre dal capitano. Che era sveglio e guardava verso la jungla.
-"Os Caçadores de jaguar ... razza maledetta. Per toglierli la pelliccia li stanno sterminando. Una volta, in uno scalo, vidi uno di loro caricare una ventina di pelli ... Hai sentito gli spari ed i ruggiti di poco fa? ... Sono loro. Il bello è che questa è una zona protetta dal Governo Federale. Ma a cosa serve se non c'è controllo?".
-"Sì, ho sentito, mi hanno svegliato ... Beh, non è facile controllare un territorio vasto e impenetrabile come questo. Bisognerebbe vietare il commercio delle pelli. Se nessuno le compra, nessuno va a caccia di giaguari per prenderle" – risposi.
-"Tem razão Tony! ... Hai proprio ragione, è così: ...se nessuno le compra, nessuno le vende e nessuno uccide gli animali. Metti macchine indietro adagio, ce ne andiamo!"
La Seta da Amazônia incominciò a vibrare e a portare la sua poppa in mezzo al fiume. Poi, con un'abile manovra di timoneria e macchine in folle si rimise con la prua verso la corrente e Manaus.
Lasciai il motore agli inservienti e tornai in cabina.
Era stata una brutta nottata ... Avevo bisogno di Luz Morena che vedendomi lo capì.
Mi sdraiai tra le sue braccia e lei prese a carezzarmi i capelli.
-"Então ... é morto?" - chiese.
-"Sì, è morto, sono tutti morti per un pugno di smeraldi! Se me lo raccontavano non ci avrei creduto! Erano tutti impazziti ... tutti".
-"Os homens são coisas terríveis para dinheiro, meu amor!"

-"E verdade … coisas terrìveis!" – dissi cercando le sue labbra. Avevo proprio bisogno di tornare nel mio mondo con un po' di sano sesso.
Tutto quell'odio e quel sangue, per fortuna, li avevo solo sfiorati e volevo allontanarli per sempre.

Capitolo IX
Adeus Amazônia

Luz Morena mi svegliò portandomi un ricco vassoio di frutta, avevo dormito come un sasso.
Era proprio quel che ci voleva. Eravamo stati affiancati da canoe cariche di frutti della foresta e il capitano ne aveva acquistati per tutti.
Erano buonissimi ... anche quelli sconosciuti.
Poi tornò con la sua caipirinha, ne aveva preparato per tutto l'equipaggio. Ormai le volevano bene tutti e la trattavano con rispetto, come meritava.
Le parlai, sapendo che ne avrebbe sofferto, ma lei era consapevole che la nostra era una storia a tempo e che presto sarei ripartito senza di lei. Cercai di ferirla meno possibile. Anche io mi ero affezionato, anche se non l'amavo, ad un certo livello era sicuramente amore quello che ci aveva uniti.
All'arrivo sulla costa avevo fatto quasi sei mesi sul battello. Anche solo con la paga mi ritrovavo con una bella cifra in mano e, in Brasile, valeva ancora di più.
Non l'avevo più pagata Luz per i suoi servigi. Il capitano le dava una paga settimanale per la cucina, ma da me non voleva nulla. Ora, però, volevo che stesse bene e non volevo che tornasse a quella vita e glielo dissi. Dopo un bel pianto, che cercai di calmare abbracciandola, fu in grado di capire che stavo proponendole una bella sistemazione in una città a sua scelta. Non a Belém, perché li poteva fare brutti incontri e non ci sarei stato io a proteggerla.
-"Perché non a Manaus? E' una bella città, destinata a un grande progresso, oppure a Santarém? Hai ancora tempo per decidere. Io a Manaus mi farò liquidare dall'armatore, se il battello proseguirà verso la costa continuerò a stare a bordo, altrimenti sbarcherò a Manaus e procederò verso Belém come passeggero su un altro battello. Prima, però, chiederò alla banca di aprire un libretto a tuo nome e ci metterò quarantamila real. Sono abbastanza per comprarti un'attività pulita, che ti permetta di vivere senza più problemi. Tu sei una bravissima cuoca, potrai aprire un ristorantino di cucina carioca. Ci sono turisti sul Rio e ne arriveranno molti di più in futuro. Oppure li lascerai in banca e potrai lavorare sul battello come cuoca. Il capitano ti terrebbe volentieri e quando sarai stufa di viaggiare sul fiume ti fermerai dove vorrai ... Va bene?"

Fu sicuramente rattristata della fine di un periodo sereno della sua vita, ma felice perché si chiudeva bene. Non veniva lasciata nei guai, come al solito. Ne parlai anche col capitano per un consiglio e lui fu d'accordo. Manaus era una città in crescita e stava diventando sempre più rispettabile. Conosceva più di un locale in vendita che Luz poteva ristrutturare con molto meno di quella somma. Poteva anche restare a bordo ancora un po', se voleva più tempo per pensarci e scegliere.
Lui le garantiva la paga settimanale come cuoca di bordo. Non era granché, ma era spesata di tutto. Insomma ... tutto stava andando a finire bene. Non pensai nemmeno per un attimo a lasciarle degli smeraldi, nemmeno uno per ricordo ... con tutti quei pazzi indemoniati che girano intorno alle pietre verdi, l'avrei solo messa nei guai.
A Manaus feci quel che avevo promesso: fui pagato in dollari, come d'accordo, e al cambio nero ne ricavai di più, quindi depositai quarantacinquemila real su un libretto a suo nome. La portai in banca per questo, per farla riconoscere al direttore dell'agenzia, perché Luz non aveva documenti e non sapeva nemmeno quando era nata. Non era una condizione insolita in Brasile: in questi casi bastava farsi riconoscere a vista, depositare una firma o una croce, e lasciare una foto. Luz Morena seppe fare la sua firma, con scrittura incerta, ma era la sua firma.
Il battello tornava a Belém e facemmo la nostra luna di miele.
Nella routine di navigazione la mia menina seppe compensarmi con amore della sua liberazione.
A Belém lasciai il battello, con gli smeraldi ben nascosti in un doppio fondo della valigia in cuoio, che mi ero fatto fare da un artigiano. Per scoprirli avrebbero dovuto sapere che c'erano e chi mai poteva sospettare una cosa simile di un macchinista navale che saliva e scendeva dai mercantili?
Mi sistemai in un hotel, in attesa di trovare un imbarco verso il Nord America o verso l'Europa, quello che capitava prima. Dopo appena due giorni trovai un imbarco su una nave diretta a Fort Lauderdale, Miami, in Florida, l'ideale! Avrei fatto l'operaio meccanico, i macchinisti erano al completo. Confermando che sarei sbarcato a Miami, perché la nave tornava a Rio De Janeiro, non ci furono problemi ... sapevo fare anche l'operaio meccanico e loro avrebbero avuto il tempo di cercarne uno! Avrei anche potuto imbarcarmi come passeggero, ma in quel caso all'arrivo in Florida avrei dovuto passare la dogana e i passeggeri provenienti dal Sud America in USA subivano controlli antidroga molto accurati ... Avrei corso il rischio di farmi trovare gli smeraldi ... Multa e sequestro!
A Fort Lauderdale, il porto container era vicino a Miami, sbarcai in taxi e senza passare alcun controllo doganale. Raggiunsi Miami, bellissima città, piena di vita e di gioiellerie. Volli provare a far valutare alcune pietre e con

molta circospezione mi recai in una gioielleria della downtown chiedendo se volessero acquistare alcuni smeraldi e li misi davanti agli occhi del gioielliere che mi fece entrare subito nel retro.
Li esaminò col quel monocolo che usano loro e gli sfuggì un:
- "Maravillosas ... tienes otros?"
-"No, ma vorrei ricavarci del denaro ... quanto mi darebbe?"
La quotazione degli smeraldi varia molto a seconda della qualità. Uno smeraldo da un carato può valere da 1.000 a 10.000 dollari, più è grande e più vale, ma conta anche la purezza e il colore. Più è scuro il colore verde e più è apprezzato. Un carato equivale a 0,2 grammi questi pesano ... uno 22 carati, colore verde scuro, nessuna inclusione, buona purezza; l'altro ... 30 carati, stessa purezza e colore. Direi che posso darle, subito, 100.000 dollari. Perché sono da tagliare e questo porta perdite e non sarà facile, perché la forma è irregolare. Questo, invece, occorrerà forse dividerlo in due smeraldi minori e anche questo porta perdite di valore".
-"Quindi meno di 2000 dollari a carato. Mi sembra poco!" – osservai.
-"Non è poco, può ricavarci di più, ma solo dopo averli fatti tagliare e il taglio è molto costoso e a volte accadono incidenti tipo la rottura per filature e inclusioni sfuggite al controllo ... Così, invece, i rischi sarebbero miei. Poi, i laboratori che effettuano i tagli vogliono i certificati di provenienza perché sono controllati e lei, mi pare, che non abbia nessun certificato".
Feci finta di pensarci un po' su.
-"Sta facendo un grosso affare ... ma si assume tutti i rischi ... Se non glieli vendo, potrei spingerlo a denunciarmi e considerando le follie che ho visto intorno a queste pietre, è meglio darglieli, purché mi paghi subito, centomila dollari non sono pochi".
Non aveva il denaro contante, ma l'indomani mattina l'avrei trovato pronto. Così andai via dandogli appuntamento per le dieci del mattino. In realtà sarei stato lì davanti fin dall'apertura e avrei visto che tipo di movimento si sviluppava.
Ne avevo viste troppe su quelle gemme e volevo liberarmene in fretta!
Tutto andò bene. Incassai i miei 52 carati e ora non mi restava che procedere con la consegna alla figlia di Philippe, Josephine Duchamp, del resto del suo tesoro.
Restai un po' a Miami, in giro per i locali a luci rosse. Avevo una vera passione per lo striptease e a Miami si praticava dappertutto. Ballerine davvero brave e con dei corpi statuari ... capitava di vederne volteggiare intorno ad una pertica che sembrava volassero. Altre si spogliavano nude sul bancone dei bar e danzavano in maniera voluttuosa ... accidenti, se mi ricordo ..."

-"Accidenti se ti ricordi che? ... Nostalgia per caso?" – lo interruppe Mari.
-"Ma no, che nostalgia ... però, lo sai che lo striptease mi piace e ne ho visti di belli, fatti da vere artiste. Non è facile spogliarsi in pubblico e non essere volgari: facendolo bene, diventa una danza estremamente sensuale e mai volgare. Il migliore, comunque ... l'ho visto qui!" – esclamò Tony e continuò.
-"Partii da Miami con i miei soldi in tasca e gli Smeraldi in valigia alla volta di Marsiglia. Certo anche in questo caso potevo fare il viaggio comodamente seduto su un aereo in prima classe, oppure su una nave passeggeri. Ma, in questo modo, avrei dovuto passare i dannatissimi controlli doganali e rischiavo di vedermi sequestrato tutto e con una multa milionaria da pagare anche in Europa. Invece, come sempre, da marittimo entravo e uscivo dai porti come volevo. Imbarcai perciò da macchinista su un mercantile diretto in finale a Marsiglia. Prima completammo il viaggio per scarico merci nel Nord degli States, Savannah, Norfolk, New York, Baltimora, Boston... Poi, una volta a Marsiglia, sarei partito in treno per Ginevra e avrei concluso questa storia. Non mi venne nemmeno per un attimo la tentazione di tenermi tutto. La follia a cui avevo assistito, scatenata dalla bramosia per queste pietre, mi aveva convinto che era meglio liberarmene al più presto e il modo migliore era assolvere la mia promessa a Philippe e questo sia che fosse vero che le avesse ereditate tutte, anche quelle dei suoi compagni perché deceduti, per disgrazie sul lavoro, divorati dai piragna, sia che fosse vero quel che disse uno di quei briganti, che ai piragna ce li aveva gettati lui, dopo averli colpiti a badilate. Per me non cambiava niente. Avevo dato la mia parola e dovevo mantenerla o sarei diventato come loro, un dannato!
Raggiunsi Ginevra col treno e un taxi mi portò all'indirizzo che mi aveva dato Philippe, mettendolo dentro la gavetta con gli smeraldi. Una casetta modesta, ma ben curata, circondata da un giardinetto con fiori.
In Europa era primavera e in Svizzera l'aria era frizzante e pulita.
Aprì una signora piacente, con i capelli grigi raccolti dietro la nuca e indovinai che potesse essere la moglie di Philippe.
-"La Signora Duchamp"? – chiesi.
-"Chi è lei? ... Duchamp è il nome del mio ex marito, sono separata da molto tempo" - fu la risposta, abbastanza sorpresa.
-"Sì, lo so ... Mi dispiace disturbarla signora, io ho conosciuto suo marito un paio di mesi fa, in Brasile. Mi ha chiesto di consegnare qualcosa alla figlia, Josephine Duchamp, dandomi quest'indirizzo. Gli ho promesso in punto di morte che l'avrei fatto. Un obbligo d'onore per me signora, o non l'avrei disturbata" – dissi con molto garbo, per rassicurare la donna che si trovava di fronte ad uno sconosciuto che le parlava del suo ex marito dal quale si era separata vent'anni prima.

-"Entri, si accomodi, mia figlia non c'è, ma dovrebbe tornare tra poco ... le faccio un tè?"
-"Va bene, grazie, signora ...?"
-"Blanche ... Blanche Lacroix ... Duchamp!"
-"Va bene Blanche, potrei avere anche un bicchier d'acqua? – e le raccontai del marito. Alla fine si mise a piangere, ma a piangere davvero, con lacrimoni e singhiozzi ...
-"Ma allora ... lei lo amava ancora!" - le dissi.
-"Sì, lo amavo talmente tanto da averlo seguito nella sua volontà di andare in Brasile. Doveva guidare un'agenzia dell'assicurazione per cui lavorava qui, solo per qualche anno, sarebbe servito alla sua carriera e poi saremmo tornati in Svizzera, a Ginevra, alla nostra vita. Invece una sera tornò con gli occhi che brillavano, gli avevano offerto degli smeraldi ... ne era rimasto affascinato. Li comprava e li rivendeva guadagnandoci poco e niente. Allora si convinse che doveva cercarli lui e portarli in Europa per venderli bene. Diceva che in Europa poteva ricavarci anche 5.000 dollari a carato. C'era da guadagnare una fortuna. Si licenziò e se ne andò con altri poveri folli alla ricerca degli smeraldi. Stava nella jungla per mesi, tornava a trovarci con qualche pietruzza che non bastava nemmeno a pagarsi le sue provviste, ciò di cui aveva bisogno per girovagare lungo i fiumi.
Sembrava un folle e intanto noi stavamo in condizioni precarie, a migliaia di chilometri da casa ed esposte a mille pericoli. Mi feci mandare dei soldi da mia madre per poter rientrare in Svizzera e non ho saputo più nulla di lui. Mia figlia ha 25 anni adesso, ne aveva 5 quando lo vide per l'ultima volta.
-"Blanche ... quello che posso dirle io è che i suoi ultimi pensieri sono stati per lei e per sua figlia!"
Sentii aprirsi la porta e Blanche disse: "Questa è lei, Josephine ... Josephine? ... Vieni in salotto!"
Josephine era una bella ragazza, bionda ed elegante, con dei begli occhi azzurri e labbra sensuali, ma non appariscente. Indossava una gonna e un pullover sopra una camicetta. Ispirava simpatia, mi presentai.
-"Tony Vero ... molto piacere" – dissi, dandole la mano.
-"Piacere ... Josephine Duchamp" - disse con una bella voce calda.
-"Mmmhh ... Stai a vedere che adesso salta fuori anche una love story con Josephine...!" – mormorò Marinella.
-"Ah ah ah ... no, nessuna love story, frequentava l'università e stava partendo per uno stage ... se no, molto volentieri, eravamo liberi entrambi."
Raccontai questa storia per filo e per segno. Lasciai fuori solo i sospetti sul padre perché la fonte non era attendibile e calunniare un morto non era una cosa giusta da fare. Così come evitai di parlare della fine del padre. Dissi che era morto di un male alla trachea e ai polmoni e che non mi disse quale

fosse, facendomi promettere che avrei portato queste pietre alla figlia Josephine. "Eccole!" – dissi, aprendo il sacchetto di pelle sul tavolo del salotto. Ebbero un gesto di sorpresa nel vederle: certamente fa una certa impressione vedere sul proprio tavolo una vera fortuna in smeraldi. Josephine si mise le mani davanti alla bocca a coprire l'espressione di meraviglia che gliela teneva aperta e la madre stava piangendo pensando al povero Philippe, ossessionato fino alla distruzione di se e che, con questo gesto, si riscattava agli occhi della sua famiglia.

-"Indubbiamente Philippe era impazzito dietro questo sogno che l'ha distrutto, rischiando di distruggere anche la sua famiglia. Ma posso assicurarvi che quando l'ho conosciuto io era divorato da una sola febbre, quella di riuscire a farvi ricevere queste pietre, il suo tesoro, nella consapevolezza di non avere abbastanza forza, né vita, per farcela. Mi ha ricordato con le sue ultime parole che gli avevo promesso di portarvele e non potevo agire diversamente"

-" La ringrazio Tony ... il suo è stato davvero un bel gesto. Resta a cena con noi?" – disse Blanche.

-"Volentieri, ripartirò domani stesso e non conosco Ginevra, non ci sono mai stato".

La cena fu piacevole e la compagnia altrettanto. Risposi a tutte le domande e le precisazioni che mi chiedevano. Riguardo al valore presunto degli smeraldi ripetei quello che avevo saputo a Miami. Confermai che per due di quelle pietre, grezze com'erano, mi avevano dato 100.000 dollari e che questa era la valutazione minima per 50 carati di quella qualità. In Svizzera avrebbero potuto certamente guadagnarci di più. Ad occhio e croce c'erano un paio di milioni di dollari in smeraldi su quel tavolo, anche se una valutazione vera e propria non l'avevo fatta.

Forse solo ora si stavano rendendo conto della fortuna che era loro capitata. Avevano vissuto decorosamente, ma con difficoltà. Blanche, alla morte dei genitori aveva perduto il loro aiuto. Per fortuna le avevano lasciato la casa e non doveva pagare affitto. Lavorava saltuariamente come ragioniera in diversi uffici e questo le permetteva di pagare gli studi di Josephine, che lavorava dopo la scuola come cameriera in un bar.

Eravamo tornati in salotto a rimirare le pietre, una ad una.

Tony si mise a ridere indicando con le mani aperte il tavolo e tutti quegli smeraldi.

-"Ora siete ricche!"

-"Ah ah ah, ... S'!" – dissero guardandosi in faccia e ridendo.

-"Grazie a te Tony! Come possiamo ringraziarti?" - disse Josephine, seguita da Blanche.

-"Dandoti alcune di queste pietre ... due sole pietre ci sembrano davvero inadeguate per compensarti di ciò che hai fatto e dei rischi che hai corso!"
- "Sono perfette ... verde scuro, come quelle di maggior valore. Purissime e senza intrusioni e la maggior parte sono da almeno dieci carati, ossia due grammi. Ogni carato vale da 1.000 a 10.000 dollari USA e questi sono i parametri che dovete tenere a mente quando vi faranno delle proposte. Ma vi consiglio di non dire a nessuno di averne così tanti. Metteteli in una cassetta di sicurezza. Portateli da un gioielliere un paio alla volta e vedete cosa offre. Potete anche venderle man mano che vi servono soldi ... perché tutte in una volta? Sono un buon investimento e un valore che cresce".
-"Prendile Tony, mi sembra giusto che tu abbia anche queste e con la nostra immensa gratitudine".
Blanche e Josephine avevano messo sei pietre, scelte tra quelle sparse sul tavolo, davanti a Tony che le prese guardandole in controluce.
-"Ci sono un bel po' di anni di paga da macchinista in queste pietruzze" – e risero insieme. Accompagnandomi alla porta mi baciarono come un vecchio amico. Proprio così, amichevolmente, invitandomi ad andare ancora a trovarle. Mi sentii soddisfatto per quello che avevo fatto Mari. Avevo chiuso in maniera giusta una storia davvero schifosa e sporca di sangue. Conoscendo le eredi di Philippe, poi ... mi sono convinto che anche quelle pietre abbiano avuto il destino migliore possibile. Dovevano essere stati una bella famiglia prima che Philippe incontrasse gli smeraldi.
Ecco, ora sai tutto di queste pietre, le ho tenute perché non si sa mai nella vita, possono servire, ma tu pensi che metterne una al collo o al dito ... con tutta l'energia negativa che si portano dietro sia fattibile? Se sì ... allora è tua. Decidi tu, anche con calma, non c'è nessuna fretta.
-"Hai ragione, ora che so quanto sangue è stato versato, quanto sacrificio e dolore è costato portarle fino qui ... non sono più così entusiasta di mettermela al collo. Poi ...con quello che vale, avrei il terrore di vedermela strappare dal collo da uno scippatore ... le nostre strade ne sono piene. Non siamo in Svizzera qui, ma nel Regno di Tallia. Capacissimi di ammazzarmi per rubarmelo. No, rimettili dov'erano. Non roviniamoci la vita ... siamo già così felici ... Però ..." – si interruppe.
-"Però? ..."
-"Però ... accetto il tuo regalo! Mi piace l'idea che me l'hai fatto e che possiedo una gemma così bella. Chissà, un giorno potrei trovare il coraggio e il motivo per farlo incastonare e indossarlo".
-"Come vuoi allora, ma sono tuoi anche tutti gli altri ... quanto miei".
Si sdraiarono abbracciati per dormire.
Un'altra notte passata a parlare, anche questo era un modo d'amarsi, era trascorsa lasciandoli felici e soddisfatti.

Capitolo X
Tradimento

Tony e alcuni dei suoi più stretti e fidati collaboratori, Filippo Cori, un ex maresciallo dei fucilieri del Re, ormai lasciatosi andare un po' troppo al vino, ma sempre pronto a collaborare al buon andamento della cooperativa, e Gismondo Selise, un camionista con sfratto esecutivo in corso, dunque interessatissimo alla casa in cooperativa, si erano attivati per ripulire le aree assegnate alla coop. dai polloni di eucalipto che la ricoprivano, per accelerare i lavori di inizio, subito dopo aver affidato la costruzione all'impresa che aveva fatto l'offerta migliore.

C'era stata un'offerta globale, ben descritta sia per i materiali e le modalità d'esecuzione dei lavori e un costo per ogni esecuzione degli stessi, tot franchi a metro quadro d'intonaco, tot per la verniciatura, tot per ogni metro di muro costruito in poroton 800 e termini precisi per la costruzione del rustico, 4 mesi dall'inizio dei lavori e tot per la finitura delle case, altri 8 mesi.

Il tutto entro un anno o l'impresa avrebbe dovuto corrispondere una penale.

Tony, per far risparmiare la cooperativa, aveva affidato il taglio dei polloni a una ditta che per la legna pagò 32.000 franchi, che andarono alle casse della cooperativa. Lasciarono frasche e fogliame a tappeto sul terreno e con i suoi collaboratori decisero, un fine settimana, di raccoglierle e bruciarle. Tutto per far si che l'impresa aprisse il cantiere e iniziasse i lavori senza perdere tempo. Era un'impresa seria, molto nota per correttezza e abilità. Si chiamava Allori SRM.

Per garantirsi in caso di scorrettezze ed evitare possibili cause civili che nel mondo giudiziario di Tallia avrebbero significato anni e anni di udienze, firmarono un contratto parziale, solo fino al grezzo con tetto ultimato. Per le finiture ci sarebbe stata una nuova trattativa. In questo modo la cooperativa era tutelata da brutte sorprese.

Nonostante la serietà di quella ditta, con le sue visite in cantiere, Tony scoprì che i poroton 800 che inizialmente erano montati sulle case, erano in breve diventati poroton 700, cioè il tipo alleggerito e meno costoso, senza che però fosse stato praticato alcuno sconto, né chiesta autorizzazione a lui, il presidente, nonché legale rappresentante della coop.

Se ne lamentò col Direttore Lavori, Ing. Pallai Paride, il quale si mostrò sorpreso, ma Tony si era facilmente accorto che mentiva.
Lo sapeva eccome ... si vergognava di essere stato scoperto mentre imbrogliava la cooperativa che lo pagava.
Il Pallai era l'ingegnere nominato per salvare la coop. dalle truffe dell'Arch. Pilade e Foretti. Non c'era male! Tony capì d'aver a che fare con un altro imbroglione che aveva sostituito gli imbroglioni che l'avevano preceduto.
Fissò un appuntamento con l'impresario, il quale disse che avevano fatto la sostituzione per non fermare i lavori, dal momento che i poroton 800 erano finiti. Promise che avrebbe scontato la differenza sul pagamento successivo. Tutti bugiardi, era evidente! Per quieto vivere, Tony decise di far finta di crederci. Perlomeno erano informati che non ci stava ai soliti imbroglietti e che avrebbe controllato sistematicamente l'esecuzione dei lavori.
Tutto quel periodo era caratterizzato di cose di questo genere e Tony non poteva levare gli occhi di dosso al cantiere, se non voleva trovarsi con una casa molto diversa da quella che aveva voluto realizzare. Persino i fornitori portavano in cantiere materiali scadenti, ben diversi da quelli ordinati e pagati. Era davvero estenuante occuparsene, oltretutto non poteva fare il suo lavoro.
Si dedicò, così, a cercare di far accelerare i lavori in cantiere in modo da vederli finiti presto e poter riprendere la sua vita, lontano da tutti quegli impostori.
Il destino, però, lo aspettava al varco e voleva mostrargli la verità di vite passate e quasi dimenticate ... quasi ... per sua fortuna non del tutto!
Un altro problema da risolvere furono le enormi radici degli eucalipti. Quelle che si trovavano negli scavi effettuati per i seminterrati delle 15 abitazioni, erano stati estirpati dalle macchine di movimento terra dell'impresa Allori SRM e la spesa era compresa in quanto pattuito per l'esecuzione del rustico. Queste radici, però, erano dappertutto in quell'area. Molti venivano a trovarsi nei giardinetti delle abitazioni, o su quella che sarebbe stata la strada da urbanizzare.
Con gli amministratori ed il collegio sindacale stabilirono, con un apposita delibera, di affidarne l'estrazione agli operatori di macchine movimento terra che, in quei giorni, lavoravano per il Comune nella sistemazione delle strade. Questo avrebbe permesso alla ditta in questione di farlo nel dopo lavoro, di passaggio in cantiere prima di andare via, e alla coop. di risparmiare sensibilmente sui costi. Infatti, tutto il lavoro costò solo due assegni da 20.000 franchi ed uno da 73.000: pochissimo rispetto al paio di milioni di franchi che avrebbero dovuto spendere altrimenti. Inoltre, a questa somma, si dovevano sottrarre i 32.000 franchi incassati dalla vendita del legname ricavato e restava una spesa di appena 81.000 franchi per la

sistemazione di un'area di circa tremila metri quadrati. Tony si sentiva molto soddisfatto di come aveva sistemato anche quel problema.
Un altro, però, se ne presentava all'orizzonte. I lavori del rustico, eseguiti a tempo di record, appena quattro mesi per le 15 villette a schiera e senza problemi, a parte l'episodio sui poroton che, comunque, era stato prontamente fermato, erano ormai conclusi e bisognava provvedere ad assegnare la finitura degli alloggi: intonaci, verniciatura, pavimentazione, piastrellatura, impianti ... La maggior parte dei costi da sostenere era ancora da venire, ed era in queste opere da assegnare con nuova gara.
Ovvio considerare che davanti ad una buona offerta, sarebbe stato logico affidare la prosecuzione dei lavori a chi aveva agito in maniera sostanzialmente corretta ed eseguendoli ad opera d'arte. Questa, però, non è la logica che viene fuori dai sistemi cooperativistici in generale e quelli della Cooperativa Tretorri non facevano eccezioni. Quando si dovette esaminare l'offerta della ditta Allori SRM, altri amministratori ne presentarono una di un certo Claudio Tori, della Toricostruzioni. Si trattava di un piccolissimo impresario che appariva del tutto inadeguato a svolgere i lavori necessari alla rifinitura del rustico dei 15 alloggi, sia per i mezzi di cui disponeva, che per la forza economica. Tuttavia, stranamente, la sua offerta era inferiore, anche se di poco, a tutti i prezzi a misura praticati dalla ditta Allori. Addirittura per alcune di queste misure, di appena 50 franchi. Tony avrebbe dovuto dubitare già da questo che c'era la combine con qualcuno degli amministratori, ma non fu così scaltro. Non avrebbe mai pensato che i suoi soci si sarebbero potuti vendere per truffare gli altri e danneggiare così anche le loro abitazioni. Perciò, a malincuore, dovette cedere alla maggioranza che sceglieva questo nuovo impresario e dare il ben servito alla Allori SRM che smontò il cantiere rapidamente portando via tutte le macchine.
Il buon giorno si vede dal mattino ed il mattino vedeva il cantiere abbandonato, perché questo impresario non aveva portato alcuna attrezzatura ... e come avrebbe potuto se non l'aveva? Aspettava di ricevere l'acconto del 10% sulla cifra pattuita per la rifinitura dei rustici per potersi attrezzare.
Per questo scopo fu organizzata un'assemblea di tutti i soci, con la quale si richiedeva il versamento di 410.000 franchi procapite, per coprire il pagamento di tale acconto, compreso il montaggio delle opere morte per gli infissi, che erano stati affidati alla Ditta Albalonga, la quale, per procedere, aveva bisogno che la ditta edile li montasse sulle luci di porte e finestre.
In quell'assemblea, quattro tra amministratori e sindaci, compreso il fratello di Tony, Steno, dichiararono di non disporre della somma e chiesero di poter emettere una cambiale a favore della Toricostruzioni di Claudio Tori,

scadenza al 31 Dicembre, in modo da avere il tempo di procurarsi la somma necessaria a riscattarle. Claudio Tori accettò, ma a condizione che le cambiali fossero avvallate dal presidente con timbro e firma sociale. Quei soci erano noti per protesti e insolvenze varie e lui voleva essere garantito che, se a quella data, non avessero onorato il loro debito, l'avrebbe fatto la cooperativa che, poi, si sarebbe rifatta su di loro. L'assemblea accettò e i soci ottennero anche un interesse a forfait di 80.000 franchi, fino a dicembre, per un totale, comprese le cambiali, di 1.500.000 franchi. Di li a qualche giorno Claudio Tori ricevette il totale di 6.552.098 franchi, parte in contanti, parte in assegni e parte in cambiali. Cominciò così ad attrezzarsi e finalmente sembrava che il cantiere avesse ripreso a procedere, anche se vistosamente azzoppato, rispetto a quando c'era la ditta Allori SRM.

Era riuscito anche ad allontanarsi da quell'ambiente per due corvée in sala macchine, che lo tennero una quindicina di giorni sul mare a respirare un po' d'aria pulita. Nonostante fosse spesso frammista a vapori di nafta ed olio ... era comunque più pulita di quella che si trovava a respirare da quando aveva aperto quel cantiere. Dovette manutenzionare i gruppi elettrogeni di due mercantili. Uno andò a incontrarlo a Casablanca, in Marocco. Una città amabile, sull'Oceano Atlantico, dall'aria dolce e le atmosfere esotiche che ben ricordava. La sera, finito il lavoro, andava sulla Corniche, la passeggiata sul lungomare a cenare nei localini tipici nei quali apprezzava la cucina marocchina, ricca di varietà gustose e sane. Persino le verdure, non ancora prodotte da agricoltura intensiva, avevano quel bel sapore di una volta ... Partì con quella nave verso Palma, alle Isole Canarie, altrettanto belle. Gli sarebbe piaciuto portarci anche Mari e Marziolino, gli mancavano entrambi, ma Marina aveva la scuola da seguire e Marzio era ancora troppo piccolo per esser portato sui mercantili.

L'altro mercantile della stessa compagnia, era in sosta a Barcellona con un grave problema che l'aveva portato a fondere un pistone dentro la sua camicia. Fu un bel guazzabuglio tirare su la testata e sganciare il pistone dalla biella per poterlo issare fuori dalla camicia, da sostituire anche quella. Oltretutto non si può avere a bordo pezzi di ricambio di quelle dimensioni, dal peso di due tonnellate. Era stato ordinato il ricambio di tutti i pezzi e una volta completato lo smontaggio, non restava che attendere l'arrivo dei nuovi pezzi da sistemare al loro posto. Il personale di macchina imbarcato ne approfittava per rassettare l'enorme motore, ventimila cavalli di potenza, alto quanto un palazzo di cinque piani, dal carter alla testata. Era davvero impressionante, un uomo poteva stare comodamente in piedi dentro il collettore di alimentazione dell'aria, quello che mandava nella camicia, in camera di combustione, l'aria necessaria per far si che gli iniettori, spruzzandoci il fuel alla giusta temperatura, provocassero l'esplosione e la forza di spinta del pistone verso la biella che, con gli altri sei pistoni, facevano girare l'albero motore che trasmetteva la rotazione all'enorme asse dell'elica che muoveva la nave. Tony, però, era esentato da queste manutenzioni ordinarie e ne approfittò per visitare Barcellona. C'era stato altre volte, ma poteva uscire solo la sera e andava a visitare i quartieri a luci rosse, come tutti i marinai... Quei giorni era libero fin dalla mattina e ne approfittò per andare a vedere la Sagrada Familia, la cattedrale fatta da Antoni Gaudì, per i catalani l'Architetto di Dio, divenuta un simbolo della cristianità e della città di Barcellona. Non poté evitare di fare un raffronto tra l'Architetto di Dio e ciò che aveva fatto, e quel truffatore impunito di Pilade ... architetto pure lui, ma certo considerarli simili era un insulto all'arte di Gaudì.

Non si fece mancare la visita alla Santa Maria, la ricostruzione fedele della caravella con cui Cristoforo Colombo scoprì l'America, in porto a Barcellona. Incredibile da immaginare che degli uomini potessero essere stati su un simile barcone, per circa tre mesi, in balia dell'Oceano Atlantico alla scoperta dell'America ... ma era proprio così!

L'uomo ha compiuto grandi imprese per la sua sete di sapere e desiderio di conoscenza.

Al rientro a Tretorri dopo questi viaggi, sia pure di duro lavoro sul mare, era abbastanza ricaricato e pronto a tollerare le manfrine di quegli esseri involuti, che se ne facevano di tutti i colori ai danni della cooperativa, cioè degli interessi comuni.

Si era fatto Natale ... un Natale passato in famiglia con i suoi vecchi e Marziolino, adorato dalla madre e dal padre di Tony, i quali, però, stavano molto male. Tony era seriamente preoccupato e, vedendo che la madre peggiorava, decise di portarla ad una visita di controllo. Aveva un brutta tosse secca e insistente: gli ricordava quella di Philippe.

Ebbe ragione. Subito dopo aver fatto le prime analisi lo chiamarono in disparte e una dottoressa fu davvero spietata.

-"Purtroppo devo darle una brutta notizia. Abbiamo fatto un'estrazione di liquido dalla cassa toracica ed abbiamo estratto liquido misto a sangue. Per esperienza sappiamo che quando vediamo questo risultato, i pazienti sopravvivono al massimo tre mesi. Sua madre ha un tumore polmonare che sarebbe stato operabile, se non avesse intaccato già la pleura. Quando è colpita la pleura non c'è niente da fare. La tosse indica che ha intaccato anche i bronchi ... Consigliamo il ricovero in un centro attrezzato. Possiamo dimetterla, a casa potrebbe fare la terapia del dolore. Ma sarebbe meglio ricoverarla in un centro attrezzato dove praticheranno un catetere attraverso il quale svuotare il versamento pleurico, che è quello che le causa il dolore. Per il resto il carcinoma polmonare non provoca dolori, si muore

soffocati, quando il cuore non ce la farà più. Se decide per il ricovero, le posso fare una richiesta d'urgenza che le permetterà di trovare un posto subito". Tony era annichilito.
-"Ma ... questa sentenza è definitiva? Non può essere che con una visita specialistica si possa scoprire che è operabile?" – rispose, scioccato da questa notizia inaspettata.
-"No ... lei naturalmente può far fare tutte le visite che ritiene opportune, ma conosciamo bene questi sintomi, se avessimo avuto dubbi avremmo aspettato di chiarirli prima di comunicarglieli. Mi faccia conoscere le sue intenzioni, ma non tardi perché, se non trova posto nel centro specialistico per i tumori polmonari, sarà dura da gestire a casa una patologia come questa ..."
-"No ... cioè sì ... sì, mi prenoti un posto. Penserò io a dire a mia madre che dovete trasferirla per analisi più accurate. Non so se è bene per lei sapere che non ha speranze... forse vivrebbe troppo male questi ultimi mesi ... Tre ha detto?
-"Sì, all'incirca tre ... dipende dalle condizioni generali e soprattutto dallo stato del cuore. A volte cede prima, altrimenti soffocherà lentamente, ma non soffrirà, questo glielo posso escludere. Il dolore più forte che sentirà è quello del catetere, peraltro sopportabilissimo. Potete accompagnarla voi, in auto, o volete un'ambulanza?
-"No ... la porterò io. L'accompagnerò a casa a farsi il bagaglio e vedrò se sarà il caso di dirle che sta lasciando questa vita, o lasciarle la speranza di guarigione ..." – A Tony veniva da piangere ma ricacciò indietro le lacrime: da quando era bambino non piangeva più e, se l'avesse fatto, la madre avrebbe capito tutto.
Le disse solo che avevano fatto tutti i controlli e avevano consigliato di smettere di fumare, visto che aveva il vizio di fumare anche sigarette senza filtro. Però consigliavano la visita nel centro specialistico del capoluogo, dove avrebbero fatto analisi più accurate.
Sentendo queste parole, la madre di Tony si rivolse al padre.
-"Ma è il sanatorio Cesare ... Mi stanno mandando al sanatorio!" – saperlo le aveva fatto molta impressione. Il Centro era famoso perché vi si ricoveravano i malati di TBC e altre malattie dell'apparato respiratorio. Era situato in una collina molto in alto ed esposto verso il mare, per dare aria buona ai degenti. Accompagnò la madre a casa sua, dove ella si aggirò per mettere qualche cambio di biancheria in una borsa. Guardava tutto con nostalgia ... come fa chi deve partire e sa che non rivedrà più le cose care. Tony sospettò che lei avesse capito, ma, allora, perché non diceva nulla?
Mari aveva portato Marziolino per un ultimo abbraccio all'adorata nonna Tina. Fu commovente vederli giocare un'ultima volta agitandosi a vicenda.

Poi, dopo un bacione a schioccolone, Mari portò Marziolino al cinema e Tony fu solo con la madre e il padre. Lei, uscendo per salire in macchina si girò un'ultima volta verso la sua casa con un'esclamazione profetica.
-"Io faccio come le mie sorelle, Concetta e Vincenzina: anche loro, a sessant'anni, sono entrate in ospedale prima di Natale e non ne sono uscite più..."
-"Ma dai mamma ...non essere così demoralizzata, devi fare solo analisi accurate, poi si vedrà!".
-"Ho visto la cartella clinica, l'avevano appoggiata sul letto, durante le visite, c'è scritto sospetta neoplasia polmonare ... Ho il cancro!" – disse ancora più malinconicamente.
-"Sì mamma, te lo confermo, mi hanno detto che hanno questo sospetto e perciò stiamo andando nel centro specialistico che era il sanatorio quando non c'era cura per la TBC. Ma ora la cura c'è e in quel centro ci vanno tutti quelli che hanno problemi polmonari da controllare o operare.
Se anche le loro analisi confermeranno che c'è un tumore polmonare, andremo in un centro specialistico del nord. Ormai il cancro si opera e si può guarire ..." – disse Tony per rincuorarla.
La madre era come lui: una combattente. Sapere che c'era ancora qualche possibilità l'avrebbe tenuta su, nella ferma intenzione di lottare contro il cancro. Dirle che non aveva scampo l'avrebbe depressa e sarebbe stata una brutta morte. Voleva starle vicino, scherzare con lei come facevano spesso e sentirla anche parlare dei suoi progetti e sogni per Marziolino, l'unico nipotino che aveva, visto che Steno e la moglie erano sterili. Lei diceva che Dio aveva avuto pietà dei bambini che avrebbe dovuto mandargli.
Tony la rimproverava quando faceva queste affermazioni, le dava dell'esagerata ... non erano poi così cattivi ribadiva, ma la madre era irremovibile.
-"Tu non li conosci ... non sai di cosa sono capaci! Stai attento e non ti fidare mai di tuo fratello. Quello si è venduto l'anima al diavolo!" – Tony bloccava sempre questi suoi discorsi ... non voleva sentirli. Steno era sì un tipo particolare, votato al male fin da bambino, seguace di miti negativi ... ma alla fine si limitava a storiacce di debiti, assegni scoperti o rubati, cambiali che non onorava e piccoli furti.
Non era abbastanza per definirlo in quel modo.
Tony si era battuto per fare in modo che suo fratello e la madre si riavvicinassero. Considerato che Steno era perennemente in stato di bisogno, aveva convinto la madre ad aiutarlo, perché sempre il figlio era, almeno per fargli avere una casa in cooperativa, visto che era Tony ad occuparsene. Grazie all'intercessione di Tony, lei aveva dato a Steno 2.000.000 di franchi, per coprire i costi di costruzione in aggiunta al mutuo

agevolato da 10.000.000 di franchi che Tony era riuscito a far avere anche a lui, nonostante fosse pluriprotestato. In cambio Steno aveva firmato alla madre un impegno nel quale dichiarava che non avrebbe venduto la casa realizzata anche col suo aiuto, ma avrebbe fatto una donazione a Marziolino, il nipote di entrambi, mantenendone l'usufrutto vitalizio. Sapevano, Tony e la madre, che Steno non era il tipo di mantenere una casa. Una volta terminata non avrebbe pagato le rate del mutuo e se la sarebbe venduta al miglior offerente. Era il suo solito modo d'agire ... non bisognava essere indovini per prevederlo. Con quell'atto, però, la madre di entrambi si sentiva garantita che il figlio, pur scapestrato e scellerato, non sarebbe finito sotto i ponti, come un senza tetto, come temeva da sempre.
Si era arrivati alla fine dell'anno.
Il 31 Dicembre l'impresario della Toricostruzioni si presentò a Tony con le cambiali in scadenza quel giorno. Nessuno di coloro che le avevano emesse si era fatto vivo per pagargliele e le esigeva da lui, come del resto era stato deciso, visto che le aveva avvallate. Tony chiese qualche ora di tempo, doveva sentire il presidente del collegio sindacale, almeno lui, perché indire un'assemblea nel giorno della fine dell'anno era impossibile.
Lo rintracciò nel suo negozio di alimentari dove lavorava la moglie, lui faceva il camionista. Gli spiegò il problema.
Gli unici soldi che la cooperativa aveva a disposizione in quel momento erano 1.652.400 franchi, depositati sul libretto al portatore a disposizione del Comune per le opere di urbanizzazione. C'era tempo fino ad Aprile per pagargliele e potevano essere usate per anticipare il riscatto di quelle cambiali. Si sarebbe fatto quietanzare sulla stessa fattura n.16 del 14 Settembre anche quella somma e i soci che le dovevano le avrebbero riscattate alla cooperativa che le avrebbe rimesse sul libretto per le urbanizzazioni. Avuto il consenso di Selis Gismondo, Tony corse in banca prima della chiusura e si fece consegnare i 1.500.000 di franchi necessari al riscatto delle cambiali. Poi, quel pomeriggio, li consegnò a Claudio Tori, il quale ne diede atto nella stessa fattura con la quietanza a saldo anche del riscatto delle cambiali. La fattura la mostrò a Gismondo e la consegnò i giorni successivi all'organismo del Sindacoop. che si occupava dei bilanci della cooperativa Tretorri perché fosse inserita tra le fatture quietanzate.
Sistemata al sicuro la madre, Tony, mentre era al bar sotto casa, con Marziolino che gli saltava intorno, lo sentì gridare spaventato. Era caduto mentre saltava da un muretto e si era spezzato il braccino, poco sopra il gomito. Una frattura scomposta, terribile da vedersi! Lo portò di corsa all'ospedale. Lo ricoverarono d'urgenza e lo misero in trazione con un chiodo piantato nell'osso che gli teneva il gomito appeso sopra la testa. Doveva stare così per un paio di giorni, in modo che l'osso non si

sovrapponesse prima dell'ingessatura e non doveva muoversi. Così occorreva fare i turni in ospedale. Marinella ci passava la notte e dormiva lì, con lui, su una brandina messa a sua disposizione; la mattina andava a fare lezione e Tony ci restava di giorno. Questo fino a che non lo ingessarono, braccio e busto compreso e lo rimandarono a casa con un mese di prognosi, prima di poter levare il gesso.
Terribile esperienza per Tony, che tutti i giorni doveva andare anche a visitare la madre, al Centro, a cento chilometri da lì.
Ma non bastava ancora!
Una sera, andando a trovare il padre a casa sua, lo trovò sdraiato a terra, in cucina, immobile su un fianco. Lo sollevò e lo mise sul divano chiedendogli cosa avesse. Parlava a fatica, farfugliava più che parlare, sembrò dire che non lo sapeva, era caduto a terra all'improvviso.
All'ospedale lo ricoverarono, dissero che aveva avuto un ictus cerebrale con emiparesi sinistra. Aveva perso l'uso della gamba sinistra e del braccio sinistro ... Difficilmente avrebbe potuto recuperarli vista l'età, 75 anni.
Doveva anche fare i conti con Steno, che certo non si era messo a disposizione per aiutarlo nell'assistenza ai genitori. Al contrario, approfittando della loro assenza era impegnatissimo a cercare di entrare nella loro abitazione, con scopi evidenti. Sia la madre che il padre, conoscendolo, avevano vietato a Tony di dargli le chiavi di casa. Cesare, nonostante la confusione mentale, alla sola idea rabbrividiva. Perciò Tony le rifiutò al fratello quando gliele chiese, e questi non l'aveva presa bene.
-"Sai bene che me le hanno affidate dandomi un incarico ben preciso. Non andrei mai contro la loro volontà. Sono ancora vivi e sono i padroni di casa. Anche se posso capire che non nutri alcuna forma di rispetto e affetto per loro ... e che non ti addolora la loro fine, dovrai rispettare il mio e attendere che siano defunti, prima di procedere alla divisione dei beni. Piuttosto aiutami a gestire la situazione, non posso pensare ad entrambi da solo. Nostro padre è all'ospedale e mamma al centro tumori. Pensa tu ad assistere lui, qui, in modo che io posso gestire la situazione di mamma"-
Steno accettò di buon grado, almeno apparentemente, e Tony si sentì meno oppresso da tutte quelle incombenze che non poteva gestire da solo, pur volendolo fare.
La madre stava relativamente bene, era ben assistita e curata. La trovava sempre serena, al punto che chiedeva speranzoso al medico di turno se non avessero visto dei miglioramenti, ma questi erano sempre deludenti e negativi.
-"Assolutamente no, sua madre è un caso terminale, tutto ciò che stiamo facendo è di alleviarle i dolori in attesa della fine che prevediamo tra non più di trenta giorni. Se le sembra che sia migliorata è perché aspiriamo il

liquido del versamento pleurico costantemente, e le somministriamo antidolorifici, altrimenti avrebbe atroci dolori ..."
-"Ma allora, forse, se è davvero alla fine, forse vorrebbe morire a casa sua ... potrei portarla li e farla assistere da un'infermiera ..."
-"Non potrei autorizzare lo spostamento, il suo sistema immunitario è ridotto ad un punto tale che non arriverebbe viva a casa sua, morirebbe nel viaggio." – Tony non aveva parole, ma non voleva che la madre soffrisse inutilmente. Lì stava bene e ... così sia. Le sarebbe stato vicino fino all'ultimo respiro. Si trovò d'accordo con la madre quando fece un commento, triste ammetterlo, ma veritiero, perché aveva avuto la stessa impressione.
-"Ieri sono venuti a trovarmi Steno con la moglie. Mi sembrava di avere una iena e uno sciacallo vicino al letto, una da una parte e l'altro dall'altra. Portami i moduli della banca per i trasferimenti dei titoli, fatteli dare dal direttore che ti conosce e digli di aprirti un apposito conto deposito titoli. Così non si dovranno vendere perdendo gli interessi, li passiamo direttamente su quello, che sono tuoi e non è giusto che ci paghi le tasse di successione. Fai presto che mi sento sempre più debole." Tony era d'accordo con lei. Non aveva avuto testa per pensare a quei problemi, ma effettivamente era importante risolvere anche quelli. Lui aveva sempre mandato le rimesse delle compagnie di navigazione a casa della madre e lei li aveva investiti in titoli di stato e azioni a lunga scadenza, anche trentennale. Erano al portatore, ma appoggiati su un conto intestato a entrambi. Ora, alla sua morte, che ormai anche lei sentiva prossima, c'era il rischio che entrassero nella massa ereditaria con cui, invece, non avevano niente a che fare. Il giorno dopo chiese in banca gli appositi moduli e li riportò, firmati dalla madre, al Direttore perché procedesse con l'operazione di trasferimento.
Uno di quei giorni, Tony, andò a trovare il padre all'ospedale. Era da qualche giorno che non ci andava essendosi accordato con Steno che l'avrebbe fatto lui. Lo trovò abbandonato su un letto, sporco dei suoi escrementi fino alla schiena. Cercò l'infermiere per protestare, ma fu rimproverato dal primario.
-"Non si possono abbandonare delle persone anziane, ridotte così, in ospedale. Noi non possiamo assisterli costantemente. Da giorni nessuno viene a fargli visita. Del resto, noi abbiamo fatto quel che potevamo. Ha un ictus cerebrale ... l'unica cura è la fisioterapia che può fare anche a casa sua. Verrà la fisioterapista a fargliela a domicilio. Noi dobbiamo dimetterlo...".
Tony si sentì davvero umiliato ... Non se l'aspettava. Il fratello non aveva fatto niente di quello che aveva promesso. E ora? Cosa poteva fare? Era in una situazione davvero difficile da gestire. Chiamò un'ambulanza e, dopo aver lavato l'anziano padre, lo portò in una clinica privata e chiese una

camera a pagamento, almeno per qualche giorno. Spiegò al primario di medicina la situazione e ottenne che il padre fosse assistito adeguatamente. Era più tranquillo ora. Oltretutto il vecchio genitore era in ansia, come se sentisse la morte della compagna, con cui aveva diviso gioie e dolori per quasi cinquant'anni: aveva allucinazioni e il cuore gli saltava visibilmente nel petto, in maniera accelerata e scomposta. Il medico gli avrebbe somministrato dei calmanti per tenerlo in sonno farmacologico.
Fu quella notte che la moglie morì.
Appena sistemato in clinica il padre, Tony ripartì per il Centro.
Ci arrivò intorno alla sei del pomeriggio. Era rientrato a casa la mattina per farsi una doccia e cambiarsi: da quando la madre si era aggravata dormiva su una sedia accanto al suo letto e, quando vedeva che aveva aperto gli occhi, le metteva la punta di un fazzoletto, dopo averla bagnata nel bicchiere colmo d'acqua poggiato sul comodino, sulle labbra e lei, sentendolo succhiava. Era una situazione che la madre stessa aveva vissuto e glielo aveva raccontato, quando era toccato a nonna Teresita lasciare questa vita. Gli aveva raccontato che bagnava la punta del fazzoletto e gliel'appoggiava sulle labbra guardandola succhiare avidamente.
-"Sì, arsura ... Dev'essere l'arsura che si prova morendo e nessuno che si ricordi di dar da bere agli assetati! A te lo farò io mà!" – diceva Tony rivolto alla madre, con infinito amore, e gli sembrava che lei avesse capito e sorriso. Aveva l'ossigeno nel naso ormai da giorni ... senza non era più in grado di respirare.
Arrivando al capezzale della madre Tony la trovò agitata come mai. Sbuffava, emetteva un verso di rabbia e colpiva con la sua mano sinistra, sulla spalla, Steno che era seduto vicino al suo letto, dal lato sinistro.
Tony si avvicinò alla madre, le parlò, cerco di calmarla, le passò una garza bagnata sulla fronte sudata.
La madre lo sentì ... si voltò verso di lui, alla sua destra, lo sguardo era appannato. Comprese che si stava sforzando di vederlo, di riconoscerlo.
-"Sì, mamma ... sono io, Tony, sono qua ... Calmati, non fare così!!!" – ma non ci fu verso. Continuava a colpire Steno con una forza incredibile, tanto da farlo sbandare. Steno, guardando Tony, commentò con cinismo mostruoso.
-"Vedi, sta crepando, non capisce più nulla! ... Guarda i colpi che mi da, sta facendo così da una mezz'ora ..."
-"Ma, perché? L'avevo lasciata tranquilla ... Cos'è successo per metterla in questo stato di agitazione?"
-"La suora ha detto che ha avuto un colpo al cuore ... che è normale: quando muoiono prendono dei colpi al cuore, prima uno, poi un altro e fino a che non si ferma ..."

-"Sì, ma lei è agitata e non dal colpo al cuore. Perché ti colpisce così? ... Cos'hai fatto o detto?"
-"Niente ... non capisce ... non vedi?"
A quel punto, la madre diede prova che non era affatto assente come sosteneva Steno, o faceva finta di credere. Ella era presente e lucida, anche se aveva difficoltà a comunicare per via della mancanza di fiato e, quindi, di voce. Aveva ancora, però, una gran forza vitale e la stava usando per comunicare col linguaggio dei gesti.
Appoggiò la sua mano destra sulla testa di Tony e la strinse con forza, tanto da fargli male, tirandogli i capelli tra le dita. Tony sentì che questo era il suo addio e poggiò la sua mano su quella della madre, che ripeté la stretta.
Subito dopo, visto che Tony aveva lasciato il suo braccio sinistro appoggiato sul letto, prese a colpirlo sull'avambraccio, con altrettanta forza ... ripetutamente. Stava cercando di dire qualcosa ... Tony non aveva dubbi, ma cosa?
-"Vedi? Ora sta colpendo anche te! Te l'ho detto, sta crepando e non capisce nulla!" - commentò Steno.
A quel punto Tony vide e capì: la madre continuava a colpire col palmo della mano il figlio Steno sulla spalla e lui, che stranamente aveva sempre tenuto la sua mano destra nella tasca del giubbotto, ne subiva la forza, sbandando ad ogni colpo ... Guardò la mano destra della madre mentre lo colpiva sull'avambraccio e vide che non era a pugno chiuso, ma che aveva l'indice e il medio distesi, come si fa per indicare il due. Gli sbuffi di rabbia della madre, che ritmavano i colpi, lo aiutarono a capire e fu davvero triste per lui, che aveva finalmente capito l'ultimo messaggio della madre, doverlo dire al fratello.
-"No, Steno, non sta crepando, sta morendo, ma è lucidissima e ti sta chiedendo di andartene. Sta dicendo che ti lascia gli ultimi due milioni che gli hai fregato per l'ultima volta. Non so perché si è fatta convinta di questo proprio in punto di morte. Ma fai un bel gesto: VATTENE! Vorrei vederla andarsene serena, in pace. Proverò a calmarla, ma non posso riuscirci finché sei ancora qui. Che cosa le hai fatto o detto? L'ho lasciata tranquilla e la ritrovo così! Non è possibile che non ci sia un motivo. Non avrai detto qualcosa di offensivo pensando che non ti sentisse o capisse? Mamma è lucidissima, non può parlare ma, come vedi, è ancora presente e lo sarà fino all'ultimo ... Dai vattene!" – Tony non capiva davvero cosa potesse aver fatto di così grave il fratello, sul letto di morte della madre. Del resto, non l'aveva mai capito ed ora voleva solo vedere la madre serena per il suo ultimo viaggio ... non gli importava un granché di capire Steno. Ci sarebbe stato il tempo per capire ... Tony, tuttavia, era più che certo che in quella

stanza fosse successo qualcosa di tremendo da aver provocato un tale, esagerato, stato d'angoscia nella mamma morente.
Steno non se lo fece ripetere due volte, si alzò e letteralmente strisciò via. Tony notò che aveva una mano sempre in tasca, ma fu un pensiero fugace perché tornò subito con l'attenzione alla madre. Le prese la mano che continuava a battere sul suo braccio, la tenne ferma e gliela carezzò.
-"Sì mamma ... ho capito, basta ora ... se n'è andato. Rilassati ... non ci pensare, lo sai com'è fatto".
La vide guardare verso la direzione dove era stato Steno e vide che, di nuovo, cercava di concentrare lo sguardo appannato per vedere se era vero. Quando si rese conto che era vero, ch'era andato via, iniziò a calmarsi. Venne la suora a vedere come stava ... le prese la mano e se la mise sulla fronte.
-"Forse vuole un sacerdote per l'estrema unzione?" – chiese la suora.
-"Probabile, è cristiana credente, può chiamarne uno?"
-"Quello della cappella è a un funerale, l'hanno richiesto, ora vedo se posso trovarne uno disponibile. E' molto agitata ... fanno sempre così quando si rendono conto di essere in punto di morte ... poi si calmano. " – commentò la suora, vedendo lo stato di agitazione della madre di Tony.
Non aveva capito niente, ovvio, ma Tony non fece commenti.
Pensò a rilassare la madre.
-"Non devi avere timori mà ... Sei stata una buona madre e una brava moglie. Hai vissuto una vita piena e il tuo seme non muore con te ... Marziolino avrà dei figli, tuoi discendenti, e anche i figli che avrò e che non conosci, ti conosceranno attraverso di me. Puoi essere soddisfatta della tua vita. Anche il tuo compagno verrà con te. Sente la tua fine e vuole raggiungerti, l'ho lasciato in fin di vita in clinica, venendo qui. Ora tu lascerai questa coscienza, ti allontanerai da me e dal tuo passato. Il tuo spirito lascerà il tuo corpo ... non cercare di resistere e non temerlo. Gli antichi saggi ci hanno lasciato queste testimonianze e io ho visto che sono vere! Non esiste la morte mà ... tu stai andando verso una nuova vita, perché questo corpo è malato e non può più funzionare.
Noi ci rivedremo, ci rincontreremo sulla via del karma ... non dubitarne.
Ti ricordi quando da bambino mi mettevi il resto della spesa nella tasca del grembiulino, sicura che l' avresti ritrovato? Vale la stessa cosa ora, anche di più ... Ritroverai tutto quello che mi hai lasciato.
Che tu possa fare un buon viaggio mà ..." – Tony pronunciava queste parole sottovoce, parlando vicino all'orecchio della madre, mentre le dava il fazzoletto bagnato da succhiare e vedeva che lei lo succhiava, aveva smesso di ansimare rabbiosa. Era serena adesso, pronta al viaggio.

Ma non era ancora ora. Gli occhi erano chiusi, non li avrebbe riaperti più ... ma era ancora vigile.
Non avrebbe succhiato il fazzoletto altrimenti. Stava rivivendo la sua vita adesso: immagini, suoni, sensazioni, emozioni, venivano riviste come alla moviola ... Se li portava con se.
Il sacerdote per l'estrema unzione non arrivava e lui, sapendo che la madre era cristiana e credente, voleva darle la sensazione che aveva avuto l'ultimo sacramento cristiano, l'estrema unzione. Immerse il suo pollice destro nel bicchiere d'acqua, lo tirò fuori ben bagnato e lo poggiò al centro della sua fronte, lo fece scorrere in giù e poi di lato, segnandola con la croce cristiana. Tony era certo che lei avrebbe sentito tutto. Certo non avrebbe potuto capire se era stato un sacerdote a imporle l'estrema unzione, tuttavia la cosa importante era che l'avesse ricevuta anche se con l'acqua, anziché con l'olio sacro. Meglio così!
Era del tutto serena adesso, il respiro era calmo. Tony le aveva dato ancora la punta del fazzoletto bagnata e la succhiò lentamente, un'ultima volta.
Poi smise ...
Stava preparandosi a lasciare il suo corpo terreno. A questo punto non poteva sentirlo più, era chiusa al mondo esterno. Tony era sicuro che rivivere la sua vita, scegliendo i ricordi da portare con sé, era l'unica attività che interessava la sua anima. Era anche certo che la madre sarebbe evoluta in un essere superiore e si sentii felice di questo.
Ma quando, poco dopo, vide esalato l'ultimo respiro, quello col quale l'anima immortale lascia il corpo mortale, si ritrovò con meraviglia a piangere sussurrando: "Mamma! ...." – Questa volta non poté fermare il pianto. Calde e dolorose lacrime bagnarono il suo volto mentre guardava il corpo della madre ... invitandola ad andare.
-"Ora sai tutto mà ... e sai cosa devi fare. Ci rivedremo sulla via del karma!"
La vicina di letto, un'anziana signora che aveva fatto amicizia con Tina, fu svegliata dalla sua voce e chiese a Tony:
-"Come sta mamma?" – Tony si girò ancora in lacrime.
-"E' morta in questo momento ..." - Quella donna sconosciuta lo abbracciò, per fargli coraggio. Erano le sei del mattino del 31 Gennaio. Dovette occuparsi lui di tutte le incombenze. Certo non poteva cercare l'aiuto del fratello che stava arrivando a disprezzare, vedendolo per quello che era.
E ancora non aveva capito il peggio!
Doveva liberare il letto della madre, che era stata portata subito in camera mortuaria. Prese la borsetta che aveva nell'armadietto e aprì il cassetto dove, la madre, aveva riposto i suoi documenti, la fede matrimoniale e la catenina d'oro che voleva tenere vicine. I documenti c'erano, ma fede e catenina no. Guardò meglio, frugò anche sotto, nel comodino e nella

borsetta, ma niente da fare. Non c'erano! D'un tratto la sua mente fu folgorata dall'immagine del volto di Steno e lo rivide con espressione strana e la mano chiusa dentro la tasca del giubbotto ... Sommò la sua percezione visiva allo stato angosciato della madre e capì. Quello scellerato si era trovato da solo e, sicuro che la madre non potesse vederlo, aveva frugato nel cassetto in cerca di denaro e oro, come avrebbe voluto fare pure nella casa di famiglia, se lui non glielo avesse impedito.

La madre aveva visto il figlio derubarla della fede nuziale e della catenina in punto di morte.

Provò una gran pena per sua madre e un profondo disprezzo per il fratello.

Ma cosa poteva avere nell'anima un essere umano per poter agire così?

Non sapeva rispondersi!

Doveva pensare alle esequie della madre adesso ... c'era tempo per parlare col fratello di queste cose. Tony pensava ancora che fosse possibile aiutarlo ... ma aiutarlo a fare che? ... A rubare meglio? Era un ladro, cosa c'era da capire? Solo un miserabile schifosissimo ladro!

Fu una bella cerimonia, Tina aveva molte persone che le volevano bene ed erano sinceramente addolorate della sua morte a soli sessant'anni.

Tony fece addobbare di fiori la chiesa parrocchiale; sistemò il corpo della madre in una bara di radica di noce molto bella e fece fare una tomba a terra ove seppellirla. Lei aveva sempre espresso il desiderio di essere sepolta a terra e non nei loculi.

Durante la messa c'era solo una nota stonata: Mariangela e Steno cicaleggiavano festosi in fondo ai banchi. Una cosa insopportabile! Stava per intervenire, fu Marinella a fermarlo.

Quelle carogne sembrava fossero a una festa e non, invece, al funerale della madre e della suocera.

Come diceva la mamma: "Una iena e uno sciacallo al funerale mio!".

Si sorprese a pensare come la madre, come se tra loro ci fosse ancora un legame. Tra lui e il corpo dentro la bara? No, certo! Tra lui e l'anima che non si era ancora allontanata, sì! Ella, Tony lo percepiva con estrema lucidità, seguiva ancora le sue vicende terrene, che ben aveva compreso, adesso, in tutti i loro risvolti e voleva comunicarle all'amato figlio affinché potesse evitare le peggiori conseguenze. Lei, ora, conosceva anche il seguito.

Subito dopo la cerimonia, accompagnato a piedi il feretro fino al camposanto, Tony tornò alla parrocchia per pagare il conto alla chiesa. Lasciò un assegno da 70.000 franchi. Era un assegno del conto della madre e del padre, dei quali aveva la firma: la cifra era spropositata, di solito veniva lasciata una somma molto inferiore, 2 o 3 mila franchi, al massimo.

Tony rispose all'espressione interrogativa e sorpresa del sacerdote.

-"Mamma mi ha lasciato detto di fare così".

Non era vero, ma, in effetti, era come se gliel'avesse detto da defunta. Perché lui non l'avrebbe mai fatto. Il sacerdote prendendo l'assegno disse: "Grazie figlio!..." – Tony ricordò una parabola che aveva recitato un altro prete in un sermone: "... Colui che torna in sagrestia a dare il suo contributo è il figlio!". Era vero: lui non avrebbe potuto mai evitarlo.
Gli fece piacere essere considerato il figlio ... di sua madre. In effetti, ella, non aveva altri figli. Steno non aveva nemmeno seguito il feretro fino al cimitero e Tony si era accorto che aveva perfino lucrato, anche sul pagamento delle spese al muratore che aveva solo contattato, ma che aveva pagato Tony. Lo aveva visto, Steno, farsi pagare la percentuale dal muratore, per averlo incaricato. Scoprire la vera essenza del fratello era sempre più disgustoso. Non avrebbe mai potuto credere di avere un consanguineo così.
Andò a trovare il padre, che versava ancora in gravi condizioni, ma era ben assistito, in clinica.
Lì trovò Steno ed ebbero modo di parlare. Il padre aveva bisogno di assistenza continua. Aveva una bella pensione, poco meno di 200.000 franchi. Steno, che era disoccupato, si offrì di assisterlo. L'avrebbe riportato a casa e si sarebbe trasferito lì anche lui, con Mariangela. In questo modo risolveva anche il problema dello sfratto che la padrona di casa, la signora Patrizia, gli aveva notificato perché da tre mesi non pagava l'affitto.
Tony, pur consapevole, ormai, di che razza d'anima nera avesse, non aveva scelta. L'anziano genitore aveva bisogno di assistenza continua e lui non poteva dargliela. Doveva permettere a Steno di portarlo a casa e questo lo infastidiva, sentiva ancora la madre ... ma anche il padre, finché era ancora in grado di ragionare, l'aveva esortato a non far entrare Steno a casa loro.
-"Mà ... le situazioni cambiano e questa è una situazione del tutto nuova!" - disse rivolto alla madre che sentiva sempre presente. Accettò di consegnare le chiavi della casa dei genitori a Steno, ma a una condizione: avrebbero fatto un inventario di tutto quello che conteneva e l'avrebbero firmato, prima di fare quel passaggio di chiavi. Di fronte alle resistenze di Steno, Tony oppose il suo diniego, fino a che il padre non fosse in grado di decidere autonomamente ... Poteva anche riprendersi. Così ottenne l'inventario e la liberatoria del fratello.
Restarono d'accordo che tutte le mattine Tony sarebbe andato a trovare l'anziano genitore, per vedere com'era trattato. Conoscendo il fratello era il meno che potesse fare per il padre.
Anche con la cooperativa Tony aveva accordi da sottoscrivere e decisioni da prendere.
I soci morosi delle cambiali non solo non avevano provveduto a versarle sul conto della coop., in modo da rimborsare le anticipazioni prelevate dal

libretto il 31 Dicembre, ma erano morosi anche di altre quote. Addirittura il cognato di Steno, marito della sorella di Mariangela, Walter Purini, a Natale aveva versato un assegno da 450.000 franchi che risultò a vuoto. Per evitare il protesto, aveva chiesto a Tony un prestito, in modo da poter coprire l'assegno che avrebbe restituito entro il 1 Gennaio, oppure sarebbe stato escluso e liquidato della sua quota di circa 3.000.000 di franchi, meno quei 450.000 franchi più quelli della cambiale, che anche lui doveva restituire alla cooperativa. Di questi accordi si era fatto un verbale, approvato dal comitato esecutivo e dal presidente del collegio sindacale. Non solo, ma l'impresario, Claudio Tori, in cantiere faceva quello che gli pareva, ormai privo del controllo del presidente e nel disinteresse del direttore lavori che, probabilmente, si era venduto. Tanto per non cambiare, sostituiva i materiali stabiliti in capitolato ... sempre che li avessero già cambiati alla stipula del contratto, nel truffaldino accordo tra impresario disonesto e direttori lavori compiacente. Tony aveva fatto presente all'impresario che non avrebbe mai accettato alcuna percentuale, quando egli gli aveva offerto il 5% su tutti i lavori che avesse ottenuto in più, esigendo autorevolmente che i lavori proseguissero in fretta e secondo gli accordi ...

Era evidente, però, che altri, non solo il direttore dei lavori, quel 5% se lo erano preso, eccome!

Con il lutto familiare e i problemi che ne erano derivati ... Tony ne aveva avuto abbastanza.

Voleva staccare la spina e informò la società che voleva essere sostituito dal vice presidente Stola Luigi per almeno due mesi, a causa del grave lutto familiare che lo aveva colpito.

Per questa ragione chiese un'ispezione del collegio sindacale sulla situazione contabile, organizzando anche una verifica sui versamenti dei soci ancora morosi a quella data, il 20 Febbraio, così come risultava dal giornale dei versamenti.

L'ispezione fu fatta, risultò tutto in ordine e anche la situazione di morosità di alcuni soci, amministratori e sindaci, era stata ben evidenziata. Tutti si impegnarono a provvedere col rientro di quelle somme entro e non oltre la data del 28 Febbraio, o sarebbero stati sostituiti in assemblea, già convocata per il 5 Marzo, con i primi riservisti aventi diritto.

Tony si fece firmare un verbale d'assemblea e una liberatoria a scanso di equivoci futuri. Non voleva certamente ritrovarsi responsabile di malversazioni commesse da quella banda di lestofanti corrotti, dal momento che manteneva la carica di presidente, in aspettativa per motivi familiari. Non voleva abbandonare l'amministrazione della cooperativa che stava costruendo la sua casa in mano a gentaccia simile. Almeno, quelli che aveva visto accordarsi con l'impresario, per truffare i restanti soci.

Aveva solo bisogno di un periodo di assenza da tutto questo.
Di aria pulita e di poter pensare alla sua famiglia senza interferenze.
Pochi giorni dopo, il 28 Febbraio, certo che i soci morosi, almeno quelli delle cambiali riscattate il 31 Dicembre, avessero provveduto a versare sul conto della cooperativa 1.500.000 franchi che dovevano, firmò un assegno di pari importo, per rimettere sul libretto 11927, la cifra che aveva prelevato per riscattare quelle cambiali. Così erano d'accordo e così fece. L'assegno, però risultò a vuoto, perché solo lui aveva versato il riscatto della cambiale del fratello, di 410.000 franchi, per accordi familiari, e nessun altro.
Non restava, quindi, che provvedere alle sostituzioni dei soci morosi e lo si sarebbe fatto, immancabilmente, il 5 Marzo.
Il destino, purtroppo, aveva predisposto altrimenti e aspettava ancora una volta Tony, il quale, attraverso quell'ennesima esperienza drammatica, avrebbe capito mille anni di storia ... mille anni di orrori ... mille anni di Santa inquisizione e di cacciatori di streghe ...
Mille anni di tradimenti!

Capitolo XI
La Santa Inquisizione

Si sentiva bene quella mattina del 2 Marzo, era una bella giornata di sole e non aveva impegni. Marinella era andata a scuola portando anche Marziolino con se; era sabato e come al solito si era alzato presto e aveva raggiunto la piazza dove si trovava il bar dei fratelli di Roberto Peroni, il suo ex vice presidente, che aveva lasciato la cooperativa nauseato dal comportamento dei soci.

I fratelli, Dario e Tazio, erano subentrati a lui nella gestione del bar.

Erano entrambi di bassissima statura, sembravano due gnomi. Tony notava sempre l'incredibile spessore delle ossa craniche di Dario, non aveva mai visto niente del genere: la fronte e la calotta cranica erano sollevate rispetto alla norma, era come se avesse un elmetto d'osso sotto i capelli nerissimi.

Erano due brave e simpatiche persone con cui faceva volentieri due chiacchiere nelle giornate d'inverno, quando nella borgata marina non c'era anima viva, a parte loro.

Quella mattina, stranamente, di fronte al bar, c'era una piccola folla.

Uno del gruppo era un agente dei gendarmi del Re, tale Carlo Danna.

Lo conosceva perché era sposato con la sorella di una socia della cooperativa e spesso si recava con loro in cantiere a vedere le costruzioni.

Un altro era Isidoro Pannuli, un capobarca che d'estate portava i turisti in visita alle piccole isole del golfo; d'inverno s'arrangiava organizzando corsi per le patenti nautiche. Era parente di Carlo, era il padre della moglie. C'era anche un pescatore di cui non ricordava il nome, ma lo conosceva di vista. Un altro ancora lo aveva visto spesso con il fratello Steno. Lavoravano assieme, soci in affari, se così si può dire.

Tony sapeva che, nell'ultimo periodo, i due andavano spesso nel nord del Regno di Tallia con un vecchio camion di traslochi e ritornavano al sud carichi di mercanzie. Sospettava, conoscendo il fratello, che non si trattasse di traslochi, ma di ruberie. Aveva sentito Steno chiamare quel tale Vincenzo Volpi e non lo salutava volentieri, ma lui l'aveva salutato e sarebbe stato maleducato non rispondere.

Tony prese il solito caffè espresso ...

Volle offrirlo Vincenzo e anche agli altri avventori.

Costui disse che stava cercando il falegname realizzatore gli infissi per la cooperativa, perché gli doveva dei soldi e in officina non c'era. Pensava di trovarlo in cantiere e voleva sapere dov'era.
-"No, ti posso assicurare che in cantiere non c'è nessuno. Ci sono passato davanti venendo qui ... A meno che non ci sia andato dopo, perché effettivamente è indietro con i lavori. Comunque se vuoi controllare, il cantiere e in fondo a quella stradina subito dopo il ristorante, non puoi sbagliare" – disse Tony uscendo.
Si recò al negozio di Gismondo, doveva consegnargli alcune ricevute quietanzate della cooperativa che erano rimaste a casa sua, perché le consegnasse al SindaCoop che le avrebbe inserite nel bilancio.
Gismondo non c'era, ma incontrò un socio riservista che aveva appena ricevuto la lettera di convocazione dell'assemblea, il quale chiese delucidazioni a Tony.
-"Non c'è altro da dire, ci sono alcuni soci ancora morosi, nonostante i numerosi solleciti, che devono essere sostituiti con i primi dei riservisti che hanno pronto il denaro per subentrare, come prevede lo Statuto. Tutto qui".
Era stufo di ripetere continuamente la stessa cosa e non si attardò nella conversazione. Salutò il socio e montò in auto, la Panda 30 rosso amaranto della madre defunta, che usava per andare a trovarla al centro oncologico, quando la loro macchina restava a Marinella per andare a scuola.
Prese la strada che portava alla città, perché doveva andare a fare visita al padre, come tutte le mattine.
Steno doveva essere controllato: si comportava sempre peggio e Tony era seriamente preoccupato per il padre malato.
Sulla strada incrociò di nuovo Vincenzo Volpi, notò che viaggiava su un'auto dello stesso colore della sua, un'utilitaria rosso amaranto. Non poté fare a meno di trovarlo insolito perché sapeva che egli possedeva un vecchio Volvo, colore beige. Come mai aveva quell'auto quella mattina? E ... perché stava tornando a Tretorri? Pensò che stesse cercando ancora il falegname e raggiunse la casa del padre Cesare.
Steno era stranamente nervoso e guardingo. Tony non capiva perché.
Seppe che aveva incassato in sua vece l'affitto dell'inquilina che abitava l'appartamento al piano terra. Lui utilizzava l'appartamento al piano primo, dove viveva per l'assistenza all'anziano genitore e aveva ricevuto anche gli arretrati della sua pensione, che aveva incassato Tony e che gli aveva dato appena venti giorni prima per i bisogni più urgenti del padre. Era una cifra considerevole ... possibile che li avesse già finiti? Lo sentì raccontare balle sulle medicine che aveva dovuto comprare per il padre ... che invece aveva l'assistenza e le medicine gratuite perché era invalido di guerra.

Provò un senso di repulsione: quello lucrava anche sulla malattia del padre, ma non aveva voglia di discutere con un simile elemento.
Gli intimò di non farlo più con tono severo.
-"Se vuoi puoi scegliere di prenderti l'appartamento del piano terra e l'affitto relativo, ma in quel caso devi lasciare a me questo. Dovremo dividerci l'eredità. Non è tutto tuo, chiaro?".
No, non era chiaro e non poteva esserlo: quello era un ladro matricolato e le divisioni oneste non facevano parte del suo vocabolario, né della sua natura.
Tony ancora non poteva immaginare la trappola che gli era stata tesa e, con la piena collaborazione di chi!
Salutò il padre che non era in grado di riconoscere nessuno. Dormiva tranquillo, però, ed era già molto. Rimontò in auto per rientrare a Tretorri.
Fermò l'auto davanti al bar e vi entrò per un altro caffè. Dario li faceva molto bene! Poi sarebbe rientrato a casa a preparare il pranzo, Marinella rientrava quasi alle 14 e doveva pensarci lui.
Fu avvicinato da un agente della gendarmeria in uniforme.
-"E' sua quell'auto Panda, rossa?"
-"Sì ... è la mia, perché, è parcheggiata male? Sto andando via ..."
-"No ... la lasci pure lì, deve venire con noi in gendarmeria, il commissario le vuole parlare".
-"Il commissario? E di che mi deve parlare?"
-"Non lo so, glielo dirà lui!" – concluse l'agente, portandolo con la sua auto nella gendarmeria del capoluogo di Pamplona. Una volta negli uffici, Tony assistette ad una recita in piena regola.
Sulle prime non capiva, ma poi divenne chiaro che stavano tentando di incastrarlo.
Cinque, tra agenti e sottufficiali, gridavano che era inutile che negasse, l'avevano visto, erano appostati lì, in pineta, e avevano visto tutto, avevano anche i filmini.
Si aprì la porta di quella stanza e vide Vincenzo Volpi.
Il Commissario Massoni gli chiese: "E' lui?".
-"Sì, è lui!" – rispose Volpi Vincenzo.
-"Ma è lui chi? Di cosa state parlando?" – chiese Tony.
A quel punto il commissario entrò nella stanza e gettò sul tavolo, davanti a Tony, un tubetto nero, apparentemente di plastica e disse: "E' inutile che neghi, questo è tuo! ... Glielo hai dato tu!".
Era una palese trappola, ma Tony non ci cascò: istintivamente la mano andò a prenderlo per allontanarlo da se, ma fu accorto e non lo toccò con le dita, ci avrebbe lasciato le impronte digitali.
Lo afferrò con l'incavo tra l'indice ed il medio e glielo rilanciò.

-"Ma non vi vergognate? Sapete bene che questa cosa non l'ho mai vista prima d'ora! Quel tizio lo conosco di vista, che vi ha raccontato?".
A quel punto il commissario fece qualcosa che tolse a Tony ogni dubbio su quel che stavano facendo, lo stavano incastrando in stile perfettamente mafioso. Prese il tubetto allontanato da Tony con un fazzoletto e aggiunse: "Abbiamo le tue impronte qui sopra. Non hai scampo, è inutile che continui a negare, ti conviene confessare, è una modica quantità ... Confessa, così ti manderemo a casa!"
-"Stai fresco, coglione, che hai le mie impronte là sopra! – pensò Tony, ma continuò il pensiero – Ma perché mi stanno facendo tutto questo? ... non capisco, non ho mai avuto a che fare con questa gente!".
Era vero, lui non aveva mai avuto a che fare con quella gente ... ma il fratello sì! Tony, però, non era ancora in grado di capire ... non aveva gli strumenti per trarre conclusioni. Oltretutto era confuso: più che negare non sapeva cos'altro potesse fare ... e negò con forza, facendo anche notare che le dichiarazioni di Volpi erano del tutto inverosimili. Aveva dichiarato che l'olio di hashish contenuto in quel tubetto da 5 gr., l'aveva pagato 5.000 franchi al grammo. Un prezzo esorbitante per quel tipo di droga che, com'era noto anche a chi non ne faceva uso, era di circa 1.000 franchi al grammo. Tony dedusse che quella cifra veniva addotta poiché coincideva con la somma di 25.000 franchi che egli aveva in tasca e serviva loro per poter esibire un'altra prova della sua colpevolezza. Peraltro non esisteva una borsa valori della droga e ognuno poteva dargli il valore che gli pareva. Vincenzo Volpi aveva detto che lo scambio era avvenuto in pineta, dopo il loro incontro al bar. Tony, incredulo, seppe che quell'infame aveva sostenuto di essere salito nella panda amaranto e che Tony l'aveva portato dietro il ristorante; da lì, percorrendo una stradina in terra battuta, erano arrivati davanti al cantiere della cooperativa e avevano svoltato a destra, per raggiungere il posto dello scambio che aveva descritto nei particolari. Il sito descritto era quello della pineta che costeggiava il canale della peschiera, dove una cooperativa di pescatori aveva le vasche per allevare i pesci e i pescatori di frodo vi si recavano per rubarli con la bilancia. Volpi Vincenzo che come professionista del furto non si faceva mancare nulla, di quando in quando faceva manbassa anche di pesci. Conosceva, dunque, quel luogo alla perfezione, quindi poté descriverlo dettagliatamente. Peccato che in quei giorni, a Tretorri, fossero iniziate le opere di urbanizzazione e questo poté costituire inopinabile elemento di prova che il Volpi, in quei giorni, non era passato di lì; infatti, il sopraluogo effettuato da cinque gendarmi condotti dal commissario Massoni, alla presenza di Tony in manette, disvelò che la stradina subito dopo il ristorante indicata dal delinquente, proprio a causa delle opere di urbanizzazione, non era in alcun modo transitabile, né si poteva passare

oltre per raggiungere il punto della pineta dove, a detta del Volpi, si era consumato il reato. C'erano trincee della profondità di 150 cm, larghe almeno altrettanto e con la terra di riporto depositata ai lati degli scavi a formare dei cumuli che nemmeno le auto del camel trophy avrebbero potuto superare. Figuriamoci un'auto panda 30 che sfangava persino sull'asfalto!

Tutti videro chiaramente che non era possibile che il reato si fosse verificato come raccontava quel lestofante.

In un paese normale questo avrebbe dovuto portare alla liberazione di Tony, con tante scuse ... ma, il Regno di Tallia, non era un paese normale ed infatti Tony non fu liberato, ma portato a casa sua, sempre in manette, per perquisirla. Volpi Vincenzo aveva, tra le altre menzogne, detto che in quella pineta c'era altra droga: quattro tubetti come quello che Tony avrebbe nascosto in un barattolo di conserva sotto un mucchio di rifiuti.

Ci sarebbe stato da ridere, se non fosse stata una tragedia familiare.

Marinella rientrata a casa dal lavoro vide Tony entrare accompagnato dai gendarmi, in manette e fu presa dalla disperazione.

Tony le spiegò per sommi capi e le chiese di stare tranquilla: l'equivoco sarebbe stato presto chiarito.

Povero Tony, era ancora ignaro. Del resto, come prevedere a una simile opera demoniaca?

Perquisirono l'abitazione, anche sul tetto e ovviamente non trovarono nessuna droga. "Esito negativo", dovettero scrivere sul mandato di perquisizione che il PM Pampi, una donna, aveva autorizzato, impegnata a trovare riscontri alle dichiarazioni di quel bugiardo matricolato.

Riportarono Tony in questura. A questo punto sarebbe stato ragionevole liberarlo e chiedergli anche scusa, ma non lo fecero.

Il Commissario Massoni smise di tormentare Tony con le cazzate e, in maniera ragionevole, disse che lui avrebbe voluto liberarlo vista la mancanza di riscontri, ma che il PM, la Dr.ssa Pampi, non era di questo avviso.

-"Il PM dice che se ti rilasciamo, tu puoi andare in pineta e far sparire la droga che si trova lì. Ci vogliono i gruppi cinofili per trovarla e quelli di sabato non lavorano, domani è domenica, quindi lunedì. Dovrai stare in carcere fino a lunedì. Poi, se i cani non troveranno nulla, allora ti libereranno. Sei competenza dei magistrati adesso" – disse Massoni.

-"Ma dico io, non vi sembra di esagerare? Quello ha raccontato un mucchio di balle e siete tutti impegnati a dimostrare che sono verità. Non vi sarà possibile, perché è pure tonto. Non ha nemmeno fatto un sopraluogo prima di raccontarvi che siamo passati da quella stradina per andare in quella pineta... se ci fosse passato davvero avrebbe raccontato qualcos'altro, vi

pare? Riguardo poi alla droga che ci sarebbe stata ... Se ce l'ha messa lui per incastrarmi, per ragioni che al momento mi sfuggono, se la saranno mangiata i topi che, lì, sono grandi come conigli ed è risaputo che i ratti vanno matti per le droghe. Io non posso certo essere d'accordo a farmi tre giorni di cella perché voi dovete andare a passeggio con i cani per la pineta. Ci posso parlare con questo PM?" – rispose Tony.
-"Sì, è un tuo diritto ..."
-"Meno male, ho ancora qualche diritto, una vera sorpresa! Mi sembrava di non averne nessuno!".
-"Ma il PM prima vuole sapere cosa hanno trovato i cani, poi verrà in carcere a sentirti".
-"Davvero incredibile!! Il PM ha sentito tutti, anche i cani, che nel weekend non lavorano, meno che il diretto interessato! ... Che deve andare in prigione ... Ma siamo svegli? ... Non è che sto sognando?" – concluse Tony, purtroppo rassegnato al fatto che, a causa di quegli idioti, doveva andare in carcere.
Lo portarono fuori e nel corridoio trovò Marinella, disperata. Non capiva. Certamente sapeva che non poteva essere vero quel che le avevano detto: anche con lei insistevano a dire che avevano filmini e fotografie che avevano scattato in pineta per dimostrare quel reato, in realtà inesistente.
-"Tony, non riesco a crederci, ma parlerò con i soci, organizzeremo una protesta li costringeremo a liberarti ... Non possono farci questo!"
-"Mari ... possono e lo stanno facendo. Dovrò attendere la perquisizione della pineta, per quanto se ci trovassero droga, questo non significa sicuramente che è mia! Se non ne troveranno, non potranno trattenermi ancora e sarò liberato, lunedì stesso o martedì al massimo. Vai a casa, rilassati e pensa a Marziolino ... Io starò bene." – Tony la baciò sulle labbra e si girò per salire sull'auto che lo avrebbe portato in carcere.
Luogo più squallido non si poteva immaginare. Il carcere del Regno era un ex convento con grandi corridoi divisi da cancellate e sbarre. Ai lati del corridoio c'erano le porte delle celle, portoncini di legno pittato di grigio, con catenacci e chiavistelli che facevano un rumore infernale e, per tutto il giorno, il rumore di sottofondo era quello. I gendarmi lo lasciarono davanti al cancello; lo consegnarono ai carcerieri che lo portarono all'ufficio matricola, dove fu registrato come detenuto in ingresso. Gli fu levata la cinta dei calzoni, l'orologio, la fede, la catenina, il portafogli, anche se la polizia si era già preso il contenuto, e i lacci delle scarpe. Lo portarono in magazzino, dove gli fu dato piatto, bicchiere di metallo, posate senza coltello, due lenzuola, una federa e una coperta marrone. Infine, fu portato in una cella di isolamento e rinchiuso lì, con una doppia mandata di chiavistello molto fragorosa.

La cella era di appena due metri di lunghezza per, forse, un metro e mezzo di larghezza. C'era una brandina di ferro, un tavolino, uno sgabello, un armadietto, che in realtà era una scatola di formica appesa al muro, subito all'ingresso. In fondo, il buco di un cesso alla turca, sporco e puzzolente e il lavandino. Tony si sedette sul letto ... aveva bisogno di riordinare le idee.
Vide la madre, in piedi vicino alla porta d'ingresso, con l'espressione che aveva quando gli diceva: "Te l'avevo detto io!"
-"Mà, non era prevedibile una cosa simile. Pensa che, proprio stamattina, ero preoccupato. Pensavo che, con tutte le disgrazie che mi erano capitate in questi ultimi mesi potevo aspettarmi che un tir mi venisse addosso facendomi a pezzi. Invece ... sono stato solo arrestato! ... Meglio così, no?"
Nonostante la situazione, gli venne da sorridere. In effetti come conseguenza logica doveva aspettarsi un crescendo, quindi un incidente mortale o quasi. Alla luce di questa aspettativa e alla considerazione che le disgrazie non vengono mai sole ... questo arresto era il meno che potesse capitargli.
La finestra della cella era murata. Le chiamano bocche di lupo, impediscono di vedere fuori dalla finestra, una crudeltà in più da aggiungere a quella che è già una crudeltà: la privazione della libertà.
Ora, però, recriminare non serviva a nulla. Bisognava fare mente locale per cercare di capire e organizzare una difesa.
Che si trattasse di una macchinazione, Tony, non poteva avere dubbi, dal momento che quello davvero lo conosceva solo di vista e non aveva mai avuto niente a che fare con lui. Però restava inspiegabile il movente di quelle false accuse. Si addormentò così, sul letto sfatto e vestito: era esausto, ne aveva bisogno. Lo svegliarono il rumore dei catenacci.
Qualcuno apriva le celle, poi sentiva sbattere con forza metallo su metallo. Non capiva il perché di quel rumore infernale finché non arrivò, presso la sua cella, un agente che, con un bastone di ferro, colpì violentemente le sbarre dell'inferriata, mentre un altro scriveva il suo numero. Era la conta del cambio di guardia. Contavano i detenuti e controllavano che le sbarre non fossero state segate da qualche lima ... Ah ah ah ... Come nei film!
Arrivò la colazione: un pentolone pieno di caffèllatte, trasportato da due detenuti che, con un mestolo, gli riempirono la tazza e gli diedero un panino. Rifece il letto e si lavò la faccia senza sapone: non ne aveva. Nemmeno si poté radere, non aveva lamette, né si poté cambiare la biancheria, non ne aveva di ricambio.
Non gli avevano permesso di portarsi niente.
Davvero una brutta situazione, sotto ogni punto di vista.
A fine mattinata gli chiesero se voleva uscire all'aria.

Disse di sì, non sapendo che l'avrebbero portato in un'altra cella, poco più grande, solo che non aveva il tetto, ma almeno poteva vedere il cielo.
Era in isolamento, non si sa mai potesse dire a qualcuno dove aveva nascosto la droga degli accidenti che non li spaccavano a tutti quanti!
Cercava di pensare ad altro, ma non era facile. Ogni pensiero era prigioniero, come lui, di quella situazione e, per quanto si sforzasse, non capiva, non capiva, non capiva ... perché fosse finito lì!
Attraverso lo spioncino della porta sentì una voce conosciuta.
Era Marietto, un ragazzo che conosceva fin da quando era bambino, uno scapestrato che ne combinava di tutti i colori, ma che, in fondo, non era cattivo, solo sfortunato.
Lo salutò e alle sue domande rispose che era stato accusato di spaccio da un tizio che conosceva a malapena.
Quando Tony rivelò il nome dell'infame Marietto si sorprese.
-"Avresti venduto droga a Vincenzo? Ma se è lui che la porta dal nord! Lo sanno tutti, anche i gendarmi. Se ti ha accusato è d'accordo con loro. Gliel'hanno chiesto. Per poter spacciare indisturbato è a disposizione dei gendarmi: a volte per far prendere pesci più grossi, a volte per far fuori qualcuno che, qualcun altro, vuole togliere di mezzo. Una bella accusa di spaccio e chiunque è sistemato. Non te la caverai, mettilo in conto".
-"Ma cosa dici Marietto? Non hanno trovato nessuna droga addosso a me e nemmeno in pineta a Tretorri, come fanno a condannarmi? L'unica droga l'aveva questo bastardo ... è lui che mi ha accusato, non possono credere alle sue accuse senza alcuna prova! Oltretutto sapendo che è uno spacciatore di professione. Lo so persino io che non ne uso ... eppoi, a 5.000 franchi il grammo, ti pare possibile?".
-"No, a me non pare possibile, ma se lui ha detto così ... lo crederanno, perché gliel'hanno detto loro cosa dire. Se non volevano crederlo non ti avrebbero arrestato. Oltretutto i giornali hanno dato la notizia che il leader dei Verdi è stato arrestato in una pineta con la droga rinvenuta nella sua auto, mentre la spacciava a Volpi Vincenzo! Le notizie ai giornali le danno le procure o le questure e se gli hanno dato la notizia così, stai sicuro che al processo lo confermano e tu puoi dire quello che ti pare, non ti crederanno. Noi sappiamo che quando decidono di fare cose così, la cosa migliore da fare è confessare ... prendi meno anni e, a volte, agli incensurati danno la condizionale e se sei incensurato ti libereranno subito dopo il processo.
Tu non hai mai avuto condanne, giusto? ... Allora confessa e ti liberano subito".
Tony non aveva ascoltato una parola del discorso di Marietto ... Era lontano anni luce dalla sua mentalità: confessare una colpa che non aveva

commesso. Gli sarebbe sembrato di tradire se stesso, il suo nome, la sua stirpe. Inconcepibile per lui!
Però aveva ben afferrato la parte degli articoli di stampa e ci tornò.
-"Sì, sono incensurato, ma non ho niente da confessare ... Hai detto che i giornali hanno scritto che mi hanno trovato la droga in auto mentre la spacciavo? ... Sei sicuro?"
-"Certo che sono sicuro, ho letto il giornale in cella. D'altra parte se non ti avevano trovato in flagranza non ti potevano arrestare, solo denunciare a piede libero. Se ti hanno arrestato significa che ti hanno trovato sul fatto, mentre commettevi il reato".
-"Ma non è vero!"
-"Io ti credo, ma non ti serve a niente ... Ora devo andare, ti passerò la pagina del giornale da sotto la porta più tardi!"
-"Grazie Marietto ..." – Tony era sempre più sconvolto. Stava succedendo davvero a lui tutto questo? Non riusciva a crederci, ma non stava dormendo ... era sveglio!
Per colmo, girandosi, aveva visto un grosso ratto uscire dal buco del cesso e dietro ce n'era un altro. Colpì la porta con il pugno per chiamare la guardia che si affacciò allo spioncino a chiedere cos'avesse da chiamare.
-"E' pieno di topi, vengono fuori dal cesso!" .
-"Mettici sopra quella bottiglia piena d'acqua, li tiene fuori dalla cella, altrimenti si riempie!" – e richiuse lo spioncino.
-"Accidenti, credevo che fosse acqua minerale da bere ... invece è il tappo antiratti ..." Mise la bottiglia sopra il buco e scoprì che entrava aderendo perfettamente. Il peso di un litro e mezzo d'acqua avrebbe impedito ai topi di entrare.
-"Cose da pazzi, siamo un Regno Europeo! Non avrei mai creduto che potessero esserci problemi simili nel Regno di Tallia. Lunedì mi sentiranno, bastardi mafiosi! Li denuncerò ... dovrà pur esserci un giudice a Berlino!". Una frase che aveva letto e di cui stava comprendendo solo adesso il significato.
Sentì la porta muoversi e vide che qualcuno spingeva dei fogli di giornale sotto. Li prese, ringraziò Marietto che stava correndo in cella, era quasi l'ora delle conta serale.
Di nuovo quei rumori di ferraccio e catene che rimbombarono per tutto il carcere, fino a sentirlo anche nella sua cella.
Lesse e rilesse quegli articoli. La Gazzetta del Regno e l'Informatore del mezzogiorno, davano entrambi la stessa notizia: il leader dei Verdi era stato arrestato in una pineta, mentre spacciava la droga a Volpi Vincenzo; la droga era nella sua auto ed altra se ne sarebbe potuta trovare in pineta ...

-"Ma come si permettono! – ruggì di rabbia Tony – Come osano? Eppoi, quale leader dei Verdi? Ero solo un candidato di una lista civica della borgata e solo per quelle elezioni, mai fatto attività politiche!".
Gridava da solo. Aveva preso a camminare nervosamente avanti e indietro per quella cella, come un leone in gabbia. Si sentiva impotente, circondato da criminali e chiuso in carcere senza poter reagire.
Era una sensazione indicibile.
Di nuovo l'immagine della madre con quell'espressione: "Te l'avevo detto io!"
Quando, finalmente, riuscì a dormire fu di un sonno agitato, ma la sensazione che la madre fosse presente era tangibile e l'aiutò moltissimo. Sembrava che volesse dirgli qualcosa, ma cosa? Non riusciva a capire.
L'indomani mattina attese di sapere cosa avessero trovato i cani: si era fatto convinto che avessero sistemato della droga in pineta per poterlo accusare meglio. Questo gli dava ansia. Non poteva essere fiducioso, dopo quello che aveva visto fare dalla gendarmeria.
Solo la mafia poteva agire così, non certo i legittimi poteri di una Monarchia Costituzionale, Stato membro dell'Unione Europea.
L'idea che fosse finito prigioniero di una cosca mafiosa senza alcuna possibilità di difesa lo angosciava, era una sensazione cui non era abituato. Sapeva, tuttavia, che non doveva, né poteva mollare: aveva una famiglia e doveva pensare a difendersi anche per loro.
Già, una famiglia, ma perché Marinella non gli portava la biancheria di ricambio?
Le calze puzzavano ed anche le mutande le aveva addosso da un po' troppo. Avrebbe dovuto cambiarsi, ma non poteva farlo, perché Marinella non pensava a portargli almeno un cambio?
Stava covando rancore anche per la povera Marinella ... non poteva sapere che il PM non le aveva concesso il permesso di fargli visita e portargli biancheria di ricambio. Arroganti e disonesti fino in fondo!
Finalmente poté essere sentito dal magistrato, secondo l'astrusa procedura del Regno, che Tony fino a quel momento ignorava: il pubblico ministero Pampis poteva ordinare l'arresto alla gendarmeria e, entro le 48 ore, il giudice delle indagini preliminari, doveva convalidarla.
Appena fu davanti ai due magistrati, venuti in carcere per incontrarlo e interrogarlo, Tony chiese: "Allora, cos'è stato trovato in pineta dai cani?" .
Non ricevette alcuna risposta mentre i due magistrati, una signorina giovane e truccatissima e un uomo di mezz'età con la faccia spiritata, frugavano tra le carte, o facevano finta per non rispondere. Tony insistette.
-"Vorrei sapere cos'è stato trovato in pineta. Io sono stato chiuso qui perché non sarei dovuto andare in pineta a nascondere meglio la droga che i cani

dovevano rinvenire dove Volpi Vincenzo aveva indicato. Se non c'era niente, perché questa è la verità ... io cosa ci faccio ancora qui? Vorrei anche sapere chi ha detto ai giornali che sono stato arrestato in flagranza di reato, mentre la spacciavo a Volpi e con la droga nella mia auto! Sapete bene che è tutto falso. Chi l'ha detto ai giornali? Voglio fare denuncia per falso, diffamazione e arresto illegale ..."-

Finalmente quello con l'espressione spiritata, il gip Mastropasqua, rispose.

-"Queste cose le dirà al processo ... Potrà dirle al processo!".

-"Ma quale processo! - insistette Tony – Dovete liberarmi subito, il processo lo posso fare anche da libero. Non avete alcun diritto di tenermi in carcere, il vostro è un abuso d'autorità!".

I due si alzarono e se ne andarono, senza rispondere.

L'avvocato Malone, che Marinella aveva assunto per difenderlo, gli disse che aveva fatto male a lanciare quelle accuse. I giudici sono permalosi e ora avrebbe potuto aspettarsi una condanna.

-"Coomee? Ma quale condanna Avvocato! Io non ho fatto niente, sono tutte cazzate e quelli sono due farabutti. Li voglio denunciare, non devono passarla liscia. Non avevano alcun diritto di togliermi la libertà. Le do questo incarico e voglio denunciare anche i giornali per le falsità che hanno scritto".

Tony restò in carcere. Fu, detto ironicamente, fortunato: i due magistrati si accordarono per fare il processo per direttissima, altrimenti chissà quanto tempo sarebbe restato in quella cella d'isolamento.

Diciotto giorni dopo l'arresto, fu fissato il processo per direttissima. A Marinella fu permesso portargli biancheria pulita e di fargli anche una visita. In quella, alla presenza di una guardia, Marinella gli riferì che non solo non aveva avuto alcun aiuto dai soci, ma che, anzi, aveva dovuto trasferirsi a casa della madre, perché riceveva telefonate anonime e minacciose che l'avevano spaventata e solo i soci della cooperativa potevano avere il numero di telefono, non essendo pubblico. Tony non riusciva a credere alle sue orecchie. Pensava d'aver acquisito un credito di gratitudine presso i soci della cooperativa, per tutto quello che aveva fatto per loro. Sapeva che erano personaggi di bassa levatura morale, ma non fino a questo punto.

Pensò a Marinella, gli sembrò più bella che mai, era riuscito anche a baciarla, la guardia aveva chiuso un occhio. Marinella gli aveva detto in un orecchio che era riuscita a nascondere in un vaso la chiave della cassetta di sicurezza dove aveva depositato gli smeraldi ... se li avessero trovati, li avrebbero sequestrati, accusandolo ancora di chissà che.

Quella era gente strana, avevano uno sguardo malsano. Anche il suo avvocato, però, tanto per la quale non era. Gli propose, poco prima del processo, di confessare di essere un consumatore.

-"Lei aveva i soldi, lui la droga. Gli ha chiesto 5.000 franchi per della droga che la perizia ha definito di pessima qualità e impastata con vinavil. Troppo cara e cattiva, non l'ha comprata e a lei l'assolvono per non aver commesso il fatto!".
-"Può darsi, c'è un solo problema: io non uso droga, né pessima, né buona, non ne avevo e non sono andato in pineta con quello. Sono stato arrestato illegalmente ed è giusto che io denunci chi ha commesso abusi in mio danno!" .
-"Cinque gendarmi hanno scritto, nella loro nota di servizio, di averla vista andare con Volpi a bordo della sua auto, in quella stradina dopo il ristorante, in pineta dove avrebbe venduto la droga al Volpi. Qualunque cosa possa dire lei, non sarà creduto e sarà condannato!".
-"Ma non è vero ... Com'è possibile che accadano cose simili? Sembra un girone dantesco di infami e calunniatori, compresi i magistrati. Per uscirne indenne dovrei unirmi a loro e fare di me un altro calunniatore ... di me stesso? Non posso farlo!" – concluse Tony.
Avrebbe detto la verità anche al processo: costi quel che costi, lui non sarebbe diventato un bugiardo. Avrebbe perso la sua anima, come quelli avevano perduto la loro!
La mattina del 20 Marzo fu svegliato dal solito rumore di chiavistelli e fu condotto al processo.
Venne accompagnato oltre le cancellate del corridoio, braccio lo chiamavano, e consegnato ai gendarmi che lo avrebbero scortato in tribunale. Prima di uscire lo incatenarono con dei ferri da campagna, una cosa davvero medievale: i suoi polsi furono stretti in una morsa, a sua volta collegata ad una grossa catena a cui erano legati altri detenuti, diretti come lui in tribunale per i processi. Fu in quel momento che si ritrovò davanti l'infame personaggio che lo aveva messo in quella situazione.
Teneva la testa bassa, ma l'aveva riconosciuto. Era incatenato ad una certa distanza da lui, forse per precauzione: avevano ragione, l'avrebbe preso volentieri a calci in culo. Occorreva evitare, però, di fornire altri motivi agli inquisitori per tenerlo rinchiuso. Sì, agli inquisitori, perché le esperienze che stava vivendo lo riportavano ai processi della Santa Inquisizione, quelli, per intendersi, attraverso i quali riuscivano a dimostrare che le streghe volavano su manici di scopa agli incontri col demonio e, grazie a questo, venivano arse vive nelle pubbliche piazze.
Risaputamente le condanne erano, spesso, corredate dalle confessioni estorte con la tortura a chi preferiva farla finita, piuttosto che continuare a vivere la pena di quelle situazioni. Non poteva fare a meno di considerare che era la stessa cosa che gli aveva consigliato l'avvocato: "Confessi che voleva acquistare ma non l'ha fatto ... Sarà liberato!".

Anche alle poverette e ai poveretti del Medioevo, perché anche molti uomini furono condannati per stregoneria e arsi vivi, era stata prospettata la possibilità di essere liberati dopo la confessione e il pentimento.
Tony ebbe un moto di ribrezzo per i vili inganni di esseri dall'anima putrefatta che già si erano divisi i beni dei condannati, naturalmente tutti benestanti e possidenti.
Rendendosi conto di trovarsi in una situazione praticamente simile si lasciò andare all'analisi storica, anche per capire meglio i fatti di cui egli stesso era protagonista. La Chiesa Cattolica, grazie alla sua Santa Inquisizione, ha accumulato ricchezze immense, immobili, terreni, oro. Pagati i cacciatori di streghe, quelli che andavano in giro a cercare candidati al rogo, restava bottino per tutti. Vincenzo Volpi era la reincarnazione di uno di quei dannati cacciatori e, sicuramente, due inquisitori si erano reincarnati nei due magistrati che aveva conosciuto e che lo avevano arrestato sulla base delle dichiarazioni del falso testimone. Era nella stessa condizione di chi era stato visto volare sui manici di scopa, anche se l'argomento non poteva più essere quello. La società si era evoluta intorno alle loro tecniche perverse.
Seguivano l'umanità come i pastori, ma anche i lupi, seguono i greggi di pecore.
Furono caricati sul furgone chiuso e, giunti nel sotterraneo del tribunale, furono accompagnati al montacarichi e al piano dell'aula per il processo.
Come volevasi dimostrare, il processo fu una vera farsa, ma forse il termine giusto è tragicommedia!
Tutti scimmiottavano il Diritto.
Tre magistrati, capitanati da una donna dal nome appropriato al suo ruolo in quella parodia, Falco, erano seduti in cattedra, al centro della sala, ammantati di nero come tre corvacci del malaugurio. Di fronte a loro, sui banchi, c'erano l'altra inquisitrice, la Pm. Pampi e i due avvocati degli imputati. Di lato, a destra entrando, c'era il banco degli accusati.
I gendarmi levarono loro le catene e li fecero sistemare sui banchi, restando accanto. Tra il pubblico c'era anche Marinella, accompagnata dal padre e dall'amico Franco.
Lo guardava sorridente, felice solo di poterlo rivedere e speranzosa di poterlo riavere a casa, con lei. Il Pm iniziò il rito ripetendo le menzogne che l'avevano portato lì. In maniera spudorata confermò tutto quello che aveva ben visto essere falso! Giustificava il fatto che la droga indicata dal suo testimone non era stata rinvenuta, col fatto che, forse, Tony aveva dichiarato a Volpi di averla messa in un barattolo, nel mucchio di rifiuti, mentre in realtà se l'era portata via. Nessun cenno al fatto che non era stata ritrovata da nessuna parte, tantomeno addosso o in auto di Tony.

Continuò l'arringa accusatoria esaltando la precisione delle accuse rese dal coimputato Volpi, nonché i riscontri forniti dagli agenti, i quali con la loro nota di servizio asserivano di averlo visto, quella mattina, alle ore nove, andare con la sua auto panda 30 con Volpi Vincenzo a bordo, nella stradina subito dopo il ristorante, nel punto della pineta indicato dal Volpi, dove erano soliti riunirsi gli spacciatori di droga per effettuare i loro commerci!

Tony ascoltava incredulo l'incredibile serie di palesi mendacità che venivano enunciate come dati probatori: sequenziali grani di un infausto rosario.

Era come sostenere che l'imputato aveva commesso una rapina in una banca che non c'era, passando da una strada inesistente.

Tale arrampicata sugli specchi veniva, tuttavia, enunciata e rappresentata come oro colato.

Tony era furioso, ma non ci poteva fare niente.

Si stava rendendo conto come poteva essere accaduto che delle persone potessero essere condannate per aver volato sui manici di scopa andando incontro al demonio.

Un tribunale come quello avrebbe potuto condannare chiunque per qualsiasi cosa avesse voluto.

L'Avvocato Malone lo avvicinò e gli diede il suo consiglio.

-"Non hanno voluto sentire ragioni, vede bene che confermano quel che era alla base del suo arresto. Presentano anche una dichiarazione degli agenti che la smentisce e conferma le accuse di Volpi. Lei può anche insistere a dire che non è vero, che Volpi non è mai salito sulla sua auto e che non è andato in quella stradina perché non era transitabile, ma non le crederanno e rischiamo il massimo della pena, sei anni. Ci conviene chiedere il rito abbreviato, avremo diritto ad uno sconto di pena fino a un terzo. Chiederò che venga considerata la pessima qualità della droga, visto che lo afferma la loro perizia e la libertà provvisoria in attesa d'appello. In questo modo dopo il processo lei verrà messo agli arresti domiciliari per concludere la custodia cautelare di tre mesi, dopodiché sarà libero fino al processo d'appello. In quella sede possiamo avere qualche possibilità, in questa nessuna! Cosa devo fare?".

-"Non sembra vero avvocato! Questi sono dei veri criminali! Io dirò la verità, non vedo che altro posso fare per non diventare simile a questi dannati. Per il resto veda lei, faccia come le sembra giusto, tranne che accusarmi di essere in qualche modo collegato a quella droga, sia pure come consumatore, perché non è vero e voglio che sia chiara la nostra posizione di verità ... siano tutti loro a rendersi spergiuri! Saranno puniti come meritano da Dio ... io ci credo!" – Tony replicò categorico, con una decisione che non ammetteva repliche.

L'avvocato si allontanò e prese la parola chiedendo il rito abbreviato che fu accolto favorevolmente dal Pm. Del resto, come poteva essere altrimenti, sapevano quello che avevano fatto e in questo modo ci mettevano una pietra sopra: avevano vinto ... si garantivano l'impunità.
Il rito abbreviato chiudeva il processo ad altre prove, si andava a decisione con quello che c'era agli atti. Non c'era alcuna convenienza, per chi si trova in quella situazione a lasciare il processo aperto a nuove prove. Gli unici testimoni che potevano dire il vero su quella vicenda erano i gendarmi, ed avevano già mentito con quella nota di servizio ... l'altro era Volpi, ma quello era il capo coro, come avrebbe potuto smentire se stesso?
La decisione dell'avvocato era l'unica possibile.
Anche il consiglio di confessare era buono ... se Tony non avesse avuto i saldi principi che aveva. Ferma restando la sua convinzione che non gli avrebbero creduto lo stesso, perché ormai avevano deciso di condannarlo per spaccio, altrimenti non l'avrebbero nemmeno arrestato sulla base del nulla probatorio!
Fu chiamato a deporre Volpi, ma il suo avvocato affermò che confermava quello che aveva già dichiarato e non aveva altro da aggiungere. Così gli fu evitato di ripetere le sue cazzate, rischiando di cadere in contraddizione. Quando toccò a lui Tony confermò la verità e disse anche che quella strada non era transitabile quei giorni a causa delle opere di urbanizzazione. Si rese conto che mentre parlava, il Falco sbadigliava di nascosto, un altro stava scarabocchiando su un foglio, mentre tutti stavano solo scimmiottando un rito, quello del Diritto processuale, nel quale non credeva nessuno di loro.
Il Pm non aveva alcuna domanda da porre e la Corte si ritirò in camera di consiglio. Ne uscì con la sentenza pochi minuti dopo ... Ci sarebbe stato da dire, come per quella nota pubblicità delle siringhe: "Già fatto?!".
Com'era evidente la sentenza fu di condanna: a Tony un anno di reclusione, 250.000 franchi di multa e il pagamento delle spese processuali; a Volpi dieci mesi, uno sconto anche sulla multa, di appena 200.000 franchi e il pagamento delle spese in solido: lui era il consumatore, non lo spacciatore. Lo spacciatore era Tony!
L'unica cosa buona di tutta quella porcata era che doveva essere riportato in carcere solo per prendere le sue cose per, poi, essere accompagnato dai gendarmi a casa, dove scontare gli arresti domiciliari.
Marinella era felice e lui pure ... Potenza dell'amore, tutto ciò che contava era che sarebbero stati di nuovo insieme di li a qualche ora.
Da questo punto di vista quegli indemoniati avevano perso!
I gendarmi accompagnarono Tony fin sotto casa sua.
Trovò Marinella ad attenderlo e furono felici di ritrovarsi, solo questo contava.

Non fu certo una sofferenza per Tony stare rinchiuso in casa con la giovane moglie.
Stavano vivendo esperienze incredibili, una serie di dejavue che aprivano la mente su nuovi orizzonti del sapere. Insieme, con la perfetta unione sessuale di anima e corpo, riuscivano a esplorare il tempo e rivedere il già vissuto di un passato terribile, scolpito nei loro geni.
Tutto era chiaro adesso, anche se alcuni punti erano rimasti in ombra.
Erano sopravissuti, questa volta, all'Inquisizione che in passato aveva distrutto le loro vite.
Ne avevano la consapevolezza e le immagini, rese quasi tangibili dalle sensazioni di Marinella che completavano i ricordi di Tony, davano un quadro esatto del vissuto e di quanto era conforme alla situazione che stavano vivendo. Immagini e sensazioni che esplodevano dal profondo, per arrivare al conscio e illuminarlo di conoscenza: il prodotto di un'unione perfetta ... Loro due e il loro terzo occhio che si apriva al di fuori del tempo e dello spazio e trasmetteva immagini incredibili, ma talmente nitide da risultare perfino tangibili. Il fatto, poi, che erano condivise da entrambi, le rendeva ancora più concrete e non mancavano i riscontri.
Avevano capito anche l'accanimento di Tony nel voler costituire la cooperativa con quegli elementi, che fin da subito si erano rivelati infidi e ostili. Alla luce della loro illuminazione, costoro interpretavano le reincarnazioni degli abitanti di un antico borgo medievale in cui essi si erano uniti e avevano vissuto. Persone malefiche che per accidia, invidia e avidità avevano distrutto le loro vite, rendendosi testimoni dell'Inquisizione e facendoli condannare per stregoneria. Una condanna che prevedeva la morte nel modo più orribile e la confisca dei loro beni. Non solo Tony e Marinella finirono in mano all'Inquisizione, ma anche la custode dei suoi beni, la madre di lui che, fin da allora, viaggiava per il Mediterraneo fino in Terrasanta. L'Inquisizione mirava alle confische dei beni degli accusati di eresie e stregonerie e dal momento che, allora come oggi, Tony li aveva affidati alla madre, anche lei non poteva restare fuori da quella mostruosità.
Nei libri di Marinella, inoltre, si leggeva dagli atti dei processi, che molti stregoni erano stati accusati di preparazione di filtri magici con cui catturavano le persone per farne servi del demonio. I filtri magici, guarda caso, erano in gran parte composti da una base di hashish importato dal Nord Africa e dal Medioriente, più altre erbe allucinogene presenti e conosciute in loco. Secondo quei verbali d'interrogatorio sotto tortura, uno degli usi che le streghe e gli stregoni facevano di quegli unguenti magici era di spalmarseli sulle piante dei piedi. Questa pratica li portava a volare verso i sabba col demonio. L'olio di hashish, oltre ad essere spalmato sotto i piedi, si poteva usare anche facendone infusi, decotti, pozioni ... sempre magiche

e mortali. Questo dettaglio rendeva alla perfezione il parallelo con le contemporanee accuse di spaccio di olio di hashish e la figura di Volpi Vincenzo, usato per costruire quell'accusa ... un cacciatore di streghe.
Qualche secolo prima si era trattato di unguenti e filtri magici, ma furono indubbiamente inquietanti personaggi come quelli attuali a rendere possibili arresti, torture, roghi e ruberie.
Altri riscontri provenivano, incessantemente, dalle diffamazioni degli stessi soci che Tony aveva lasciato in condizione di morosità. Essi, profittando della situazione affermarono di non essere affatto morosi e che, in realtà, avevano dato a Tony le somme di cui erano morosi ... naturalmente senza poter mostrare alcuna ricevuta o riscontro contabile.
A infamia si aggiungeva ingiuria.
Questi bellimbusti, in seguito al suo arresto, pur non avendo versato quanto dovevano alla cooperativa, non furono sostituiti per morosità, come concordato in assemblea. Al contrario, alcuni di essi furono cooptati come amministratori.
Anche queste assolute falsità contribuirono a screditare l'integrità morale di Tony: l'opera di calunnia attivata era un lavorio collaudato in un millennio di delitti impuniti.
Potenti, devastanti voci di malversazioni e appropriazioni indebite compiute da Tony e che egli avrebbe commesso ai danni della cooperativa si levarono alte e furono fatte circolare in tutta la borgata.
Indignato Tony, nonostante fosse in quella situazione, espose ingenuamente i fatti di cui si sentiva vittima al procuratore Walter Basoni, chiedendogli di intervenire affinché cessassero. Allo scopo inviò una serie di documenti probatori che dimostravano, oltre ogni ragionevole dubbio, l'effettiva correttezza della sua amministrazione della coop. e l'effettiva condizione di morosità di quei mascalzoni.
Ovviamente ottenne l'effetto contrario.
Sia il procuratore Basoni, capo della Pm Pampi, che gli stessi gendarmi che lo avevano arrestato illegalmente poche settimane prima si attivarono, sì, ma per proteggere i loro complici e consigliarli su come fare per evitare l'accusa di diffamazione presentata da Tony. Sarebbe bastato orchestrare degli episodi di appropriazioni indebite di cui accusarlo penalmente.
Una vera banda di predoni che, man mano che scorreva il tempo, rivelava contorni sempre più nitidi.
Di lì a qualche giorno arrivò di nuovo la gendarmeria a importunarli. Avevano un mandato di perquisizione firmato dalla Pm Borrini. L'accusa ipotizzata era di appropriazione indebita e falsificazione di un testamento olografo della madre. La denuncia era stata firmata da Steno e dal padre Cesare. Cercarono la refurtiva e scritture della madre di Tony, per poter

eseguire una perizia grafologica con il testamento che era stato pubblicato, mentre Tony era in carcere, da Marinella, allorquando la polizia, perquisendo l'auto panda in cerca di droga, lo trovò nella tasca dello sportello dell'auto della madre e glielo consegnò.
Sulla busta, sigillata dalla firma materna, c'era la scritta: testamento di Tina Marella. Per questo, vista la situazione, Marinella la consegnò al notaio Dassini per farla pubblicare.
Tony non l'aveva ancora visto perché il notaio non aveva ancora finito con le pratiche della pubblicazione. Sapeva solo quello che gli aveva raccontato Marinella, cioè che la madre aveva scritto cose terribili nei confronti di Steno, diseredandolo e lasciando lui, Tony, erede universale della casa di famiglia.
Nel mandato di perquisizione c'era scritto che Tony si sarebbe impadronito di circa mezzo chilo d'oro in gioielli, che sarebbe stato nell'abitazione della madre e di 7.000.000 di franchi che sarebbero stati in contanti nel cassetto di un comò, nella camera da letto della madre.
Una cifra che corrispondeva alla quota di legittima che, bontà sua, Steno gli riconosceva!
Non solo. Quando Tony, che non poteva andare perché agli arresti domiciliari, mandò Marinella in banca a chiedere conferma dell'operazione di trasferimento titoli, venne a sapere che questa era stata bloccata dal direttore, a causa dell'ordinanza del Pm Tania Borrini, che stava svolgendo le indagini sulle falsità del testamento e, per tutelare la banca, aveva depositato i titoli in un conto infruttifero a sua disposizione, non appena la situazione fosse stata chiarita. La forte protesta, anche inoltrata alla direzione centrale della banca, non servì a rientrare in possesso di quei titoli. L'unico fatto positivo era che il direttore sapeva bene di chi i titoli fossero in realtà e non avrebbe dato niente a nessuno ... visto che Steno era stato in banca a tentare di farseli consegnare, utilizzando il povero padre come garante.
Tutto era conforme al passato ed ormai era chiaro che il principale cacciatore di streghe era proprio lui, il fratello Steno. La sua anima nera e putrefatta continuava a ripetere le stesse nefandezze: oggi come allora.
Egli si meravigliava, nella sua essenza involuta, a livello istintivo, del perché questa volta il suo piano perfetto non fosse riuscito!
Per questo escogitava sempre nuovi aggiustamenti.
I dejavue erano sempre più ricorrenti.
A fine Aprile, poco dopo quella ennesima perquisizione, che naturalmente aveva dato esito negativo riguardo a gioielli mai esistiti, (per fortuna, Steno non aveva mai saputo nulla degli smeraldi!), arrivò a casa di Tony, a sorpresa, una telefonata del vecchio padre, Cesare.

Era disperato e chiedeva aiuto al figlio.
-"Tony, aiutami, sono nelle mani di uno squilibrato! Steno è completamente impazzito, mi costringe a firmare denuncie contro di te e se non lo faccio mi lascia senza cibo, senz'acqua e minaccia di gettarmi in mare. Sono riuscito a farmi portare in clinica dall'ambulanza, con la scusa che ho una cisti da togliere ... altrimenti non avrei potuto telefonarti. Al telefono di casa toglie la vitina della ruota, così gira a vuoto e non posso chiamare nessuno ... Vienimi a prendere ... ti prego!".
-"Babbo, non posso ... sono agli arresti domiciliari, non posso uscire di casa!".
-"Agli arresti domiciliari? ... Perché?"
-"Non hai saputo nulla da Steno? Un amico suo mi ha accusato di avergli venduto cinque grammi di hashish e così mi hanno arrestato e condannato. Ora sono agli arresti a casa in attesa di appello. Purtroppo credo che c'entri Steno e so che hai ragione: è completamente folle! Essendo mio padre non dovrebbero esserci problemi per te di venire a casa mia ... Ho il divieto di incontrare estranei, ma tu sei mio padre. Fatti portare dall'ambulanza qui e sarai al sicuro..."
-"Eh ... farò così ... sì!".
-"Come stai? ... Sembra che ti sei ripreso".
-"Sì, faccio la fisioterapia, ho recuperato la gamba completamente, ma il braccio sinistro, no, non lo sento più e non c'è nulla da fare ... è paralizzato per sempre! Senti Tony, io a volte faccio finta di dormire e sento strani discorsi tra Steno ed un suo compare ... Non è che si chiama Vincenzo per caso?"
-"Proprio lui, Vincenzo Volpi ... sì! Si vedono sempre con Steno?"
-"È stato a casa proprio un paio di giorni fa, stanno preparando qualcosa ... Non sono riuscito a capire meglio ... ma parlavano di sistemarti una volta per tutte... Stai molto attento, mi raccomando".
-"Lo credo bene babbo ... Fatti coraggio, ne usciremo vedrai!"
In quella rientrò Marinella e Tony le raccontò tutto, chiedendole di correre in clinica a prendere il padre, prima che Steno potesse essere avvertito e l' avesse impedito.
-"Portalo subito qui. Una volta che babbo sarà libero, chiederò di spostare la residenza per gli arresti domiciliari nella casa di mamma e gli darò il benservito a quella vipera velenosa ... Schifoso!"
Marinella partì subito e, dopo circa un ora, al rientro senza il padre di Tony, raccontò: "L'ho trovato subito, era nel reparto medicina, come mi ha visto ha fatto mille feste ... Si è messo a piangere ed era già pronto a uscire con me, ma in quella sono arrivati due gendarmi e dietro loro tuo fratello. Steno

l'ha rimesso a letto, trattandolo come se fosse deficiente ... Poi si è rivolto ai gendarmi ringraziandoli della segnalazione".
-"Mio padre è rimbambito dall'ictus, fa stranezze ... ma ora lo farò dormire!" – disse sottovoce rivolto ai gendarmi. Protestai che non era affatto rimbambito, che ci aveva appena telefonato per chiedere aiuto, che era prigioniero e voleva essere accompagnato a casa nostra, ma i gendarmi ridacchiavano! Capii che erano completamente plagiati da Steno. Una cosa è certa: abbiamo il telefono sotto controllo ed hanno avvertito subito tuo fratello della telefonata di tuo padre.
-"Sì, non c'è dubbio ... uniti dalla corruzione e dal crimine. Probabilmente si drogano oppure Steno gli passa refurtiva, apparecchi elettronici, abiti ..."
-"Penso anch'io. Una volta, infatti, assistetti, in casa del cognato Walter, a generose donazioni fatte da questi a due gendarmi che si erano rivestiti da capo a piedi col suo "campionario" da rappresentante. In realtà era tutta roba rubata da qualche negozio, roba di marca. Con questi regali li hanno tutti in mano ... Mio Dio Tony, come faremo a uscire da questa situazione?"
-"Non lo so ancora, ma so che ne usciremo. Abbiamo un vantaggio: sappiamo cosa stanno facendo e soprattutto cosa hanno già fatto ... loro invece no, agiscono d'istinto, ripetendo le stesse malazioni di sempre. Non è un vantaggio da poco!"
-"Prima di uscire ho detto a tuo padre di stare tranquillo, che non l'avremmo abbandonato ... Ma tuo fratello mi ha fatto davvero paura, mi ha rivolto uno sguardo da folle e mi ha sibilato: "La mia testolina matta studierà qualcosa per fartela pagare ... Che bello ... Vedrai che sarà bello!".
Tony era rimasto senza parole. Com'era stato possibile non accorgersi di chi fosse quella serpe travestita da fratello? Ora era davvero preoccupato. Steno era fondamentalmente un vigliacco, ma proprio per questo più pericoloso. Sapeva che Tony era sempre stato il più forte e non l'aveva mai affrontato apertamente; fin da bambini gliene aveva combinato di tutti i colori. Fin da allora aveva l'abitudine di agire alle sue spalle mettendogli contro tutti: tattica che aveva messo a punto esercitandosi per arrivare a questo ... Ancora una volta lo aveva isolato mettendogli tutti contro.
Il gioco, tuttavia, si era fatto viepiù complesso e Tony si ritrovava un impressionante numero di nemici conto cui battersi: le istituzioni deviate, i suoi stessi soci ai quali aveva fatto ottenere aree edificabili, mutui agevolati e realizzato le case, togliendoli dalle baracche ... oltre, naturalmente, lo stesso Steno che ostentava un atteggiamento ipocrita sperando che Tony non avesse capito che a capo di quel lurido baraccone di falliti stava proprio lui ... Che storia!
Sembrava tutto inverosimile, ma ... guai a dubitarne!

Sapeva che un'analisi superficiale sarebbe stata latrice degli eventi nefasti reiteratesi nei millenni: commettere l'errore di sottovalutare la portata delle circostanze l'avrebbe portato alla rovina, come era già successo nei precedenti passaggi del karma.
Non doveva assolutamente accadere! Ripetere di nuovo lo stesso schifo sarebbe stato deprimente, soprattutto ora che aveva raggiunto la consapevolezza di quante volte era già accaduto!
-"Dobbiamo farci coraggio a vicenda amore mio ... Siamo soli ma abbiamo anche un bambino: cosa sarebbe di lui se riuscissero anche questa volta a eliminarci e derubarci?".
Il pensiero della tutela della vita del figliolo sortiva su Marinella un effetto potentissimo. Lei, madre fiera e moglie orgogliosa e fedele, trovava in sé, a difesa della sua famiglia, la grinta di una tigre.
-"No ... non ci riusciranno, ne sono certa. Farò quel che devo! Dimmi cosa".
Questa frase, unitamente a tale, ammirevole, determinazione, come per molte altre occasioni in quei giorni di *risveglio,* fu una sorta di parola-chiave che lo riportò al passato dove la sua Maharani lo seguiva ...
La potenza di un rituale sta nella sua ripetizione!
La sollevò tra le braccia e la portò in bagno, dove si denudò e le chiese suadente di essere lavato.
Sentì la sua stessa voce giungere da un'altra dimensione.
"Lavami!..."
Non lo stava facendo in questa vita, stava ripetendo un rituale e lei, la pagina bianca su cui scriveva, lo guardò negli occhi con una luce e un sorriso d'altri mondi.
-"Tutto per te mio signore!".
Lì, in quella stanza da bagno sospesa nell'eternità, ogni cosa scomparve nel nulla: nessuno di quegli esseri involuti poteva davvero contaminare tutto questo. Gli amanti sono Dei immortali che, quando si uniscono davvero, ognuno con la metà che gli è conforme, divengono invincibili, al di là dello spazio e del tempo.
Lasciando fuori il mondo cercarono il nirvana assieme, nell'unione assoluta che solo tra loro due era possibile!
Tutti i loro giorni e le loro notti acquistarono un nuovo sapore d'infinito e furono meravigliosi e rivelatori.
Congiungendosi sessualmente in maniera perfetta provocavano aperture spirituali inimmaginabili e il super io che era in loro parlava e consigliava loro come agire, cosa fare.
Nonostante fossero immersi in quel putridume loro erano felici, appagati, intatti. Non vi stavano sprofondando, ma ne stavano uscendo per lasciarlo per sempre alle loro spalle. Dovevano solo continuare a seguire il loro

karma: ora sapevano dove erano diretti e che nessuno avrebbe potuto fermarli.
A rinforzo, non solo simbolico, di questa nuova e potente consapevolezza, e per trasmetterla allo spirito, si univano in interminabili amplessi, camminando avvinti nelle stanze della loro casa ... fino all' immancabile estasi!
Con la pace dei sensi, potevano scambiarsi le emozioni e le sensazioni, e Tony esprimeva le conoscenze acquisite nei suoi viaggi perché arricchissero anche la sua compagna e l'aiutassero a capire ciò che accadeva.
-"Devi sapere che la 'Yamala' la coppia tantrica, simbolicamente ispirata alla coppia divina di Śhiva e Śakti, il Maschile e il Femminile, dove via via è sparito ogni differenziato sapere, è la coscienza stessa, l'emissione unitiva, la dimora stabile, senza superiore o inferiore. Per sua natura considerata nobile ed espressione incarnata di cosmica beatitudine, espressa in essenza da ambedue quale supremo segreto del Kaula, non quiescente, non emergente, ma fonte e causa di emergenza e quiescenza. Quasi la metà del Tantrāloka è dedicata ai rituali, che di solito evocano il congiungersi di due principi opposti e complementari come il maschile e il femminile. Una facoltà e il suo oggetto, per esempio, la vista e l'immagine, o il movimento di inspirazione e quello di espirazione. L'esperienza di questo stato di congiunzione, in tutte le sue varie manifestazioni ha come fine il riassorbimento di ogni dualità nell'unità originaria, nella creazione dell'essere supremo che tutto sa e tutto vede ... Due amanti perfetti, insomma, per dirla all'occidentale, divengono un super-io: è questo che viene considerato divino ... ed è vero secondo me!
Le pratiche Kaula che si propongono come fine questa riunificazione sono compiute da una coppia di iniziati, la yogini e il siddha. Queste pratiche non comprendono solo l'unione sessuale, ma qualunque congiunzione di due percezioni. Per esempio la congiunzione che dà origine al vedere, può essere proiettata nella coppia di iniziati se il siddha diventa l'occhio, e la yogini l'immagine.
Gli iniziati che accedono a questo stato realizzano l'unificazione di Śiva e Śakti. In questo stato Śiva e Śakti non possono più essere distinti, perché hanno dissolto la loro individualità, inducendo l'uno nell'altra uno stato di permanente risveglio, l'illuminazione, la coscienza di Atman, del tutto.
Questo risultato è reso possibile dall'intensità del loro amore. Un sentimento, però, difficile da creare in una sola vita, per questo quando ciò si realizza, si ritiene che sia un sentimento d'unione che proviene dal karma, dalle vite precedenti e viene definito Amore Karmico ... quello a cui ogni amante aspira e ricerca.

Il sacrificio Kula è riservato a quei pochi che possono mantenere uno stato di Bhairava, ossia 'Terrifico': nome di Śiva e stato di illuminazione spirituale, nell'unione sessuale. Per quanto riguarda le altre coppie, anche se riproducono il rito alla lettera, per come viene percepito dal di fuori, se non raggiungono lo stato di coscienza 'Bhairava' sono solo impegnate in un atto sessuale.
L'energia generata durante l'atto sessuale tantrico è considerata una forma di emissione sottile, mentre l'atto di eiaculazione è considerato una forma di emissione fisica. Nello Shivaismo kashmiro, l'energia di emissione '*Visarga Śakti*' è considerata una forma di Beatitudine, '*Ānanda*'.
Le sette kaula sono note per i loro esponenti estremi, una sorta di guru, che raccomandano il farsi beffe dei tabù e dei costumi sociali come mezzo di liberazione. Queste cose esistono in testi antichi che sono preziosi, perché danno la consapevolezza che certe sensazioni sono state condivise da molti altri prima e lo saranno da molti dopo ... e che non siamo soli nell'universo! Questo dev'essere lo scopo vero delle filosofie religiose, aiutare la ricerca della liberazione nella conoscenza, non opprimere e reprimere. Per questo mi piace seguirle, anche se non troppo ...
Sono refrattario alle regole ...Ah ah ah!" .

Capitolo XII
Il Cacciatore di Streghe

La mattina Tony restava solo, tutto il resto della famiglia era a scuola.
Usava quel tempo per riflettere e riassumere la situazione davvero difficile in cui si era venuto a trovare.
Lo faceva in maniera serena.
Serenità certo differente rispetto a quel tipo di *serenità* con cui i magistrati l'avevano condannato, sulla base della nota di servizio redatta dai gendarmi che, altrettanto serenamente, avevano dichiarato e sottoscritto il falso.
No, la sua era la serenità di chi è nel giusto, di chi sa di stare dalla parte del bene e della luce, nella consapevolezza che essa vincerà sulle tenebre.
Questo non toglieva, però, che veder compiere certe azioni faceva male.
La gendarmeria gli aveva mandato una diffida, consegnatagli a mano, a casa, dove scontava gli arresti, da un certo sergente Foretti.
Costui, dandogli da firmare la notifica, ci tenne a fargli notare ch'era cugino dell'ing. Foretti.
Lo disse con una certa soddisfazione, palesemente mostrando la sua soddisfazione per il fatto che Tony fosse stato condannato per spaccio.
-"Pensa di ferirmi forse? In un paese normale suo cugino sarebbe in galera con tutti i suoi complici e io, certamente, non sarei agli arresti dopo aver subito un sequestro di persona vero e proprio. Chi mi manda questa diffida?" – chiese secco Tony.
-"Suo padre ..."
Tony prese a leggere, erano poche righe.
-"Visto il carattere violento di mio figlio Tony, vi chiedo di diffidarlo dal venirmi a trovare nella mia abitazione, dove vivo assistito dall'altro mio figlio Steno ... Cos'è questo scherzo? Questa non è la calligrafia di mio padre, queste sono le zampe di gallina di Steno ... siete amici per caso?" – ribadì Tony fissandolo negli occhi.
L'imbarazzo di Foretti fu evidente, era violentemente arrossito.
Questi esseri involuti sono tutti uguali e reagiscono sempre nello stesso modo: si vergognano solo quando vengono scoperti ... mentre dovrebbero vergognarsi di farle certe cose!
-"Me l'ha consegnata lui ... a me personalmente ..." – tentò di ribadire.

-"Ma fammi il piacere! Mettimelo per iscritto che te l'ha dato mio padre questo scritto e te ne faccio leccare i baffi della denuncia che ti becchi. Basterebbe una perizia calligrafica a smentirti. Levati dai piedi ... cammina!"
Come tutti i vili, quello, sgattaiolò via troppo velocemente perché potesse arrivargli la pedata che era pronta e che non fece in tempo a partire.
-"Pezzi di merda! ... Povero babbo, cosa stai passando anche tu! Di nuovo in prigionia!" – Tony esclamò rabbioso ad alta voce, ricordando i racconti del padre dei tre anni di prigionia passati durante la guerra.
Anni durissimi, che lo avevano reso invalido.
Questi bastardi non dimostravano rispetto nemmeno per una croce di ferro e medaglia d'argento al valore militare.
Cercò di calmarsi. Era bene riflettere a mente fredda su quello che stava preparando il fratello. Gli fu difficile, tuttavia, arrivare a darsi una risposta. Poteva ipotizzare che Steno avesse paura: aveva capito che Tony sapeva che doveva a lui quel che gli era accaduto e temeva la sua reazione.
Un povero mentecatto non può arrivare a considerare niente di più che le reazioni istintive.
Tony, invece, aveva in mente ben altro che stupide vendette e gli faceva gioco che lui lo considerasse al suo livello. Doveva però evitare di sottovalutare ancora la malvagità del fratello; ciò avrebbe potuto avere conseguenze drammatiche.
Una mattina di qualche giorno dopo arrivarono, ancora una volta, due gendarmi a casa sua. Erano, però, persone gentili, senza il ghigno da carogna stampato sulla faccia. Tony non poté fare a meno di pensare: "Ce ne sono anche di corretti per fortuna".
-"Abbiamo ricevuto una segnalazione dalla Corte d'Appello che ci informava che la sua custodia cautelare è finita da più di un mese, ci chiedono come mai non è stato rimesso in libertà. Ma lei non si è accorto che ha finito gli arresti domiciliari dal 2 Giugno? Siamo al 6 Luglio! Dalla centrale nessuno ha pensato di controllare, perché di solito sono le persone sottoposte alle misure che telefonano per sollecitare la liberazione. Come mai non ci ha chiamato?".
-"Guardi, sinceramente non sapevo nemmeno che giorno è oggi ... Comunque grazie! Dove devo firmare?" – Tony firmò la notifica e i due andarono via. Gli venne da ridere ... aveva fatto quasi un mese in più rinchiuso!
-"Lo credo bene ... con i giocattoli che si ritrova Marinella, avrebbero potuto farmi stare rinchiuso qui pure fino all'Appello ... e giusto perché sarebbero venuti a prendermi ... altrimenti ... Ah ah ah!"
Glielo avrebbe raccontato, anche lei non s'era accorta di niente, eppure lo sapeva che la custodia cautelare durava tre mesi dall'arresto.

-"Alla faccia loro! Sono stati i tre mesi più belli della nostra vita!" – disse alzando il calice. Aveva proprio voluto brindare alla libertà ritrovata. Aveva un grande significato per lui.
Non era mai successo prima ... Nel passato erano riusciti a ucciderlo e saccheggiare tutti i suoi beni, ma questa volta ... "Andrà diversamente!".
Quando tornò Marinella fecero festa nel loro solito modo e poi uscirono a passeggio, la mansarda era angusta e Tony sentiva il bisogno di una bella passeggiata all'aria aperta. Non che non avesse fatto movimento! Anzi, aveva perso dei bei chili e chi lo incontrava si meravigliava di come fosse in forma: sembrava addirittura ringiovanito. Aveva 37 anni, ma ne dimostrava una ventina, dicevano. In realtà era che una luce speciale rendeva radiosa la sua espressione: luce che vedeva anche lui, guardandosi allo specchio ...
Era un risvegliato ormai!
Nessuno dei suoi soci andò a trovarlo.
Covavano ...
Scoprì che avevano eletto un altro presidente e rifatto il consiglio d'amministrazione senza nemmeno interpellarlo. Sintomo, anche questo significativo: inconsciamente tutti loro lo consideravano morto, come in passato.
Lui, invece, era vivo e, di fatto era sempre lui il presidente.
Aveva solo chiesto di essere sostituito dal vice per due mesi, a causa del grave lutto familiare: non aveva dato le dimissioni né da presidente, né da consigliere.
Quando i soci della coop lo videro reagirono alla stregua di blatte quando si solleva la pietra sotto la quale si nascondono: furono presi dal panico, non sapevano cosa fare e cosa dire. Tutti gli atti che avevano assunto erano nulli, non solo perché il presidente era lui e non era stato mai convocato alle assemblee, ma soprattutto perché un amministratore non può essere moroso delle quote sociali e quelli erano tutti e quattro morosi: per cambiali che non avevano ancora riscattato e per qualche assegno a vuoto.
Gentaccia simile, inoltre, certamente non aveva saputo impedire le manovre dell'impresario truffaldino e Tony era più che convinto che avessero accettato il cinque per cento che egli offriva per avere la complicità dei vertici della cooperativa nel truffare il resto dei soci.
Aveva già visto che aveva eliminato le altre ditte appaltatrici.
Stava facendo lui anche gli impianti, evidentemente più scadenti rispetto a quanto era stato stabilito in contratto. Per non parlare degli intonaci, che mostravano già inflorescenze prima ancora di inaugurare le case. Questo perché aveva usato acqua salmastra per impastare gli intonaci, anziché far arrivare la cisterna d'acqua dolce. Anche casa sua sembrava finita in mano ai vandali. Persino i fiori che aveva scelto Marinella per le piastrelle del bagno

erano stati montati al rovescio: uno schifo a vedersi! Perfino i graniti delle soglie erano difettosi ...
L'idea e il sogno di fare case oneste e a risparmio energetico in cooperativa erano naufragati.
Come avrebbe potuto rimediare? Non poteva certo far cambiare tutte le soglie, tutti gli intonaci, tutte le piastrelle e farsi restituire i soldi pagati in più per quelle porcherie! C'era un altro ingegnere a dirigere i lavori: ovvio considerare che, se quell'imbroglione aveva potuto agire in maniera così palesemente truffaldina, anche costui era stato comprato.
No, era finita ... inutile farsi illusioni. Tuttavia, Tony voleva lasciare nulla di intentato, dunque convocò un'assemblea di tutti i soci con all'ordine del giorno la valutazione dell'operato degli amministratori e sindaci e la verifica dei versamenti effettuati, soprattutto quelli a riscatto delle cambiali.
La fissò a dieci giorni dalla convocazione.
Era il 14 Luglio, la festa della presa della Bastiglia, gran festa francese.
Tony, da quando aveva conosciuto le vicende della rivoluzione francese e la dichiarazione universale dei diritti dell'uomo era solito festeggiarla: dovunque si trovasse brindava alla libertà e se poteva andava a cena in un bel posto. Voleva farlo anche quella volta.
Lo disse a Marinella a casa della zia Anna, una casa dall'altro lato del golfo, rivolta al mare aperto. Durante l'estate erano soliti andare da lei la mattina, passare la giornata in spiaggia, pranzare insieme e poi rientrare la sera tardi a Tretorri. Erano abitudini consolidate da anni ormai. Il mare era molto più bello, l'acqua più pulita e la zia Anna era una persona simpatica, molto anziana che, per godersi ancora quella casa al mare, aveva bisogno di loro perché non poteva stare lì da sola.
Marinella e Toni avevano un'auto fiat bianca e la panda 30 amaranto. Solitamente, quando andavano dalla zia, usavano la fiat bianca, perché aveva l'aria condizionata e lasciavano la panda 30 nel parcheggio sotto casa, un piazzale lungo con, sulla sinistra entrando, una tettoia dove posteggiare le macchine. Per entrare c'era un grande cancello che, sul lato sinistro, aveva un cancelletto per permettere ai pedoni di uscire senza dover aprire tutta la struttura. Sul muro, di lato, un pulsante elettrico consentiva l'apertura del cancelletto. Il pulsante era nascosto dalle foglie di un'edera rampicante e, come tutti i meccanismi vecchi, aveva un difetto: quando si premeva non succedeva niente. Bisognava contemporaneamente dare un contraccolpo al cancelletto, per sentire lo scatto di apertura.
Solo chi abitava lì conosceva il "trucco" d'apertura, che la padrona dello stabile svelava ai nuovi inquilini come si trattasse di un importante segreto; un utile sistema di sicurezza a tutela del palazzo.

Mari sosteneva che alla signora, tirchia com'era, non sembrava neanche vero di poter disporre di tale stratagemma d'ingresso, il quale prima ancora della sicurezza del caseggiato sembrava fatto apposta per la difesa del suo portafoglio.
Quella mattina, prima di andare alla spiaggia, avevano saputo che Franco era in visita dalla madre, nella vicina città. Egli, da anni, si era trasferito nel capoluogo, a Pamplona. Lo invitarono per cena a Tretorri.
Tony, nel pomeriggio, partì dalla casa di zia Anna con la sua fiat bianca per andare a prenderlo. Volevano fargli passare qualche ora con loro al mare. Per arrivare a casa della madre di Franco occorreva attraversare un ponte sul fiume che divideva il capoluogo dalla borgata. C'era un traffico esagerato, si stava in colonna a passo d'uomo. Nel bel mezzo del ponte Tony ebbe la strana sensazione che due mani si fossero posate sui suoi occhi da dietro; percepì nettamente di avere sua madre alle spalle e, istintivamente, si girò, non accorgendosi che proprio in quel momento la colonna si era fermata. La sorpresa annebbiò la sua attenzione: fu un attimo e, voltatosi di nuovo, riuscì a bloccare l'auto di colpo, con una brusca frenata, evitando il tamponamento.
Non altrettanto fece colui che lo seguiva il quale, non pronto di riflessi, gli venne addosso mandandolo a sbattere su quello davanti che aveva appena evitato di tamponare.
Non si fece male nessuno a parte Tony che era finito col piede destro sotto il pedale del freno e la sua auto perdeva l'acqua del radiatore. Chi aveva tamponato per primo ammise le sue responsabilità: siglato il modulo di constatazione amichevole poterono riprendere la marcia. Tony, però, stava procedendo col motore senz'acqua di raffreddamento. Doveva controllare la spia della temperatura e accostare di lato, per poter spegnere il motore e attendere che si raffreddasse abbastanza da poter essere riacceso. In questo modo un po' rocambolesco riuscì a raggiungere la carrozzeria più vicina dove lasciò la macchina e si fece riaccompagnare a casa, a Tretorri.
Salì sulla vecchia Panda 30 e tornò in città a prendere Franco che lo stava aspettando preoccupato per il forte ritardo. Restarono a casa della zia Anna fino al tramonto e, rasserenati, rientrarono a Tretorri per preparare la cena. Parcheggiata la Panda al suo posto sotto la tettoia salirono in casa.
Le novità, rispetto alla solita routine, erano due: l'assenza della Fiat bianca e la loro inconsueta presenza in casa anzitempo. La panda parcheggiata al solito posto lasciava supporre che essi fossero fuori casa con l'auto bianca, come loro solito fino a tarda notte.
Dopo cena chiacchieravano tranquillamente con Franco. Marziolino dormiva da un pezzo nella sua culla, quando udirono un forte rumore come di

portiere sbattute e, subito dopo, dei lamenti acutissimi e continui che provenivano dabbasso.
Pensarono che qualcuno avesse investito un cane.
I lamenti, però, divennero sempre più distinti: era una voce umana e stava chiedendo aiuto.
Si alzarono da tavola e raggiunsero il terrazzino. Tony arrivò per ultimo a causa del dolore alla caviglia che lo costringeva a muoversi lentamente. Accese la luce esterna per vedere meglio e fu così che poterono vedere la terribile scena che si consumava nell'atrio esterno del palazzo.
A urlare era Dario Peroni, il barista che aveva preso in affitto col fratello l'appartamento lasciato da Steno che si era trasferito dal padre alla morte della madre. Era in ginocchio, con le mani sulla testa grondante di sangue e tutt'intorno si vedeva chiaramente una macchia di sangue che si allargava. Gridava: "Aiuto ... aiuto, mi stanno ammazzando ... aiutooooo!"
Dario stava rientrando a casa dopo aver chiuso il bar, era l'una del mattino.
Intorno a lui, stavano due persone vestite di nero e incappucciate che, armate di due grossi bastoni lo stavano colpendo al capo col chiaro intento di ucciderlo.
Tony gridò con forza: "Che state facendo? ... Fermi!"
I due assassini sollevarono la testa e lo videro. Per un attimo stettero immobili a guardarlo, evidentemente sorpresi per l'improvvisa, quanto inaspettata accensione della luce e per la presenza di Tony, il quale ebbe la sensazione che i due incappucciati fossero Steno, suo fratello, e il compare, Vincenzo Volpi. Non poteva certo dire di averli riconosciuti, ma la percezione fu netta.
Gli infami gettarono i bastoni a terra, mentre Dario si accasciava al suolo in mezzo al sangue che continuava a sgorgare copioso dal suo cranio.
Fu allora che Tony vide confermate le sue sensazioni.
La cancellata ch'era stata chiusa da Dario, fu aperta senza tentennamenti dal primo dei due assassini il quale infilò la mano destra sotto il fogliame dell'edera facendo scattare, con la sinistra, attraverso il contraccolpo necessario e noto solo a chi aveva abitato lì, la serratura, aprendo il cancelletto e fuggendo via, richiudendoselo alle spalle.
Tony raggiunse il telefono e avvisò la gendarmeria, chiedendo di mandare anche un'ambulanza perché la persona aggredita era grave. Tornato sul terrazzino avrebbe voluto scendere nel cortile, ma Marinella lo fermò con un tono che non ammetteva repliche.
-"No ... resta in casa con Franco, non scendere. Ci vado io ... non muoverti!"
In effetti Tony ci avrebbe messo troppo tempo ad arrivare di sotto: la caviglia gli faceva sempre più male. Restò, però, sul terrazzino a guardare

Marinella che cercava di aiutare Dario, il quale aveva ripreso a lamentarsi debolmente ... segno che era ancora vivo.
Arrivò l'ambulanza che lo portò immediatamente via e subito dopo la gendarmeria.
Tony era riuscito a scendere e fu lo stesso commissario Massoni, quello che aveva dichiarato il falso per farlo arrestare e condannare, ad avvicinarsi.
-"Tony ... cos'è successo?".
-"Non lo so, stavamo cenando quando abbiamo sentito delle urla fortissime. Ci siamo affacciati: due uomini incappucciati stavano colpendo Dario con quei bastoni. Abbiamo chiamato la gendarmeria e l'ambulanza, sono fuggiti aprendo il cancelletto che solo chi conosce bene questo posto può aprire. Ha visto che la padrona di casa, la sig. Patrizia, per aprirvelo ha dovuto anche lei dare il contraccolpo, altrimenti la serratura non scatta. Uno di quei due lo sapeva ..." – Aveva taciuto sulle sue impressioni perché non dimenticava che c'era un rapporto particolare tra quei due e la gendarmeria...
Era curioso di vedere cosa sarebbe venuto fuori dalle loro indagini.
Si era fatto molto tardi e Tony avrebbe voluto accompagnare Franco a casa sua. Ancora una volta Marinella si oppose.
-"Ma cosa dici? Vai su e stai in casa e ... non avvicinarti a quel sangue! Questa storia mi sa di trappola ordita ai tuoi danni. Lo accompagno io Franco ... ma tu vai su e restaci".
-"Dagli retta Tony ... è tutta strana questa cosa. La gendarmeria, per esempio ... come ha fatto ad arrivare così in fretta? Col commissario Massoni, peraltro! Stava forse dormendo in auto qui vicino?".
-"Avete ragione. A me, poi, quei due sono sembrati proprio Steno e Vincenzo Volpi! Anche se erano mascherati li ho riconosciuti e ... solo Steno poteva sapere come aprire quel cancelletto".
-"Appunto! Io non conosco Volpi, ma Steno l'ho riconosciuto dalla sagoma e dal passo. Perciò, torna di sopra e chiudi a chiave! ... Ci vediamo domani. Ciao" – confermò anche Franco.
Marinella prese la Panda e portò Franco in città. Per farlo doveva ripassare sul ponte e prima di imboccarlo vide un posto di blocco piazzato alla fine del ponte.
-"Guarda Franco: ecco come doveva scattare la trappola ... già pronti ad aspettare Tony! Vedrai che ora ci fermano!"
Detto, fatto.
La paletta si sollevò imperativamente. Marinella accostò come sul set di un film. Si avvicinò un agente: era lo stesso che diceva di aver visto Tony in pineta mentre vendeva la droga a Volpi.

Restò stupito quando vide che alla guida c'era Marinella e si affacciò per vedere chi c'era a fianco ... Poi esclamò una frase apparentemente senza senso, ma che Mari comprese benissimo.
-"Ah, è lei?".
-"In che senso? – ribadì prontamente Marinella – Cosa vuol dire?".
E quello, correggendo maldestramente il tiro: "Dov'è suo marito signora?".
Marinella decise di fare la finta tonta.
-"Mio marito è a casa, io sto accompagnando quest'amico ch'era a cena da noi".
La lasciarono andare.
-"Capito Franco? Se ti accompagnava Tony ora l'avrebbero portato in questura e imbastito l'accusa. Quanto a false testimonianze hanno già dimostrato di non avere scrupoli e figurati se quei magistrati non avrebbero convalidato l'arresto!".
"Sì, pazzesco! ... ma ci sarei stato io a testimoniare che eravamo di sopra quando quei due lo pestavano ... un piano da folli!".
-"Da folli si ... Quello è davvero folle ... ma questi sono davvero criminali! Ci ha salvati il fatto che non eravamo da zia Anna come sempre fino all'una di notte. Altrimenti saremmo rientrati a cose fatte e ci saremmo trovati davanti al cadavere insanguinato di Dario. Magari saremmo stati insanguinati per aver cercato di aiutarlo ... Come hai visto i gendarmi erano pronti ad intervenire subito dopo il nostro ingresso e ... sarebbe stata fatta! La mia testimonianza, in quanto moglie, non sarebbe stata considerata attendibile. Quel delinquente sarebbe riuscito nell'impresa fallita a marzo, decuplicata negli effetti nefasti: l'ergastolo o almeno trent'anni ... Saremmo stati sistemati per sempre!"- Marinella ebbe un urto di vomito all'idea.
-"Dio mio ... lo credo anch'io Mari ... dovete andarvene da qui finché siete in tempo. Avete tutti contro e ... se potete difendervi dai delinquenti comuni, come potete difendervi da quelli travestiti da magistrati e gendarmi? Hanno il potere ... Possono organizzare cose così ogni giorno, finché non riescono! Chi glielo impedisce?"
-"Ne parlerò con Tony ... Hai ragione! A questo punto non ha davvero alcun senso restare qui ..."
Erano arrivati, si salutarono.
-"Ciao Franco, passiamo a prenderti domani allora, ce ne stiamo al mare tutto il giorno".
-"OK ... Ciao!".
Al rientro a casa Mari trovò la polizia ancora lì. Facevano i rilievi e le fecero altre domande.
-"Conosceva Dario Peroni? In che rapporti eravate?".

-"Ottimi rapporti ... abitava vicino a noi da quattro mesi, ma è il barista del Bar Tretorri, lo conosciamo da anni. Una bravissima persona, senza nemici e sempre gentile con tutti".

A fare le domande era un gendarme giovane, uno che non sembrava appartenere a quella cosca mafiosa connessa con Steno e Mari gli fece una domanda.

-"Può dirmi con che cosa l'hanno colpito? L'ho soccorso io, ma ho visto solo che erano due grossi bastoni ..."

-"Sì, erano bastoni ricavati da rami di eucalipto, probabilmente del boschetto vicino perché erano tagliati di fresco, questo li rendeva più pesanti, micidiali".

Mari salutò e salì in casa. Non poté fare a meno di notare che, solo ora che c'era la polizia, la padrona di casa e gli altri inquilini dello stabile avevano messo il naso fuori dalla porta.

Fosse stato per loro, cuor di conigli, Dario sarebbe stato ammazzato come un cane sotto il loro naso.

Più tardi, commentando il terribile evento della serata lei e Tony capirono che le loro non erano paranoie, ma la realtà.

In questo scenario ben si inseriva anche la diffida del padre Cesare, fatta dal fratello Steno, e consegnata ai gendarmi che certo ne avrebbero prodotto copia al magistrato, con la quale facevano risultare evidente, anche dalla diffida del padre, che Tony aveva un carattere violento. Tanto violento, appunto, da aggredire il barista del bar dove era stato arrestato, magari perché sospettava che fosse stato lui a fare la soffiata che l'aveva portato in carcere ...

Un movente l'avevano preparato!

La prova era che Dario era stato colpito con bastoni della pineta, da Tony, con un complice sconosciuto.

L'avrebbero, sicuramente, preso in flagranza al rientro, con il cadavere insanguinato tra le mani mentre tentava di prestare soccorso.

Apparentemente sembrava un piano completamente folle, ma con l'aiuto dei magistrati, come nella precedente circostanza dello spaccio in pineta, sarebbe perfettamente riuscito.

-"Sarebbe riuscito anche questo se mia madre non mi avesse coperto gli occhi su quel ponte Mari. Te l'ho raccontato no? Non era una mia impressione! Avevo la consapevolezza della sua presenza e tutto questo mi conferma che è proprio così ... Mamma sa tutto quello che prepara quello psicopatico malefico e l'ha impedito! Domani vado a trovarla al cimitero. Le porterò dei fiori e spero che possa dirmi qualcosa. Se ce n'è la benché minima possibilità, lei riuscirà a comunicare con me ... Lei sì!".

Marinella provava sempre un brivido quando il suo Tony affermava certe cose con tanta sicurezza ma, del resto, erano sempre risultate conformi alla realtà che anche lei, ormai consciamente, stava vivendo ...
Una realtà davvero incredibile, ma c'era qualcosa di più concreto di questa?
La sentivano entrambi palpabile, riscontrabile e conforme a tutte le loro visioni e sensazioni. Questa consapevolezza, peraltro, li stava salvando dal ricadere nelle stesse trappole distruttive.
Non potevano evitarle ... erano nodi nel loro karma negativo che dovevano risolvere e che, da mille anni, impedivano la loro evoluzione.
Questa volta non sarebbe stato così ...
Era già diverso, ora si erano risvegliati!
Si addormentarono abbracciati, era stata una giornata intensa e avevano bisogno di ricaricarsi.
Cadendo nel sonno Tony ricordò che era il 14 Luglio, la presa della Bastiglia, l'inizio della Rivoluzione Francese che fu un bagno di sangue.
-"... Tutto questo sangue intorno a noi ... hai visto quanto?".
Mari dormiva già e lui la raggiunse.
L'indomani mattina, di buonora, lui si recò al cimitero a portare dei garofani rossi e delle roselline dello stesso colore sulla tomba della madre. Erano i suoi fiori preferiti. Mari, invece, con Tazio, fratello di Dario, andò all'ospedale a trovare il poveretto. Tazio le disse che Dario si era ripreso, era cosciente e aveva chiesto di vedere Marinella per ringraziarla.
Tony aveva preso anche un lume, di quelli per le tombe avvolti nella plastica con una grata in alluminio per proteggere la fiammella dal vento e stare acceso più a lungo. La tomba era a terra, a due posti. Visto che doveva acquistarla, Tony l'aveva presa a due posti affiancati per tenere uniti in genitori anche dopo la morte. Non l'aveva fatta rivestire, era ancora in cemento perché non sapeva se la salma materna sarebbe rimasta lì definitivamente. Aveva fatto richiesta per una cappella di famiglia e sapeva che il Comune doveva mettere in vendita alcuni spazi da edificare a questo scopo.
Se fosse riuscito ad averne uno, avrebbe abbandonato la tomba e avrebbe costruito una cappella dove ritrovarsi tutti assieme, uniti nelle spoglie mortali. Era stato un espresso desiderio della madre, ma era un'idea che piaceva anche a lui e a Marinella.
Non riusciva ad accendere il cero, la fiamma dell'accendino non arrivava fino allo stoppino ed in più c'era un venticello che la spegneva. Ebbe quasi l'impressione che il vento soffiasse proprio sulla fiammella dell'accendino per spegnerla ... Possibile? Pensava a quel che stava accadendo, alle azioni maligne che il fratello era stato capace di compiere in danno di tutta la

famiglia, a quello che ancora stava facendo col padre e tratteneva a stento la rabbia.
Ritornò col pensiero a quello che la madre gli aveva insistentemente detto in punto di morte, alla sua agitazione...
Ritrovò quella volontà scritta nelle copie olografe del testamento materno. Conoscendo la malvagità di Steno lei ne aveva redatto più d'una copia consegnando ciascuna in fidate mani: presso la sorella, zia Teresa, e un'altra l'aveva consegnata il padre Cesare, che ne era depositario, nello studio del Notaio Dassini, peraltro anche vecchio amico di famiglia. In entrambe le copie essa ripeteva la stessa cosa: accusava Steno di avere attentato alla loro vita, di averli derubati e minacciati in più occasioni e che lo disconosceva come figlio, lasciando erede universale Tony. Diceva, inoltre, che lasciava a Steno i due milioni di franchi che le aveva rubato per l'ultima volta! Esattamente ciò che, con rabbia immensa, aveva trasmesso col pensiero e con i gesti a Tony in punto di morte, affinché lo riferisse a Steno che la credeva incosciente, mentre lo scacciava dal suo cospetto.
In un altro di quei fogli, staccato, ma contenuto nella stessa busta, affermava che i titoli di stato che aveva acquistato erano di Tony e, dunque, non facevano parte dell'eredità. Una cosa, questa, risaputa anche dai funzionari della banca che ricevevano le rimesse di Tony da tutto il mondo. Rimesse che poi la madre investiva in titoli di stato al maggior interesse.
Tentava di togliere dal lume la protezione in alluminio, ma non ci riusciva. A furia di insistere finì per tagliarsi il polpastrello ... Ci restò di sasso: guardò il sangue sgorgare copioso sul dito e in quel momento sentì una forza afferrare la sua mano, portarla sul cemento della tomba, proprio sul punto dove sul cemento fresco era stato inciso *Tina Marella* e la data di morte.
Lei lo guardava con espressione serena e sorridente dalla bella foto in porcellana che aveva fatto mettere in una cornice in granito nero.
Sguardo che d'un tratto gli apparve non più sorridente ma duro. Così la vide Tony e la sentì, mentre prendeva la sua mano e gli faceva strofinare il dito insanguinato sopra la sua tomba, sul suo nome ...
La sua lingua si mosse da sola e sentì la sua voce ferma e decisa esprimere un solenne giuramento.
-"Te lo giuro mà ...!"
Fu un attimo, ma ne restò sconvolto. Nonostante le sue conoscenze e la sua fede non aveva mai avuto una percezione così nitida della vita dopo la morte. Lui era sempre lucidissimo: non fumava, non beveva, non si drogava, non assumeva farmaci ... Non poteva sospettare di avere avuto allucinazioni ... e dovute a cosa poi? Le sue visioni erano reali e questa era la più reale di tutte!
Dal ritratto, la madre, lo guardava di nuovo sorridente.

Si era rasserenata adesso, come era accaduto in ospedale poco prima che morisse. Quando aveva visto Steno frugare nel suo cassetto e rubare la catenina d'oro e la fede matrimoniale. Questo aveva scatenato la sua rabbia. Ora, dopo la morte, non poteva non intervenire vedendo Steno tramare in modo demoniaco ai danni del fratello, maltrattare il compagno di una vita, saccheggiare la casa dove aveva amato il marito e i figli, lui compreso ...
Non per niente aveva pronunciato quelle parole durissime riguardo a Steno: "Avere Steno in casa è come avere una vipera velenosa sotto al letto ... non sai mai quando ti morsicherà, ma sai che lo farà!".
Rifletteva a quanto poteva aver sofferto sua madre nel prendere coscienza di quest'odio che Steno nutriva per tutti loro, come non l'avessero messo al mondo, nutrito ed allevato da genitori amorevoli e come se Tony non l'avesse amato come un fratello.
Bisognava moltiplicare all'ennesima potenza tale sofferenza, accresciuta a dismisura dal fatto di essere morta nella consapevolezza di non poter intervenire per cambiare gli eventi che ormai aveva ben conosciuto, realizzando di averli già vissuti.
Lo stava facendo però, lo stava facendo attraverso di lui...
Fissò intensamente, nella foto, gli occhi della madre nel modo penetrante che li accomunava e si sentì tirare all'indietro come in un vortice di ricordi. No, non erano i ricordi dell'infanzia, erano i ricordi dell'orrore ... della tragedia che aveva, in un lontanissimo passato, distrutto la loro famiglia.
Ora conosceva tutti i responsabili, nessuno escluso!
Sorrise e fu ricambiato.
Sentì come una carezza tra i capelli ... e non era il vento ...
-"Stai tranquilla e serena mà ... farò tutto ciò che dev'essere fatto!" – e si girò per andarsene.
Sentiva una grande forza dentro. Aveva la consapevolezza che sarebbe stata dura, ma che avrebbe punito i cacciatori di streghe anche se non si sarebbero resi nemmeno conto del perché venivano puniti.
Il verme non sa perché striscia, il porco non sa perché ama il fango e lo sterco ... e questi esseri involuti non sanno perché agiscono in maniera indegna. Forse la cosa giusta da fare non era punirli, ma liberarsene per sempre. Separare i karma. Ecco, proprio questo doveva riuscire a compiere.
Questa sarebbe stata la vera vendetta: disperderli nel nulla, lasciarli per sempre alle proprie spalle, per non incontrarli mai più.
Le antiche scritture dicevano qualcosa su questo.
Bisogna risolvere, sciogliere i nodi ed in questo modo si sarebbe cessato di reincarnarsi nella stessa situazione per riviverla.

Come a scuola: se non si supera l'esame, bisogna ripeterlo ... ripetenti, più anni nella medesima classe.
-"Ah ah ah ... proprio così! Mille anni in questa classe, siamo stati! Nell'impossibilità di capire gli errori e risolvere il problema! Una sola attenuante: morivo colpito a tradimento dal mio stesso sangue. Come potevo indovinare che il mio amato fratello era il responsabile di tutto questo e che il movente era ... derubarci tutti?".
Tony pensava ad alta voce uscendo dal cimitero.
A casa rimase solo a riflettere ancora su quell'esperienza.
Era sempre stata questa la sua forza: la concentrazione di ogni pensiero sull'esame della situazione e l'approfondimento di ogni esperienza che inseguiva con passione. Non mollava mai!
L'arrivo di Marinella lo colse ancora immerso nella meditazione.
Sentì che Mari parlava di Dario e tornò presente.
-"Tony, se vedi com'è ridotto poverino! Ha il volto tumefatto, perché qualche colpo l'ha preso anche in faccia; il naso è rotto e gli hanno messo qualcosa dentro per raddrizzarlo; la testa è completamente bendata e gli hanno messo 102 punti ... Il medico ha detto che non sanno spiegarsi come possa essere sopravissuto a un pestaggio simile, ha ricevuto colpi mortali.
Meschino, quando mi ha visto si è illuminato. Mi ha ringraziato ... era commosso. Mi ha detto che se non era per me l'avrebbero ucciso. C'era anche la madre e gli altri fratelli e nipoti. La madre ci ha ringraziato tutti per quello che abbiamo fatto per il figlio, ci ha augurato di esserne compensati da Dio, che glielo chiederà nelle sue preghiere. Sono rimasta sola per qualche minuto con lui. Erano andati chi a fumare e chi a chiedere notizie ai medici. L'ho guardato e gli ho chiesto: "Ma non hai un idea di chi possa essere stato a volerti così male?". Sai cosa mi ha risposto? Anche se era sotto l'effetto di farmaci antidolorifici ed era un po' appannato, mi ha guardato con un'espressione sgomenta e mi ha detto: "A me è sembrato Steno ... tuo cognato! ... Ma non capisco perché mi voleva uccidere ... Cosa gli ho fatto?". Gli ho detto solo che anche a me è sembrato che uno fosse lui, anche per il fatto che fosse fuggito aprendo il cancelletto che solo noi che ci abitiamo sappiamo aprire, e lui ci ha abitato 5 anni!, mi ha convinto ancora di più che fosse lui. "Il motivo, forse, te lo potrà dire Tony ... verrà a trovarti domani. Oggi voleva andare al cimitero a trovare la madre".
-"Hai fatto bene ... glielo dirò. Del resto, inconsciamente, lo sa anche lui, non per nulla è nato con quel casco osseo davvero spropositato intorno al cranio. Sapeva che gli sarebbe servito! Senza quello non sarebbe sopravissuto a un agguato simile! Invece ... Stai capendo come funziona?"
-"Sì ... sembra incredibile! Ma non lo è: lo sento e lo vedo".

-"Esatto! Lo senti, lo vedi e ci credi ... perché sei pronta. Dario, come tanti altri dormienti, agisce inconsciamente. Il suo spirito sapeva come doveva essere formato il suo cranio per superare la crisi,che a un certo punto della sua vita lo coglie regolarmente, e così si è dotato di una struttura ossea formidabile. Però non è consapevole! Ha visto che è stato Steno eppure nutre tanti dubbi perché non comprende il perché di quanto gli è capitato. Glielo dirò, se lo merita, ma non credo che servirà: non è ancora pronto a capire ... forse la prossima vita ...con qualcun altro, non con noi! Li lasceremo tutti a ripetere sempre lo stesso karma ... Noi andremo avanti!"
L'indomani Tony andò a trovare Dario in ospedale. Era fuori orario, era solo. Quando lo vide egli lo salutò calorosamente. Erano buoni amici.
Dario, durante gli arresti domiciliari, gli portava spesso bidoni di acqua di sorgente dai monti, dove andava a prenderla per lui.
-"Dario ... Marinella mi ha detto che uno dei due ti è sembrato Steno, puoi dirmi perché?"
-" Sì, sono sicuro! Quando ho chiuso il cancelletto alle mie spalle quei due erano seduti in una delle macchine parcheggiate sotto la tettoia; ho sentito le portiere sbattere, mi sono girato e li ho visti: avevano i passamontagna ma, una sagoma che conosci, la riconosci lo stesso e, quella, era la sagoma di tuo fratello. Poi ... lo sguardo, anche se era appena visibile attraverso le fessure del passamontagna, era stato illuminato in pieno viso dal faretto del ristorante. E' stato proprio lui a cominciare per primo e a colpirmi di più. Quell'altro mi ha dato un paio di colpi, ma la maggior parte me li ha dati Steno ... ma perché? Questo non lo capisco. Quando poi hai risposto alle mie grida di aiuto, ho sentito, più che visto, il rumore del cancelletto ... Quando mai uno che capita lì per tentare una rapina ad un barista che rientra a casa, conosce anche i trucchi per aprire il cancelletto? Eppoi, non mi sono mai portato soldi a casa. Li lasciamo nel bar, c'è l'antifurto e sono più sicuri lì.".
In quella si presentò la gendarmeria, il prode commissario Massoni era in cerca di notizie.
-"Volevo farle qualche domanda Sig. Peroni ... Come mai sei qui Tony?".
Il tono confidenziale usato da simile, ributtante personaggio era fastidioso per Tony il quale, tuttavia, faceva buon viso a cattivo gioco e intuiva che con qualcuno dei fratelli Vero, il commissario, era in confidenza ... Certo quello non era Tony! Lui e Steno si somigliavano talmente tanto che era normale sentirsi dare del tu da amici e conoscenti coi quali Tony non aveva avuto mai niente a che fare. La somiglianza, infatti, era solo fisica, il carattere e lo spirito erano agli estremi opposti e Tony considerava le persone che frequentava Steno, quando andava bene, poco più di animali ammaestrati, a volte veri e propri esseri striscianti. Com'era lui stesso del resto.

Lo caratterizzava, rispetto ad altri del suo livello evolutivo, il fatto che aveva il potere di tirare fuori il peggio di ognuno, anche solo avvicinandosi. Che anch'egli stesse evolvendo in una forma superiore? Ma in cosa evolvono le vipere velenose? ... In cobra?
Lasciò questi pensieri per rispondere al commissario.
-"Perché siamo amici e volevo sapere come sta. Abbiamo assistito a un crimine efferato che poteva avere conseguenze ben peggiori – decise di tastare il polso a sua insaputa al commissario, e per far sapere a Dario un'altra piccola, ma significativa parte di verità – Stavamo ripercorrendo gli eventi di quella notte ed anche lui ha sentito il cancelletto sbattere ... Sono fuggiti aprendo il cancelletto difettoso che solo chi conosce bene sa come aprire ... Io l'ho visto proprio chiaramente." – rispose Tony.
-"Anche io ho visto da dove sono usciti: uno ha aperto il cancelletto e l'altro l'ha seguito chiudendoselo alle spalle" – disse Franco entrando nella camera.
-"Ciao Franco ... Sì, non abbiamo dubbi su questo. Il faretto del ristorante illuminava a giorno tutto il piazzale dov'è avvenuta l'aggressione; a me è sembrato persino di riconoscere l'autore di quell'aggressione, anzi gli autori ... ma, non ho le prove e non posso fare accuse. Però, è la stessa cosa che è sembrata a loro ... strano no?"
-"Anche a me è sembrato di riconoscere qualcuno, anche se non posso provarlo. Però, se sono usciti dal cancelletto, questa è una prova, perché la persona a cui pensiamo conosceva bene tutto quel meccanismo d'apertura e dove si trovava il pulsante. Un estraneo non avrebbe potuto aprirlo. Io ricordo benissimo che due individui incappucciati sono saltati fuori da una delle auto parcheggiate sotto la tettoia e mi hanno colpito in testa con i bastoni. Uno era più alto e grosso e, tra un colpo e l'altro, guardava verso il terrazzino del terzo piano, l'altro era meno robusto ... " – fece Dario rivolto al commissario.
A quel punto il commissario si tradì con una mossa stupida ... ma poteva permettersela, come si era potuto permettere le altre mosse inconcepibili cui Tony aveva finora assistito in qualità di vittima.
-"No ... no, la scientifica ha fatto i suoi rilievi ed è risultato che hanno scavalcato il cancello, hanno trovato delle tracce..." – balbettò Massoni, con gli occhi di tutti e tre puntati addosso.
Era evidente che mentiva ... come avevano mentito tutti quando avevano scritto, d'accordo con i magistrati del Re, di averlo visto andare in pineta, dalla strada che sapevano bene non essere transitabile, in auto quella mattina di quattro mesi prima.

Questo toglieva a Tony ogni possibile dubbio residuo, se mai ce ne fosse stato uno: il pestaggio di Dario era l'ennesima trappola, organizzata da Steno con la collaborazione di gendarmi e magistrati corrotti.
Anche questa sventata ... ma più pericolosa dell'altra.
La schizofrenia di quell'anima dannata del fratello stava peggiorando e Tony sapeva che non avrebbe smesso fino a che non avesse ottenuto il risultato agognato e ben impresso nel suo inconscio: la sua morte o la detenzione per un lungo periodo, così da poterlo derubare completamente dell'eredità materna e di ogni bene. Le molteplici, infami manovre messe in campo avevano lo scopo di far dichiarare quanto era di Tony bene ereditario, in modo da poterlo ereditare. Secondo quanto da lui denunciato Tony si sarebbe già impadronito della sua quota rubando l'oro e il denaro contante dalla casa materna, quindi, tutto il resto doveva essere suo e del vecchio padre che teneva prigioniero. Non avrebbe rinunciato, non poteva ... Era notoriamente pieno di debiti, col vizio della cocaina che, sicuramente, non era estranea a questa aberrazione mentale e spirituale. Doveva saziare troppi appetiti che, altrimenti, l'avrebbero divorato come fossero piranha.
Il commissario si sentì a disagio e se ne andò con la solita frase di rito.
-"Allora, se vi viene in mente qualcosa venite in gendarmeria che possiamo anche sentire senza verbalizzare nulla ... Saremo noi a verificare e vedere se ci sono elementi di riscontro oppure no. Sig. Peroni, domattina, visto che si sente meglio, le manderò un ispettore a raccogliere la sua deposizione di parte offesa ... Buonasera!".
-"Capito Dario? ... Ci ha già detto che se accusiamo Steno, finisce che ci condannano a noi per calunnia, perché la loro scientifica ha già verificato che sono usciti scavalcando il cancello. Impossibile, lo so ... ma anche passare da quella stradina con la mia panda era impossibile, eppure mi hanno arrestato e condannato. Tu sei pure testimone che mi hanno arrestato al bar e non in pineta con Volpi a bordo della mia auto, perché eri presente quando l'hanno fatto ... ma sono stato "serenamente" condannato. Che Dio glielo restituisca "serenamente" quello che hanno fatto a me! Ovviamente, avendo visto bene che questi sono quelli delle streghe che volavano sui manici di scopa, con tanto di prove e testimoni, io non insisterò di certo. Tutto il distretto è controllato da questa associazione a delinquere ... com'è che la chiamano? ... Mafia!?".
-"E fai bene! Son capaci di rifartelo!" – confermò Franco.
-"Ma, allora ... me lo devo tenere? – sospirò Dario – Devo sapere che chi mi ha fatto questo non pagherà ... No, io lo faccio a lui e noi non lo sbaglieremo ... Tu, dal momento che mi dimettono, non camminare mai da solo, in modo da avere sempre un testimone, meglio due, che possano scagionarti. Una cosa così noi non ce la teniamo."

-"Va bene Dario, grazie di avermelo detto, lo farò, ma ti chiedo di ragionare: non avresti scampo! L'hai capito che ha la gendarmeria dalla sua parte no? Ti accuserebbero inventando una qualsiasi storia a tuo danno ... Per esempio potrebbero asserire che Steno ha agito per rabbia in quanto tu avevi importunato la moglie e, perciò, lui te l'ha fatta pagare. Un delitto d'onore per lui, mentre il tuo per vendetta. Il tuo non sarebbe un delitto d'onore, ma da ergastolo! ... Capito?".

-"Accidenti! Non so perché, ma so che hai ragione. Allora devo accontentarmi di esserne uscito vivo e dimenticare tutto?"

-"Sì ... questa è l'idea. E devi ringraziare il cranio che ti ritrovi! Ricordi le risate quando ti dicevo che se davi un colpo di testa a un elefante lo avresti ucciso? Sei nato già pronto a sopravvivere a un evento come questo. Chiunque altro di noi non ce l'avrebbe fatta!".

Nel tempo che seguì vissero un periodo di calma relativa, interrotta solo dal prosieguo delle azioni di Steno che, il 25 Luglio, nonostante non fosse riuscito a far arrestare nuovamente il fratello dai suoi compari, lo citò in giudizio asserendo le stesse cose già dette senza successo in sede penale: l'eredità era costituita da due appartamenti, c'era mezzo chilo di gioielli e 7.000.000 di franchi di cui Tony si sarebbe impadronito e che dovevano essere scontati dalla quota di legittima.

Infatti, il valore dei due appartamenti, diviso per tre, faceva esattamente la cifra di cui accusava il fratello di essersi impadronito.

Naturalmente lui avrebbe ricevuto anche la quota del padre Cesare.

Quel poveruomo aveva telefonato anche un'altra volta al figlio Tony. Ancora una volta in cerca d'aiuto, ma la situazione non era cambiata. Se fosse andato a prenderlo i gendarmi avrebbero escogitato qualcosa per incriminarlo. Non poteva correre questo rischio. Consigliò al padre di tentare di chiamare un taxi e farsi portare a casa sua.

Ma doveva farlo lui, perché il telefono era sicuramente sotto controllo.

Tony seppe anche un'altra cosa che si univa ai già numerosi moventi di tutta quella mostruosa macchinazione. Seppe da alcuni amici che Vincenzo Volpi, che certo era un manovale del crimine, stava vantandosi tra una birra e l'altra che presto avrebbe ereditato una parte di 40.000.000 di franchi, ma non diceva da chi. Una risposta che Tony non ebbe difficoltà a darsi. Era la cifra approssimativa del valore dei due appartamenti e dei titoli che aveva cercato di farsi consegnare dalla banca. Ecco perché c'era tutta questa collaborazione intorno a Steno: aveva promesso parti a tutti ... tanto a lui che costava? Non erano il frutto del suo lavoro quegli appartamenti, ma di due persone che aveva sempre vessato e insultato e, i titoli, frutto del lavoro del fratello. Lui era solo un ladro e come tale aveva un concetto tutto particolare del valore delle cose. Molto diverso da chi se le lavorava.

Il mosaico andava definendosi sempre meglio.
Tony si era sempre chiesto, nonostante tutte le denunce e le condanne che aveva accumulato nel corso degli anni, perché Steno non era stato mai arrestato. Lui aveva ben visto che nel Regno di Tallia, per essere arrestati non era nemmeno necessario aver commesso reati ... bastava un'accusa! Dunque, che altra spiegazione ci poteva essere per la sua impunità? E per quella di Volpi? Amici gli avevano riferito in più occasioni che, durante gli arresti domiciliari, Volpi se ne andava in giro tranquillamente e passava le serate in discoteca. Com'era possibile che lo facesse, visto che da lui, per ben sei volte, erano andati a controllare che fosse in casa.
Suonavano al campanello e se rispondeva Mari, le chiedevano di far affacciare Tony perché lo vedessero.
-"Com'è facile capire la verità quando si dispongono delle informazioni giuste – disse Tony a Marinella aggiungendo – Inoltre, Steno ha il vizio della cocaina e non mi risulta che l'abbia perso... e sia Massoni che quegli altri hanno sempre un colorito smunto e spesso un'espressione eccessivamente esaltata. Te li ricordi quando gridavano che mi avevano visto in pineta?".
-"Altroché se mi ricordo! C'era uno che chiamavano Pinuccio che mi mostrava le ginocchia dei pantaloni macchiati di verde per dirmi che era stato inginocchiato in pineta ed aveva visto tutto ... *"Glielo dica a suo marito che è inutile che neghi, siamo tutti* testimoni" ... Un invasato ... con quegli occhi spiritati. Era uno di quelli che andava a farsi il guardaroba da Walter: tutta refurtiva!".
-"... E ricettazione, un reato più grave del furto. Marinella, a volte non so più se è giusto continuare ... mettere a rischio te e il bambino. Siamo soli immersi in questa realtà senza speranza. Forse la cosa migliore è fuggire via!".
-"Fuggire via? E dove? Ora che hai convinto me che bisogna risolvere queste situazioni in questa vita, per non ritrovarci a doverla rivivere ancora nella prossima, ti tiri indietro? Non si può fuggire da noi stessi perché ci porteremo sempre dietro tutto questo. No, hai ragione tu Tony: dobbiamo affrontare tutto e tutti una volta per tutte. Non mollare amore ... se molli tu tutto è perduto ... io non saprei cosa fare. Non dimenticare che, se è vero che tu hai le immagini del passato tragico che abbiamo vissuto più e più volte sempre a causa di queste stesse carogne, è anche vero che io ne ho le sensazioni e le emozioni e sono terribili ... Dobbiamo vendicarci di tutti loro, quello che ci hanno fatto è mostruoso!"
-"Sì, volevo sentirtelo dire ... sentirti confermare la tua decisione perché sarà dura uscirne. Ma il più è stato fatto ... Però non si tratta di vendetta Mari! Non possiamo cercare la vendetta, perché non potremo averla. Questi sono essere mostruosi e dormienti, non capirebbero nemmeno se glielo dici.

Agiscono come zombie, ripetono sempre le stesse cose: è il loro karma. Quando noi riusciremo a uscirne, certo non li incontreremo più ... ma loro faranno le stesse identiche mostruosità alle loro prossime vittime... finchè anche queste non saranno pronte a evolvere e andare oltre... Dobbiamo farlo per noi, per il nostro destino, non per loro o per vendicarci di loro".
-"Hai ragione amore mio, sei sempre così saggio! Ma ... io sarò meno evoluta di te ... perché mi vendicherei volentieri!"– concluse ironicamente Mari.
-"Sì ... dopotutto non ci starebbe male, anche se in linea di principio non servirebbe a niente. Potremo farci un pensierino a suo tempo ... vedremo!".
Tony la prese sulle ginocchia per pensare a cose più importanti ...
Passarono quel mese andando dalla zia, al mare, col bambino, facendo lunghe passeggiate fino a sera sulla battigia e vivendo serenamente la loro unione nonostante immersi in quella terribile situazione, ma consapevoli che ciò che contava era essersi ritrovati e risvegliati a vicenda.
Nessuno avrebbe potuto rimuovere questo dato di fatto: anche tentare di separarli era risultato impossibile.
Quel giorno d'agosto, guardando il tramonto sul mare mentre Marziolino giocava sulla sabbia accanto a loro, immersi in quella pace assoluta con il sottofondo della risacca, Tony disse alla sua compagna:
-"Forze del Bene molto potenti proteggono la nostra unione e questi sono ed erano solo serpi e creature della notte che tessono trame nell'oscurità, non viste, ma basta uno spiraglio di luce per vederle fuggire via a nascondersi nelle tenebre. Lo diceva anche Gesù Cristo: il male teme la luce, perché alla luce si vedono le sue opere! Ed è proprio così. Occorre screditare il male in ogni modo possibile, è questo l'unico modo di sconfiggerlo. Se ci si accapiglia con lui, egli vince, perché è riuscito ad attirarci e catturarci nelle sue trame ... con lui, nel suo inferno! L'unico modo per batterli, è procedere energicamente sulla via del bene lasciandoseli tutti alle spalle!".
Marinella era d'accordo ... con qualche riserva.
-"E' davvero difficile Tony non provare odio per chi è capace di farci tanto male ..."
-"Devi pensare che se riusciranno a instillarti l'odio che portano dentro, avranno vinto, ti avranno reso simile a loro. Proprio ciò che dobbiamo evitare ad ogni costo. Ci difendiamo e ci difenderemo sempre meglio e vinceremo, ma liberi dall'odio, perché ci battiamo per la giustizia, non per la vendetta!" – concluse Tony, sorridendo al sole che iniziava ad immergersi nelle acque dell'orizzonte, a occidente.
Una di quelle mattine, mentre dormiva profondamente, Tony fu svegliato da Marinella, spaventata.
-"Tony, sono di nuovo loro ... Bussano alla vetrata del terrazzino!"
Tony guardò l'orologio sul comodino ... erano le sei del mattino.

Non potevano essere altri che loro.

-"Il male bussa di nuovo alla nostra porta ... non dobbiamo opporci, non possiamo che aprire ..."

Sorrise alla sua Mari, tranquillizzandola.

-"Qualunque cosa vogliano esprimono solo l'ansia e il malessere di chi li manda Mari ... non facciamocene contagiare!"

Si infilò i pantaloni e la polo ed andò ad aprire, mentre insistevano a bussare. Vedeva il colore delle uniformi attraverso il vetro fumé della vetrata. Non aveva certo bisogno di chiedere chi fosse, ma lo fece, per sentire la risposta.

-"Gendarmeria ... abbiamo un mandato di perquisizione da eseguire!"

-"Ancora? Ma che volete da noi ... non vi sembra che sia ora di finirla?" – disse aprendo la porta e trovandosi davanti la sorpresa di un cane lupo che entrava seguito da un agente.

Il tenente si presentò dandogli copia del mandato di perquisizione ...Tony lo lesse a voce alta.

- " ... Perché si hanno motivi per ritenere che nell'abitazione e pertinenze dell'indagato si trovi un ingente quantitativo di sostanza stupefacente ... Che non gli spacca a tutti quanti!!!" – non poté trattenere di dire con un moto d'ira - Lasciatemi almeno svegliare il bambino, che non si spaventi con un cane lupo in camera da letto ... ha solo cinque anni!".

Il tenente Tenerari fu cortese e glielo permise, ma seguendolo personalmente, passo passo, fino in camera da letto. Non si sa mai riuscisse a liberarsi dell'ingente quantitativo di droga che quel Pm, sempre lo stesso, la dr.ssa Pampi, era certo dovesse trovarsi lì.

Prese in braccio Marziolino ancora addormentato e riuscì a svegliarlo come se ci fosse un gioco in corso cui partecipare.

-"Guarda Marzio ... un bau-bau ... guarda che bello!" - disse indicando il cane che saliva sul loro letto annusando dappertutto, davanti agli occhi esterrefatti di Marinella che si era rivestita in tutta fretta, mentre sentiva le voci in corridoio – Ora va nelle altre stanze. Fatti vestire da mamma che poi andiamo anche noi a giocare con lui".

Usciti il cane e gli agenti dalla camera da letto, Tony chiese al tenente di poter chiudere la camera da letto.

-"Mia moglie deve andare a scuola e si deve preparare, porterà anche il bambino dalla nonna ... C'è niente in contrario? Cosa ha detto il prode pubblico ministero del Re ... potrebbero trasportare un ingente quantitativo di droga fuori di qui?".

Il tenente non commentò, ma diede il suo assenso e si avvicinò alla cucina dove due agenti sembravano interessati ai barattoli di erbe di Marinella, li annusavano.

-"Sono erbe depurative prese in erboristeria, infusi e tisane che usa mia moglie e, qualche volta, anche io".
Le rimisero a posto, non erano sicuramente droga e passarono al bagno. Tony gettò uno sguardo fuori dalla finestra e vide un plotone di gendarmi, evidentemente dei gruppi cinofili visto che avevano cani lupo al seguito, che perquisivano la pineta intorno allo stabile e verso il luogo già indicato da Volpi quattro mesi prima.
-"Non mi dica ... - disse rivolto al tenente – ancora una chiamata di correo di Volpi Vincenzo? Incredibile! Ma com'è possibile che abbia tutti i pubblici poteri di questo distretto a sua disposizione? Vi rendete conto che siete venuti per la terza volta ad importunare delle persone oneste su indicazioni di una banda di delinquenti?".
Naturalmente non ci fu alcun commento, ma il tenente appariva sinceramente imbarazzato. Andarono nel salotto e lì sembravano soddisfatti di aver trovato dei foglietti di carta accanto al telefono. Erano biglietti per annotare i numeri di telefono in caso di bisogno. Avevano la scritta ditta Angelmi e il logo di quella azienda. Provenivano dal bar sottocasa, li mettevano a disposizione degli avventori, perché quella ditta vendeva gelati e li distribuiva a scopo pubblicitario.
-"Sono in tutti i bar ... perché v'interessano tanto?" – chiese inutilmente.
Avevano preso dalla scrivania anche alcuni scritti autografi di Tony e di Marinella, che nel frattempo era pronta a uscire e si avvicinò a Tony per salutarlo.
-"Non ti preoccupare Marziolino, ora devi andare da nonna, ma quando torni il bau-bau sarà ancora qui e ci potrai giocare" – disse per consolare il bambino, che era deluso di non poter giocare con quel bel cagnone.
-"Dobbiamo controllare anche l'auto, ne avete due?"
-"Sì, una fiat bianca e una panda rossa amaranto, sono parcheggiate giù" – rispose Tony.
Scesero anche i gendarmi, la perquisizione era terminata. Lasciarono partire Mari e iniziarono a controllare la Panda. Naturalmente niente droga nemmeno lì, come non ne fu trovata in pineta ... per l'ennesima volta controllata in lungo e in largo dai cinofili. Lo riferiva il sottufficiale che li comandava al tenente. Tony era furibondo.
-"Ma lasciatemi capire ... se aveste trovato droga in quella pineta ... sarebbe stata mia?!?".
Non ci fu nessuna risposta. Un gendarme tirò fuori dal cofano il pugnale da sub di Tony, ch'era nel porta bagagli ...Tony impallidì. Le leggi del Regno lo consideravano arma impropria ed erano previsti diversi anni di carcere...

-"L'ho dimenticato lì, l'ho usato ieri per prendere dei ricci di mare ..." – sapeva che per quei magistrati nessuna spiegazione sarebbe servita, l'avrebbero arrestato, come volevano...
Il tenente, però, fece cenno all'agente di rimetterlo al suo posto, dimostrando così di essere uno di quelli in buona fede: non partecipava, come Massoni e gli altri, a quelle macchinazioni.
-"Le devo chiedere di seguirci Sig. Vero, dobbiamo fare alcune verifiche in gendarmeria sulle scritture comparative e firmarle il verbale di sequestro del materiale, poi potrà tornare a casa".
Strana procedura, ma non c'era alcuna possibilità di opporsi ... dovette seguirli.
Nella loro sede lo fecero accomodare in un ufficio, ma nessuno si presentò a chiedergli niente per una buona mezz'ora. Nel corridoio vide una porta semichiusa, si avvicinò e sentì distintamente delle voci.
-"No ... non c'è dubbio sono grafie completamente diverse, anche nel modo di impugnare la penna, escludo che possano essere stati loro".
Bussò e fece finta di non aver sentito niente.
-"Mi scusi, ma sono le dieci, ed io avrei molto da fare ..."
-"Sì, ora le firmiamo il verbale. Le diamo esito negativo, ma le scritture private le dobbiamo trattenere, le vuole il magistrato, attenda pure qui".
-"Manco a dirsi ... Che ci posso fare, quel magistrato mi ama!" – disse per sdrammatizzare tutta quella assurda situazione. Il gendarme in camice bianco, evidentemente della scientifica, sorrise uscendo anche lui e infilandosi nel bagno vicino. Tony, veloce come una saetta, si avvicinò al tavolo da lavoro. C'erano ingrandimenti di fotocopie; una lo colpì particolarmente: un foglio di blocco notes a quadretti e su questo una serie di caratteri di giornale ritagliati e incollati sopra, a formare una frase che nemmeno guardò, perché vide apparire, al centro in basso, la parola Vero e, cosa assurda, era la grafia della madre defunta.
Come poteva essere lì?
Provò a leggere la relazione del perito che dichiarava che la scritta, all'ingrandimento, si ricavava impressa sul foglio dalla pressione di chi ci aveva scritto sopra, tra altri segni incomprensibili, la parola Vero. Risultava evidente che qualcuno avesse scritto questa parola su un foglio soprastante lo stesso blocco notes.
-"Pazzesco! E' uno dei fogli usati da mamma per scrivere il suo testamento! Devo riguardarlo, ma mi pare proprio così..." – pensò Tony, allontanandosi prontamente dal banco e avvicinandosi al calendario appeso alla parete. Lo stava guardando quando rientrò il tenente con il verbale di perquisizione e sequestro: esito negativo riguardo alla droga (!) e sequestro di scritti

autografi, tre foglietti di block della ditta Angelmi e due francobolli postali con l'effige della Rocca di Porro.

-"Ma perché i francobolli? Sono i più comuni ... Non credo che ci facciano la collezione in Procura!".

-"No di certo, ma il magistrato li ha voluti sequestrare" – rispose il tenente.

-"Senta, azzardo una domanda ... Lei mi sembra una persona intelligente e onesta e non è poco considerando ciò che ho visto fare da suoi colleghi: "Ma se aveste trovato droga in quella pineta mi avreste arrestato perché ci abito vicino? Mi risponda ... siamo a quattrocchi e non lo direi a nessuno!".

-"Lei ha proprio necessità di abitare lì? Si trasferisca altrove!" – lo sentì rispondere sibillino.

Prese il verbale, firmò la copia e lasciò la gendarmeria.

Passò a scuola, da Marinella, a tranquillizzarla.

-"Tutto bene, era sicuramente un'altra macchinazione del gatto e della volpe, ma andata a vuoto come le altre. Saranno furiosi ... No, non fare così ... gli daresti soddisfazione, lascia che siano loro ad essere depressi per tutti questi fallimenti. Noi ne usciamo e ne usciremo sempre vittoriosi. Con queste Istituzioni, però, non possiamo non subirle ...".

Marinella non riusciva a trattenere calde lacrime di rabbia.

-"Non sono le loro macchinazioni a disturbarmi Tony, ma il fatto che i poteri giudiziari, che dovrebbero essere onesti, sono a completa disposizione di simile gentaglia ... È intollerabile!".

-"Sì posso capire, ma i corrotti sono dovunque, del resto ne abbiamo parlato tante volte commentando scandali e devianze ad alto livello. Ecco, noi ci troviamo ad esserne testimoni, come tanti altri prima di noi. Pensa a quanti sono morti, anche tra i magistrati, certo diversi da questi. Troveremo un giudice vero quando sarà il momento, vedrai. Abbi fede!"

Spesso, la sera, Tony e Mari col loro bambino restavano sul lungomare di Tretorri a prendere il fresco, specie quando la zia Anna rientrava nella sua casa in paese per fare spese e commissioni.

Fu una di quelle sere, verso fine agosto, che incontrarono uno dei fratelli Peroni, Roberto, l'ex vice presidente e fondatore della cooperativa.

Tony lo rivide con piacere. Era stato l'unico di tutta quella banda di miserabili ad essersi sempre comportato lealmente. Non era un essere involuto ... comunque non una serpe, anche se certamente non era possibile con lui intavolare certi discorsi.

-"Non ho più visto Dario, come sta?".

-"Bene, ha sempre mal di testa, ma si sta riprendendo. E' a casa in paese, per il momento non torna al bar ... non se la sente".

-"Dell'inchiesta si è saputo niente?"

-"Ah ah ah, dell'inchiesta? Ma possibile che davvero non hai ancora capito niente?".
-"Cosa vuoi dire? Chi ha aggredito Dario e perché? Certo che lo so, ne abbiamo parlato anche con Dario se è questo che intendi!".
"No, no ... Sì, Dario mi ha detto dei sospetti e credo anch'io che sia così. Ma io me ne sono andato dalla cooperativa quando ho cominciato a subire pressioni da tutti per far avere appalti e acquisti a questo o quello e minacce di ogni genere. Ho considerato che non ne valeva la pena per farmi una casettina in cooperativa ... con quel vicinato poi! ... e ho mollato. Credevo che tu, invece, ti fossi messo d'accordo con qualcuno e quando ho saputo quello che ti succedeva ho capito che non eri coinvolto e che per questo ti hanno fatto fuori. Ma vedo che ancora non hai capito Tony ... eppure ce l'hai sotto gli occhi perfino adesso! Guarda: vedi quel movimento davanti al negozio di Paolo ... te lo ricordi no? Il mio amico del negozio di souvenir, di fronte al bar. Osserva bene quei due ... li vedi quelli con gli occhiali scuri? Sono due mafiosi al domicilio coatto. Sono sospettati di mafia; gli hanno dato il foglio di via dal paese loro e li hanno mandati qui e ci devono restare per dei periodi a decisione del giudice che li manda.
Paolo mi aveva già informato che gli stavano facendo pressioni pure a lui e che aveva rifiutato ... L'hanno picchiato due giorni fa, solo qualche ceffone, ma gli hanno promesso che tornavano in negozio e ora sono lì davanti. Stai a vedere ..."
-"Ma perché non li ha denunciati? Non reagisce?" – chiese Tony.
-"Ah ah ah, ... denunciarli? ... magari a quelli! Guarda: non vedi la pattuglia proprio davanti al negozio?" – rispose Roberto, indicandogli l'auto della gendarmeria. Tony trasalì e anche Mari.
-"Ma è Pinuccio ...!" – confermò Mari.
-"Sì ... e quello seduto a fianco è il suo compare ... un altro di quelli che mi avevano visto andare in pineta con Volpi"
-"Esatto, senti le urla? ... guarda la gente che scappa dal negozio ... Capisci?" – insistette Roberto.
-"No, che succede?..."
-"Succede che sono entrati e con una scusa hanno cominciato a litigare con Paolo, l'hanno aggredito e hanno rotto qualche vaso ... Per il momento si accontenteranno di questo. Torneranno domani a chiedergli il pizzo e Paolo dovrà pagare, oppure chiudere e se chiude, lo riaprono loro con un prestanome. Capito adesso?".
-"Ma loro chi? ..." – chiese Tony sbalordito.
-"Non te lo dico, voglio che lo dici tu ... Continua a guardare!".
Tony e Mari tennero lo sguardo fisso sulla scena che si svolgeva ad una distanza di circa venti metri.

Se perfino loro, pur essendo dall'altro lato della strada, avevano sentito i rumori e le grida, com'era possibile che non le avessero sentite i gendarmi parcheggiati davanti al negozio?
E i turisti che uscivano di corsa ... C'era davvero qualcosa di molto strano.
Un attimo dopo videro uscire due picciotti che con aria baldanzosa, calmi e sereni, passarono davanti all'auto dei gendarmi e si allontanarono tranquillamente, indisturbati.
-"Oltretutto non potrebbero uscire la sera tardi, hanno le misure di sicurezza ... ma chi li controlla? Quei due? O il commissario Massoni? Lo vedi? E' laggiù! Guarda quella panchina, di fronte al mare. Ecco, lo stanno raggiungendo ... guarda ora!".
Tony e Mari acuirono lo sguardo sforzandosi di vedere, perché quel lato era in penombra, ma videro chiaramente i due picciotti passeggiare sul marciapiedi fino a raggiungere la panchina dov'era seduto Massoni. Restarono in piedi rivolti verso il mare, era evidente, però, che stavano parlando. Poi videro il passaggio di qualcosa, ma era impossibile capire di più ... lo chiesero a Roberto che sembrava sapere tutto di quelle stranezze.
-"Sì, proprio come hai capito, li pagano con cocaina ... sono tutti tossici. Il commissario, quei gendarmi, probabilmente anche gli altri che hanno collaborato ad organizzarti quelle trappole. Dipendono da questi spacciatori per non stare male ... Sono brutte le crisi d'astinenza, quando gli succede farebbero qualsiasi cosa per avere la polverina e loro gliela danno. L'hanno appena fatto con Massoni e ora, se continui a guardare, vedrai che passano anche davanti all'auto e si fermeranno a dare il bobbo pure a loro".
Fu esattamente ciò che avvenne pochi minuti dopo: i loschi figuri si fermarono di lato all'auto dei gendarmi, scambiarono poche parole con l'autista e dappresso, quello dei due più vicino al finestrino, infilò la mano dentro e subito la tirò fuori, andandosene sorridente col compare.
-"Mostruoso! Roberto, ma ... tu sapevi tutto questo e non mi avevi detto niente?"
-"Non lo so da molto nemmeno io. Con una vita dietro il bancone ho imparato a riconoscere certi movimenti e non ho mai pagato pizzi a nessuno. Si finisce per dover pagare sempre di più e, alla fine, ci si ritrova a lavorare per loro. In Germania ed in Svizzera queste cose non esistono. Se li denunci, finiscono in galera in un battibaleno, qui, invece, se li denunci arrestano te! Per questo sono uscito dalla cooperativa e ho ceduto il bar".
-"Dio mio Tony, ma anche quei magistrati allora sono drogati?" – commentò Mari con sgomento.
-"No ... non credo, quella è gente che adora il potere, non credo che possa essersi venduta per un po' di polverina. Piuttosto, considerando che quello che hanno fatto non è meno grave di questo, penso che abbiano agito in

collaborazione col terzo livello mafioso. Quello collegato alla politica e che favorisce le loro carriere. Aspirano tutti ad andare nella capitale, nelle Corti Supreme o altro. Se è così ... penso che la molla che li ha spinti a collaborare con questi delinquenti, siano stati i sei miliardi di franchi del mutuo agevolato che ero riuscito ad ottenere per la costruzione di altri 45 alloggi, da unire ai primi 15 e, dal momento che per i primi quindici ero riuscito a tenere fuori le cosche dagli appalti, almeno per la prima parte ... volevano eliminarmi per garantirsi una bella fetta di quelle somme. Questo è più credibile e secondo me è questa la verità. Ma resta il fatto che per un motivo o per l'altro le due *bande* si ritrovano a collaborare e ... noi siamo soli! Forse è bene che pensiamo a una soluzione come quella di Roberto, Mari. Se restiamo qui siamo troppo esposti. Ci stavo riflettendo questi giorni dopo la frase di quel tenente. Conoscendo mio fratello, e Volpi non è certamente di pasta diversa, posso ringraziare che non ha ancora pensato a mettere un bel po' di droga in pineta per farmi accusare e arrestare dai suoi compari: credo non l'abbia fatto solo perché ha dei costi e lui non butterebbe mai via della droga per cose che può riuscire a ottenere anche gratis. Se pensiamo che, a titolo di confidenza, gli mettono sotto controllo anche il mio telefono e collaborano anche alla prigionia di quel povero vecchio ... Vengono i brividi a ciò che potrebbero organizzare ancora. A te dispiacerebbe se ce ne andassimo lontano da questa pineta?".

-"Da domattina mi metto a cercare casa al paese di mamma; lo dirò a tutti, vedrai che la troveremo"- fu la risposta decisa di Marinella.

-"Ve la cerco anche a Sirana, dove l'ho comprata io ce ne sono di belline. Chiederò per qualcuna da affittare" – disse Roberto.

Si salutarono.

Tony e Mari rientrarono in casa. Marziolino si era addormentato in braccio alla mamma, lo misero a letto e tornarono in salotto.

Tony riprese il discorso.

-"Sai che probabilmente se lasceremo la borgata perderemo anche la casa? ... ti dispiacerebbe?".

-"Cosa? Dispiacermi non andare a vivere in una casa rifinita con quegli imbrogli e con quelle serpi velenose intorno a me? Ma stai scherzando?... Questa è la migliore decisone che abbiamo preso da quando hai fondato la cooperativa" – disse Mari.

-"Mi sembrava una buona idea ... lo era. Era il materiale umano a non essere buono. Ma dovevo rifare gli errori del passato, nessuno escluso, per poterlo rivivere fino al punto di crisi e, così, superarlo per sempre!" – si scusò Tony.

-"Sì, lo so! Non voglio rinnegare niente ... ma, a questo punto, sento prioritario metterci al sicuro. Qui siamo in pericolo costante! Non dobbiamo continuare a contare sulla fortuna e sulle protezioni dall'alto di cui abbiamo finora goduto. Dobbiamo aiutare le forze a noi favorevoli e, allontanarci da questa pineta e da questa gente è senz'altro utile. Continueremo la nostra guerra stando a distanza di sicurezza ... nessuno ha intenzione di mollare".

-"Sì, tra pochi giorni c'è l'assemblea che avevo convocato con altri soci per valutare il comportamento degli amministratori. E' fissata al 30 Settembre. Se riusciamo a metterli sotto accusa per le morosità e gli intrallazzi che hanno organizzato in danno del resto della cooperativa, oltre che mio, allora bene, potremo restare ... altrimenti non ci resta che allontanarci".

-"Per questa volta tiferò contro ... tiferò perché tu non ce la faccia amore mio. Voglio che ce ne andiamo da qui e che mettiamo questa gentaccia il più lontano possibile da noi e subito!".

-"Voglio chiedere anche ai Ching, Mari, se allontanandomi da qui, mettendo al sicuro me e la nostra famiglia, perderò la casa in cooperativa. Mi è costata molto impegno e molto denaro, 4.600.000 franchi fin'adesso. Mi dispiacerebbe perderla".

Tony si concentrò sulla domanda, lanciò le monete del suo amico cinese sul tappeto e infine andò a leggere la risposta che fu illuminante come sempre.

-"Se i tuoi cavalli scappano, non corrergli dietro. Se sono davvero tuoi torneranno da soli!" – Tony diede lettura di questo responso secco e breve a voce alta e fece ridere Mari di soddisfazione.

-"Sì Tony ... ha detto la verità: questi cavalli sono veramente tuoi. Tu ci hai messo tutto te stesso per avere i finanziamenti, poi le aree, massimo impegno per riuscire a costruire le villette ... Loro, invece, hanno solo saputo rubare! La metafora è chiarissima: torneranno come dice il Ching, vedrai!".

Il 30 Settembre, Tony, si recò nel salone dove usavano fare le assemblee dei soci e c'erano tutti.

Doveva essere il giorno del giudizio per gli amministratori infedeli ... ma nessuno di loro si presentò. Arrivò, invece, un impiegato dell'UCT, Unione delle Cooperative di Tallia, e spiegò che gli amministratori non sarebbero intervenuti, perché era la prima convocazione e, in base alle leggi sulla cooperazione, l'assemblea andava automaticamente in seconda convocazione al 15 Ottobre. In quella ogni decisione sarebbe stata presa a maggioranza dei presenti, anche se fosse mancato il numero legale. Sembrava proprio un cavillo truffaldino, ma Tony non poteva farci nulla. Effettivamente le leggi sulla cooperazione affermavano questo. Sembravano fatte apposta per truffare i soci; il tempo gli avrebbe dimostrato che era proprio così!

Pochi giorni dopo e prima di quella data Tony seppe che il consiglio d'amministrazione, certamente ben imboccato su come agire, l'aveva escluso dalla società cooperativa Tretorri, ai sensi dell'art. 11 dello statuto, il quale recitava che il CDA, a maggioranza, poteva escludere il socio che fomentava disordini. Tony, in pratica, chiedendo che gli amministratori rispondessero della loro malversazioni e del loro stato di morosità aveva ... fomentato disordini!

Questa ennesima aberrante ingiustizia, chiaramente, mise, oltretutto, la parola fine ad ogni possibilità di impedire la deriva della società che, ormai, era saldamente sotto il controllo di un gruppo di lazzaroni; in completa balia di un direttore lavori infedele e di un impresario truffaldino. Sarebbe stato contrario ai suoi principi restare socio di una simile pletora di furfanti.

Avrebbe potuto opporsi legalmente all'esclusione perché il regolamento diceva che, nei casi dell'art.11, il socio doveva essere informato e aveva il diritto di difendersi dalle accuse, ma cosa avrebbe ottenuto opponendosi? ... Di restare loro socio?

Applicò in questo caso la regola aurea dell'I Ching e del Dio Cristiano: *L'unico modo di opporsi al male non è accapigliarsi con lui, ma procedere energicamente sulla via del bene!*

Doveva allontanarli dalla sua vita per l'eternità. Perciò, lui e Marinella, decisero di non presentare opposizione anche perché, comunque, avrebbero dovuto presentarla ai magistrati di cui avevano conosciuto le infauste gesta e non era affatto scontato che avrebbero ottenuto il riconoscimento delle loro ragioni ... semmai tutt'altro!

Decisero, pertanto, di lasciar andare verso il suo destino la creatura che avevano fondato con tanti ideali e progetti: case ecologiche, climatizzate in maniera naturale, un verdeggiante e fiorito villaggio residenziale al posto della borgata degradata e piena di discariche, urbanizzazioni, ripristino ambientale ... tutto finito!

Decisero, tuttavia, di non rinunciare a farsi rimborsare almeno i denari che avevano versato per la costruzione dell'alloggio e formalizzarono tale richiesta per mezzo di un avvocato. Vista la mancata risposta presentarono una citazione in giudizio civile con la quale intimavano la cooperativa Tretorri di restituir loro le quote versate.

La cooperativa rispose in giudizio, alla prima udienza, dichiarando bellamente il falso ovvero che, in occasione dell'arresto per spaccio di droga dell'ex presidente, il consiglio di amministrazione aveva fatto un controllo contabile scoprendo che si era appropriato di loro somme per totali 3.000.000 di franchi.

Esattamente la cifra della quale erano morosi gli amministratori e i sindaci della cooperativa. Incredibile, ma vero!

Tony dovette rileggere più volte il testo. Non credeva ai suoi occhi, ma era proprio così. Come potevano asserire una cosa simile? La loro morosità e che la sua amministrazione era stata corretta risultava chiaramente dalle scritture contabili. C'erano anche l'esame contabile del 20 Febbraio e la

liberatoria firmata dal consiglio d'amministrazione ad attestarlo. Dunque? L'avvocato Muroli gli spiegò che era aria fritta. Potevano dichiarare quello che gli pareva per difendersi, ma dovevano dimostrarlo.
-"Noi dobbiamo dimostrare con le ricevute bancarie di aver versato quei soldi e perciò li richiediamo indietro. Dovranno essere loro a dimostrare le appropriazioni indebite e ci vorranno prove documentali e contabili, non chiacchiere!".
Nelle udienze che successivamente si tennero i farabutti precisarono meglio le loro accuse aggiungendone di nuove. Contemporaneamente anche l'architetto Pilade Salvatore, avendo saputo che era stata emanata una delle tante amnistie con cui il Governo del Regno premiava i suoi delinquenti, si era rivolto al tribunale civile di Terranova lamentando di non essere stato liquidato per i suoi progetti esecutivi e la direzione lavori, relativamente alla querela per truffa che la cooperativa aveva presentato. Allegò una serie di tavole progettuali e un progetto di impianti e planimetrie che la cooperativa non aveva mai ricevuto, esibendo una parcella che si era fatto stimare dall'ordine degli architetti di Terranova. In pratica, oltre agli acconti già ricevuti, pretendeva altri 4.000.000 di franchi a saldo delle sue spettanze, calcolate in base al tariffario del Regno per architetti e ingegneri. Il Tribunale condannò la cooperativa al pagamento di quanto richiesto dal Pilade e questa attribuì anche per questo la responsabilità a Tony asserendo che egli non aveva puntualizzato, nel contratto, che l'accordo era per 2.400.000 franchi in totale.
La loro ignavia aveva partorito altri frutti idioti: gli amministratori in carica non avevano prodotto al processo di Terranova la liberatoria dell'architetto Pilade, nella quale egli, su pretesa di Tony, aveva dichiarato a chiare lettere che rinunciava alla direzione lavori e che null'altro gli era dovuto.
Sarebbe bastato quella documentazione a far vincere la causa alla Coop. Tretorri, ma non la presentarono e, visti i precedenti, Tony pensò che quei malfattori si fossero accordati anche con l'architetto in danno della cooperativa, in cambio di una buona mancia.
Produsse tutto quello che serviva a dimostrare i fatti: documenti contabili e atti giudiziari. Si sentiva certo, confortato anche dal parere dell'avvocato, che era sufficiente dimostrare la falsità di quelle affermazioni.
Ma non finiva lì!
Accusarono Tony anche di avere prelevato, per suo arricchimento personale, 1.500.000 franchi che il 31 Dicembre erano serviti a riscattare le cambiali che aveva dovuto avvallare. Tale accusa veniva rafforzata dalla dichiarazione dell'impresario della Toricostruzioni il quale asseriva di non aver avuto il saldo della fattura n. 16, proprio per quella somma costituita dalle cambiali. Non solo: contestualmente i quattro soci morosi e che, per

questo avevano ricevuto una lettera di esclusione per morosità il 28 Febbraio, dichiararono di avere dato al presidente tali somme in contanti e senza ricevuta, dal momento che non la potevano mostrare.
Pertanto chiesero che anche quelle somme fossero scontate dalla quota di cui Tony chiedeva il rimborso, insieme ad altre piccole cifre che, a rinforzo dell'infame accusa venivano denunciate come appropriazioni indebite, nonostante si trattasse palesemente di spese legittime e tutte correttamente registrate, inserite nei bilanci regolarmente approvati e dai quali non risultavano ammanchi di alcun genere.
Per esempio l'assegno da 73.000 franchi speso per ripulire le aree del cantiere, spesa approvata dagli organi della coop. Non si capiva come poteva essere considerata appropriazione indebita la spesa di 65.000 franchi, per l'acquisto di tubi in pvc necessari per la trivellazione di un pozzo per l'acqua di cantiere necessaria a pulire gli attrezzi da lavoro, nè dove fosse l'illecito profitto necessario alla consumazione di quel reato. Persino il prestito di 450.000 franchi a Walter Purini che, per accordi tra soci e amministratori, Tony doveva recuperare entro il 6 Gennaio dalla sua quota, fu spacciato come appropriazione indebita. Questo nonostante risultasse che Walter Purini aveva versato, in data 19 Marzo, la stessa cifra per coprire il prestito, nelle casse della cooperativa.
Tutto era in regola, quindi ...
A quale demone avevano venduto l'anima per potersi inventare simili follie?
Nemmeno il più corrotto dei giudici avrebbe potuto avvallare queste assurdità.
Tony, però, continuava a sottovalutare la corruzione del sistema giudiziario del Regno, ma presto avrebbe smesso di farlo e l'avrebbe visto in tutta la sua orripilante abiezione!
Pochi giorni dopo aver fatto queste considerazioni, infatti, ricevette notizie dalla Pm Tania Borrini, quella che aveva tentato di incriminarlo anche per la falsificazione del testamento della madre.
Gli faceva notificare un atto con il quale lo rinviava a giudizio per gli episodi infondati di appropriazione indebita di cui l'accusavano i soci della cooperativa Tretorri.
L'azione persecutoria non lasciava respiro. Si abbatteva su Tony senza soluzione di continuità con la tenacia del fuoco di fila. Simile atto intimidatorio avrebbe scioccato chiunque, annichilendolo e costringendolo alla fuga, ma non Tony. Egli aveva ben compreso cosa fossero e da dove provenivano quelle accuse: aveva individuato i protagonisti veri di queste azioni; voleva che venissero alla scoperto come stavano facendo e aveva predisposto una potente trincea per potersi difendere e riuscire, infine, a punirli severamente come meritavano. Tutti: uno per uno.

La consapevolezza della consecutio temporum concedeva a Tony un immenso vantaggio ... Essi, peraltro, mantenevano nella loro lorda coscienza il ricordo della sua fine e della loro vittoria. Era dunque inconcepibile, per le loro menti involute, vederlo ancora vivo a pretendere la restituzione di ciò che era suo ...

Al fondo di tutte le loro azioni insensate questa era la vera motivazione.

Tony non trascurava, inoltre, il fatto che anche gli inquisitori del passato prestavano la loro opera, senza la quale niente di ciò che era stato fatto e si stava ripetendo poteva essere portato a compimento.

La verità era questa: i veri colpevoli di tutto erano loro, gli inquisitori.

Allora come oggi, infatti, i poveri mentecatti della coop. non avrebbero potuto rubare altro che galline, come volpi nei pollai.

Essi erano la miserrima manovalanza di coloro che li usavano come burattini: gli inquisitori e l'associazione a delinquere che intorno a costoro si era costituita.

Una vera corte dei miracoli, una saga di tutte le bassezze umane che, purtroppo, oggi come ieri era riuscita ad assumere il controllo delle istituzioni.

Questa era la vera tragedia ... Le istituzioni di uno stato moderno, ridotte in schiavitù sotto il completo controllo di poteri antichi e criminali come questi.

In quei mesi Tony e Mari poterono assistere alla costruzione di un mosaico degli orrori che si ricomponeva davanti ai loro occhi.

Si rallegrarono d'aver deciso di lasciare Tretorri.

Si sentivano al sicuro nella nuova casa, erano lontani da quella pineta e da quella gente. Tony aveva ripreso la sua attività di tecnico di macchine. Non s'imbarcava più per navigazioni di lungo corso, voleva stare vicino alla famiglia e vedere Marziolino crescere.

Passavano assieme tutto il tempo libero.

Non erano più in riva al mare, così andavano spesso a casa della zia Anna, a dieci chilometri di distanza. Ci andavano soprattutto d'inverno quando il mare assumeva un aspetto che a Tony piaceva molto più che quello estivo. Amava fare lunghe camminate sulla scogliera e su, fino al capo di Torrebianca. Spesso ci portava anche Marzio e gli insegnava a superare le difficoltà della vita spiegandogli come scalare la scogliera e a non arrendersi mai. Avevano trovato una bella casa, grande, accogliente e con un bel caminetto che nelle sere d'inverno faceva molta compagnia. Tony restava ipnotizzato dal fuoco, non aveva mai avuto una casa col caminetto.

Non soffriva il freddo, ma gli piaceva tenere i piedi vicino al fuoco.

Ricordava quando da bambino si sedeva intorno al braciere di carbonella, per scaldarsi i piedi intorno a quella piccola brace che era tutto il

riscaldamento di cui le case dei sudditi di Tallia disponevano quando nel Regno si era più poveri. Ricordava il tempo in cui nelle contrade i carretti circolavano invitando la gente ad acquistare la carbonella per i bracieri.
Con i primi freddi davanti a tutte le porte si vedevano i bracieri ardere in attesa di essere portati dentro, una volta accesi, a riscaldare la povera gente e i bambini che sempre numerosissimi vi si sedevano intorno.
Povera gente, sì, ma semplice e sicuramente onesta.
Anche suo padre e sua madre lo dicevano ... quante volte li aveva sentiti lamentarsi che la disonestà di questi tempi è arrivata a livelli inconcepibili! Quando loro erano ragazzi le case erano aperte. Nessuno chiudeva la porta a chiave e non si sentiva mai di furti. C'era solidarietà anche tra vicini ... Come poteva essere finito tutto così?
Tony, certo, non poteva saperlo, lui conosceva la sua situazione e voleva uscire da quella ... perché avrebbe dovuto interessarsi di quella di un popolo che se ne fregava di ciò che veniva fatto a lui e alla sua famiglia?
Forse pensavano che a loro non sarebbe toccata mai? Poveri folli!
Quando si finisce in mano a bande criminali, predire il futuro è facile ...
Pura illusione pensare che qualcuno possa restarne fuori!
Tocca a tutti, prima o poi, di trovarsi coinvolti nel tourbillon del male ... specialmente quando lo si è promosso o, codardamente, non lo si è saputo e/o voluto contrastare.
Con Mari vivevano la loro bella storia d'amore che, nonostante fossero passati anni, quasi dieci ormai, continuava ad avvincerli, appassionarli, legarli più che mai e non accennava a diminuire, anzi!
La consapevolezza di essere impegnati nella risoluzione di quel nodo karmico era il miglior collante. Entrambi volevano uscirne e avevano ben compreso che non esistevano scorciatoie, né uscite laterali: dovevano passare dalla porta principale ed era lì che erano diretti!
Una mattina Tony ricevette un'altra telefonata del padre.
Con voce trafelata gli faceva sapere che era riuscito a chiamare un'ambulanza e si stava facendo portare al pronto soccorso.
-"Tony ... ti prego, fatti trovare là! Dirò al medico che voglio andare a casa tua. Sono nelle mani di un pazzoide! Steno è impazzito, ti odia ... ti ucciderebbe, ma ha paura di te. Se mi vieni a prendere non interverrà! ...Sto andando!!!".
Erano troppe le cose che Tony avrebbe potuto dire, ma erano tutte fuori luogo. Il padre gli stava chiedendo aiuto per l'ennesima volta e ora non aveva scuse, doveva andare a prenderlo anche se ci avesse trovato la gendarmeria.
-"Ok babbo, stai sereno, sto andando al pronto soccorso. Mi troverai lì ...".

Tony arrivò subito nel piazzale del pronto soccorso e scorse l'ambulanza imboccare il vialetto. Quando questa si fermò si avvicinò e all'aprirsi del portellone vide suo padre che si preparava a scendere. Era molto invecchiato, la malattia l'aveva davvero provato. Usava un bastone e il braccio sinistro era penzoloni, non l'aveva recuperato, ma per il resto si era ripreso bene, era lucido e sorridente. Si commosse nel vedere Tony dopo tanto tempo. Lo abbracciò piangendo e sedette sulla sedia a rotelle dell'infermiera che lo portava dal medico. Aveva accusato problemi cardiaci, ma era la scusa per farsi portare lì, in assenza di Steno e Mariangela.
Poco dopo, tuttavia, completamente trafelati, Steno e Mariangela arrivarono. Steno era ansimante, stava assistendo in diretta ad un altro pezzetto della sua macchinazione che andava in pezzi. Non doveva essere un buon momento per lui. Probabilmente per questo perse il controllo al punto da mettere le mani attorno al collo di Tony e stringerlo.
I gendarmi del pronto soccorso dell'ospedale erano lì e assistettero all'intera scena. Tony li guardò: non avevano facce da scagnozzi, sembravano bravi ragazzi, non coinvolti con nessuna banda criminale.
A Tony venne da ridere. Steno, come diceva sua madre, sembrava davvero una serpe, ma quello che gli piaceva di più era constatare che non riusciva a odiarlo, gli faceva quasi pena.
Però ... approfittando del fatto che era stato aggredito, quasi quasi valeva la pena di dargli una piccola lezione, giusto un pochino. Le mani si mossero da sole. La sinistra andò a poggiarsi sulla nuca del fratello e la destra chiusa a pugno lo colpì con un diretto preciso e potente, esattamente tra le labbra, mentre Steno sbraitava insulti. Con quel colpo Tony volle ricambiare tutte le follie di quegli ultimi anni e anche le porcate fatte ai genitori.
Si rese conto che forse stava colpendo troppo duramente, ma non fermò la corsa del destro micidiale che si ritrovava. Lo colpì con precisione chirurgica tra il naso e il mento. Labbro superiore e inferiore si spaccarono contemporaneamente, come frutta troppo matura.
Vide il suo sangue schizzare e lasciò la nuca.
Non avendo perso il controllo ritenne che quel pugno fosse sufficiente e non cercò di colpirlo di nuovo.
Il colpo, infatti, era stato potente e Steno era stordito. Caduto sulle ginocchia blaterava qualcosa di incomprensibile sputando sangue.
Si girò a guardarlo con odio indicibile proferendo una velata minaccia.
-"Grazie ... grazie ...!".
Tony capì la sua mente distorta.
Steno lo ringraziava per avergli dato motivo di vendicarsi di nuovo ...
Di cosa lo sapeva solo lui e l'infame che aveva dentro.
Tony non lo lasciò senza risposta.

-“Ma levati dalle palle, idiota, e ringraziami ... perché non te ne do tante quante ne meriti, ché resteresti morto a terra e precipitato di colpo all’inferno, dove sei molto atteso!”.
Steno trasalì a quelle parole e i suoi occhi divennero cupi, con lo sguardo di chi vive costantemente nelle tenebre.
Tony lo vide chiaramente e ciò gli fece capire che egli non era affatto inconsapevole. In quegli attimi ricordò tante parole che gli aveva sentito dire in passato; ad esempio quando raccontava di essere ossessionato dal numero 40: lo vedeva dappertutto e tutto ciò che gli capitava era collegato in qualche modo a tale numero. Tony scherzava su questo.
-“I quaranta ladroni ... forse sei la reincarnazione di Alì Babà o di uno dei 40 ladroni?!?”.
Anche Steno ci scherzava su, tentando di ridicolizzare le ossessioni che lo perseguitavano. Ossessioni in cui vedeva torme di ratti circondarlo famelici e oscurità spaventose ... Le sue visioni erano di questo tipo, erano immagini negative che lo tormentavano palesemente.
Quel gemello era il suo negativo ... la sua ombra, la sua scimmia!
Tony realizzò tutto questo in quei pochi attimi e si rivolse agli agenti.
-“Avete visto che mi ha aggredito? Capacissimo di denunciarmi per aggressione!”.
-“Come fa a denunciarlo per aggressione ... abbiamo visto tutti che è lui ad averla aggredita!”.
Tony si guardò attorno, anche altri presenti sul posto assentivano, avevano visto tutti. Si rivolse a Steno con tono autorevole.
-“Un altro grazie sprecato ... un'altra trappola che ti è scoppiata in mano. Vattene và. Levati dalle palle!”.
Mariangela vedendo il marito che perdeva sangue dalla bocca sibilò velenosissima.
-“Questa ce la paghi ... vedrai quanto ce la paghi ...!” – e lo accompagnò via.
Tony, però, non si era fatto sfuggire l’occasione per dare anche a lei quel che si meritava. Si trovò tra le mani una monetina da 50 franchi e gliela tirò tra i piedi.
-“Certo che ve la pago anche questa ... Tò ... prenditi questo acconto e levati dalle palle pure tu! Come si sta a casa mia? ... Bene vero? ... Quando me li restituite i miei soldi?”.
Non arrivò risposta se non una rapida ritirata.
All’uscita dal pronto soccorso la dottoressa si avvicinò a Tony.
-“Suo padre vuole andare a casa del figlio Tony... lei come si chiama?”.
-“Sì, sono io Tony ... gli dica che può uscire, Steno se n’è andato...”
Il vecchio Cesare uscì con un sorriso beato e lo abbracciò di nuovo commuovendosi e facendo commuovere anche la dottoressa a cui aveva

raccontato la sua storia recente e il perché si era fatto portare al pronto soccorso.
Una volta a casa, Tony gli fece vedere che la casa era grande e comoda e gli disse che avrebbe sistemato la sua cameretta in quella con la parete adiacente al caminetto, così sarebbe stato più caldo d'inverno.
Ricordando quanto fosse freddoloso il padre, Tony sapeva di avergli fatto piacere. Lo fece accomodare su una comoda poltrona, davanti al caminetto acceso, e lo vide addormentarsi sereno. Anche lui, pover'uomo, aveva assolto al suo karma. Non doveva morire insieme alla compagna di una vita. Doveva sopravvivere per compiere quello che andava compiuto perché tutto fosse come prima, com'era già stato tante volte.
Occorreva ricostruire la scena del crimine, non c'era un altro modo per risolverlo!
Anche la riuscita fuga del padre rientrava nel disegno karmico che gli dava indicazioni sulla positività di ciò che stava facendo... Se i suoi passi fossero stati sbagliati, i risultati sarebbero stati tutt'altro che positivi.
No, lui non stava sbagliando una sola mossa ... era il suo alter ego, vendutosi al male secoli addietro, a sbagliare tutte le mosse.
Al contrario che in passato, niente di quello che Steno aveva organizzato era giunto a buon fine.
Certo, non senza procurare danni, ma ogni battaglia crea rovine e ferite ... L'importante è vincerla!

Capitolo XIII
Steno Vero

Nelle meditazioni di quei giorni, Tony, riguardava ancora una volta al passato con spirito indagatore. In particolare rivisitava non le sue esperienze, ma ciò che Steno gli raccontava del periodo vissuto conseguentemente al suo incontro con Mariangela.

Davvero Tony non cercava vendette, lui aveva capito, era un risvegliato e un risvegliato non ripercorre la storia per altro motivo che la conoscenza.

Ora che aveva individuato i millenari servi del male, voleva solo trovare il modo di allontanarsene per sempre!

In codesto agire Tony svelava un inaspettato rigore nell'applicazione coerente dei concetti cristiani; infatti Cristo aveva ben delineato le modalità per riconoscere le forze del male e le vie del karma, concetto buddista che anche i primi cristiani procrastinavano, e che sarebbe rimasto in auge se il cristianesimo non fosse stato sepolto sotto montagne di assurdità e superstizioni. Gesù, secondo ciò che raccontano, in verità alcuni testi storici reperibili nel Kashmir, dopo il martirio sofferto a causa di peccatori, cioè del male, si allontanò da loro trovando rifugio per lui e i suoi familiari. Anche la madre partì con lui e in Kashmir c'è una tomba con l'iscrizione: "Qui giace il Dio degli occidentali".

La valutazione obiettiva conduceva all'inevitabile dubbio che quella tomba potesse essere un falso storico, di fatto Tony aveva voluto personalmente appurare che la sepoltura in Kashmir fosse molto antica. Per gli abitanti del luogo Gesù era semplicemente un profeta, un illuminato che parlava di pace e di verità. Perché avrebbero dovuto simulare una simile menzogna?

Tony, nel visitare quella tomba ebbe la lucida e netta percezione d'essere di fronte alla verità: vide coi propri occhi una versione dei fatti più logica e credibile di quella che sentiva raccontare dai preti.

L'aveva incontrato proprio in quel periodo Steno. All'epoca viveva ancora a casa dei genitori e Tony era rientrato da uno dei suoi viaggi.

Steno gli aveva raccontato che anche lui aveva provato a imbarcarsi. Voleva imitarlo, girare il mondo proprio come faceva lui.

Era un bravo operaio, sapeva saldare, tornire e gli piaceva lavorare, ma non riusciva ad andare d'accordo col resto dell'equipaggio e questo problema, che egli non riusciva a capire a cosa fosse dovuto, andava peggiorando sempre più, fino a un tragico epilogo che raccontò a Tony.

La nave in cui Steno si era imbarcato era alla fonda nella baia di Vancouver, Costa dell'Oceano Pacifico, in Canada, in attesa di entrare in porto. Era d'estate, il clima era mite ed egli stava a poppa appoggiato ai corrimano, sorseggiando una birra e osservando alcune balene che saltavano fuori dall'acqua a poche centinaia di metri da lui.
All'orizzonte svettavano le cime innevate delle montagne dell'Alaska.
Era il suo primo viaggio lontano dal Regno di Tallia e dall'Europa, ed era affascinato da quello che vedeva. Provenivano da San Francisco, in California, ed avevano passato il Canale di Panama per entrare nel Pacifico. Esperienze incredibili per chi non aveva mai visto altro che il paesello.
Era l'ora di pranzo e Steno si apprestò verso la saletta mensa.
Passando davanti alle cucine non mancò di lanciare una battuta al vetriolo al cuoco che accusava di non saper cucinare. In saletta altri si stavano lamentando del menù di quel giorno e lui non perse occasione per aizzare ancora di più gli animi; lo faceva alla grande, lanciando al cuoco insulti sempre più pesanti e minacciandolo con veemenza nel portare il piatto in cucina ... Ormai era diventata una sgradevole abitudine.
Questa volta, però, il cuoco non se le tenne e reagì brutalmente, lanciandogli addosso quello che aveva in mano: lattine di pelati che mancarono Steno, ma colpirono altri che stavano entrando in saletta.
Non fu necessario altro per scatenare l'esplosione della tensione accumulata da troppo tempo.
Scoppiò una rissa furibonda che coinvolse l'intero equipaggio.
La rissa assunse proporzioni tali che a bordo di un mercantile non se n'erano viste mai di simili!
Il cuoco ormai voleva vendicarsi e, esaltato dalle urla, dalla rabbia e dalla violenza che contagiava tutti, uscì dalla cucina brandendo un grosso coltello da cucina in cerca della sua preda.
Gli uomini si aggredivano l'un l'altro rabbiosi e, armati di mazze da lavoro e coltelli, si inseguivano tra i ponti della nave costringendo il comandante e alcuni ufficiali, quelli che non si erano lasciati coinvolgere nella follia di quegli scontri, a barricarsi nella plancia di comando e lanciare un SOS alla capitaneria di porto canadese, la quale, incredula, mandò a bordo reparti antisommossa dalla vicina base navale.
Ci volle tutto il loro impegno e la loro capacità professionale per sedare la colossale rissa.
In realtà sedare è un termine improprio.
Quando i reparti speciali salirono a bordo, calandosi dagli elicotteri e arrembando la nave dai gommoni, dovettero solo bloccare i pochi sopravissuti a quegli scontri: esausti e feriti anch'essi fu relativamente facile metterli in catene. Ciò che videro occupando la nave aveva dell'incredibile.

Nemmeno loro, addestrati per simili circostanze, avevano mai immaginato qualcosa di simile. Né i loro istruttori nei corsi d'addestramento avevano mai ipotizzato niente del genere.
I trenta uomini dell'equipaggio vennero recuperati lungo i corridoi e nelle salette, morti o feriti gravemente.
Prima di entrare all'interno dei locali dell'equipaggio avevano lanciato i gas lacrimogeni: lo spettacolo orribile apparve innanzi ai loro increduli occhi tra i fumi, oltre le maschere antigas che indossavano.
Il sangue era schizzato dappertutto; la scena era davvero apocalittica e i giovani militari ne restarono spaventati.
Steno fu recuperato davanti alle cucine dove il cuoco l'aveva trapassato sul fianco destro con un grosso e affilatissimo coltello da cucina, spaccandogli il fegato in due, colpendolo alle spalle mentre tentava la fuga da ciò che lui stesso aveva scatenato: era riversato su un fianco, a bagno nel suo sangue.
La velocità dell'intervento e dei soccorsi che portarono i feriti in elicottero direttamente all'ospedale di Vancouver, che era stato allertato, gli salvarono la vita.
Restò venti giorni in bilico tra la vita e la morte; poi un altro mese per riprendersi abbastanza e poter essere dimesso. Gli fu chiesto, dal procuratore che svolgeva le indagini, di non lasciare Vancouver, dal momento che il cuoco e altri marittimi che avevano partecipato a quella colossale rissa erano stati arrestati con capi d'accusa gravissimi che prevedevano condanne per omicidio e lesioni gravi.
Il cuoco aveva accusato lui come responsabile della rissa e di averlo provocato gravemente con insulti e minacce. C'era il forte sospetto, insomma, che lui non fosse una delle vittime della rissa, ma colui che l'aveva provocata.
Steno sapeva bene come stavano le cose e si preoccupò di lasciare il Canada al più presto. Aveva avuto un semplice invito a rendersi reperibile a Vancouver fino a nuovo ordine, ma non gli era stato trattenuto né il passaporto, né il libretto di navigazione; così egli approfittò per raggiungere la vicina Seattle, negli Stati Uniti, e da lì rientrare in Tallia lasciandosi alle spalle tutto quello che aveva combinato.
Nel momento in cui aveva raccontato tutto questo al fratello, Steno era da tempo guarito completamente. Doveva, tuttavia, fare dei controlli mensili per almeno un altro anno, perché la ferità era stata mortale ed aveva una grossa cicatrice perpendicolare da poco sotto la spalla destra fino alla vita. Per potergli operare il fegato l'avevano aperto tagliandogli le costole da dietro, ma dovettero ricucirlo anche davanti perché il cuoco, in preda ad un raptus omicida, oltre ad averlo trapassato da parte a parte, aveva anche agitato la lama dentro di lui ...

Cose difficili da credere, ma Tony aveva già avuto modo di notare l'innata capacità di Steno di tirar fuori il peggio da ognuno di coloro che lo avvicinavano, questo fin da bambini ed era un potere cresciuto con lui.

Una vera maledizione! Anche perché puntualmente, compreso questo caso, finiva per ritorcersi su di lui come un boomerang.

Mesi dopo, Steno ricevette una comunicazione dal Tribunale di Vancouver: il cuoco era stato riconosciuto colpevole di tentato omicidio e rissa e condannato a 25 anni di carcere.

L'avvocato d'ufficio che era stato nominato per Steno, processato in contumacia e assolto dalle accuse di aver provocato lui la rissa, gli scrisse a sua volta per avvertirlo che il cuoco, sentendo la sentenza di condanna, sembrava impazzito e aveva giurato che l'avrebbe ucciso a qualsiasi costo.

Anche se Tony non frequentava il fratello, erano un paio d'anni che non lo vedeva e andarono assieme in pizzeria ... Erano due gemelli molto simili nell'aspetto; anche se non erano proprio identici, chi non li conosceva bene li confondeva facilmente. Da bambini giocavano scambiandosi i vestiti e facendosi credere l'un per l'altro. Quel gioco piaceva moltissimo a Steno che fin da allora cominciò a combinare monellerie facendo credere che fossero state commesse da Tony. Il furto di una bicicletta che vide Tony fermato dalla gendarmeria fu l'ultima. Tony fu salvato dalla madre la quale dichiarò che era rimasto in casa tutta la sera a dare un aiuto al padre. I gendarmi cercarono Steno che fu trovato insieme ad un suo amico alla festa del patrono ... con la bici rubata.

La vittima del furto, un vicino di casa, non volle ritirare la denuncia, anche se Steno assicurò che l'aveva presa solo in prestito e che l'avrebbe rimessa a posto al rientro; se il signor Pirro non se ne fosse accorto casualmente quella sera, la mattina l'avrebbe ritrovata al solito posto in giardino e non sarebbe successo niente. Probabilmente sarebbe andata proprio così, invece Steno fu denunciato per furto e condannato per direttissima a sei mesi con la condizionale. Era stato bollato come ladro e quella fu la prima di una lunga serie di condanne.

Del resto aveva solo quattro anni quando fece il suo primo furto.

Il padre Cesare, dopo pranzo, era solito schiacciare un pisolino e poggiava i pantaloni sulla sedia, in camera da letto. Quel pomeriggio alzandosi si accorse che il portafoglio non era più al suo posto. Aveva appena ritirato la pensione e si spaventò. Uscì in cortile e vide Steno che giocava con una palla vicino al portoncino d'ingresso. Non aveva mai visto quella palla e con uno sprazzo d'intuito si gettò fuori e corse nel vicolo che costeggiava lo stabile. Appena voltato l'angolo trovò due ragazzi, due adolescenti, che stavano frugando il suo portafoglio. Li raggiunse e glielo strappò letteralmente dalle mani, lasciandoli sorpresi, ma incapaci di reagire.

-"Vi sembrano cose da fare? Conosco i vostri genitori, gli dirò quello che avete fatto. Certamente ne saranno addolorati, ma è giusto che sappiano" – disse, furente e ansante per la corsa e controllando, intanto, che non mancasse niente.
-"Noi non abbiamo fatto niente ... Steno ci ha offerto di fare a cambio con la palla e le birille e abbiamo accettato. Non lo dica a mio padre Sig. Vero ... mi uccide se lo viene a sapere" – replicò implorante e spaventato Alfredo, un ragazzino dinoccolato e con il ciuffo sempre sugli occhi. Non era un cattivo ragazzo: Cesare si era, infatti, molto meravigliato del suo comportamento.
-"E' proprio così Sig. Cesare ... Noi stavamo passando lì davanti, diretti al campo sportivo per giocare a pallone ... E' stato quel bambino a chiamarci. Ci ha chiesto lui se volevamo fare lo scambio, noi abbiamo solo accettato!" – confermò anche Roberto, da dietro gli occhiali a fondo di bottiglia che doveva portare. Anche lui era un ragazzino notoriamente per bene, figlio di un gendarme che abitava dall'altro lato della strada.
-"Sì, vi credo ... ma avevate visto che era un bambino di quattro anni a proporvi di scambiare un portafogli pieno di soldi con una palla e qualche birilla ...Voi di anni ne avete una quindicina! Come minimo avreste dovuto chiamarmi e farmi sapere cosa stava combinando il bambino. Lui non capiva l'entità del danno che stava facendo ... E se non me ne fossi accorto? Vi sareste tenuti la mia pensione?".
-"Ha ragione signor Cesare! Noi, però, lo abbiamo visto dopo che c'erano tutti quei soldi. Abbiamo pensato che l'avesse trovato ... Lo so che sembra strano, ma è proprio così ... Non lo dica a mio padre ... La prego!!!"
Nel tempo, Cesare aveva raccontato più volte questa vicenda ... sempre convinto che Steno avesse agito senza avere cognizione del danno che faceva. Come poteva un bambino di quattro anni rubare un portafogli con cognizione di causa? Tony, però, non aveva mai commesso un'azione simile! Decise comunque di non dire niente a nessuno, perlomeno non fuori della loro famiglia. Disse ai ragazzi di riprendersi palla e birille e sculacciò Steno ... Che almeno sapesse che non doveva farlo più.
Questo era Steno fin dai primi anni di vita e, contrariamente ad altri, lui crescendo non migliorava semmai, al contrario, peggiorava ... A meno che non si assumesse per la valutazione la scala del male, perché in questo caso, viceversa, il miglioramento era sempre più evidente e, a volte, impressionante.
Quella sera i due fratelli, evento rarissimo, stranamente assieme, chiacchieravano amichevolmente davanti a una pizza e una buona birra.
Steno era in vena di confidenze. Aveva conosciuto una ragazza, era molto bella e se n'era invaghito perdutamente. Quando stava con lei aveva delle

strane sensazioni, cose mai viste né sentite che lo spaventavano un po', ma ne era attratto come non era mai successo con nessun'altra prima.

Tony volle sapere.

-"Che genere di sensazioni? ..."

-"Non saprei definirle ... Ho l'impressione di averla già conosciuta, ma non adesso, come se l'avessi sempre conosciuta, anche prima di nascere. Lo so che è incredibile, ma mi sembra proprio che sia così. Poi ho delle visioni, cose strane, come immagini che appaiono e scompaiono rapidamente. Come se volessero dirmi qualcosa, ma non ho il tempo di capire. E questo numero quaranta che mi ossessiona! Non chiedermi che significa, non lo so!".

-"Come non lo sai! Alì babà e i quaranta ladroni!" – disse Tony schioccando le dita. Era la prima volta che sentiva questa storia dei quaranta ladroni, ma la prese per uno scherzo e stava al gioco.

Steno non era allegro, però.

-"No, Tony ... è qualcosa di serio e di preoccupante. Almeno, a me preoccupa. Cerco di scacciare queste cose ma me le porto dietro dovunque vado e non so come liberarmene. Una sera, dopo avere accompagnato Mariangela a casa, mi fermo sul lungomare a fumare una sigaretta e mi appare questo quaranta. Era un diavoletto rosso velocissimo e cercava di non farsi vedere bene. Ogni volta che puntavo lo sguardo nella sua direzione, scattava e si spostava, ma non si allontanava da me. Non so come, ma qualcosa mi diceva che io ero lui ... o che lui fosse me ... non so! Però da quella volta mi sono convinto che certe cose che faccio, a volte anche senza volerlo, non sono io a farle, ma lui!".

-"Ahhh ... comodo, un capro espiatorio! Ne hai uno anche per me? Quanto costa?"- scherzò Tony, ma Steno non rise.

-"C'è poco da ridere! Non so spiegarti perché e per come, ma so che è tutto vero Tony. Oltretutto a causa di queste visioni e sensazioni mi sono attaccato sempre di più a questa ragazza ... L'altro giorno l'ho legata al tavolo di cucina della casa di un amico che me l'aveva prestata e gliene ho fatto di tutti i colori".

-"E c'era bisogno di legarla?" – chiese Tony sconcertato.

-"Mi piaceva farlo ed è piaciuto anche a lei. Certe cose non vuole farle se non la lego per bene. Una volta legata ... allora mi permette di tutto e di più!".

-"Ah ah ah ... contenti voi! Ti regalerò della buona corda allora ... Ah ah ah!" – risero entrambi e Steno continuò.

-"Ho pensato che fosse un effetto allucinogeno della cocaina che stavamo usando e, per verificarlo, ho smesso di usarla per almeno un paio di settimane, ma non c'è stato nessun cambiamento: non era la neve, era lei,

Mariangela, che mi sconvolgeva in quel modo. Oltretutto fare sesso con lei non è come farlo con le altre ... è tutto diverso, più coinvolgente, da sballo!".
-"Stacci attento con quella roba Steno ... sbomballa il cervello e i danni che fa non sono recuperabili. Una volta fatti sono per sempre".
-"Macché, tutte cazzate! Sono almeno un paio d'anni che la uso e sto benissimo e anche Mariangela ... Non è eroina, quella sì che rovina la salute, rende come zombie, ma la coca fa stare bene, dà la carica. Io, poi, non ne spaccio. Non mi piace l'idea di doverla vendere per pagarmela. Preferisco guadagnarmela dandomi da fare, ricavando i soldi da altre cose ... e quando un affare mi va bene, ecco che allora me ne compro un po' e mi sento soddisfatto, come in paradiso ...Tutto è bello, luminoso, piacevole ..."
-"Sì ... sì ... poi, però, vengono il down e le paranoie, le manie di persecuzione. I cocainomani sono difficili da gestire. Si fanno convinti che li vuoi male e si difendono facendotene di tutti i colori anche se in realtà non gli hai fatto niente! In Sudamerica è pieno di cocainomani e, credimi, non hanno una bella vita! Se sei ancora in tempo smettila, prima che sia troppo tardi".
-"Troppo tardi!? Ma io smetto quando voglio ... Non dà nessuna assuefazione ..."
-"Questa chi te la racconta, il tuo fornitore? Chi è? Il nostro è un paesino, come puoi trovare la coca qui?"
-"Me la procura Mariano ... Viaggia molto per suonare e ne porta per tutti!".
-"Mariano Trullo? Quello che suonava la fisarmonica?".
-"Sì ... ora suona la pianola in un complesso rock. Li chiamano dappertutto, sono bravi. Vuoi provarla? Ne ho un po'..." – propose Steno.
-"Ma và ... Per provarla l'ho provata, in Guatemala. Una ragazza di un night ne aveva e me l'ha fatta provare. Era un tubetto rigido, come di sale rappreso. Ne ha grattato un po' sul tavolo, l'ha tagliuzzata con una lametta e poi mi ha dato una specie di cucchiaino d'argento per tirarla su col naso".
-"Quando è pura è così ... a cristalli. E ...?"
-"E ... non posso dire che non mi sia piaciuta. Mi ha fatto sentire una specie di gigante. Vedevo tutti piccolissimi, poco più che sorci e anche fare sesso è stato piacevole, anche se limita le sensazioni e so che a lungo andare rende impotenti. Però, mi resi conto che non era come farsi uno spino ogni tanto ... era qualcosa di coinvolgente e di contrario alla mia voglia di libertà: quella roba rende schiavi! Non ne ho voluto più sentire, né vedere. Non è roba per me ...".
Tony tornò di colpo nel presente.
-"Giusto! - pensò con un lampo di intendimento – Ecco la verità! Non ricordavo più, ma Steno me l'aveva detto chiaro. Da anni fa uso di cocaina e questo spiega certe azioni folli. Il suo cervello è danneggiato

irrimediabilmente. E la storia di Quaranta? Steno, di fatto, mi ha raccontato della sua possessione. Il diavoletto rosso che lo possiede ... Quaranta, come lo chiamava ... dev'essere cresciuto parecchio da allora, allevato sontuosamente come ha fatto Steno, nutrendolo di malvagità in un continuo e inarrestabile crescendo, ormai prive di alcun freno. Dev'essere diventato un bel pezzo di diavolone ..." – sorrise al pensiero. Era soddisfatto di aver capito un altro frammento di verità. Aveva identificato ancora un pezzo del mosaico, un buon risultato su cui meditare ancora.
Intanto gli veniva prepotente alla mente un pensiero: e se non fosse una libera scelta? Se Steno non avesse potuto fare altro che quel che faceva?
Se così fosse stato, però, il libero arbitrio sarebbe andato a farsi fottere!
Non era possibile. Tony pensava che era sempre una libera scelta quella che portava ad agire in un modo anziché in un altro. Servire il bene, anziché il male. La stessa cosa che pensavano tutte le grandi religioni rivelate.
... Ma ... Se non fosse vero?
Se quelli come Steno, e sono tanti, fossero venuti al mondo per fare esattamente quel che fanno non avendo alcuna possibilità alternativa?
Se così fosse tutto sarebbe cambiato.
Sarebbe stato necessario cercare altre spiegazioni, cercare la verità verso innumerevoli altre direzioni...
In proposito gli era rimasta impressa una trasmissione TV. Era un documentario di scienze che l'aveva colpito profondamente per tutte le implicazioni che si portava dietro. Alcuni scienziati studiavano il comportamento di un particolare tipo di insetto, una vespa gialla e nera che faceva il suo nido impastando con la sua saliva della terra. Erano nidi di forma tonda, ma quando stava per finire, il foro dell'ingresso lo faceva ad imbuto e aperto verso il basso. Non solo, ma le pareti dell'imbuto le insalivava in maniera da renderle scivolose. Gli scienziati si chiedevano perché facesse così e continuando a seguire con le telecamere l'evoluzione di quella situazione lo capirono. Quando la vespa deponeva le uova nel suo nido, in sua assenza si affacciava, all'imboccatura dell'imbuto, una mosca che tentava di entrare nel nido senza riuscirci, scivolava e ricadeva giù; volando non le era possibile, perché le pareti dell'imbuto impedivano alle sue ali di vibrare. Così doveva rinunciare. Gli scienziati studiarono quel particolare tipo di mosca e scoprirono che era solita depositare le sue larve nei nidi di altri insetti, quando riusciva anche in quelli di quelle vespe, perché le sue larve si nutrivano per la crescita delle uova deposte. Così facendo distruggevano gli ospiti. La domanda che gli scienziati si ponevano e ponevano al pubblico era: dal momento che la vespa era nata di recente ed era al suo primo nido ... come faceva a sapere che se non avesse inserito nel nido l'imbuto insalivato avrebbe perso la sua prole a causa della mosca?

Non poteva certo averlo letto sui libri, né aveva seguito un corso di addestramento tra le vespe per saperlo. La risposta appariva logica e inevitabile: lo sapeva da prima di nascere. Da questa e altre provate considerazioni Tony cominciava a nutrire dubbi sul libero arbitrio.
Le meditazioni di Tony lo stavano portando a considerare che ogni essere vivente nasce con un compito prestabilito da svolgere e la sua mente, o qualcosa in essa contenuta, sa bene cosa deve fare per portarlo a termine. Non era quello che lui stesso stava facendo? Aveva solo notato che mentre lui, avendo raggiunto la consapevolezza ne era cosciente, molti agiscono istintivamente: non sanno perché, ma fanno azioni predeterminate, esattamente come quella vespa!
Voleva scacciare quel pensiero, ma non ci riusciva. E se Steno non fosse solo il suo gemello, ma parte del suo destino? Nel senso che anch'egli doveva rifare ciò che aveva fatto in passato per ricostruire la scena del crimine, affinché tutto potesse ripresentarsi esattamente uguale, e lui potesse capire e risolvere per sempre? Del resto, era questa la conclusione che aveva già raggiunto analizzando la vita dei suoi genitori e la loro fine.
Tutto era avvenuto nel momento più adatto per risvegliare certi personaggi dormienti e portarli a ripetere le loro azioni.
Se, dunque, Steno, suo fratello, era nato col compito di tirare fuori da tutti gli "attori" il peggio che avevano dentro ... lo aveva certamente assolto.
-"Un bel concetto, certo! Quel pezzo di merda ha agito da pezzo di merda per nobili motivi! ... Smettila Tony o finirai per farti del male convincendoti che certe serpi non mordono, se non le disturbi ... eh eh eh. Semmai, da tutta questa analisi viene fuori che i veri responsabili, quelli da punire davvero, sono gli inquisitori. Sono stati loro a dirigere le danze della storia. Gli altri, anche Steno, sono stati tutti usati come burattini. Ma sono i burattinai da eliminare, si spera per sempre!"
Tony trovava sempre il bandolo della matassa.
Decise di tenere in sospeso le conclusioni della sua meditazione, in attesa che nuovi elementi si mostrassero per avvallare una tesi piuttosto che l'altra.
Passarono qualche mese sereni, col vecchio Cesare di nuovo con loro, anche lui finalmente tranquillo, libero dalle follie di Steno.
Cesare volle esporre i fatti al procuratore capo Valdo Basoni.
Così Tony venne a sapere che Basoni era stato uno degli inquisitori responsabili delle macchinazioni in suo danno sottoscritte dal padre. L'aveva già individuato, ma il racconto di Cesare gliene diede conferma.
Raccomandò, perciò, al padre di limitarsi a raccontare i fatti, così come li aveva vissuti, onde evitare che quel deviato potesse usare gli scritti paterni in loro stesso danno.

Pur consapevole che l'azione di Cesare non sarebbe servita all'apertura di una nuova inchiesta contro i mandanti della campagna diffamatoria a suo danno, (visto che i mandanti erano gli stessi che avrebbero dovuto indagare!), tuttavia veder messo nero su bianco, anche dal padre Cesare, la dichiarazione che era stato tenuto prigioniero da Steno, (loro complice!) e usato suo malgrado, fu una notevole soddisfazione. Tony, sempre abile e deciso nella tutela dei suoi beni e diritti, nonché del Diritto in generale, aveva scritto, documentato ed inviato alla Corte Europea dei Diritti dell'Uomo di Strasburgo, tutte le azioni subite ben elencate, in ossequio al precetto cristiano declamante che il male teme la luce, perché è alla luce che si vedono le sue opere!

Sapeva di dover promuovere ogni azione possibile adatta a screditare il male e, quindi, sconfiggerlo con una perseverante, verace e decisa iniziativa.

Venne il giorno del processo relativo alla perquisizione che i gendarmi avevano fatto con i cani lupo nella loro mansarda di Tretorri e nella pineta intorno.

La perquisizione diede l'ennesimo esito negativo, ma la stessa Pm Pampi, aveva ordinato il sequestro di scritti dei quali pensava, evidentemente, poterne fare buon uso, utile ai loro scopi.

Quel genere di istituzioni erano enormemente indispettite dal fatto che Tony, teso a dipanare l'immane macchinazione, avesse avuto l'ardire di denunciarli tutti alla Corte Europea dei Diritti dell'Uomo ... Come aveva osato!?! Per ovvi motivi era di primaria importanza cercare di screditare quanto più possibile Tony.

Quei dannati si credevano onnipotenti e forse avevano anche ragione visto come avevano ridotto la giustizia nel Regno.

Tony, però, non era un suddito, ma un cittadino e per lui era inconcepibile subire passivamente senza reagire.

Non avrebbe mai immaginato che il Regno di Tallia fosse finito sotto il totale controllo di bande criminali, veri banditi mascherati da tutto, insinuatesi ovunque nelle istituzioni.

Era credibile pensare che il vecchio Re, ormai mezzo rimbambito, non si fosse accorto di niente e il giovane erede al trono, votato a piaceri frivoli e circondato da donnine allegre, era ben lontano dal pensare alle condizioni del Regno e ancor meno a cosa fosse necessario fare per risollevarne le sorti. Oltretutto, in una situazione di profonda corruzione come quella era lecito ritenere che anche lui, come già il Re, fosse controllato dalle bande che saccheggiavano il Regno in tutti i sensi.

In tribunale la scena aveva assunto gli ormai consueti, toni demenziali.

I capi d'accusa suonavano ridicoli anche solo a leggerli, ma quelli non avevano il senso del ridicolo e facevano sul serio.

Il presidente del tribunale che doveva giudicarlo era, manco a dirsi, Mastropasqua, lo stesso magistrato che, in funzione di Giudice dell'istruttoria preliminare della precedente vicenda, sempre conseguente alle dichiarazioni del loro scagnozzo, Tony aveva accusato di arresto illegale e falso alla Corte Europea, dove il Regno era sotto processo proprio per questo.

Era davvero difficile credere che tale personaggio potesse dare un processo equo alla sua vittima.

Vittima che, peraltro, continuava a sfuggirgli dalle grinfie!

Infatti non lo fece.

Era l'otto di Marzo e dagli atti del processo, Tony, venne a sapere che nel mese di Agosto di due anni prima, quindi quattro mesi dopo l'arresto in pineta per avere spacciato hashish a Volpi Vincenzo, al suo fermo posta di Primovaso, paesino dove viveva Volpi, era stato rinvenuto dai postini un plico contenente della droga. Se ne accorsero perché il contenitore si era rotto nel trasporto e dalla busta fuoriusciva una sostanza nera e catramosa che i gendarmi, intervenuti su chiamata dei postini, identificarono come olio di hashish. A questo punto, in un paese normale, ci si aspetterebbe che il Volpi fosse stato tratto in arresto, soprattutto perché i postini ebbero a dichiarare che l'infame individuo riceveva plichi simili da almeno un anno e che fosse stato riaperto anche il processo precedente, quello che aveva visto Tony Vero condannato con l'accusa d'avergli venduto olio di hashish impastato con vinavil e che lo aveva portato in carcere da innocente.

Ma il Regno di Tallia non era un paese normale: era il Regno del male ormai!

Tony vide, immediatamente, riattivarsi tutta la banda, la stessa che aveva simulato il precedente reato. S'inventarono una nuova accusa nei suoi confronti, dando velocemente la notizia alla stampa che, ligia agli ordini di quel potere mafioso, vi si gettò a pesce: Tony, per vendicarsi delle accuse del marzo precedente, avrebbe messo 25 grammi di olio di hashish dentro un plico che, poi, avrebbe spedito al fermo posta di Volpi e nello stesso tempo, avrebbe scritto una lettera anonima ai gendarmi, per denunciarlo.

Il valore di quella droga era di un paio di milioni di franchi e già questo rendeva inverosimile il tutto; ma c'era anche il fatto che furono i postini e non una lettera anonima, del tutto inventata dagli inquisitori, a far scoprire il modo con cui Volpi si riforniva di droga che spacciava indisturbato.

Il presidente Mastropasqua, con a latere lo stesso magistrato, la dr.ssa Falco, che l'aveva "serenamente" condannato nel processo precedente, ordinò ad un gendarme, che avevano travestito da perito della scientifica, di dire che l'indirizzo su quella busta era stato scritto dalla stessa mano di Tony, ed il gioco fu fatto. Una perita vera nominata da Tony lo smentì con argomenti serissimi ma, il presidente Mastropasqua considerò, ovviamente, credibile la perizia del brigadiere ai suoi ordini e procedette alla condanna di Tony ad anni due e mesi quattro di reclusione, quattrocentomila franchi di multa e, nonché, beffa nella beffa, a pagare i danni a Volpi Vincenzo che riconosceva innocente per lo spaccio e calunniato anonimamente di essere uno spacciatore!

Della serie: "*Se affonda è una strega punita da Dio e se galleggia ... è una strega, salvata dal Demonio!*" ... Incredibile!

Eppure tale nefandezza fu la notizia diffusa sui giornali locali e che tutti poterono leggere, convincendosi che Tony Vero fosse ormai completamente impazzito, probabilmente sotto l'effetto degli stupefacenti che, evidentemente, assumeva da troppo tempo.

Questi furono, infatti, i commenti che andavano per la maggiore tra chi leggeva quei giornali e non conosceva personalmente Tony.

Davvero una triste situazione. Oltretutto la condanna arrivò lo stesso giorno, l'8 Marzo, in cui il vecchio Cesare venne operato per un problema alla cistifellea per cui, subito dopo aver ricevuto quell'ulteriore e infame affronto Tony dovette correre in ospedale al capezzale del vecchio genitore.

La sentenza, per fortuna, non ebbe effetti negativi sul suo morale: egli aveva, a questo punto, ben chiaro tutto il quadro e aveva dato per scontato che una volta che gli inquisitori fossero riusciti a mettere in piedi un processo inquisitorio, la sua condanna sarebbe stata certa e inevitabile.

Di ciò che scrivevano i giornali, oltretutto, sapendo che scrivevano quello che veniva ordinato da quel genere di poteri, non poteva preoccuparsi dal momento che non ci poteva fare nulla.

La sua filosofia e strategia era rendere tutto noto all'esterno e reagire con forza, attaccando sistematicamente e adducendo prove documentali impeccabili.

Aveva, infatti, puntualmente querelato i giornalisti che avevano scritto che era stato arrestato mentre spacciava la droga a Volpi in pineta ... ma gli inquisitori archiviarono le accuse con la motivazione che, essendo stato condannato ... quindi era vero! Avrebbe avuto lo stesso esito una querela per aver detto sui giornali che aveva spedito posta contenente droga a Volpi, perché, anche se era del tutto falso ... era stato condannato! ...Quindi vi rinunciò.

Quelli si grattavano la schiena da scrofa a vicenda.

Si preoccupò, invece, di presentare i motivi d'appello.

Era convinto che questa orrenda situazione potesse trovare patria solo in quel tribunale, perché presidente e procuratore capo erano due banditi mascherati, e che queste porcate sarebbero state smontate tutte in appello, una volta esaminate da magistrati veri.

Non c'era un motivo valido per giustificare questa convinzione, ma era quello che pensava e non ne dubitava ...
Era come se sapesse di dover passare sotto le forche caudine di quei lazzaroni e che non potesse, né dovesse, evitarlo.
Tutto faceva parte della storia ... la sua storia: quella che doveva risolvere! Era qui per questo, no?
Altrimenti il mondo era grande, lui lo conosceva bene e sarebbe stato semplice portare via la sua famigliola lontano da lì ... sarebbero stati felici e liberi dovunque ... ma non poteva, né voleva farlo. Non per il momento.
Tony, tutt'altro che perdente, grazie al fatto che il padre Cesare era sfuggito al controllo di quella banda di predoni, fece in modo che Volpi potesse smettere di sognare di ereditare una quota dei 40.000.000 di franchi che, insieme alla sbirraglia che gli teneva banco e tutti coloro a cui Steno aveva promesso qualche parte, ancora speravano di riuscire ad ottenere.
La parola fine la mise Steno, che ben sapeva cosa aveva combinato e cosa dicevano i testamenti della madre e, ormai, anche del padre, morto poco dopo l'operazione, riuscita, ma su un corpo troppo debilitato.
Anche lui, scrivendo le sue ultime volontà, volle ricordare a Steno che gli avevano voluto bene e non si sarebbero mai aspettati di essere trattati così. Il vecchio Cesare gli augurò di capire il male che aveva fatto e rimediare prima che fosse troppo tardi.
Aveva esercitato per l'ultima volta, Cesare, il solenne ruolo di buon padre, riferendosi direttamente alla coscienza del figlio e delineando la penitenza che avrebbe potuto evitargli la dannazione eterna.
Non erano certo discorsi da fare a *Quaranta*.
L'unico ragionamento possibile per quel losco figuro fu quello che gli fece Tony e che, infatti, egli capì benissimo quando si incontrarono al bar convenuto.
-"Sono qui solo per proporti un affare, niente di più. Dopo quello che hai fatto, non mi sei più nulla, né fratello, né parente, né amico. La causa civile per la successione di mamma che tu hai voluto iniziare la perderai.
I testamenti non sono risultati falsi, come hai tentato di far dichiarare ai tuoi compari, e se aspetti la sentenza li farò valere, ma se li faccio valere, quelli ti dichiarano indegno e per indegnità non si eredita niente. Se tu non avessi fatto tutto quel che hai fatto, io li avrei lasciati riposare in un cassetto ... non li avrei mai tirati fuori. Eravamo d'accordo che alla morte dei nostri genitori avremmo diviso le case in due parti uguali, anche se mamma ti aveva diseredato per indegnità. Ti propongo di fare un passo indietro e tornare a quella situazione, a prima delle tue macchinazioni per derubarmi. Dovrai solo ritirare la causa e rinunciare per iscritto, perché non mi fido di te, alle tue pretese, a parte uno dei due appartamenti. Se accetti, dovrai firmare

una dichiarazione fatta col tuo avvocato e chiudere la causa civile che andrebbe avanti per altri anni inutilmente, perché alla fine non avrai nulla! Se decidi di andare avanti, sarai diseredato, ma sarà stata ancora una volta una scelta tua ... non mia. Questo è il mio numero, fammi sapere cosa decidi. Se non mi chiami entro due giorni, darò incarico al mio avvocato di depositare in causa i testamenti di mamma e babbo e, una volta che li ho depositati, li farò valere"- Tony si alzò e ne andò senza salutarlo.
Non l'aveva rivisto volentieri.
Ormai che sapeva di cosa era capace avrebbe voluto non rivederlo mai più.
La telefonata di Steno non si fece attendere.
Un'altra conferma per Tony, oltre che un'altra vittoria.
Gli chiese di incontrarlo l'indomani per parlarne.
-"Ma parlare di che ... La mia proposta non è trattabile. Se stai cercando di prendere tempo sbagli: non ne hai. Domani do incarico all'avvocato di depositare i testamenti, glieli ho già dati dicendogli di attendere ... ma solo fino a domani!"
-"No, no ... va bene, accetto, ma devo parlarti per fare una dichiarazione corretta, in modo da non doverla riscrivere..." – rispose, ansioso, Steno.
Tony sorrise ... ormai giocava come il gatto col topo. Sapeva quanti passi facevano tutti quanti e poteva aspettarli al varco ... un passo più avanti.
-"Va bene, allora vediamoci al bar dello sport, qui in paese. Non vado volentieri a Tretorri, mi ricorda brutte cose. Facciamo alle dieci del mattino, va bene?".
-"Si, va bene, porto la bozza ...".
-"Ok. Porta la bozza ..." – rispose Tony sornione.
La sera Tony ne parlò con Mari. Non le aveva detto niente dell'incontro col fratello, perché sapeva che non sarebbe stata d'accordo e lui, invece, aveva bisogno di prendere decisioni a freddo di cui Mari, passionale ed emotiva com'era, non era capace.
Marziolino dormiva davanti alla TV, sul solito cuscino. Lo prese in braccio e lo portò a letto, in camera sua. Marinella aveva attizzato il fuoco e fecero l'amore lì davanti, lentamente, come le fiamme che le lambivano le natiche mentre, seduta su di lui, l'abbracciava e lo baciava, stando immobili, lasciando che il piacere montasse piano piano ... senza cercarlo.
Il resto del mondo era fuori da lì.
Quello era il momento giusto per dirle tutto quel che aveva fatto in quei giorni. Soddisfatta e felice l'avrebbe presa meglio.
Sdraiati sul tappeto, davanti al fuoco che illuminava la stanza come solo il caminetto sa fare, Tony le carezzava i capelli e iniziò a parlarle.
-"Ho incontrato mio fratello ..."

"Ah? ... Cos'hai fatto?" – rispose sollevandosi a guardarlo in faccia. Pensava che l'avesse detto per scherzo ... macabro, ma solo uno scherzo! Dall'espressione di Tony, però, lei capì che l'aveva incontrato davvero.
-"Ti rendi conto di quello che può significare questo per noi? Altre macchinazioni, di nuovo i gendarmi in casa a perquisire ...".
-"No ... no, non ti preoccupare! Sa di avere perso, lo sanno pure i suoi compari. Gli ho offerto una via d'uscita vantaggiosa per lui, ma pure per noi. Ho tutti i miei titoli bloccati da quei mascalzoni e se è vero che con la sentenza me li dovrebbero restituire, è anche vero che nel Regno le sentenze possono arrivare anche dopo vent'anni ...".
-"Questo è vero. Si sentono storie allucinanti della lentezza della giustizia Talliana ..."
-"Appunto! E' pensando a questo che mi sono deciso a contattarlo. Gli ho proposto di fare un passo indietro e avrei evitato di depositare il testamento nella causa civile che ha promosso lui, facendolo dichiarare indegno, come era volontà di nostra madre. Gli ho offerto di dividere l'immobile in due parti uguali, un appartamento a me, uno a lui ... che poi è quello che gli avevo detto che avrei fatto alla morte dei nostri vecchi. Questo, però, se avesse ritirato la citazione, ammettendo che non mi sono appropriato di un bel niente e che i titoli del Regno sono miei, come già affermavano babbo e mamma. Gli ho dato due giorni di tempo per decidere, dicendogli che per la prossima udienza, dopodomani, se non avessi avuto la sua dichiarazione, avrei depositato i testamenti e una volta depositati, non li avrei ritirati...."
-"E lui cosa ti ha risposto?".
-"Ha accettato ... E che altro poteva fare? La ruberia ai miei danni gli è andata male, anche se ci ha fatto molti danni, non gli è riuscita e ne ha preso atto. Gli offro un appartamento, quando non gli spettava niente, solo per chiudere subito questa parte dello schifo che ha combinato. Non si è fatto sfuggire l'occasione. Ci rivediamo domani mattina".
-"Stai attento Tony, quello è capace di tutto e ha quelle collaborazioni. Non fidarti!"
-"Certo che no. Gli ho dato appuntamento al bar Sport. Conosco tutti e se servisse testimonierebbero, ma non penso che abbia voglia di ricominciare, ha capito che è meglio per lui fare questo accordo e lo farà. Scritto e firmato anche dal suo avvocato. Di lui è meglio diffidare anche per la firma ... ah ah ah" – concluse Tony, lasciandosi andare al sonno sopraggiunto con il crepitare delle fiamme...
L'indomani mattina trovò Steno già lì e con la dichiarazione scritta a macchina, evidentemente dal suo avvocato.
-"E' pronta da firmare, io ci ho messo che voglio l'appartamento del piano primo, se per te è lo stesso non bisogna modificare nulla è già firmata dal

mio avvocato e da me. Se ti va bene puoi farla firmare anche al tuo avvocato e depositarla in udienza, così la cancellano dal ruolo ed è finita così".

-"Per me è indifferente, ma come mai vuoi il piano primo? Il piano terra ha il cortile e il giardino".

-"Ho abitato al piano terra e ho un brutto ricordo. Ristrutturerò il primo piano e ci andrò a vivere".

-"Come vuoi allora. Prenderò il piano terra e me lo venderò. Non ci faccio nulla in questo paese. Hai scritto la dichiarazione per la banca? ... Ah sì, vedo ... Bene, c'è tutto, anche che non ho rubato mezzo chilo d'oro!" – sottolineò Tony.

-"Quella è una cosa che disse babbo ...".

-"Babbo ti disse che mi ero appropriato di mezzo chilo d'oro? E di 7.000.000 di franchi in contanti che sarebbero stati nei cassetti?".

-"No, però, babbo disse che c'erano e siccome non li avevo trovati presentammo un esposto ..."

-"E visto che c'eri mi accusasti anche di aver falsificato il testamento di mamma ... Bello!"

-"Io non ne sapevo niente di testamenti ... Babbo mi disse che non ne sapeva niente nemmeno lui!"

Babbo aveva avuto un ictus e se non si ricordava era giustificato, ma una copia del testamento l'aveva data lui personalmente al notaio da custodire. Dal notaio ce lo portasti tu a gridare che rivolevi il testamento indietro ed eri tu a gridare ... non lui!"

Steno arrossì, non sapeva cosa rispondere ... Tony lo stava mettendo davanti a tutte le porcate che aveva combinato in quegli ultimi anni.

-"Io non avevo capito che babbo era svirgolato di testa ... sembrava lucidissimo!"

-"Infatti lo era lucidissimo, bastava non costringerlo a fare false dichiarazioni e firmare denunce, come hai fatto tu. Sei stato veramente ... non trovo nemmeno la parola adatta! Per non parlare dei soldi della cambiale che mi avresti dato senza ricevuta. Te l'ho pagata io quella cambiale e poi l'ho riscattata con soldi miei e me li devi ancora, coglione!"

-"Sono stati i tuoi amici amministratori a dire quelle cose ... io non ho mai seguito la cooperativa, non ne sapevo nulla...".

-"Cioè ... tu non sapevi di non avermi dato 400.000 franchi? ... Ma non dire cazzate! Comunque guarda, quel che è fatto è fatto e ognuno ha la sua coscienza. Se sono qui è perché ti ho perdonato. Ma ti ho perdonato ben consapevole di quello che hai fatto e non perché penso che sia stato tutto un equivoco. So bene che hai tentato di distruggere me e la mia famiglia senza farti nessuno scrupolo e utilizzando i gendarmi corrotti che frequenti

... ma voglio chiudere per sempre ogni rapporto con te, così: perdonandoti. Non ti voglio più vedere né sentire, per me sei come morto!".

Il collo di Steno si contrasse in una torsione strana e sulla sua faccia si stampò una smorfia indicibile, quasi artefatta e immutata da millenni. Dal colorito verdognolo che assunse nell'impallidire si capiva che Tony, guardandolo fisso negli occhi aveva saputo trapassare la sua atavica dannazione dandogli una lezione perpetua: quella di riuscire a non abboccare alla facile trappola dell'odio. Perdonandolo l'aveva allontanato per sempre dal proprio karma, giacché solo opponendo al male le forze del bene si riesce a sconfiggerlo davvero.

Freddamente e già lontanissimo col cuore, Tony prese dal tavolo le due copie della dichiarazione, doveva portarla dal suo avvocato per la firma e gli avrebbe anche lasciato una copia da depositare in udienza per chiudere la causa di successione.

Lo salutò e passò solenne davanti alla sua espressione esterrefatta.

Tony non potette fare a meno di sorridere, in fondo aveva ragione la buonanima del babbo: quello che aveva innanzi non aveva più niente di familiare. Era solo un povero infelice, un anima dannata da tenere alla larga.

Quella stessa mattina portò la dichiarazione di chiusura lite al direttore della sua banca che gli confermò che avrebbe sbloccato i suoi titoli.

-"Però, c'è da dire direttore che se questo fosse un paese dove il diritto ha un senso, il comportamento che ha avuto il suo predecessore nei miei confronti sarebbe stato da denunciare e la banca l'avrebbe pagata cara. Questo, però, non è un paese normale e avete tenuto i miei titoli in un conto non remunerativo per quattro anni, causandomi un danno di 8.400.000 franchi ... Inaudito!".

-"Io signor Vero non conosco la vicenda, ho trovato la situazione già impostata dal vecchio direttore e non potevo fare altro che attendere una decisione della magistratura. Questo per tutelare la banca da eventuali contestazioni postume".

-"La banca dovrebbe tutelare gli interessi dei suoi clienti, non se stessa nel lucrare ingiustamente profittando dell'inefficienza, per non dire di peggio, della magistratura del Regno! Ero io il vostro cliente, ed ero io a dover essere tutelato da voi. Come le ho detto, se non faccio causa per ottenere il risarcimento è solo perché questo, ormai, è un paese senza legge. Sarebbe solo tempo e denaro sprecato. Piuttosto, perlomeno mi dia una corsia preferenziale e faccia in modo di appoggiare i titoli sul mio conto in breve, come doveva essere fatto all'ordine di quattro anni fa".

Il direttore, che sembrava sinceramente dispiaciuto, assicurò che entro 48 ore ci sarebbe stata la regolarizzazione dell'operazione e Tony lasciò la

banca, diretto a casa a dare la buona notizia a Marinella che sicuramente era preoccupata, visto chi doveva incontrare.
Era soddisfatto. Aveva appena incassato un'altra vittoria netta.
Un altro grande passo avanti era stato compiuto verso la liberazione dal karma negativo che aveva distrutto le loro vite.
Sicuramente si era liberato del fratello.
Anzi, non ancora. Per liberarsene davvero occorreva vendere la sua parte dell'eredità, fino a che l'avesse avuto comproprietario dello stesso immobile ci sarebbe stato un legame tra loro e non ne voleva nessuno.
Mise perciò in vendita la casa presso un'agenzia, ma non fu facile farla apprezzare, visto che Steno aveva sistemato nel cortile due cani che sporcavano dappertutto e non serviva a niente dirgli di portarseli via, avrebbe dovuto mettergli le mani addosso!
Preferì accettare un prezzo più basso di quello di mercato, pur di liberarsene definitivamente.
Quando firmò l'atto di vendita si sentì veramente libero dal pesante legame.
Fu come metterlo alla porta per sempre e fu una bellissima sensazione per Tony e Marinella.
Decisero di festeggiarla cambiando l'auto e partendo per un bel viaggio.
Ciò contribuì a far loro sentire la forza della positività delle azioni intraprese e che stavano portandoli a conseguire i risultati tanto agognati.
Il successo era l'esatta misura che niente era stato sbagliato e che tutto procedeva secondo i piani di liberazione; anche se molto era ancora da fare questo era davvero incoraggiante.
Si trovò a riflettere spesso su questo strano legame col suo gemello.
Anche Mariangela era un'insegnante, come Mari ... persino in questo erano simili. Tutto risultava essere come se si trattasse del suo negativo. Infatti, il suo rapporto con la moglie, che era stato, stando a quanto Steno gli aveva raccontato, coinvolgente e illuminante era tutt'altro che simile a quello che c'era tra Tony e Marinella.
Per quanta stima, amore e passione che non scemava con gli anni, anzi si perfezionava col tempo, c'era tra Tony e Marinella, altrettanto rancore, disprezzo e disistima, che aumentava col tempo, esistevano tra Steno e Mariangela. Si potrebbe dire che i due erano uniti dall'odio anziché dall'amore. Dopo pochi anni di matrimonio stavano assieme per avere qualcuno da offendere, disprezzare e tradire.
Sì ... la copia in negativo anche del loro matrimonio.
-"Aveva ragione la buonanima di mamma: quelli non hanno avuto figli perché il Signore ha avuto pietà di quei bambini e non glieli ha mandati!" – commentò Tony con Marinella.

-"Sono due egoisti totali, non farebbero mai niente per nessuno, tanto meno per dei bambini. Sì, credo anch'io che qualcuno, dall'alto, abbia avuto pietà per i bambini che avrebbero dovuto inviare ... li hanno salvati dal vivere nel loro inferno!"
Quei giorni in giro per le montagne e le baie bellissime della Corsica, l'isola che avevano scelto di visitare, furono proprio ciò che ci voleva.
Riuscirono, insieme a Marziolino, a dimenticare tutti quei fetidi miasmi di un passato che volevano dimenticare ma dovevano, invece, ricordare e ricordare bene, per non ripetere gli stessi errori di sempre.
Per qualche giorno, però, decisero di non pensarci. Giocarono al Casinò di Ajaccio, cenarono nei ristorantini del centro storico, passeggiarono sotto la statua di Napoleone Bonaparte, Imperatore dei Francesi e, messo a letto Marziolino, uscivano di nuovo per passeggiare e parlare in solitudine sotto la luna Corsa, finalmente sereni, almeno per quei pochi giorni.

Capitolo XIV
Gli Inquisitori

Al rientro da quella bellissima vacanza Tony ricevette ancora notizie dagli esseri infernali.
Notizie che, ormai, considerava per ciò che erano, mere ripetizioni di azioni criminali provenienti dal passato. Pulsioni dell'animo dannato di chi, istintivamente, ripeteva sempre le stesse opere.
Arrivavano con buste verdi, perché quello era il colore scelto dagli inquisitori del Regno per notificare le loro porcherie.
Avevano deciso di processare Tony Vero, il prossimo 24 Settembre, per le appropriazioni indebite di cui i suoi ex soci l'avevano infine accusato, dopo avergli portato via la sua abitazione e il suo denaro che non volevano restituire.
Più chiara di così la situazione non avrebbe potuto essere. Ruberie legalizzate e affidate alle cure della Santa Inquisizione Cattolica. Le vittime designate erano sempre possidenti di case e terreni o ereditiere da diseredare, perché chi veniva accusato di stregoneria non poteva ereditare niente ... oltre al fatto che chi finiva in cenere perdeva comunque ogni bene e, sovente, nel rogo venivano gettati anche i loro figli, onde evitare di non poter confiscare i loro beni, visto che c'erano degli eredi!
Queste cose risultavano dai verbali dei processi per stregoneria tenuti dalla Santa Inquisizione e dalle relative sentenze. Mostruosità che a Tony faceva davvero male leggere. Si chiedeva come fosse possibile che chi organizzò, attuò e promosse simili crimini contro l'Umanità, potesse averlo fatto in nome di Gesù Cristo, un uomo generoso e giusto che di orrori così era stato vittima.
Satana era davvero potente e ... aveva il senso dell'humour!
Proprio recentemente, Tony, aveva scoperto che un'altra delle attività dei prodi magistrati del Regno di Tallia, attività molto remunerativa, era quella di partecipare, con dei prestanome, alle aste con le quali venivano messi in vendita i beni confiscati. Truccavano queste aste in maniera molto semplice. I pezzi migliori dei beni da rivendere venivano selezionati e con artifici legali in cui erano maestri non partecipavano a nessuna asta, ma venivano assegnati ai diretti interessati al prezzo minimo, spesso venivano mandate deserte delle aste al solo scopo di poterle fissare nuovamente ad un prezzo più basso. In questo modo accumulavano ricchezze enormi, alle quali

partecipavano tutti i criminali. Certo, un tempo era più semplice, non esistevano carte dei diritti, mentre ora dovevano agire in maniera più attenta e sofisticata per evitare di essere scoperti.
Non gli era troppo difficile, però, essendo riusciti a insinuarsi in tutte le istituzioni, anche e soprattutto in quelle di controllo. Non bastava ancora, un'altra delle peculiarità della moderna Inquisizione era quella di poter arrotondare i loro già lauti guadagni con gli arbitraggi.
Si trattava di organizzare dei collegi arbitrali per dirimere controversie di valore, quasi sempre tra aziende che avevano necessità di avere una sentenza in tempi rapidi e, sul valore di queste controversie, venivano compensati in percentuali di almeno il 20% a volte più.
Ovvio considerare che simili bande di furfanti, per poter lucrare di più e meglio su questi introiti extra giudiziari, avevano bisogno di crearsi un carico di cause arretrate enorme e spaventoso. Abbastanza spaventoso da far paventare agli interessati la possibilità di un fallimento, se non fossero riusciti ad avere subito una sentenza che altrimenti, per via giudiziaria, sarebbe arrivata dopo decenni! Una causa semplice, come quella iniziata da Tony contro la cooperativa per richiedere la restituzione delle sue quote e fondata su semplici prove documentali, le distinte bancarie dei versamenti effettuati sul conto della Coop. Tretorri, da quattro anni non aveva fatto un solo passo avanti. Sembrava congelata!
Questa richiesta di rinvio a giudizio forniva la chiara prova di quello che era il motivo di quel congelamento. Gli inquisitori stavano attendendo che andassero a buon fine le altre accuse organizzate in danno di Tony, per rendere così verosimili queste altre, di per se campate in aria.
Certo, sapere tutto su questi prodromi alla realtà attuale lo aiutava a capire e a preparare la sua difesa e il suo attacco, che è anche la miglior difesa, specie quando ci si deve difendere da trame infernali che provengono da tanto lontano.
Andò quindi a ritirare copia del fascicolo delle accuse e subito poté rendersi conto che trattavasi del pm Tania Borrini. Erano sempre gli stessi a darsi man forte nell'organizzare le varie fasi della congiura. Questa era la stessa Pm che aveva tentato di incriminarlo sul furto inesistente nella casa dei genitori e sempre lei aveva tentato di incriminarlo per aver falsificato i testamenti della madre. Tutti tentativi sventati dagli eventi e, certamente, questa rabbia repressa, conseguente ai fallimenti delle sue manovre, l'aveva riversata in quest'ultima azione, se possibile più idiota delle altre che l'avevano preceduta. Le accuse erano quelle promosse dai suoi ex soci, i congiurati testimoni della Santa Inquisizione Cattolica che ottenne i suoi ripetuti successi criminali in passato. Di diverso c'era che, questa volta,

aveva una serie di querele, firmate da tutti i suoi 15 ex soci, che gli davano atto dell'identità di ognuno di loro.
Poté così prendere atto che la Pm Borrini, per formulare le accuse di appropriazioni indebite e richiedere il rinvio a giudizio, aveva fatto uso di documenti falsi, costituiti da fotocopie manipolate e questo sarebbe stato dimostrato in giudizio dagli originali di quegli stessi documenti e dei quali era rimasto in possesso. Non ultimi, per importanza, i risultati delle verifiche contabili del 20 Febbraio di quattro anni prima, quando chiese di essere sostituito per due mesi nell'amministrazione della cooperativa dal suo vice Stola Luigi dalle quali risultavano ammanchi per morosità e nessuna appropriazione indebita e la liberatoria, firmata dagli amministratori e sindaci, con la quale gli davano atto che i conti erano in regola e che la sua amministrazione era stata corretta e conforme ai libri sociali e contabili.
Analizzando i vari episodi che gli venivano contestati, poté verificare che si trattava di ciarpame.
In particolare, Stola Luigi, per dimostrare l'appropriazione indebita di un assegno della coop., emesso dal presidente dell'epoca, Tony Vero, per la pulizia delle aree assegnate alla cooperativa, era stato utilizzato per l'acquisto di una motosega per uso personale. Sul retro della fotocopia di quell'assegno era stato scritto, e la grafia era chiaramente quella di Luigi Stola: Motosega marca Titan Franchi 113.000 meno 30.000 usato = 73.000 franchi, oltretutto sbagliando anche il calcolo che doveva fare 83.000.
A Tony era ben nota l'ignoranza del vice presidente che si dimostrava incapace persino di fare una semplice sottrazione. La prova evidente che si trattava di una scritta postuma che non si trovava sull'originale di quell'assegno, ma solo sulla fotocopia di esso, era data dal fatto che la lunghezza della scritta superava la lunghezza dello stesso assegno: più chiaro di così non poteva essere!
Veniva accusato ancora di essersi appropriato della somma di 1.500.000 di franchi prelevati dal libretto il 31 Dicembre per riscattare le cambiali avvallate il 14 Settembre e per far credere vera questa idiozia, avevano nascosto la fattura n. 16, in pari data, che riportava firma e timbro per quietanza, anche di quel milione e mezzo di franchi e che era stata inserita nei bilanci, tra le fatture quietanzate dalla ragioniera dell'organismo contabile che redigeva i bilanci. Una fattura della quale Tony poteva esibire copia originale dimostrando che si trattava di calunnie.
Ancora, veniva accusato di essersi appropriato della somma di 65.000 franchi, con i quali aveva acquistato tubi in PVC per scavare un pozzo per suo uso personale e su questo ci sarebbe stato da ridere, se non fosse equivalente alle accuse di aver volato sui manici di scopa e che non era certo da ridere, considerando la brutta fine che fecero tutti!

Come può esserci appropriazione indebita nel semplice fatto che il presidente di una cooperativa edilizia acquisti dei tubi in PVC per realizzare un pozzo per avere l'acqua necessaria al cantiere? Incredibile ma vero! Persino il prelievo dei 450.000 franchi, per rientrare in possesso del prestito concesso a Walter Purini, su mandato dell'assemblea e come stabiliva anche lo Statuto Sociale, veniva dichiarato un appropriazione indebita ... Su questo punto, Tony aveva conservato tra le sue carte la prima nota che, il 19 Marzo successivo a quel prelievo del 6 Gennaio, mostrava il versamento da parte del Purini Walter proprio di quella somma di cui era moroso. Quindi era tutto in regola e quel prelievo rientrato ad opera di chi lo doveva alla coop. Tretorri.

Il colmo di tutto era, però, vedersi accusati di appropriazione indebita dell'assegno da 1.500.000 di franchi che Tony aveva emesso per rimettere sul libretto la somma di 1.500.000 che aveva prelevato per riscattare le cambiali e che dovette annullare, il 28 febbraio, in quanto risultato scoperto, dal momento che nessuno di coloro che avevano usufruito di quell'anticipazione aveva provveduto a fare i versamenti. Come ci si può appropriare indebitamente di un assegno a vuoto e annullato proprio per questo?

Anche questa accusa, del tutto infondata al pari delle altre, dimostrava che si trattava solo di calunnie: la congiura calunniosa, unico vero reato commesso, ma ai danni di Tony.

Un'associazione a delinquere mostruosa, nella quale dovevano essere iscritti tutti i magistrati e i gendarmi che vi avevano partecipato con simulazioni e falsità nel corso di quegli anni: la ricostruzione obiettiva di fatti orrendi andati a buon fine nelle vite precedenti, che Tony, ormai, ricordava nitidamente.

Perse qualche giornata, ma preparò, anche se c'era tutto il tempo, un documentato dossier, con gli allegati in originale delle fotocopie prodotte da chi le aveva manipolate e che dimostravano, oltre ogni ragionevole dubbio, che si trattava di falsi di cui anche i magistrati avevano fatto scientemente uso e che, in base alle leggi del Regno, era un reato punibile con sei anni di reclusione! Questo anche nel caso, e la legge lo precisava meglio, che a farne uso fosse stato un pubblico ufficiale nell'esercizio delle sue funzioni.

Di sicuro c'era proprio questo, cioè che, se la giustizia del Regno di Tallia non fosse stata morta e sepolta, tutte le reincarnazioni degli inquisitori, in questa epoca che non doveva essere più la loro, avrebbero dovuto pagare i loro delitti, rispondere delle loro colpe.

Certamente non potevano considerarsi pochi anni di carcere, anche se scontati pienamente, sufficienti a sanare gli orrori di secoli di cui costoro si erano resi responsabili. Tuttavia utile sarebbe stato, ai fini di giustizia, lo

sbugiardamento e la vergogna di essere stati scoperti. La condanna prevedeva anche l'interdizione perpetua dai pubblici uffici. Non avrebbero più potuto commettere delitti in quelle vesti. Avrebbero indossato quelli che gli erano più appropriati, di briganti e prostitute!
Sì, perché un'altra cosa che Tony aveva scoperto era che le due femmine dell'odierna Santa Inquisizione avevano ottenuto il titolo di laurea prostituendosi con i professori corrotti e, presumibilmente, lo stesso era accaduto al momento di partecipare al concorso di merito per entrare al servizio della magistratura del Regno.
La naturale simpatia che Tony aveva sempre provato per le donne che esercitavano il mestiere più antico del mondo, veniva meno in questo caso, perché una sana e utile pratica sessuale che forniva anche un servizio socialmente importantissimo, si trasformava così in corruzione e corruttele di ogni genere che stavano rovinando, oltre che il senso del Diritto, anche la reputazione internazionale del Regno.
In particolare Tania Borrini aveva degli atteggiamenti davvero sconvenienti perfino per una puttana di professione: costringeva i gendarmi che le piacevano a soddisfare le sue voglie insaziabili.
Probabilmente, Tony avrebbe potuto anche insegnarle a godere davvero delle soddisfazioni che il suo corpo, molto attraente, avrebbe potuto darle, ma anche in altri tempi, quando non c'era Mari, non avrebbe mai avvicinato una donna con quell'espressione stampata in viso. Obiettivamente era una bellissima donna: lunghi capelli biondi, seni pronunciati, bei fianchi, gambe tornite, un bel taglio del viso, ma sul volto appariva un ghigno satanico stampato in maniera stabile e che rivelava la corruzione del suo animo.
Chissà, forse questa aura le era rimasta a causa dei professori che avevano profittato della sua iniziale debolezza, lasciandole credere che cercare una raccomandazione, in cambio di favori sessuali, fosse il modo naturale di ognuno anche per far carriera.
Sì, la corruzione era un male contagioso e quella ne era infetta ...
Un giorno Tony la incrociò al supermercato, era in compagnia di un uomo più giovane di lei, Tony avrebbe scommesso che si trattasse di un gendarme in borghese. Li vide andare verso il reparto della biancheria intima e lasciarlo con degli slip nel carrello, dirigendosi subito verso le casse. Incuriosito Tony li seguì e li vide entrare nel box in legno dove si potevano misurare i capi, di fianco alla cassa, dove c'era la fila. Comprese bene, però, che non vi erano entrati per misurare gli slip. Restò in fila e fece passare davanti altri fino a che, circa dieci minuti dopo, li vide uscire. Tania era rossa in volto e il turgore delle labbra non dava adito a dubbi su cosa avesse fatto lì dentro.
La eccitava farlo in mezzo alla gente!

Questo sopperiva alla mancanza d'interesse per colui con il quale faceva sesso. Avviliva la sua sessualità e se stessa, così come avviliva la giustizia!
Tony sorrise e si voltò per non essere riconosciuto, proprio mentre Tania gli passava davanti per uscire senza passare alla cassa: gli slip erano rimasti nel box. L'agente in borghese non sembrava soddisfatto nemmeno lui di quel rapporto orale consumato furtivamente in mezzo alla gente, divisi solo da un foglio di compensato, ma doveva soddisfare queste stranezze del suo capo, se non voleva essere trasferito chissà dove. Tony ne aveva sentite anche di peggio su questa donna e la sua repressione sessuale.
Un'amica gli aveva raccontato che Tania Borrini era ossessionata dalle dimensioni del pene. Di ognuno chiedeva sempre quanto lo avesse grosso, lungo e che forma avesse ... ossessione a causa della quale faceva continuamente cornuto il marito, un musicista dal quale aveva avuto un figlio. Una vera ninfomane insaziabile ...
Tony non poté fare a meno di considerare che questa era la condanna che stava scontando la Borrini: inseguire una soddisfazione sessuale che non avrebbe mai avuto, cercandola nelle forme più disparate. Considerava, probabilmente, che non riuscire ad avere un orgasmo soddisfacente dipendesse dalle dimensioni del pene: quanto più era grande, tanto più poteva far godere una donna. Non prendeva assolutamente in considerazione il fatto che il sesso non fosse solo una congiunzione carnale, ma anche, e soprattutto, spirituale e che per averne la massima soddisfazione occorreva soddisfare entrambe le componenti.
-"Figuriamoci - pensava Tony – se una così può conoscere il Kama Gita e quanto in esso descritto sulle dimensioni di Lingam e Yoni, che devono combaciare perfettamente per dare l'estasi. O sulle tecniche del Tantra per aumentare il piacere e che, con le dimensioni del pene non hanno nulla a che vedere. Poveretta ... sconta la punizione adeguata per quel che ha fatto!".
In questa vita, comunque, ella non avrebbe potuto cambiare il suo karma dato che, palesemente, stava reiterando le nefandezze del passato.
-"E allora che crepi, aggrovigliata in cespugli e siepi fatti di membri enormi, come quelli degli asini che sicuramente sogna e da cui vorrebbe provare a farsi stuprare! L'insoddisfazione sessuale è terribile e porta anche a desiderare queste aberrazioni, oltre a devianze di vario genere, a volte davvero vergognose e indegne di esseri umani. Come diceva sempre mamma: ognuno avrà quel che si merita! Lei, sicuramente, ha meritato questo e continua a meritarlo".
In quei giorni Tony si applicò diligentemente a preparare un dossier come solo lui, che ben conosceva fatti e antefatti, avrebbe potuto fare. Quando fu soddisfatto di come aveva riordinato la sequenza documentale degli eventi

che si erano susseguiti, ritenendo di non aver omesso alcun atto probatorio, lo sistemò in una cartellina pronta da portare in udienza.
Per quanto potessero essere corrotti e infidi quei personaggi, non si sarebbero potuti spingere ad avvallare evidenti falsità. Era sicuro che al suo orizzonte prossimo andasse profilandosi un'inevitabile sentenza di *assoluzione perché i fatti non sussistono* e questo avrebbe accelerato la sentenza civile per la restituzione delle sue quote.
Tony, però, non aveva visto tutto e ancora credeva che ci fossero dei limiti al peggio!
Il giorno del processo Tony era sereno e arrivò in tribunale di ottimo umore. Fino a che, sulle scale che conducevano all'aula di udienza, incontrò il brutto muso di Valdo Besoni, il procuratore capo. Questi era in compagnia dell'avvocato della cooperativa e di alcuni amministratori: proprio quelli che erano morosi delle cambiali. Tony, fatte le dovute considerazioni e deduzioni, non poté fare a meno di guardarlo; era proprio di fronte a lui e ostentava, sulla faccia da corrotto, l'espressione infernale di ciò che aveva fatto alla sua coscienza. Sorrise beffardo e maligno fissando Tony, che non abbassò certo lo sguardo. Accanto a lui c'era un altro magistrato. Tony lo aveva visto spesso insieme a Besoni, immaginava che fosse un suo collaboratore, ma non sapeva niente di più, a parte che aveva la stessa espressione del viso ... segno che era fatto della stessa pasta di quell'altro.
-"Ride bene chi ride ultimo!" – sibilò Tony al loro indirizzo.
Besoni era un infiltrato delle bande che avevano corrotto le istituzioni del Regno di Tallia, nel suo caso particolare, in magistratura.
Tutti sapevano che non era davvero laureato in giurisprudenza e che da semplice cancelliere aveva frequentato dei corsi serali ad hoc. Manco a dirsi, fu promosso e subito dopo, a tempo di record, partecipò a un concorso il cui superamento gli valse l'immediata nomina a procuratore capo!
Una carriera fulminea e sfolgorante, come solo quelle bande di malaffare sapevano organizzare. Ovvio considerare che tale lestofante non fosse, certo, stato messo lì per fare giustizia!
La Pm Borrini era spesso con lui e sembravano abbastanza in confidenza... Non era difficile immaginare perché.
Il processo cominciava e nel momento in cui Tony si approssimò all'ingresso dell'aula fu avvicinato da due suoi ex collaboratori, l'ex presidente del collegio sindacale, Gismondo Selise e Filippo Cori, ex sindaco della coop. Tretorri.
-"Ciao Nino ... ti trovo bene" – salutò Gismondo.
-"Io no, stai male? Sei molto sciupato" – ribadì prontamente Tony. Effettivamente era stupito delle insalubri condizioni in cui appariva

Gismondo. Erano appena quattro anni che non si vedevano, non era giustificata una simile decadenza fisica.
-"Sì ... sono stato molto male ... Volevo dirti Tony, che io ho firmato quelle denunce che so essere completamente false, ma l'ho fatto per non perdere la casa. Mi hanno minacciato di escludere anche me e di togliermi la casa, non potevo fare altro ... Lo capisci?".
-"Sì ... lo capisco, ma cosa vuoi la mia approvazione per caso? Siete stati tutti dei codardi. Soprattutto voi che non avevate responsabilità nelle morosità di quel quartetto. Gli altri sono solo dei ladruncoli, ma voi siete stati anche vili a lasciarmi solo così".
-"Era per non perdere la casa Tony, solo per questo ... Mi hanno detto che se al processo non avessi dichiarato che io non ero in grado di esercitare un controllo efficiente sulle tue azioni da presidente ... mi avrebbero buttato fuori dalla coop!"
Tony rispose ironicamente tagliente.
-"Una questione d'affari insomma ... Cos'è la recita dal padrino di Marlon Brando? A me l'avete fatta perdere tutti voi la casa con la vostra vigliaccheria. La verità la sapevate tutti qual'era, ma siete stati al gioco di questi bastardi ... Ora che volete? ... Anche tu Filippo vuoi dirmi che hai firmato quelle denunce per non perdere la casa?".
-"No ... - rispose con voce malferma Filippo Cori, trasalendo essendo stato brutalmente interpellato – Io ho firmato perché ero ubriaco! Da sobrio non avrei mai firmato quelle porcherie ... Perfino, profittandosi del mio stato, mi fecero firmare la vendita del seminterrato perché con quei soldi avrei potuto completare la costruzione dell'alloggio. Poi scoprii, invece, che apponendo la mia firma avevo ceduto tutto il caseggiato per due soldi. Non c'è stato niente da fare ... era la mia firma. La casa l'ho persa lo stesso.".
Tony ascoltava disgustato.
-"Bella fine la cooperativa che doveva fare case ecologiche, trasformare la borgata più degradata di Tallia in un villaggio modello ... Complimenti! Ricordatemi di farvi un applauso subito dopo quest'altra sentenza. Tanto lo so che è tutto preparato.
Questi mafiosi possono fare queste cose grazie alla codardia di un intero popolo, in questo caso la vostra. Altrimenti sarebbero solo gentaglia da due calci in culo! E io conto di riuscire a darglieli lo stesso un bel paio di calci in culo ... Ogni cosa a suo tempo!".
Tony si allontanò da loro.
Sapeva che quel che avevano detto era vero, li conosceva bene. Ma non li giustificava, anzi, la loro vigliaccheria era doppia perché loro, a differenza di altri, sapevano per certo che tutte le accuse contro di lui erano frutto della congiura ordita da quella banda di lestofanti.

Si sedette accanto al suo avvocato ad attendere l'arrivo del pretore che aveva in mano la causa. Questi arrivò trafelato e in discreto ritardo.
Il suo ingresso fu notevole causa lo strano, quanto inadeguato, abbigliamento col quale si presentò in aula. Vestiva stivali da cavallerizzo e l'avvocato Muroli rispose al muto interrogativo di Tony dicendo che questo pretore, appassionato d'equitazione, era solito, per non tardare, arrivare in pretura senza passare a cambiarsi. Aggiunse che, se non altro, il pretore gli sembrava di buonumore e questo era buon segno.
-"Che significa buon segno? Dovrei ritenere che la verità di questa porcheria dipenderebbe dal fatto che il pretore sia o no di buon umore? Scherza vero?" – chiese Tony stupefatto.
Lo sguardo dell'avvocato Muroli era, invece, tutt'altro che scherzoso.
Il poveretto, che in fondo era un brav'uomo, ci passava la vita a contatto con questi personaggi e sapeva bene che l'esito dei processi, se, nella migliore delle ipotesi, non vi fosse stato intervento da chi li controllava dall'alto, dipendeva esclusivamente dall'umore del momento di questi psicopatici irresponsabili.
Proprio come nel nefasto passato. Dai verbali dei processi della Santa Inquisizione risultava evidente che la vita di molti eretici dipendeva solo dall'umore degli Inquisitori, a meno che non fosse arrivato l'ordine di condannarli: in quel caso la condanna era certa. Tony decise di prenderla con filosofia ...Tutto sarebbe andato come doveva andare ... tutto era scritto! Tutto doveva ripercorrere il destino, esattamente uguale, fino ad arrivare al punto critico.
Quello in cui tutti i nodi sarebbero stati sciolti.
Il fatto che lui fosse vivo e presente a quei processi era già un enorme mutamento della situazione e per il momento si doveva accontentare di questo.
La pm Borrini illustrò le accuse e indicò le fonti di prova. A quel punto, l'avvocato Muroli avanzò la prima contestazione mostrando al pretore gli originali delle fotocopie false che venivano esibite. Questi poté constatare che le fotocopie erano, effettivamente, dei fotomontaggi!
Ascoltò anche alcune testimonianze di quei mentecatti che si smentivano l'un l'altro, nemmeno capaci di calunniare in maniera credibile.
Era evidente che il pretore aveva ben compreso la realtà dei fatti. La Pm Borrini aveva visto la stessa cosa e taceva, in silenzio, seduta al suo posto.
Il pretore voleva vederci chiaro e ordinò un rinvio per permettere alla cooperativa di produrre in udienza copia autenticata dal notaio di tutte le delibere della cooperativa, dalle quali si sarebbe potuta dimostrare l'assoluta falsità e inesistenza di tutte le accuse. Fissò la nuova udienza per il successivo 10 Novembre. Tony uscì molto soddisfatto dall'aula. Il pretore

era sembrato un magistrato corretto; quello che aveva ordinato andava nella direzione opposta alle azioni che avrebbe commesso qualsiasi altro mafioso travestito da giudice. Tony era contento: sui libri che il pretore aveva ordinato di rappresentare c'era tutta la storia della cooperativa. Finalmente si sarebbe mostrata in aula l'intera opera di calunnia messa in atto da quei furfanti. Portò la buona notizia a Marinella, era un periodo denso di avvenimenti per loro. Il 14 Novembre, la corte d'appello di Pamplona, aveva fissato la data del processo relativo alla condanna per la droga rinvenuta nell'ufficio postale, al fermo posta di Volpi Vincenzo.
Quella sarebbe stata una verifica molto importante per tutta la storia.
Se non fosse stata fatta giustizia, allora tutte le convinzioni su cui si basava l'agire di Tony sarebbe crollato come un castello di sabbia. Secoli di caccia a inquisitori e cacciatori di streghe sarebbero stati vani e per lui, che seguiva il piano del destino sulla via del karma, sarebbe stata una vera tragedia.
Tony, sempre pieno di dubbi era sempre, senza eccezione pronto a correggere gli errori man mano che si presentavano.
Quello, però, non sarebbe stato un errore, ma la fine di tutto!
Chiese anche all'amico Ching un responso su cosa si doveva attendere in appello, ormai la data era imminente.
La risposta fu: "*Il giorno tuo incontrerai credenza, sublime riuscita*!"
Davanti a tale felice, quanto poetico oracolo, Tony si rasserenò. Scacciò, col talento che possiede colui che riesce a costruire positività, i cattivi pensieri e attese il giorno suo con la serenità d'animo di chi sa d'aver fatto tutto ciò che doveva essere fatto al meglio delle sue possibilità. Ora toccava al destino fare la sua parte!
Nel frattempo, il 10 Novembre, in aula, il pretore attendeva l'arrivo dell'avvocato Muroli che non si vedeva. La coop. Tretorri aveva portato le copie delle delibere e occorreva verificarle in contraddittorio. Le prove documentali, invece, l'avvocato Muroli le aveva depositate in cancelleria.
Dopo quasi mezz'ora d'attesa Tony uscì a cercarlo e lo trovò al quarto piano, davanti all'aula civile.
-"Non posso scendere Tony, devo aspettare il giudice per un'audizione di teste urgentissima, non si può rinviarla. Se non riesco a presentarmi il pretore rinvierà l'udienza e noi avremo modo di prepararla meglio. Non preoccuparti" – disse Muroli, tranquillizzando Tony.
Così, dopo un'altra mezz'ora d'attesa, il pretore rinviò l'udienza al 2 Dicembre, meno di un mese dopo. Non male in fondo, sebbene né le delibere né le prove di Tony furono esaminate.
Tony restò deluso dal comportamento del suo avvocato. Egli sapeva con quanta impazienza attendeva di chiarire la sua posizione in seno alla querelle con la coop.

Non ebbe, tuttavia, modo di crucciarsi più di tanto poiché, pochi giorni dopo, il processo d'appello del 14 Novembre fu un assoluto trionfo della giustizia! La corte d'appello, con la sua sentenza, lo assolveva *per non aver commesso il fatto* dall'accusa di aver spacciato droga a Volpi Vincenzo e *perché il fatto non sussiste* da quella di averlo calunniato.
Ma non era tutto qui.
Nelle motivazioni la corte d'appello sbugiardava l'inquisitore, il presidente Mastropasqua, che l'aveva condannato violando ogni diritto processuale e le norme europee sui diritti dell'uomo.
Nel merito veniva, addirittura, rilevato che la perizia del brigadiere dei gendarmi incaricato da Mastropasqua accreditata per aver dimostrato che l'indirizzo sulla busta che conteneva la droga sarebbe stato scritto dalla mano di Tony, non poteva, in realtà, essere credibile poiché l'indirizzo non poteva essere periziato in quanto totalmente ricoperto dal catrame di quel tipo di droga. Veniva di fatto dimostrata la totale malafede del presidente del tribunale, Mastropasqua, il quale, ormai era palese, non aveva avuto alcuno scrupolo nel far falsificare i risultati di una perizia per poter condannare da innocente Tony Vero. Inoltre, dal momento che Volpi Vincenzo era un noto spacciatore locale e non un semplice consumatore, accusarlo di essere uno spacciatore non poteva configurare il reato di calunnia!
Tony era al settimo cielo.
Il Destino aveva parlato ... era la conferma di tutto e che tutto ciò che stava facendo andava nella direzione giusta. Telefonò subito a Marinella, che attendeva in ansia facendo lezione a scuola.
Le diede la bella notizia sentendola gridare di gioia.
Davvero grande era la loro sofferenza e il male perpetrato dagli esseri infernali travestiti da giudici.
Tony e Mari avevano scelto di sublimare e onorare anche il loro ruolo di vittime e con grande umiltà portavano il pesante fardello, in ossequio a sé stessi in quanto esseri umani dignitosi e per la tutela del Diritto.
Spesso Tony era tentato di farli fuori tutti, ma per fortuna egli possedeva il controllo totale delle sue, comprensive, pulsioni emotive, oltre alla consapevolezza che ad accapigliarsi col male irrazionalmente avrebbe comportato di restare legati al suo giogo e sarebbe tutto finito nel modo peggiore.
-"La vendetta è un piatto da gustare freddo ... come l'insalata russa. Anche se non è la vendetta che cerco ... Quando vedrò fatta finalmente giustizia è così che la chiamerò: Vendetta!" – si ripeteva come un mantra per mantenere il controllo.

Non altrettanto bene andò all'udienza del 2 Dicembre in pretura. Incredibilmente quando, in aula, tentò di prendere la parola e discolparsi dimostrando la falsità delle accuse a suo danno, il suo avvocato lo fermò.
-"No, sta per emettere la sentenza, ha preso il codice, vuol dire che non ti vuole sentire ... E' meglio non insistere o emetterà una condanna più severa".
-"Ma quale condanna? Io voglio dire la mia ... ha l'obbligo di ascoltarmi!" – replicò Tony.
-"Non insistere Tony, meglio lasciarlo fare ... avremo un motivo in più per l'appello".
Tony, che confidava nel buon senso del pretore, intuì che nelle more egli doveva essere stato avvicinato e indotto a condannarlo. Si preparò ad accogliere la nuova, apparentemente immotivata e illogica, condanna di primo grado: era una ripetizione del passato e doveva avvenire esattamente come era avvenuto allora.
Di nuovo c'era ch'egli era sopravissuto e avrebbe potuto ricorrere in appello. In quella sede, lontano dagli inquisitori, avrebbe ottenuto un'altra assoluzione ... era così che funzionava. Non doveva intromettersi col corso naturale del destino, sarebbe stato del tutto inutile, fatica sprecata. Doveva solo preparasi a farlo mutare. Era dura, però, subire ingiustizie e doverle tacere ... Un esercizio di grande umiltà e intelligenza.
Il pretore, che ben aveva capito di che si trattava, (Tony non aveva dubbi su questo), lo condannò in maniera blanda ad appena sei mesi, una multa di sessantamila franchi e per i danni dell'appropriazione indebita dichiarò che la liquidazione era allo stato degli atti confusa e di difficile quantificazione, demandandola alla sede civile, senza riconoscere nemmeno una piccola provvisionale alla cooperativa, che sarebbe stata la parte offesa.
Inoltre, cosa assai più singolare, il pretore dava atto che Tony aveva tentato di dare ai fatti una diversa interpretazione, ma le prove, presentate in maniera irrituale e rimaste in cancelleria, non essendo state esaminate dalle parti dovevano restare estranee al processo.
Aggiungeva a chiosa delle motivazioni di condanna:
"... Solo ipotizzandosi una vera e propria congiura, anche ad opera del fratello dell'Imputato, ottenuta attraverso predisposizioni documentali e un numero davvero incredibile di false testimonianze, sarebbe stato possibile considerare la sua innocenza..." – dando prova, con questa dichiarazione, che ben aveva compreso che di questo si trattava: di una congiura.
Allora perché aveva condannato un innocente?
La risposta era sempre la stessa: codardia!
In uno scrupolo di coscienza aveva scritto la verità, lasciandola come ipotesi per l'appello. In quella sede aveva dovuto obbedire a un ordine, ma un

ordine di chi? ...Tony ormai sapeva la risposta. Il presidente del tribunale era il capo di quella congrega di inquisitori; lui dirigeva tutti e li soggiogava grazie al potere della corruzione di cui si era circondato e le protezioni di cui godeva. Quell'essere indemoniato era già all'inferno.
Occorreva liberarsi di lui allontanandolo per sempre dal proprio destino.
Su come fare, però, Tony non aveva ancora le idee chiare. Era certo, tuttavia, che ormai era il suo karma a guidarlo per la parte che ancora non gli era possibile intravvedere tra le nebbie del tempo.
Chiese spiegazioni all'anziano avvocato Muroli.
-"Ma perché ha fatto rinviare l'udienza del 10 Novembre e perché ha depositato i documenti a difesa in cancelleria? E' per questo che non sono stati esaminati e mi hanno condannato...".
-"Non potevo fare altro Tony ... Il procuratore Besoni mi ha chiamato in ufficio, c'era anche Tania Borrini, e mi ha fatto vedere un procedimento aperto contro di me per evasione fiscale momentaneamente sospeso. Noi avvocati evadiamo tutti il fisco, le tasse del Regno sono troppo alte ... Se avesse proceduto mi avrebbe rovinato ... ecco perché. Ma ho considerato che se arrivavano a questo, la tua condanna ci sarebbe stata lo stesso. In questo modo, però, avresti avuto maggiori motivi da presentare in appello".
-"Viltà ... sempre e solo viltà ... Come un drago invincibile che sta divorando l'intero Reame" – pensò Tony, ma senza dirlo.
L'avvocato Muroli era una persona anziana, amico dei suoi genitori, aveva detto sicuramente la verità. Del resto era conforme ai suoi convincimenti.
Quell'inverno si sentì rattristato da quest'ultima condanna di primo grado, anche se, a mente fredda e lucida capiva che anche quella, in realtà, era una vittoria e grandissima rispetto al passato.
Bastava solo ragionare sui risultati che i mascalzoni avrebbero voluto ottenere con quelle accuse per rendersene conto.
Avevano fallito ancora una volta!
Quella Sentenza non avrebbe retto alla verifica d'appello. Era una buffonata organizzata da Mastropasqua che temeva che Tony potesse dimostrare di essere stato vittima di una congiura, perché in quel caso lui, proprio lui, presidente di quel tribunale, ne era a capo!
Era proprio questo che doveva arrivare a dimostrare per disinnescare per sempre quel caprone assatanato.
Avrebbe significato cambiare il destino, modificandolo per sempre ... per l'eternità!
Non avrebbe più incontrato nessuno di questi sciacalli ... altri forse, perché no, non sognava certo per il suo futuro una vita noiosa, ma non più questi!
Ancora segnali maestosi della potenza e della volontà divina si allestivano e lui, che sapeva riconoscerli, non mancò di analizzarli.

Quel nano ... così lo chiamava Tony, senza mancar di rispetto a chi era basso di statura, poiché di statura morale si trattava ... nel successivo mese di Maggio, il giorno tredici per l'esattezza, finì sui giornali quale vittima di un incidente stradale. Egli stesso aveva provocato l'incidente: aveva tagliato la strada a un auto immettendosi nell'autostrada. Morì sul colpo e con lui l'amico che aveva a fianco, un notaio. Erano restate illese le mogli di entrambi. Tony volle saperne di più e chiese notizie al medico legale che ben conosceva e che aveva eseguito l'autopsia sul cadavere perché il procuratore voleva conoscere la causa della morte, visto che non aveva ferite apparenti né perdite di sangue. Effettuò l'autopsia e constatò, visto anche il confronto sui suoi libri di medicina legale che Besoni era morto esattamente come morivano i giustiziati con la garrotta spagnola. Con la vertebra del collo spezzata di netto.
Un colpo secco ... una vera e propria esecuzione!
Tony andò a trovarlo in cimitero, subito dopo il seppellimento.
Non avrebbe mai oltraggiato il suo cadavere né la sua tomba, anche se l'avrebbe meritato, ma quando gli fu davanti rise di gusto.
-"Hai visto che ride bene chi ride ultimo? Hai avuto una chiamata davvero urgente, eh? Beh, divertiti!".
Lasciò il cimitero davvero di buon umore. Anche questo era un segno che stava andando nella direzione giusta.
La notizia, resa dai quotidiani locali con grande risalto lasciò tutti increduli: non sembrava vera, ma lo era eccome!
A rinforzo di come tutto veniva orchestrato ai piani alti, pochi giorni dopo, a strettissimo giro di posta, Tony vide su un giornale la foto di una faccia nota. Lo riconobbe, era un magistrato amico di Besoni, l'aveva visto spesso insieme a lui.
Era morto anche lui e anche lui in maniera davvero singolare: il giornale riportava la notizia che si era trattato di autocombustione ... capita un caso su un milione. La figlia testimoniò che mentre era in macchina con suo padre, fermi al semaforo, nel comune di Vatina nei pressi della capitale, egli prese improvvisamente fuoco. Non l'auto, ma lui, solo lui! Si era acceso d'improvviso come un fiammifero e morì tra atroci tormenti. La figlia non poté fare nulla ... solo saltare giù dall'auto, per evitare che il padre, accesosi come un torcia umana, coinvolgesse nel rogo anche lei.
Fu prelevato dall'auto dai pompieri, intervenuti per spegnere le fiamme, completamente carbonizzato. Un vero tizzone d'inferno!
-"Accidenti, se non è una chiamata urgente questa!" – commentò Tony, lasciando il giornale sulla tomba di Besoni quando, il giorno dopo, era andato a trovare la madre e il padre, sepolti non lontano.

-"A quest'ora vi sarete già ritrovati! Beh, divertitevi allora, buon inferno a tutti e due! Speriamo che non ne usciate più, il mondo non sa che farsene di elementi come voi".

Pochi mesi dopo arrivarono altre belle notizie: la Corte Europea dei Diritti dell'Uomo presso cui Tony aveva denunciato le mal'azioni della giustizia del Regno di Tallia, stava procedendo con la condanna. Quattro volte, una per ogni procedura aperta che la Corte aveva titolato " Tony Vero contro Regno di Tallia".

Gli abusi commessi dall'inquisitore erano stati considerati violazioni dei diritti garantiti dalla convezione europea sui diritti umani.

Anche potersi rivolgere alla Corte Europea dei Diritti Umani era una novità rispetto al passato. Allora c'era solo la Santa Chiesa Cattolica, ma era lei stessa ad aver creato l'Inquisizione, quindi, per ovvi motivi non era certo il caso di rivolgersi ad essa.

Solo la quarta delle procedure rimase in sospeso: quella riguardante la congiura della coop. Tretorri, perché la causa era ancora in attesa di appello e la corte europea voleva vedere cosa sarebbe accaduto in quella sede, prima di procedere con una sua sentenza di condanna.

Scelta logica, viste tutte le sentenze di assoluzione con formula ampia con le quali la corte d'appello aveva riformato gli abusi di Mastropasqua e la sua ghenga.

-"Sì, Mari ... la guerra procede vittoriosa, è vero. Tuttavia il premio di questa vittoria quale sarebbe ... poter vivere in questo oceano di putridume indisturbati? ... Puah! ... Sai che meraviglia?".

-"Ah ah ah ... Mio Dio ... No, così come l'hai detto mi ha dato nausea!" – ribatté Mari.

-"Già, proprio quello che volevo trasmetterti: nausea! Dobbiamo riflettere su questo e con molta attenzione, perché presto avremo la nostra vittoria e a quel punto dovremo sapere cosa farne. Non mi riferisco al lato metafisico, ma a quello pratico e immediato. Dove vogliamo concludere questa vita, qui intorno? Io vorrei andarmene, il mondo è grande abbastanza e, come nei film ... alla fine lui prende lei e se ne vanno insieme. A volte a cavallo, negli western, a volte in auto in quelli più moderni, ma i protagonisti se ne vanno sempre. Noi ... dove andremo?".

-"Accidenti, Tony ... Se non ci sono problemi ce li dobbiamo inventare eh?" – disse lei, trattenendo le risate vista l'impostazione seria data da Tony alla sua domanda.

-"Beh, è ora che ci pensiamo. Abbiamo vinto tutte le nostre battaglie e non ci sono motivi per ritenere di non vincere anche l'ultima: questa della cooperativa Tretorri e dei dannati che la abitano. Ora è passata al tribunale civile e quello è famoso per la lentezza epocale. La vinceremo, certo, ma quanti anni saranno trascorsi? Io non voglio passarli qui. Voglio affidare la causa ad un avvocato onesto ... ce ne sarà pure qualcuno nel Regno! Appena lo trovo gli lascio le chiavi, documenti, prove e ... via, più veloci della luce. Lontani di qui, tutti e quattro ..." – disse Tony toccando il pancione di Mari, che era in attesa. Avevano fatto gli esami e avevano scoperto che era un bambina, forte e sana.

-"Senti come scalcia? ... Ci ha sentito e anche lei vuole nascere altrove! Fatti non fummo per viver come bruti! La patria di uomini come quelli che passarono di qui lasciando le orme dei giganti che furono, ormai è sprofondata nel fango, irrimediabilmente secondo me. Nel karma di questa ex nazione c'è la meritata punizione per tutte le nefandezze che ha commesso e questo vale ancor di più per chi ha permesso che siano state commesse, per ignoranza o codardia non importa. Ancor meno importa che ne siano consapevoli oppure no ... Il destino non chiede permesso, quando bussa alla porta: o si apre o la sfonda!

Noi non meritiamo lo stesso karma. Dobbiamo portare le chiappe lontano di qui..." – concluse ridendo Tony, dandole una pacca proprio lì.

-"Smettila! Ma dove vorresti andare? Io ho il mio lavoro qui, la mia famiglia è anche mio padre, mia madre, i miei fratelli, gli amici ... Non esagerare dai, anche tu ci stai bene. Quello che ci hanno fatto non è responsabilità di tutti, ma solo di pochi corrotti che alla fine hanno anche perso. Abbiamo avuto anche tanti amici sconosciuti che ci hanno aiutato ...".

-"Hanno perso ... è vero, ma solo la loro partita millenaria con noi. Questa, però, è la loro patria ormai. Non più la nostra. Infatti, non riusciremo mai, come non ci siamo riusciti finora, a vederli puniti dai loro tribunali. Nei loro piani c'era la distruzione totale, la morte e la rapina. Sono e resteranno impuniti. Non possiamo denunciarli ... a chi? A quel vecchio rimbambito del Re? A quell'idiota del figlio? Al capo del Governo? ... Ah ah ah! Li denunceresti alla magistratura? ... Andiamo, sii seria Mari, ragiona a mente fredda lasciando da parte i sentimentalismi. Se vogliamo un'altra vita ora dobbiamo avere noi il coraggio di mettere una ciliegina su questa torta che abbiamo confezionato così bene: quella ciliegina per me si chiama America, il Nuovo Mondo! Andiamoci ... Dimenticheremo finalmente tutti e tutto. Li lasceremo a cuocere nel loro brodo, noi avremo un nuovo mondo da scoprire".

-"Eh, detto così sembra attraente, mi piace l'idea. Ma quando vorresti farlo?".

-"Entro un mese, massimo due. Perché altrimenti le donne incinta, prossime al parto, non le fanno entrare"

-"Perché?"

-"Boh? Non lo so, ma so che è così. Noi ci andremo prima, partorirai lì e sarà la prima della nostra famiglia a nascere nel nuovo mondo ... Bello no?"
-"Bellissimo! Va bene, mi hai convinto. Chiederò un anno di aspettativa appena termina la maternità, in modo da avere un anno e mezzo per poter riprendere il mio lavoro se non dovesse piacerci il nuovo mondo ... In questo modo mi sento più serena".
-"Sempre pragmatica e prudente la mia ragazza ... Ok! Allora si procede in questo senso. Io ho preferenze per Fort Lauderdale e Miami, in Florida. Se non hai richieste particolari, direi di andarcene laggiù. Semmai, se non dovesse piacerci potremo spostarci altrove ... l'America è un grande paese. Ci staremo benissimo, vedrai" – concluse Tony, abbracciando la moglie per addormentarsi insieme ... sognando la libertà!

Capitolo XV
Miami

Nei pochi mesi che seguirono Tony e Mari si dedicarono a preparare il viaggio, la loro liberazione dal passato e da tutte le sue ombre oscure.
Non senza dimenticare, però, che la partita non era ancora conclusa.
Non completamente almeno.
Restava l'ultimo ricorso alla Corte Europea dei Diritti dell'Uomo, per l'eccessiva durata della procedura civile della causa con la quale cercavano di ottenere la restituzione delle loro quote versate in cooperativa.
Un ricorso che Tony, grazie ai moderni mezzi, poteva seguire anche da Miami.
A denunciare gli inquisitori ed i loro immondi compari aveva rinunciato, non c'erano le condizioni per poterlo fare. Il sistema giudiziario del Regno era ridotto in maniera tale che avrebbe potuto ricevere brutte sorprese. Decise di astenersi, anche in ragione del verdetto del Ching: *non ci si deve accapigliare col male, si resterebbe aggrovigliati alle sue trame e, in questo modo, egli avrebbe vinto. L'unico modo per sconfiggerlo è procedere sulla via del bene*... Tony fu molto d'accordo con questo consiglio.
Era anche andato al cimitero a chiedere scusa alla madre, per quel giuramento di sangue che aveva fatto sulla sua tomba, poco dopo la sua morte, e che non aveva mantenuto. Non completamente almeno.
Le spiegò che se avesse proseguito la causa civile contro Steno avrebbe condannato la sua famiglia, i suoi nipoti, a lunghissimi anni di attesa per veder rispettate le sue volontà. Ebbe la netta sensazione che la madre avesse compreso e approvato.
A breve avrebbe avuto la sentenza della causa civile. Il risultato, dopo l'esito avuto dalla parte penale delle accuse, era scontato ed anche se si trattava ancora di una sentenza di primo grado avrebbe potuto affidare ad un avvocato la cura dell'incasso delle sue quote.
Non fu così che andò e Tony si rese conto che aveva abbassato la guardia troppo presto. L'Inquisizione approfittò immediatamente colpendolo ancora: in maniera sempre più sgangherata e quasi ridicola, ma causandogli comunque un altro danno da ritardo.
Era ormai tristemente famosa la giustizia negata del Regno ed anche in questo caso avrebbe dovuto verificare, controllare, come aveva fatto

sempre. Avrebbe dovuto, per l'ennesima volta, presentare ricorrerso in appello, come tutte le altre volte, e sarebbero passati altri anni.
Decise, con Mari, di non ritardare la partenza già predisposta.
Avrebbe curato tutti i dettagli dell'ultimo ricorso e avrebbe lasciato incarico all'avvocato di seguirlo e informarlo costantemente. Ormai la sua presenza non era più necessaria e non vedeva l'ora di lasciarsi il Regno di Tallia e il suo triste destino dietro le spalle.
Andò in cancelleria del tribunale a ritirare una copia della sentenza che gli aveva dato torto riconoscendo invece alla Cooperativa Tretorri il diritto di avere in compensazione una cifra superiore a quella delle sue quote. Ciò che vide non riuscì a farlo incazzare, come accadeva in precedenza con le altre porcate di Mastropasqua, ma solo a farlo ridere.
Pensava a cosa avesse nell'animo questo bandito mascherato per continuare a tramare dietro le quinte degli antri dove trascorreva la sua vita rendendosi persino ridicolo.
Che figura avrebbe fatto lui e che figura avrebbe fatto fare alla giustizia del Regno nel momento in cui Tony avrebbe allegato questa sentenza, indegna di un paese civile, alla documentazione già prodotta agli atti del ricorso europeo? Certo, più screditata di così la magistratura reale non poteva essere ... ma non c'è limite al peggio e questa era davvero sporca!
Ormai, comunque, risultava evidente che davvero era lui l'Inquisitore, l'assassino che inseguiva attraverso i secoli.
Forse, la sua disattenzione era stata voluta, per uno scopo ancora da comprendere razionalmente, dal suo stesso inconscio che aveva dimostrato di essere sempre vigile e non avrebbe consentito distrazione alcuna.
La sentenza, manco a dirsi, era stata emessa da un collegio presieduto da Mastropasqua. Tony non fu avvisato: se l'avesse saputo l'avrebbe ricusato; era un suo diritto riconosciuto persino dalle sbilenche garanzie del Regno perché dovevano uniformarsi a quelle riconosciute dalla Corte Europea.
Tony era sereno poiché fino a pochi giorni prima il collegio era presieduto dal giudice Carbone, un noto galantuomo. Ignorava che il presidente Carbone aveva avuto un infarto ed era morto in sala operatoria, dunque lui, il caprone nero, si era sostituito a quello ed aveva assunto il controllo della sentenza. Il giudice relatore, un giovane magistrato, certamente non si sarebbe opposto ai desideri del capo, specie con il potere depravato di cui disponeva e che era noto a tutti in quel tribunale.
C'era una norma del codice civile del Regno che recitava testualmente: *il magistrato che si trova a dover partecipare a un atto giudiziario nei confronti di una parte, per la quale esiste il fumus di inimicizia grave o pregiudizio, ha l'obbligo di astenersi a pena di nullità degli atti.*

Tony, sulla base di questa norma, aveva il diritto di chiedere l'annullamento della sentenza, ma questo significava che sarebbe stato nominato un altro collegio che avrebbe visto gli stessi magistrati, a parte Mastropasqua, farne parte e, lui, avrebbe sicuramente fatto in modo di controllare anche questi. Tanto valeva far finta di nulla e portare il tutto alla Corte d'Appello, la stessa che già aveva ben annullato la sentenza del pretore, per gli stessi identici motivi, riconoscendo che i fatti non sussistevano.

Evidentemente il diavolone non era riuscito ad arrivare fino a corrompere la Corte d'Appello. Il suo rimaneva un livello basso, ma al suo livello faceva quello che gli pareva, consapevole che la magistratura del Regno era organizzata come una casta braminica di intoccabili.

Con la scusa dell'indipendenza, nessuno poteva contestare l'operato dei magistrati. Qualunque cosa facessero, anche la più turpe, bastava che dichiarassero che quello era il loro convincimento.

La Corte Europea aveva intimato più volte al Governo del Regno di dotarsi di uno strumento valido di responsabilità dei giudici, ma il Governo era completamente corrotto, impegnato in appalti truccati, tangenti e ruberie varie, pertanto altamente ricattabile e non aveva mai provveduto a rendere davvero responsabili i giudici dei loro errori o peggio, dei loro abusi.

Pensò, quindi, a ribattere punto per punto, insieme all'avvocato, quella sentenza e poté così appurare che, per poter ridurre il totale della somma che gli doveva essere rimborsata, Mastropasqua aveva armeggiato con una consulente contabile. Costei fu regolarmente smentita in udienza da altri consulenti quando asseriva che le quote per la costruzione delle 15 case dei 15 soci assegnatari, (che ammontavano, in base al bilancio dell'anno in cui era stato escluso, a 85.200.000 franchi), anziché essere divise per i 15 soci che vi avevano concorso, perché si trattava dei versamenti delle quote di costruzione, doveva essere divisa per 60, anche con i soci di riserva che non avevano versato nulla per coprire quelle quote.

Un abuso totale, ma in base a questo fu stabilito che il rimborso spettante a Tony non era 1/15 della somma, ma 1/60! Una cifra irrisoria, circa 700.000 franchi, anziché 4.600.000.

Non solo! Ella asseriva che, non avendo chiesto la rivalutazione di interessi e rivalutazioni di legge, queste non dovevano essere riconosciute a Tony. Affermava, senza alcuna prova a sostegno, che le appropriazioni indebite, nonostante le assoluzioni in appello, sussistevano e riconosceva alla cooperativa il diritto a farsele rimborsare dalla quota di Tony, la quale, ridotta a 1/60, era inferiore persino alla cifra di 3.000.000 di franchi che la cooperativa poteva chiedere in risarcimento delle appropriazioni indebite. Citava una sentenza di cassazione che avrebbe confermato questo e, in base al numero di quella sentenza e la data di emissione, Tony ed il suo avvocato

poterono verificare che non era in alcun modo pertinente ... un'invenzione pura e semplice!
Poi passò alla questione dell'architetto Pilade Salvatore, il quale aveva vinto la causa contro la cooperativa a Terranova. Tony non era più nemmeno socio e niente ne poteva sapere, ma leggendo la sentenza di Terranova poté capire che Pilade aveva vinto la causa grazie al fatto che gli amministratori della Cooperativa non avevano prodotto in giudizio la liberatoria firmata da Pilade al momento di rinunciare all'incarico e controfirmata dagli amministratori della coop.
Benché egli non facesse più, ormai da tempo, parte della coop. asserirono d'aver perso la causa a Terranova perché Tony aveva firmato una lettera preliminare d'incarico che riconosceva al Pilade una cifra superiore a quella pattuita. Di questa lettera preliminare d'incarico, in realtà, nel processo di Terranova, non c'era traccia: l'ennesima falsità.
Tony immaginò che gli amministratori venduti avessero trovato un accordo truffaldino anche con questo Pilade, lasciandogli vincere la causa in cambio di una buona mancia! Non si poteva spiegare altrimenti il motivo per il quale avendo una liberatoria dell'architetto, dalla quale risultava che niente gli era dovuto, non l'avessero prodotta lasciando che la cooperativa fosse condannata a pagare altri 4.000.000 di franchi a un imbroglione come quello.
Per poter emettere una sentenza di questo tenore, con tale abuso d'autorità e avvallante falsità fu omessa qualsiasi valutazione delle prove depositate in corso di causa, peraltro nemmeno contestate dalla cooperativa che ne conosceva l'autenticità.
Soprattutto la fattura n. 16 dimostrava falso tutto ciò che era stato asserito sull'appropriazione indebita dei 15.000.000 delle cambiali, ma anche la scrittura privata, registrata nell'ufficio del Regno dai 15 soci assegnatari, dove essi dichiaravano d'aver diviso tra loro le quote di Tony per completare la loro abitazione, impegnandosi a restituirle entro dieci giorni se Tony avesse vinto la causa. Già questo, in un paese normale, sarebbe stato reato da denuncia, arresto e interdizione dai pubblici uffici, ma nel Regno era lecita qualunque nefandezza se *"libero convincimento del giudice"*.
I magistrati deviati del Regno erano, pertanto, completamente impunibili.
Tony, pur nell'evidenza dell'abuso, decise di non cadere nella trappola. Comprese che era tutta una provocazione del male, impersonato dall'inquisitore assatanato, per spingerlo ad accapigliarsi con lui.
Non impugnò la sentenza per mancata astensione, per inimicizia grave, del presidente Mastropasqua.
Decise di continuare a seguire i consigli del buon amico cinese e proseguire energicamente sulla via del bene.

Presentò un ben documentato ricorso in appello chiedendo l'annullamento della sentenza perché viziata da errori e omissioni di prove, come già era successo per la stessa sentenza del pretore, annullata da giudici veri, non asserviti al male e alla corruzione ormai dilagante nel Regno di Tallia.
Non lasciò senza risposta nemmeno la parte riguardante gli abusi e le violazioni di diritti fondamentali riconosciuti dalla Convenzione Europea e presentò anche in quella sede 1.350 grammi di prove documentali, comprendenti le sentenze di condanna di primo grado ad opera di Mastropasqua e i suoi compari con le puntuali assoluzioni in appello; ponendo l'accento sull'evidente abuso dall'inquisitore commesso per non essersi astenuto per inimicizia grave, cosa alla quale sarebbe stato obbligato a pena di nullità degli atti conseguenti.
Sistemate tutte queste cose in pochissimi giorni, Tony era soddisfatto nel mostrare a Mari il pesante plico.
-"Allora bimba ... fatto! Possiamo andarcene lontano da qui. Qualche soldino lo abbiamo e io, a Miami, posso trovare tutto il lavoro che voglio! Appena ambientata figurati se anche tu non troverai una scuola dove insegnare. Parli bene l'inglese e l'americano è molto simile, in un paio di mesi lo impari benissimo, poi ti presenti alla scuola che ti piace e ti proponi ... Sarai assunta in un battibaleno. Non temere ... è la libertà baby!" – Tony era euforico, sapeva che aveva compiuto la sua missione e che si stavano chiudendo mille anni di karma negativo.
La chiusura completa ci sarebbe stata con la conclusione anche del procedimento civile, è vero, ma potevano lasciare ogni incombenza all'avvocato e cominciare subito la nuova vita ... perché aspettare ancora?
Mari fu contagiata dall'impeto del marito.
-"Sì ... amore andiamocene dove vuoi tu" – rispose ridendo e lo baciò con passione, sentendo che la bambina scalciava come una capretta sul ventre di Tony.
Al rientro di Marzio dalla scuola diedero la bella notizia anche a lui, che ne fu altrettanto entusiasta: Tony gli aveva promesso che all'arrivo in Florida l'avrebbe portato a visitare Disney World a Orlando.
I giorni seguenti furono totalmente dedicati ai preparativi per la partenza.
Alcuni mobili fatti a mano vollero portarli con loro; per gli altri, in buono stato ma che non conveniva portarsi dietro, cercarono un rigattiere che li acquistasse.
Le valige erano fatte e si preoccuparono dei biglietti.
Furono giorni esaltanti! Non pensarono mai al passato, né al male che si lasciavano alle spalle, ma solo al futuro elettrizzante che li aspettava. Sapevano quanto se lo fossero guadagnato!

Tony decise che era meglio arrivare in USA, la loro nuova patria, dalla porta principale, New York.
Voleva far loro vedere la Statua della Libertà, visitare la grande mela e, poi andare a Orlando, a Disney World, per poi scendere giù a Miami passando per Fort Lauderdale.
Egli non aveva preferenze, gli piacevano entrambe le città, peraltro molto vicine. Era stato in tutte e due e ne aveva un buon ricordo.
Sperava che Mari, considerato il suo stato, sopportasse bene il clima tropicale. Lui ci era abituato e, dopo un periodo di adattamento, il caldo eccessivo non lo infastidiva.
Per conoscere la reazione di Mari non restava che provare e vedere ...
D'altra parte non era obbligatorio fermarsi a Miami, si poteva anche decidere di trasferirsi altrove ... A lui andava bene tutto, purché ci fosse il mare da cui non poteva stare lontano.
I giorni volarono veloci tra preparativi e addii.
Gli amici e le amiche, che erano tanti, gioivano e soffrivano nello stesso tempo alla notizia della loro decisione ormai presa. A tutti rivolsero l'invito a raggiungerli presto per una bella vacanza assicurando, nel contempo, che sarebbero tornati presto in visita, per far conoscere ai nonni la bambina in arrivo.
Pochi giorni prima del giorno fissato per la partenza, Tony ricevette ancora una busta verde: una comunicazione degli ufficiali giudiziari del Regno.
La aprì e ristette incredulo davanti al contenuto: la prova del nove di tutte le sue meditazioni sul punto. Avrebbe pagato per ricevere la notizia che, ora, fremeva tra le sue mani. Egli non aveva mai barato con la storia.
Aveva assecondato il fato con l'unico intento di capire.
Certo, molte volte aveva un po' forzato la mano ... Non si era mai permesso, però, di truccare le carte: mai avrebbe creato di sua sponte le condizioni affinché le reincarnazioni dei suoi nemici atavici agissero in maniera errata. Semplicemente, conoscendo le mosse in anticipo, aveva sfruttato questo vantaggio e si era predisposto a parare tutti i colpi.
Voleva vincere, anzi stravincere .... Ci mancherebbe altro!
In quest'ultimo gesto degli inquisitori, peraltro, vide, ancora una volta, la presenza della madre. Chiuse la busta verde con un sorriso: l'avrebbe mostrata a Marinella appena fosse tornata a casa.
Tony era impaziente e Mari lo trovò dietro la porta ad attenderla con una strana luce negli occhi.
-"Amore ... sembri un gatto con un topo in bocca! Come mai?".
Tony non riuscì a trattenere le risate! Ci volle un po' perché potesse parlare.

-"Un gatto? Più che un gatto con un topo in bocca, mi sento un leone con un inquisitore tra le fauci! Ah ah ah, vedrai che notizia ... da scompisciarsi dalle risate! E' da quando l'ho ricevuta che rido!".
-"Addirittura? Di che si tratta? Fai ridere anche me, che aspetti?".
Marinella, sconcertata, esplodeva dalla curiosità.
-"Ti anticipo che ho pensato di getto a mia madre ... al suo aiuto costante, anche da dove si trova adesso ... Vedrai!"
Una volta dentro, Tony le mostrò la busta verde degli atti giudiziari, spiegandole il contenuto prima che lei iniziasse a leggerla.
-"Ricorderai che l'avvocato si era stupito della rapidità con cui, subito dopo il deposito della sentenza di Mastropasqua, la cooperativa aveva notificato l'atto di precetto. Un atto che richiede solitamente mesi prima di essere predisposto. Appena dieci giorni dopo quella porcata, noi l'abbiamo ricevuto e ora, appena altri dieci giorni dopo, ci hanno pignorato la casa e il tribunale ha accolto la richiesta".
-"Cooosa!? E me lo dici così? Ma è terribile!" – esclamò Marinella, destabilizzata tra la terribile notizia e l'atteggiamento divertito di Tony.
-"Ah ah ah ... ma no ... aspetta! Ascolta! Ti annuncio ufficialmente che ci hanno pignorato la casa ... di mamma. Ah ah ah! ... Sì, leggi. Un'altra prova che agiscono d'istinto, ripetendo passo, passo le medesime porcate fatte allora ... tali e quali. Dopo l'ultima porcheria dell'Inquisizione avevano ottenuto la confisca della casa di mamma e si erano buttati a pesce nella casa della strega dove trovarono un tesoro: il MIO tesoro! Pietre, oro e chissà che altro portato dai miei viaggi di allora. Oggi, agiscono con identico esito usando aberranti atti giudiziari: non basta più la sola sentenza di confisca della Santa Inquisizione ... all'epoca tutto era certamente più rapido. Tuttavia anche oggi, come vedi, quando sono tutti d'accordo come una banda di predoni, bastano venti giorni per ottenere il pignoramento.
Per i tempi normali del Regno di Tallia abbiamo battuto un record assoluto... Ah ah ah! Hanno agito così perché sanno bene, sia loro che l'inquisitore, che non controllano la magistratura della corte d'appello. Dovevano ottenere, quindi, pignoramento e vendita all'asta prima che quella porcheria finisse annullata da magistrati veri, come tutte le altre porcate che ho subito da questi ladri dannati.
Peccato per loro: gli è andata male ancora una volta! L'avvocato ha già presentato opposizione ben motivata al loro precetto e la sospensione in corte d'appello, in attesa della triste sentenza che non potrà mancare: la sentenza di Mastropasqua sarà l'ennesimo oltraggio al Diritto.
Purtroppo tutto ciò che si può fare è farla annullare e riformare in appello. Le inique leggi del Regno non permettono che magistrati che agiscono così paghino per le loro colpe ... sono impunibili.

Sono corsi a pignorarmi la casa che mamma mi ha lasciato in eredità. Peccato per loro che l'ho venduta fin da subito per levarmi di dosso ogni legame con Steno ... Ah ah ah!
E' come se li vedessi: tutti lì fuori, pronti a entrarci per saccheggiare ... a cercare quello che il loro istinto gli ricorda. Ah ah ah! Ho telefonato all'avvocato per dirgli quest'ultima novità, anche se poi novità non è, non per noi almeno. Si è meravigliato anche lui della celerità dell'atto. Solitamente passano anche sei mesi prima di poter notificare un precetto! Mi ha informato che l'avvocato dei dannati gli ha proposto di chiudere tutto con appena un milione di franchi, anziché i sette che, secondo la sentenza dell'Inquisizione, dovrei dare alla cooperativa ... Guarda che combinazione! Sette milioni di franchi, come i sette milioni di franchi che mi sarei rubato da casa di mamma, a detta di Steno ... Ah ah ah ... Sono proprio una torma di topi di fogna!
C'è bisogno che ti dica cosa gli ho risposto?
L'avvocato loro, che ha lanciato la proposta, non è mica stupido e ha capito benissimo cos'hanno fatto Mastropasqua e ghenga, sa anche che la parte penale è stata completamente annullata in appello e così sarà anche per questa civile. Ha tentato di prendermi per stanchezza ... sta fresco!
Anche il comportamento dei magistrati d'appello ha una sua spiegazione storica. Dagli atti dei processi medievali risulta che, spesso, magistrati di rango superiore annullavano sentenze della Santa Inquisizione perché scoprivano incongruenze e calunnie. In un caso che ricordo bene ad una povera donna che aveva confessato cose turpi quanto inverosimili, un magistrato, appurata la sua innocenza, chiese perché le avesse confessate e si sentì rispondere: "Per smettere di soffrire!"
-"Sì ... So bene di che parli. Ho letto interi libri di atti dei processi inquisitori. Che orrore! La cosa tragica è che i veri responsabili non hanno mai pagato, né sono stati mai puniti ... Che schifo!" – concluse Mari.
La consapevolezza che proprio loro avrebbero aiutato il destino a rendere giustizia millenaria la riempiva di orgoglio e commozione. Mari si sentiva onorata di interpretare tale ruolo al fianco di Tony.
Furono giorni frenetici e densi di significati sostanziali ed estrinseci.
Finalmente, carichi di bagagli, raggiunsero l'aeroporto dove un grosso jumbo jet della British Airways li avrebbe portati a Londra e da li, con un cambio di vettore, a New York.
Il viaggio fu piacevole.
Grazie al cambio di fuso orario partirono da Londra alle 21 della sera e arrivarono a New York, JF Kennedy Airport, alla stessa ora.
Per loro erano le tre del mattino.

Una bella dormita in un hotel a Manhattan e, nel pomeriggio, andarono in giro per la città con un bus a cielo aperto, di quelli che portano i turisti a fare il giro della penisola di Manhattan.
Erano entusiasti per la grandezza dei marciapiedi su cui camminare, per l'altezza dei grattacieli, per gli scoiattoli negli alberi dei mille giardini ...
La maestosità della statua della Libertà.
Pochi giorni in quella metropoli bastarono a capirne lo spirito.
New York era la porta d'America: da lì arrivavano, ed erano arrivati in tutti i tempi, profughi ed emigranti, perseguitati politici e, sicuramente, anche perseguitati dall'Inquisizione.
Tony si chiedeva se era finita la serie di rinascite e di dejavue che li aveva portati a New York, o se invece erano già stati lì, profughi in cerca d'asilo.
Un'idea affascinante che esternò a Marinella, anche per sapere cosa pensasse lei e se sentiva qualcosa in proposito.
Fino a quel momento nessuno dei due aveva avvertito niente.
Forse l'entusiasmo era troppo e copriva qualsiasi sensazione.
Tony avanzò un'ipotesi.
-"Probabilmente, occorre attivare il terzo occhio per poter osservare attraverso quello il nuovo mondo. Dobbiamo darci dentro ... vieni qui!".
-"Non dobbiamo darci dentro, invece ... bisogna fare piano ... sono incinta lo dimentichi?" – Scherzò, respingendo le avances di Tony.
-"Faremo pianissimo, vedrai!"- Lui non desistette.
Lasciarono New York sazi di grattacieli di vetro e cristallo diretti a Orlando.
Marzio non vedeva l'ora di visitare Disney World, il sogno di ogni bambino del mondo.
Presero alloggio in un grande albergo proprio all'interno del parco.
Dalla sala da pranzo vedevano passare sulle loro teste una navetta: uno shuttle che, sospeso su una monorotaia, attraversava tutta Disney World.
Ci salirono, scendendo, poi, a tutte le fermate per visitare i magnifici padiglioni.
Che tipo Walt Disney, con la sua fantasia, le sue idee ... i suoi sogni, aveva cambiato il mondo!
Un illuminato che aveva messo nei suoi cartoon e nelle sue storie fantastiche le verità degli umani in forma animale.
Visioni di chi arriva a vedere oltre le apparenze.
Tony e Mari avrebbero voluto conoscerlo ...
Magari nella prossima vita ... chissà!
Raggiunsero Miami in una bella giornata di sole e presero subito una casa in affitto. La villetta era in una bellissima posizione poco distante dal mare; era dotata di piscina e di un piccolo parco con circa mille metri di giardino.

Lo standard per Miami. La maggior parte delle villette familiari erano così. Pagarono, per quella villetta con piscina, poco più di quanto pagavano per la casetta al paese; appena il doppio di quello che avevano pagato per la piccola mansarda, tanti anni prima.
Peraltro, la qualità della vita che offriva quella casa non era nemmeno paragonabile. Aveva un potente sistema di condizionamento e in casa non si soffriva il caldo come, invece, avevano sofferto al paese o, peggio ancora, nella mansarda, quando l'estate diveniva afosa.
Se poi ci si voleva rinfrescare, bastava uscire in giardino, tuffarsi nell'acqua fresca della piscina e sdraiarsi all'ombra del grande ficus benjamin che sovrastava la casa, un vero monumento della natura.
Sì, stavano proprio bene laggiù e si sarebbero trovati ancora meglio una volta ambientati e sistemati nella nuova città.
Iscrissero Marzio in una scuola per finire il corso di studi.
In America il sistema scolastico era molto diverso. Gli fecero un test d'ingresso per valutare il livello di preparazione e poi lo assegnarono ad una classe per favorire il veloce apprendimento della lingua.
Marzio diventò uno studente molto bravo e scelse un indirizzo per management turistico. In appena tre anni, arrivò al titolo.
Lavorò un'estate intera alla reception di un grande hotel di Miami, l'Hilton. Gli piacque al punto da convincere Tony e Mari a pagargli gli studi in Svizzera, dove c'era la migliore scuola per il management del settore turistico.
Marzio era un ragazzo in gamba, cresciuto nella persecuzione posta in essere dal Regno canaglia ai danni del padre. E' con tale aggettivo che gli americani apostrofavano gli Stati che commettevano crimini contro i diritti umani. Anche se tale definizione non veniva affibbiata all'alleato Regno di Tallia, Tony si sentiva autorizzato, in forza di tutto ciò che aveva subito, a definirlo così.
Tony ricordava sempre ... e come dimenticarlo?, di quando dovette prendere il suo bambino in braccio mentre i cani lupo dei gendarmi, mandati dal procuratore del Re, salivano sul loro letto, sulla culla del bambino, sul tetto di casa loro, alle sei del mattino per cercare la droga che una banda di delinquenti asserivano dovesse esserci!
Un Regno, quello di Tallia, condannato quattro volte dalla Corte Europea dei Diritti dell'Uomo per abusi e violazioni ai suoi diritti fondamentali e con un'altra accusa ancora all'esame della Corte per un'altra sicura condanna ... Se non era uno Stato canaglia questo!
Loro, però, pur avendo scelto la via del bene in un mondo che aveva scelto quella del male, erano liberi e vittoriosi a dispetto del destino che avrebbero voluto riservar loro quei demoni destinati all'inferno.

Marzio frequentò con grande profitto la scuola che aveva scelto.
La terminò in tre anni, compreso un anno di stage obbligatorio che aveva superato brillantemente. Era diventato il più giovane manager d'America, quindi del mondo. Dopo un anno di training al Grand Hotel Sofitel di Manhattan, nella 44th Street, dal quale aveva avuto note di merito strepitose, egli fu assunto da una catena di ristoranti tra i più prestigiosi del mondo divenendo il manager di uno dei loro locali a New York, in centro.
Abituato all'esempio dei genitori, (buon sangue non mente!) teneva tantissimo al proprio progresso: nessun risultato era mai il punto d'arrivo per lui che tendeva a migliorarsi costantemente. Fece domanda d'ammissione presso una prestigiosa università della grande mela per un master che avrebbe frequentato per il conseguimento del titolo di general manager.
Tony e Mari erano fieri di lui. Egli rappresentava la prova tangibile che valeva la pena combattere i demoni e procedere energicamente sulla via del bene. Oltretutto non era ancora detta l'ultima parola!
Ormai che erano fuori dall'inferno, al sicuro in America, a Tony non sarebbe dispiaciuto tornare indietro, solo per qualche giorno, a distribuire una bella serie di calci in culo!
Mari, naturalmente, era assolutamente contraria. Da quando si trovava nel nuovo mondo aveva paura che il vecchio mondo tornasse ad avvolgerli tra le sue potenti spire.
Tony, al contrario come al solito, era molto allettato all'idea di porre personalmente un bel punto sulle natiche molli del male.
-"Nel mezzo del cammin di nostra vita, mi ritrovai per una selva oscura che la diritta via era smarrita ... - le ripeteva ironico e sornione - Noi l'avevamo smarrita, ma ora che l'abbiamo ritrovata non la smarriremo più ed io all'inferno ci sono sceso molte volte, ma solo di passaggio ... ho ritrovato sempre la strada per uscirne! Ora ci potrei tornare quando mi pare e stai sicura che, magari sporco e bruciacchiato, ma mi vedresti ritornare ancora. Però, prima di andarci, calzando scarponcini chiodati calibro 45, chiederò all'amico Ching e seguirò il suo consiglio ... promesso! Chissà che non mi risponda 21: *Il morso che spezza*! ... Inshallah!!".
Dopo un breve periodo passato ad *americanizzare* il suo inglese, Marinella si era presentata in una scuola privata chiedendo un colloquio con la direttrice. Affabilmente e con molta abilità professionale propose, mostrandoli all'attenta signora, alcuni progetti didattici di tipo laboratoriale che aveva ideato e esperimentato nei molti anni di ruolo nella scuola del Regno. Fu assunta con vero entusiasmo dalla gentilissima preside, la quale ebbe, in breve tempo, modo di apprezzare la competenza professionale di

Mari, affidandole l'intero onere del coordinamento della progettazione curricolare della scuola.
Vedere la propria metrica metodologica e la propria filosofia pedagogica realizzate in una scuola di grande prestigio fu, per Mari, motivo di grande gratificazione oltre che la realizzazione di un sogno. Si sentiva, finalmente felice e realizzata: in questa nuova patria il merito era alla base del sistema e lei adorava l'educazione all'eccellenza. Mai più avrebbe dovuto limitare il proprio genio professionale, com'era costretta a fare nella scuola del Regno, dove invidia e ignoranza la facevano da padrone, viceversa in questa novella dimensione la sua creatività non trovava argini e come un fiume in piena ella realizzava disegni formativi favorendo gioia, amore per il sapere e condivisione nel team. La sua scuola fece un palese salto qualitativo e, per la gioia della lungimirante direttrice, molte di più furono, l'anno scolastico successivo, le iscrizioni di nuovi, entusiasti, alunni.
Alessia, così avevano chiamato la loro bambina, era bellissima e cresceva in felicità e salute. Bravissima a scuola, adorava il fratello che vedeva come una sorta di mito. Tony si compiaceva nel constatare che tra i due fratelli il rapporto era affettuosissimo e niente affatto caratterizzato dall'astio che aveva diviso lui e Steno e di cui il padre Cesare raccontava essere un imprinting familiare, visto che anche il nonno paterno aveva avuto un fratello col quale aveva rotto ogni relazione perché inconciliabili.
Timore che Tony nutriva considerando che il sangue non è acqua e i geni malefici, quelli che avevano creato Steno, sarebbero potuti riapparire nei suoi figli. Così non era stato, per fortuna, quindi egli dedusse che ciò potrebbe dimostrare che non sono i geni a reincarnarsi, ma le anime.
O, quantomeno, sarebbe stato plausibile ipotizzare due piste parallele nella struttura genetica: una deputata alla trasmissione delle caratteristiche formali: il colore degli occhi, della pelle, dei capelli, l'altezza e la struttura ... l'altra deputata alla parte metafisica, l'anima, la pura essenza dello spirito capace di incarnarsi in un nuovo corpo.
Si disse che questa ipotesi poteva logicamente spiegare anche perché, a volte, ci sono spiriti femminili in corpi maschili e viceversa.
Era un bel meditare ...
Con la testa molto più libera i pensieri volavano come nuvole nel vento.
Tony era finalmente felice per sé e la sua famiglia.
Alessia non sapeva ancora cosa fare della sua vita, ma il solo fatto di vivere in un paese libero non le avrebbe precluso alcuna possibilità.
Si sorprendeva a guardare teneramente quella sua figliola che somigliava in modo impressionante a sua madre: le espressioni erano simili ... il sorriso ... lo sguardo della madre! Specie nelle foto da giovane, dove ella appariva bellissima e al naturale, senza trucchi e senza imbrogli.

Anche nel carattere i tratti erano assai riconoscibili: Alessia era forte come la nonna e ... questo gliela faceva amare ancora di più quella signorina del no – no - no!
Così la chiama Tony, fin da quando, appena uno scricciolo, aveva imparato a dire *no* pronunciando la breve sillaba con una prepotentissima inflessione d'accento e con tono dispettoso ma, nel contempo simpatico ... prima ancora di ascoltare cosa si volesse da lei ... Tutta la nonna!
Tony, per un periodo, aveva lavorato in sala macchine sulle grandi navi da crociera che da New York facevano spola con Miami spingendosi, a volte, fino alla baia di Vera Cruz e a Cancun, nello Yucatan, in Messico dove, visitando il Parque Nacional de Quintana Roo e la Reserva de la Biòsfera Sian Ka'an ... la Porta del Cielo dei Maya, egli avvertì la pericolosa nostalgia di altre jungle. Doveva tenerle lontane ... Marinella non avrebbe capito.
Erano viaggi di poche settimane: buona paga, buon ambiente lavorativo, brava gente tra l'equipaggio e simpaticissimi ospiti Norte Americanos, ma ... nessun imprevisto e questo li rendeva estremamente noiosi.
Li lasciò ... coltiva un progetto imprenditoriale.
Progetto che gli era venuto in mente quando, mettendo a frutto ciò che aveva appreso sulle costruzioni ecologiche a risparmio energetico, aveva acquistato un acro di terra edificabile a Miami e ci aveva costruito una casa seguendo quelle indicazioni. Adattandole a materiali moderni aveva realizzato, con l'aiuto di due muratori messicani, una casa d'abitazione con mattoni in terra cotta multicellulari, che si era fatto fare da una fabbrica di laterizi in Nuovo Messico, e tetto in legno, ventilato, come facevano gli antichi sulle coste del Mediterraneo.
Una salubrità dell'abitare sconosciuta in quel mondo modernissimo, dove tutto era prefabbricato, senza tenere in alcun conto le antiche regole che rendevano le abitazioni umane confortevoli e salubri anche senza i condizionatori accesi a tutto gargano, come lì era d'uso.
Le case erano, sì, di bell'aspetto, ma eseguite malissimo, con cemento anziché terra cotta e materiali sintetici anziché naturali.
Tony, però, non voleva entrare in conflitto con nessuno. Si era preoccupato di costruire per lui e la sua famiglia una casa bella e sana ... le fabbricazioni che aveva esaminato non le avrebbe volute manco gratis.
Appena Marzio fosse stato pronto a dirigere il suo progetto, avrebbe voluto costruire, con le stesse tecniche ecologiche, un ristorante di cucina mediterranea atto alla formazione alimentare del rozzo popolo degli hamburger: cibi sani e nutrienti in alternativa ai grassi che, specie negli ultimi decenni con la moda del fast food, asfaltavano le loro arterie riducendoli a tremendi gradi di obesità che mal si addiceva a quel "paradise" che era la Florida.

Ne aveva parlato spesso con Mari, che approvava quel progetto, soprattutto perché dava a Marzio l'opportunità di mettere a frutto ciò in cui si era specializzato.
Sarebbe stato il ristorante di tutti loro. Magari il primo di una catena!
Il fine ultimo sarebbe stato quello dell'educazione alimentare ... il successo sarebbe stato assicurato dalla somministrazione di cibi sani proveniente dal pescosissimo mare e dai pascoli del west; prodotti regolarmente rovinati dalla cottura eccessivamente carica di grassi, zuccheri e confezionamenti industriali.
Tony aveva ancora qualche pietra verde da vendere. Per la verità, quelle che aveva dai tempi del suo viaggio in Svizzera erano ancora in suo possesso: non le aveva mai vendute, ma l'avrebbe fatto volentieri per quel progetto. Sarebbe stato anche quello un modo per rendere omaggio a Philippe Duchamp e riscattare tutto l'orrore che quelle pietre insanguinate si portavano dietro.
Aveva rivisto la figlia di Philippe dopo molto tempo. Anch'ella aveva reso onore al padre completando gli studi e specializzandosi con alcuni master in economia. Aveva trovato lavoro presso una grossa finanziaria svizzera poi aveva voluto provare a mettersi in proprio, vendendo alcuni smeraldi per farlo. Gestiva la sua agenzia finanziaria con grande successo.
-"Un buon modo di utilizzarli ... Philippe non potrebbe essere più soddisfatto!" – aveva detto Tony a Blanche.
Le due donne venivano spesso a trovarli a Miami. Amavano vedere il sorgere del sole e, con Mari, si recavano sulla spiaggia di fronte all'Oceano.
Non potendo guardare il tramonto sul mare, dato che a Miami il mare è a est, qualche volta attraversavano la Florida verso il Golfo del Messico, a ovest, per godere dell'infiammato spettacolo.
Tony da sempre amava alzarsi all'alba. Marinella no ... ma qualche volta lo raggiungeva. Quella mattina fu una di quelle volte.
-"Guarda ... ora spunta il primo lampo di luce..."
-"Sì, che bello! Che pace! Sai che a volte sento la nostalgia della nostra spiaggetta e di quei tramonti?...".
-"Sono insiti nell'animo umano l'insoddisfazione e il desiderio di ciò che non si ha. Hai magnifiche albe e ... ti mancano i bellissimi tramonti! ... Ah ah ah!"
-"No ... non è così! E' che, a volte, mi piacerebbe essere lì, magari solo per qualche giorno, con te, come un tempo ...".
-"I portoghesi lo chiamano fado ... Ci cantano canzoni struggenti, molto belle. Se vuoi qui ci sono locali portoghesi. Ci scoliamo una bella bottiglia di Lancers al suono delle belle canzoni del fado e poi ... scopiamo sulla spiaggia fino all'alba! ... Ti va?"
-"Ah ah ah ... sì, mi va ... anche senza bisogno del fado!".

-"Bene, buon segno! Devi tenere a mente, però, che non perderai mai la nostalgia per la terra dove sei nata. Anche quando sarai una vecchietta in attesa di lasciare questa vita avrai dei pensieri per il luogo dove sei nata e hai vissuto i primi anni della tua vita. Sono le auree dolci del suolo Natal! ... *Va pensiero sull'ali dorate, va ti posa sui clivi e sui colli, ove olezzano trepidi e molli l'auree dolci del suolo Natal ... O mia Patria si bella e perduta ...".*
-"Già, che bella canzone ...".
-"Eccola, ora te la metto ..." – la sorprese Tony, accendendo lo stereo portatile. La spiaggia fu inondata dalla musica di Verdi.
Marinella era commossa e Tony ... divertito.
-"Non ridere Tony, mi fa davvero soffrire essere dovuta andare così lontano per avere una vita serena. Tu ci pensi mai? Pensi che un giorno potrà cambiare? ... Potremo tornare?"
-"Sei troppo sentimentale, te l'ho sempre detto. Certo che potrà cambiare: tutto è in continuo mutamento! Tuttavia credo che per il Regno di Tallia il mutamento sarà solo peggiorativo ormai. Una volta superati certi limiti non si può fare marcia indietro e lì la corruzione ha superato ogni limite di guardia. Ci vorrebbe una rivoluzione ... democratica però ... altrimenti sarebbe ancora peggio. Ma se ci sarà una rivoluzione in Tallia, saranno gli inquisitori e i loro compari a guidarla e ti puoi immaginare cosa ne verrebbe fuori! Quanto a tornare ... se intendi per sempre ... penso di no, almeno a me non interessa. Se invece intendi farti un viaggetto ... chi te lo impedisce? Fai il biglietto e in una dozzina di ore di volo sei lì! Potenza dei tempi moderni ... Ne abbiamo fatta di strada dai tempi dei manici di scopa!" – rispose ironicamente Tony.
-"Sì, ci stavo pensando! Credo che porterò la bambina dai nonni. Verresti anche tu?"
-"No, no ... per il momento mi riporterebbe a galla brutti ricordi. Tra qualche tempo, forse ... Chissà! Magari quando la corte d'appello avrà reso giustizia alle ultime porcate del satanasso reincarnato ... Allora ci tornerò volentieri. Prima preferisco evitare le tentazioni ... Capisci quali no?"
-"Sì ... certo! Sai Tony, mi capita spesso di pensare a quante contraddizioni ci siano in te, ma tutte talmente ben assortite da diventare, invece, qualcosa di coerente ... che ti rende unico" – disse Marinella mentre, seduta sulla sabbia, appoggiata con la schiena a lui, continuava a guardare il sole sollevarsi dalle acque con lo strano effetto di riflesso che ipnotizzava.
-"Contraddizioni? ... In me? E quali sarebbero, non me ne risulta nemmeno una!".
-"Ah ah ah ... Amore ... Ti amo da morire così come sei, ma è davvero difficile capirti a volte, proprio perché presenti tante di quelle contraddizioni che districarsi è un impresa che poteva riuscire solo a me. Basti pensare alle

convinzioni religiose a cui spesso fai richiamo a sostegno del tuo agire o ai ricordi di vite precedenti ... Molte le cose che mi hai trasmesso e che condivido ma, per quanto mi sia sforzata di farlo, non ho capito come si possa essere un po' cristiano, un po' induista, un po' buddista ... Citi spesso Gesù e hai ammesso che è a Gesù che ti sei rivolto per un aiuto quando ti sei trovato in situazioni di grande difficoltà. Tuttavia non vai in chiesa e non segui i riti religiosi, né cattolici, né protestanti; ti riferisci all'Induismo, citi con competenza le divinità di quella religione, Shiva, Shakti e la sua incarnazione, Parvati, Visnù, la seconda divinità della Trimurti, la Trinità Indù ... Ganesh, il Dio dalla testa d'Elefante e sei sinceramente convinto della verità di quell'esperienza religiosa; parli del buddismo che, anche, hai approfondito e, a volte, a sentirti parlare, si direbbe che sei buddista, ma non è così ... Non ti dispiace citare il Corano di cui ammiri il senso poetico e i precetti d'amore verso la natura ... Insomma, Tony, sostenere che c'è qualche incoerenza in te ...non è infondato!" – ribadì ironicamente Mari.
-"Ma di quale incoerenza parli Mari – protestò Tony - Credevo che fosse chiara la mia credenza religiosa ...".
-"Siii? ... Illuminami!" – rispose Mari girandosi a guardarlo e sbattendo le palpebre in attesa di illuminazione ... sempre più ironica e con voglia di scherzare un po' sulle convinzioni religiose apparentemente confuse di Tony. Tony non scherzava mai sulla fede ... non sulla sua almeno.
-"Io sono cristiano. Mi hanno insegnato a esserlo da bambino e sinceramente mi sento tale, questo non l'ho mai negato. Ciò non toglie che io non veda le atrocità compiute dalla chiesa cattolica nel corso di due millenni, non ultima, e nemmeno la peggiore, l'istituzione della Santa Inquisizione. Eclatanti le guerre di religione che hanno insanguinato l'Europa e non solo l'Europa ... la corruzione dei preti, dei papi e di tutto il Vaticano ... Come potrei essere dalla loro parte? Semplicemente considero che Gesù non può essere considerato responsabile, semmai egli è vittima: lo stesso potere che lo ha crocifisso lo ha poi usato spudoratamente.
Quando mi sono trovato rinchiuso in carcere e perseguitato dalla giustizia ... la loro giustizia ... ho cercato e trovato conforto nell'unico Dio che è stato in carcere perseguitato e che, tra le tante cose condivisibili che aveva detto, annunciò: "*Beati i perseguitati dalla giustizia, perché essi erediteranno il Regno dei Cieli*!" Ecco: io per Cristo erediterò il regno dei cieli ... trovo meraviglioso questo insegnamento. Egli è stato per me un grande maestro, una guida e un sostegno in quei momenti. Nessun altro poteva esserlo. Shiva ... impegnatissimo a scoparsi Shakti? Budda ... seduto sotto un albero a illuminarsi? Maometto ... con tutte quelle mogli, anche bambine? Della religione islamica mi è sempre piaciuto il rispetto mistico per la natura. Ricordo il mio primo viaggio in Egitto, sul Nilo. Guardavo la Tv del mattino,

con la preghiera del muezzin che cantava e sullo schermo scorrevano immagini bellissime della pioggia sull'erba, sui fiori ... della natura che si risveglia ... Poetico, no? Ma solo l'esperienza di Gesù aveva attinenza con la mia vita e le sue parole mi aiutavano eccome! Ogni vittima d'ingiustizia assurgerà al regno dei cieli ... Troppo giusto! Ma è difficile essere cristiani...
I sacerdoti quasi mai ci riescono! Basta sentire le cronache di ogni giorno: la chiesa cattolica è sempre al centro di mille odiosissimi scandali. Pensando alla vita di Gesù c'è anche da considerare che egli, sicuramente, dovette essere entrato in contatto, nel corso della sua vita, con filosofie antiche come induismo e buddismo. Qualcuno dice che nel periodo che scomparve dalla storia narrata dai vangeli degli apostoli, dall'adolescenza fino a poco prima di iniziare la predicazione che lo portò in breve sulla croce, lui sia stato nel Kashmir, nell'India Nord occidentale. Un bellissimo posto, credimi, molto mistico ... un'atmosfera che deve aver respirato anche lui. Cristo parlò di Trinità ... anche l'Induismo parla di Trinità, la chiama Trimurti; la reincarnazione può anche essere tradotta con resurrezione della carne: dove sarebbe la differenza? Il cristianesimo, che fu una vera rivoluzione, venne in seguito infarcito di cazzate e superstizioni medievali. Il male che aveva combattuto s'impadronì del moto progressista. E' ovvio che quel cristianesimo non mi piace ... anzi, lo combatto! Sono induista? ... Perché? Mi piace esplorare le vie della conoscenza, compresa quella che riguarda il sesso come metodo per arrivare allo stato di illuminazione con orgasmi non solo carnali ... e che mi pare siano stati graditi e condivisi ... - disse abbracciando la compagna che gli carezzò le mani - Ho voluto lasciare le misoginie e le paranoie del cattolicesimo per esplorare il Kama Gita e il Tantra avendo avuto, attraverso la conoscenza di quelle che per me sono antiche filosofie e non religioni, riscontri a ciò che già avevo scoperto da autodidatta ... eh eh eh! Anche senza studiare libroni religiosi, me la cavavo abbastanza bene, che credi? – Tony, intanto, palpeggiava i seni di Mari che si era accomodata tra le sue gambe – Sarei induista? Hanno talmente tanti Dei che per approfondire ci vorrebbe una vita e, nella mia, ho avuto di meglio da fare per fortuna! O sarei buddista? ... Io? Ma se con due parole, in una riunione per discutere di non so quale illuminazione, dissi cosa ne pensavo lasciando tutti ammutoliti a guardarmi come fossi un demone venuto a trovarli per mettere in dubbio le loro certezze! Fargli credere che fossero Maya ... Illusioni! ... Li lasciai ammutoliti e appena fui uscito dalla sala sentii che giravano i mantra e ripetevano le nenie ... Mi stavano esorcizzando! ... Ah ah ah ...".
-"Questa non me l'avevi raccontata, come mai? Che storia è?".
-"Boh? Sei sicura? Magari non ricordi, oppure non è capitata l'occasione di tornare su quell'argomento, comunque rimedio subito! Eravamo in Tibet, a

Lhasa. L'inverno stava finendo. Ero sbarcato da un mercantile portoghese a Macao, nella Cina Portoghese ... una bella città con luci rosse e sale da gioco: quello che un marinaio cerca dopo la traversata del Pacifico. Mi fermai qualche giorno, poi ripartii, questa volta in aereo, con alcuni amici che avevo conosciuto in giro per i casinò. Erano cinesi di Macao ... Volevano andare in Tibet, a Lhasa, per esplorare questioni religiose a proposito di buddismo, illuminazione e questo genere di cose. Io ne sapevo qualcosa, avevo letto qualche libro e, quando mi invitarono a partire con loro, non me lo feci ripetere due volte.
A Macao, circondata dalla Cina Maoista era facile ed economico spostarsi in aereo; si potevano prendere a nolo e la mia quota per averlo a disposizione era di trecento dollari americani. Partimmo e atterrammo non in Tibet, ma in Nepal ... non c'era aeroporto a Lhasa. L'aereo, un vecchio bimotore a elica, ci portò a Kathmandu, all'aeroporto Internazionale di Tribhuvan. Non ero mai stato così in alto ... nel senso di alta quota, e dovetti prendere, come anche i miei amici, delle pastiglie che, a detta loro, riducevano il fastidio, ma a me non ridussero niente. Avevo sempre un fastidiosissimo senso di peso alle gambe e la testa, se m'inchinavo, sembrava esplodere. Comunque, il posto era stupendo e sembrava una bella esperienza da fare. Ero sinceramente interessato all'argomento religioso, o forse più che religioso filosofico, quindi disponibilissimo a prendere bus e ferrovia per giungere a Lhasa, in Tibet. La città era circondata di Ashram Hindù e di templi buddisti. C'era anche la presentazione, in un centro buddista, di un film documentario sulla vita di un illuminato ... non chiedermi il nome, non lo ricordo, ma decretò la fine della mia attenzione al buddismo. Era in lingua originale, ma con sottotitoli in inglese. Iniziava con le sofferenze che un monaco buddista si infliggeva per raggiungere l'illuminazione. Cose che consideravo assurde ... Com'è possibile non amarsi al punto da negarsi tutto, persino la luce del sole? Questo si era fatto rinchiudere in una specie di gabbiotto isolato tra i monti, per non so quanto tempo in meditazione, nella posizione yoga diventata famosa con gambe incrociate e mani giunte. Pare che se lo fossero persino dimenticato ... Molto tempo dopo qualcuno del monastero si ricordò che lui era chiuso lassù e andò a prenderlo. Come era successo a me in quella mansarda ... ricordi? Ma io avevo i tuoi giocattoli a disposizione ... Ah ah ah! Lui, invece ... Lo trovarono immobile come l'avevano lasciato! Unica differenza era che aveva la barba lunga fino ai piedi e unghie e capelli altrettanto. Ci volle un po' per riacquistare la sua presenza e, quando si rimise in piedi, raccontò quale grande esperienza avesse vissuto e fu considerato un santone ... Non posso essere più preciso perché il film documentario aveva immagini bellissime che distraevano dalla lettura dei sottotitoli. Compresi che codesto monaco, andando in giro per i

villaggi vicini a chiedere sostegno, come fanno anche i frati e i monaci cristiani per i conventi, si era invaghito, ricambiato, della figlia di un contadino. Lei era molto bella e lui decise di lasciare il convento per sposarla e avere famiglia. La decisione fu sofferta, perché il suo maestro non voleva che lasciasse il monastero, dato che lo considerava un prossimo santone.
Ebbero un bel bambino e si vedeva che erano felici. La loro vita scorreva serenamente in un piccolo villaggio fatto di semplici case e ritmi scanditi dal duro lavoro nei campi con animali e niente meccanizzazioni, tra alte cime e bellissime vallate.
A un certo, punto mentre egli camminava sui monti, ricevette l'illuminazione e decise di abbandonare tutto e tornare in convento. Tutti gli astanti che guardavano il film fecero commenti di palese soddisfazione: erano felici e soddisfatti di questo ... un bodysatva! Un illuminato, esempio da seguire ecc.. ecc... Io da quello che avevo capito, invece, lo considerai uno stronzo e dissi quello che pensavo, cioè che mi sarebbe piaciuto chiedere alla moglie e al figlio, che aveva abbandonato tra i monti per seguire l'illuminazione, cosa ne pensassero della sua illuminata dipartita. Apriti cielo! ... Per fortuna erano pacifisti, altrimenti ... Ah ah ah".
-"Ah ah ah ... Sei più unico che raro Tony ... ma hai ragione, anche io ho pensato proprio ... *che stronzo*! Quando ho sentito che aveva abbandonato la famiglia ...".
-"Certo che era uno stronzo! Tu non hai visto che povertà regnava in quei villaggi ... Dignitosa, come quella dei contadini di una volta, ma ai limiti della sopravvivenza. Lasciare una donna sola con un bambino, e mi pare di aver capito che era pure incinta, per me non può essere da illuminati ... ekekakkio! L'illuminazione, poi, secondo quelle filosofie, si raggiunge quando si è riusciti a perdere ogni desiderio e il massimo del risultato è uscire dal ciclo delle rinascite, liberandosene per sempre.
Pensa che l'ascetismo buddista guarda al sesso in maniera sospetta, perché ogni cosa che generi desiderio terreno è impura, perciò causa reincarnazioni e queste sono da evitare con la rinuncia. Loro considerano il matrimonio giusto, ma raccomandano castità periodica e seguono il precetto di non abusare dei sensi condannando il cattivo comportamento sessuale: solo per procreare insomma ...
A me, però, reincarnarmi piace, cosa ci farei nel noiosissimo nirvana? Se persino gli Dei immortali, ogni volta che possono, evadono attraverso gli avatar! Io voglio continuare a reincarnarmi e vivere altre esperienze ... Voglio andare avanti, sennò sarebbe come giocare una partita di cui si conoscono tutti i risultati ... che noia! Invece, evviva ogni nuova avventura!
Oltretutto, secondo le mie convinzioni, nessuno si può "illuminare" senza prima incontrare l'altra metà del suo essere! Quindi, tutti questi che si

illuminano per conto proprio estraniandosi dal mondo e dalla propria compagna sono solo degli stronzi che non hanno capito un kakkio, altro che illuminati!"

-"Sì, concordo ... ma, allora? ... Ateo?"

-"Ateo ... cioè senza Dio? ... Ma no, semmai ne ho troppi! Non quanti gli induisti ma ... io credo nell'esistenza di un essere supremo ... non conosco troppo bene i particolari, ma ... no, ateo proprio no".

-"Buddista, animista ... Induista ... come ti consideri Tony? Posso saperlo?".

-"Naaaa ... come mi considero? Se proprio devo considerarmi ... mi sembrava chiaro ... Eretico! Sono un eretico di tutte le religioni, perché credo che ognuna racchiuda in sé una parte della verità di Dio ed è per questo che la Santa Inquisizione mi ha perseguitato da quando l'hanno creata ... sanno che sono quelli come me il vero pericolo per il loro potere usurpato. Difendono la fede cristiana tradendo Cristo ogni giorno. Difendono la giustizia tradendola ogni giorno ... Dovresti sentire i discorsi pro religione e pro giustizia che fanno questi ... Se non li avessi sentiti non ci avrei creduto. Si riempiono la bocca di queste cose e poi le soffiano fuori come tromboni stonati, ma nessuno osa dir niente che non sia una leccata di culo. Sono i difensori della legge e della giustizia del Regno e la violano impunemente riducendola una sputacchiera! Guadagnano moltissimo anche in stipendi immeritati, lavorano pochissimo per la giustizia, perché quasi tutti hanno doppi se non tripli lavori e sono assolutamente inaffidabili. Cose, peraltro, sotto gli occhi di tutti ... ma per codardia tutti fingono di non vedere. La giustizia del Regno è diventata la barzelletta d'Europa, ormai non fa nemmeno più notizia che Tallia sia stata condannata dalla Corte Europea dei Diritti dell'Uomo ... I leader politici, che potrebbero far qualcosa, sono talmente corrotti e ricattabili che non se lo sognano nemmeno di attirare l'attenzione degli inquisitori su di se ... Verrebbe fuori di tutto e di più. Così hanno equiparato i loro stipendi e i loro privilegi a quelli dei magistrati, i quali spesso e volentieri sono a disposizione del potere corrotto. Furbi, eh? Intanto l'economia del Regno va in malora; chi vuole lavorare e intraprendere rinuncia perché è da folli pagare tasse a questo paese della cuccagna per foraggiare ladroni e imbroglioni più, risaputamente, anche il pizzo alle bande mafiose che agiscono indisturbate. Quando qualche magistrato vero e leale alle leggi cerca di intervenire, ecco che viene fatto fuori dai mafiosi e trasformato in eroe. Tutto, anche il sacrificio eroico di chi tenta di resistere è, ormai, paradossalmente e tragicamente, diventato funzionale a questo orrido sistema, utile solo ad aumentare il potere e il prestigio degli inquisitori.

... E tu vorresti farmi tornare in un posto simile? ... Brrrrr, mamma mia!".

-"Sì, lo so che hai ragione Tony, ma anche tu hai capito cosa intendevo vero? D'altra parte più di una volta mi sono chiesta che peccati avessimo commesso noi ... che peccati dovessimo pagare per meritare tutto quello che ci hanno fatto e non sono mai riuscita a darmi una risposta!"
-"Perché ti sei posta la domanda nel modo sbagliato ... Nel regno del male non si pagano i peccati, ma le virtù! Dovevamo pagare la nostra onestà, lealtà, generosità, altruismo, la fiducia nel prossimo, gli ideali, il nostro amore, i nostri figli perfetti, l'essere votati al bene, seguire la luce per illuminare le tenebre ... *Fatti non fummo per viver come bruti, ma per seguir virtute e conoscenza!* Essere riusciti a sopravvivere a tutte queste virtù, immersi in quella realtà, è stata un'impresa degna di noi!" – esclamò Tony.
Mari ristette silenziosa. L'analisi di Tony era perfettamente congrua alle sue deduzioni. Sapeva che egli aveva pronunciato parole di verità: in quel mondo ormai al rovescio veniva premiato il demerito e non vi era più spazio per chi, come loro, intendeva perseverare tenacemente sulla via del bene. Allargò le braccia al sole ormai risorto dalle acque.
-"E' vero Tony, si paga molto cara la generosità. Grandi esseri umani hanno sacrificato la propria vita per i grandi ideali. Penso a Gesù, a Martin Luther King, a J. F. Kennedy, a Stephen Biko ... Tutti morti in nome di grandi ideali. La tua deduzione è ottima: nell'impero del male si paga per le proprie virtù!"
- "Hoop! ... e questa volta senza mani e ... senza sesso. Sono un grande o no?" – rise Tony ironicamente.
-"Grandissimo – disse Mari girandosi ad abbracciarlo – ma ora voglio anche il sesso ... e le tue mani su di me ... amore mio!".
Il sole blandiva, ormai, il pelo dell'acqua, allo stesso livello dei loro corpi adagiati sulla sabbia.
Era bello il suo tepore, e ancora godibile ... tra qualche ora sarebbe stato troppo caldo.
Fecero l'amore col Va Pensiero che danzava sulla placida risacca.
In quella magica alba sull'oceano.
Cosa possono temere dal male, sempre sbilenco e incompiuto, due esseri che si sono ritrovati per formarne uno completo, in grado di vedere e capire attraverso il tempo, conoscere il passato, capire il presente e preparare il futuro? ... Niente! ... Sono Dei!

Tony Vero

L'autore, effettivamente ufficiale macchinista della marina mercantile, ha viaggiato intorno al mondo e ha realmente vissuto le esperienze che narra in questo libro autobiografico.
Il suo nome, però, con quello dei protagonisti della sua storia e dei luoghi, è stato modificato per impedirne l'identificazione. Il motivo di questo, a parte la tutela della privacy di coloro che si riconosceranno in queste vicende, è che considera la sua vita tutt'altro che finita. Sente di avere nuove avventure da vivere e nuove esperienza da affrontare e questo lo entusiasma e nello stesso tempo lo spaventa. Lo entusiasma perché tutto contribuirà a espandere la sua conoscenza, a evolvere ancora e lo spaventa solo nella misura in cui, divenendo un personaggio noto, non potrebbe più avvalersi dell'anonimato indispensabile per vivere la sua vita e questo è quanto di più deleterio potrebbe capitargli.
Le sue esperienze di vita, quella fin qui vissuta, continuano in altri tre libri, con i quali darà vita a una collana dal titolo eloquente:
"L'immortalità è la memoria".
Alla fine della lettura si saranno ottenuti gli strumenti cognitivi utili a capire che per incontrare l'immortalità, basta ritrovare la memoria.
Quella memoria che, come dicevano gli Elleni dell'età classica, si doveva perdere bevendo le acque del fiume Lete per poter entrare nell'oltretomba.
Ritrovarla è la strada obbligata per divenire consapevolmente immortali.
Questo è il messaggio contenuto nel libro che l'autore dona ai suoi lettori. Consapevole, però, che solo chi è pronto potrà comprenderlo pienamente. Gli altri la capiranno pienamente quando saranno pronti: siamo tutti sulla via del karma. A tutti resta, comunque, una bella storia d'amore karmico piacevole da leggere.

N.d.R.: Questo libro è tratto da una storia vera, scritta dal protagonista che l'ha vissuta e i fatti sono realmente accaduti ma, per tutelare la privacy e l'anonimato del protagonista, che vuole continuare a vivere le sue esperienze seguendone indisturbato l'evoluzione, i nomi dei luoghi e dei personaggi sono stati volutamente modificati in modo da impedirne l'identificazione.
Pertanto, ogni identificazione tra i personaggi e persone o luoghi nominati nell'opera, sono da considerarsi come semplice e casuale omonimia, non voluta dall'autore.

www.ingramcontent.com/pod-product-compliance
Lightning Source LLC
Chambersburg PA
CBHW030817310726
48980CB00006B/529/J

* 9 7 8 8 8 9 0 6 6 8 9 5 1 *